O GOLPE

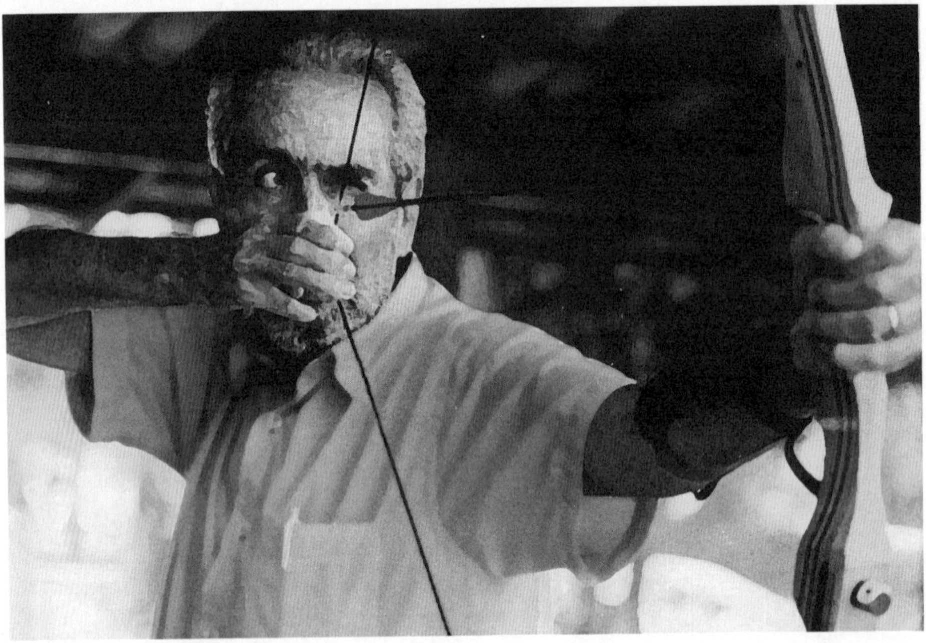

O Arqueiro

Geraldo Jordão Pereira (1938-2008) começou sua carreira aos 17 anos, quando foi trabalhar com seu pai, o célebre editor José Olympio, publicando obras marcantes como *O menino do dedo verde*, de Maurice Druon, e *Minha vida*, de Charles Chaplin.

Em 1976, fundou a Editora Salamandra com o propósito de formar uma nova geração de leitores e acabou criando um dos catálogos infantis mais premiados do Brasil. Em 1992, fugindo de sua linha editorial, lançou *Muitas vidas, muitos mestres*, de Brian Weiss, livro que deu origem à Editora Sextante.

Fã de histórias de suspense, Geraldo descobriu *O Código Da Vinci* antes mesmo de ele ser lançado nos Estados Unidos. A aposta em ficção, que não era o foco da Sextante, foi certeira: o título se transformou em um dos maiores fenômenos editoriais de todos os tempos.

Mas não foi só aos livros que se dedicou. Com seu desejo de ajudar o próximo, Geraldo desenvolveu diversos projetos sociais que se tornaram sua grande paixão.

Com a missão de publicar histórias empolgantes, tornar os livros cada vez mais acessíveis e despertar o amor pela leitura, a Editora Arqueiro é uma homenagem a esta figura extraordinária, capaz de enxergar mais além, mirar nas coisas verdadeiramente importantes e não perder o idealismo e a esperança diante dos desafios e contratempos da vida.

O GOLPE
CHRISTOPHER REICH
ARQUEIRO

Título original: *The Take*

tradução: Marcelo Mendes
preparo de originais: Magda Tebet e Lucas Bandeira de Mello
revisão: Juliana Souza e Luíza Côrtes
diagramação: Natali Nabekura
capa: Elmo Rosa
imagens de capa: Shutterstock
impressão e acabamento: Associação Religiosa Imprensa da Fé

CIP-BRASIL. CATALOGAÇÃO NA PUBLICAÇÃO
SINDICATO NACIONAL DOS EDITORES DE LIVROS, RJ

R276g Reich, Christopher
O golpe / Christopher Reich; tradução de Marcelo Mendes.
São Paulo: Arqueiro, 2019.
384 p.; 16 x 23 cm.

Tradução de: The take
ISBN 978-85-306-0051-8

1. Ficção americana. I. Mendes, Marcelo. II. Título.

19-59717 CDD: 813
CDU: 82-3(73)

Rua Funchal, 538 – conjuntos 52 e 54 – Vila Olímpia
04551-060 – São Paulo – SP
Tel.: (11) 3868-4492 – Fax: (11) 3862-5818
E-mail: atendimento@editoraarqueiro.com.br
www.editoraarqueiro.com.br

Para minha mãe, Babs Reich,
com amor

1.

Cinquenta e nove segundos.

Do instante em que o primeiro carro bloqueou a passagem do príncipe na Avenue du Général Leclerc até o momento em que os integrantes da quadrilha sequestraram os dois BMWs e deixaram o local, não se passou nem um minuto.

Ninguém gritou. Nenhum tiro foi disparado. O roubo foi executado com precisão e disciplina, empregando elemento surpresa, agilidade e força bruta, mas sem resvalar para a violência... a não ser por uma pancada num dos seguranças do príncipe.

Agora, 45 minutos depois, no meio de uma plantação de trigo a 30 quilômetros de Paris, observando as chamas devorarem os veículos roubados, Coluzzi finalmente podia relaxar. O americano estava certo desde o início.

O príncipe realmente viajava com um milhão de euros em espécie.

O comboio de dezesseis BMWs havia chegado pontualmente às seis da tarde. Os sedãs pretos formavam uma única fila diante da entrada do Hotel George V, ocupando até o meio do quarteirão.

Sentado à mesa do Le Fouquet's, Tino Coluzzi terminou seu café expresso, deixou uma nota de 10 euros sob o pires e levantou-se, limpando os cantos da boca com um guardanapo antes de sair. Era um homem de estatura mediana, magro, e estava elegantemente vestido com um paletó claro de popelina, calças escuras e mocassins italianos. Óculos escuros protegiam os olhos do sol da tarde. Um bigode falso emoldurava a boca. Os cabelos muito pretos, recém-cortados e repartidos para o lado, cintilavam com a brilhantina.

Seria impossível detectar a pistola que escondia sob o braço esquerdo ou o estilete que sempre levava junto do tornozelo. A pistola era pequena, calibre 22, mas estava carregada com munição de ponta oca. Ele a usava pouco, apenas quando atirava à queima-roupa. Preferia o estilete. Ao longo dos anos, havia desenvolvido uma impressionante destreza com a lâmina: atacava as vítimas na altura do coração e, em geral, já estava a uns dez passos de distância quando elas percebiam que tinham sido feridas.

– O príncipe está pagando a conta – disse, no fone em seu ouvido, o contato que ele tinha no hotel.

– Dinheiro vivo?

– Claro.

– Quanto?

– Só um instante.

Coluzzi foi descendo a rua na direção do hotel. Quem o visse ali, caminhando tão à vontade pela calçada, o tomaria por um desses eternos solteirões desocupados que circulam por Paris. O sol ainda estava alto. O cheiro que vinha do Sena, poucas quadras ao sul, refrescava o ar. Uma brisa suave balançava a copa das tílias plantadas a cada dez metros. Ninguém suspeitaria que aquele homem estava prestes a roubar uma fortuna.

Coluzzi seguia sem nenhuma pressa, fingindo admirar os artigos expostos nas vitrines das inúmeras butiques de luxo. Joias. Vestidos. Bolsas. Nada por menos de 10 mil euros. Como se exaurido pelo excesso de opções, parou diante da loja que dava diretamente para o hotel e, pelo reflexo da vitrine, ficou observando a porta giratória da entrada.

O George V – ou Four Seasons Hotel George V, segundo o nome oficial – era um dos hotéis mais antigos e de maior prestígio de Paris. Localizado no famoso Triângulo de Ouro do 8º *arrondissement*, ficava pertinho da Champs-Élysées e a uns cinco minutos do Arco do Triunfo. A diária mais barata não saía por menos de mil euros.

– E aí? – perguntou Coluzzi. – Quanto?

– Cento e vinte e dois mil euros e uns trocados.

Aproximadamente 135 mil dólares. Coluzzi ainda usava a moeda americana para fazer suas contas.

"O príncipe nunca viaja com menos de um milhão de euros em espécie", dissera o americano ao lhe oferecer o trabalho. "Sempre gasta uns 100 mil quando está na cidade. Então o que sobrar é seu."

Eles haviam se encontrado no bar do Hotel Costes uma semana antes. O americano era um homem pálido, de aspecto cansado, com olhos escuros e um sorriso nervoso que não combinava com a atmosfera elegante do local. A todo instante se desculpava por seu francês estar um tanto enferrujado.

O alvo do assalto era o príncipe saudita Abdul Aziz bin Saud, um playboy de 50 anos que viajava pelo mundo com as mulheres e os filhos como disfarce para suas farras. Nunca ia a lugar algum sem uma escolta de pelo menos cinco seguranças e só circulava pela cidade em um comboio de BMWs pretos. O objetivo de Coluzzi era interceptar os carros no trajeto até o Aeroporto de Orly, nos subúrbios ao sul de Paris.

"E a sua parte, quanto é?", perguntara ele ao americano.

"Não é nada."

"Nada?"

"Não é no dinheiro que estou interessado."

O americano não informou onde conseguira o nome de Coluzzi ou o número de seu celular. No entanto, Coluzzi vira imediatamente que o homem pertencia ao submundo. Tanto melhor. Não confiava em gente honesta.

Um segurança saiu do hotel, depois outro, e Coluzzi sentiu o coração acelerar. Segundos depois, os homens voltaram para dentro.

Alarme falso.

– Droga, onde ele se meteu?

– Calma! A família já está toda aqui. Só mais um minuto.

Fazia três dias que Coluzzi e seus homens seguiam o príncipe, suas três mulheres e seus dez filhos enquanto eles gastavam em Paris. Dez mil euros por uma bolsa na Hermès. Vinte mil por um vestido na Chanel. Trinta mil por um relógio cravejado de diamantes na Cartier (presente para o primogênito de 12 anos). As refeições eram feitas nos melhores restaurantes: almoço no Epicure, coquetéis no Plaza Athénée, jantar no Jules Verne. O príncipe deixara os dogmas do islã na Arábia Saudita, junto com seu tapete de orações.

E agora ele acertava sua conta de 122 mil euros no hotel.

Portanto, ainda havia muito dinheiro para ser roubado.

– Eles estão saindo – alertou o informante.

Coluzzi redobrou a atenção. No reflexo da vitrine, viu um batalhão de funcionários deixar o hotel com uma infinidade de malas e sacolas para colocar no porta-malas dos carros. Os seguranças surgiram de novo. Quatro deles formaram uma espécie de cordão de isolamento para bloquear o trânsito de pedestres. Um quinto, que Coluzzi sabia ser o chefe do grupo, passou entre eles para esquadrinhar a rua à procura de alguma ameaça. Como não encontrou nada, voltou à porta e sinalizou para o príncipe, informando que o caminho estava livre.

Àquela altura, já havia se formado na rua uma pequena plateia de curiosos que assistia ao espetáculo com grande interesse. A fila de BMWs pretos. A montanha de bagagens. Os seguranças de terno preto. Virando-se, Coluzzi se permitiu olhar também. Não destoaria do resto.

As mulheres e as crianças deixaram o hotel como detentos a caminho do presídio, de cabeça baixa, nenhum sorriso à vista. Para a viagem de volta, as mães se escondiam inteiramente, inclusive o rosto, sob a tradicional burca preta. As filhas mais jovens cobriam a cabeça com echarpes Hermès. Os filhos vestiam-se de modo mais casual, com jeans rasgados e camisa para fora da calça. Nenhum deles cumprimentava os motoristas que lhes abriam as portas.

A princesa atravessou a porta giratória e parou um instante até receber o sinal verde do chefe da segurança, que conferiu uma última vez a rua. Não vestia burca como as outras, mas um paletó azul-marinho e calça marrom. Pendurada no ombro, levava uma enorme bolsa branca.

"O príncipe sempre vai com a princesa no quinto carro", informara o americano, depois de Coluzzi aceitar o trabalho. "É o seu número da sorte. O dinheiro vai sozinho no sexto."

A princesa caminhou até o quarto carro e disse algo ao motorista. Preocupado, Coluzzi mentalmente a advertiu: *No quarto carro, não. No quinto.*

A mulher, claro, não lhe deu atenção. Colocou o pé no automóvel e baixou a cabeça para entrar, mas parou quando um homem gritou, repreendendo-a. À porta do hotel, o príncipe gesticulava, irritado, para a esposa. Ela então deu meia-volta e entrou no quinto carro.

Coluzzi relaxou.

Agora era a vez do príncipe. Ele saiu do hotel na companhia do gerente do lugar, os dois caminhando de braços dados pela calçada. O príncipe era um homem bonito. Vestia as roupas tradicionais do seu país, o branco da túnica (*thobe*) fazendo um belo contraste com o xadrez vermelho do lenço (*kaffiyeh*) e o preto do cordame (*gutra*) que o prendia à cabeça. Estava usando os óculos escuros de sempre e levava uma pasta de couro.

"Tudo o que eu quero é a pasta do príncipe. O resto é seu."

"Só a pasta?"

"Sim. Uma pasta marrom, de couro de bezerro. A alça também é de couro", dissera o americano, sem maiores explicações. "Então, negócio fechado?"

Coluzzi respirou aliviado. Nos últimos dois dias, não vira nem sinal da pasta e começara a recear que o príncipe não a tivesse trazido naquela viagem. Mas lá estava ela, graças a Deus. "Pasta marrom." "A alça também é de couro." Ele estava tão concentrado nela que quase não viu um segurança acomodar uma mala metálica no porta-malas do sexto carro.

"O dinheiro vai sozinho no sexto."

Quando o príncipe se aproximou de seu BMW, o motorista fez menção de segurar a pasta para ajudá-lo a entrar no veículo. Como um jogador de rúgbi acuado pela defesa adversária, o príncipe deu-lhe as costas e abraçou a pasta. Assustado, o motorista se afastou rápido.

O príncipe despediu-se do gerente do hotel com um último "obrigado" e um aperto de mão. O francês curvou-se num gesto de agradecimento e, com uma destreza que deixou Coluzzi impressionado, guardou no bolso a gorjeta que acabara de receber. Ele acenou um adeus final para o príncipe quando este desapareceu dentro do carro.

Instantes depois, o primeiro BMW do comboio avançou rua afora, logo seguido pelo segundo. Em questão de minutos, já estavam todos a caminho do Aeroporto de Orly.

A Avenue George V retornou à sua tranquilidade. A agitação terminara. Aquela voltou a ser apenas mais uma preguiçosa tarde de domingo do mês de agosto.

Um Renault branco parou ao lado de Coluzzi. Ele pulou rapidamente para o banco do passageiro e pegou o rádio que estava no console central.

– O pombo acabou de voar do poleiro – disse, o carro já em disparada. – Está indo na sua direção.

O PRÍNCIPE ABDUL AZIZ BIN SAUD sentou-se e bufou.

– Pise fundo. Não quero me atrasar – pediu ao motorista.

– O avião é nosso, querido – falou a mulher, cobrindo a mão dele com a sua. – Podemos sair no horário em que quisermos.

Ele examinou as unhas vermelhas e a maquiagem dela e recolheu a mão.

– Alguém perguntou a sua opinião?

A princesa se afastou e não disse mais nada.

Abdul Aziz olhava pela janela enquanto o carro atravessava a Pont de l'Alma e seguia à sombra da Torre Eiffel. Ele sabia que deveria estar muito feliz, talvez até exultante, pois acabara de realizar a maior façanha de sua vida. Mas a verdade era que, se a carta não chegasse às mãos certas, nada daquilo teria adiantado. Nesse momento, ele só queria uma coisa: sair de Paris o mais rápido possível.

Baixando os olhos para a pasta que levava entre os pés, sentiu o coração disparar. Pensou na carta que estava ali dentro: um bilhete pessoal de um homem para outro, manuscrito em tinta azul no mais exclusivo dos papéis, perfeitamente conservado trinta anos após ter sido escrito.

Não se tratava de um bilhete qualquer, mas de algo capaz de derrubar governos, redefinir alianças e tirar a vida de muita gente ao longo do caminho.

Instintivamente, ele firmou a pasta entre as canelas. Inclinando-se para a frente, apertou o ombro do motorista e disse:

– Mais depressa.

TINO COLUZZI ATRAVESSAVA A CIDADE na esteira do comboio. O príncipe havia escolhido um caminho inusitado para o aeroporto, valendo-se do pouco trânsito de domingo para cruzar as ruas e avenidas de Montparnasse e seguir rumo à Porte d'Orléans, na parte sul da cidade. Se tivesse tomado, como seria normal, a Périphérique, uma rodovia movimentada, levaria uns dez minutos a mais para chegar ao aeroporto. A economia de tempo, no entanto, tinha um preço alto em termos de segurança. Era praticamente impossível parar um comboio de dezesseis carros nas oito pistas da Périphérique, mas nem tão difícil assim numa via comum.

O Renault sacolejou ao passar por um buraco antes do cruzamento e Coluzzi apertou os dedos na coronha do seu fuzil AK-47. Àquela altura, ele já havia trocado o paletó de popelina e os sapatos italianos pelo mesmo uniforme preto dos outros homens que o acompanhavam no carro. Três quadras adiante, o último semáforo antes da Porte d'Orléans ficou vermelho. Se o príncipe conseguisse passar dali, alcançaria a via expressa e anularia todas as chances de sucesso do assalto.

– Mais depressa – disse Coluzzi, colocando a mão direita na maçaneta da porta.

O motorista pisou fundo e parou a poucos metros do último BMW do comboio.

– Agora – ordenou Coluzzi pelo rádio.

Segundos depois, um carro idêntico ao seu surgiu à frente do comboio pela primeira transversal e bloqueou o caminho. Os motoristas foram freando um a um, dando início a uma cascata de luzes vermelhas na traseira dos carros. O comboio parou.

– Pode bater – instruiu Coluzzi, já se preparando para o baque.

A cerca de 10 quilômetros por hora, o Renault avançou e bateu no BMW à sua frente.

O comboio estava imobilizado.

Coluzzi vestiu o gorro preto e saiu do carro. Ainda corria ao lado dos sedãs quando viu o terceiro Renault branco chegar por uma das ruas laterais. Em poucos instantes, ele e seus comparsas estavam todos no asfalto, um total de doze homens, vestidos de preto da cabeça aos pés e armados com fuzis AK-47 de pente extragrande, idênticos ao que ele mesmo carregava. O bando se espalhou em torno do comboio, apontando as armas para os carros parados. Coluzzi se dirigiu ao quinto da fila e precisou de apenas duas coronhadas para estilhaçar a janela do motorista.

– Abra as portas! – berrou. – Todo mundo para fora!

O motorista saiu com as mãos para o alto. Coluzzi derrubou-o e, como medida de segurança, imobilizou-o, pisando em suas costas.

– Para fora! Agora!

Um segurança desceu de um dos últimos BMWs. Era o chefe do grupo, empunhando sua pistola. Ele avançava devagar, sem saber direito o que fazer, mais uma demonstração maluca de fidelidade ao príncipe do que uma real tentativa de desbaratar o assalto. Mal tinha ultrapassado seu próprio carro quando recebeu uma coronhada de um dos homens de Coluzzi e se esborrachou no chão feito um saco de batatas.

Coluzzi abriu a porta traseira do BMW do príncipe.

– Vossa Alteza, tenha a bondade – disse.

Abdul desceu e ofereceu a mão para ajudar a princesa. Eles agora olhavam um para o outro, mudos.

Imediatamente, um dos homens de Coluzzi entrou no carro, assumiu o volante e fechou a porta. Coluzzi correu para o carro seguinte, o sexto, onde ia o dinheiro.

– Fora!

O motorista obedeceu.

– No chão.

Outro comparsa jogou seu fuzil no banco do passageiro e se acomodou ao volante.

– Meus pertences – falou o príncipe, olhando para a pasta de couro do outro lado da janela. – Por favor.

Coluzzi voltou para perto dele.

– A pasta fica – informou.

– São apenas documentos de trabalho. Não têm valor para você.

Os homens do bando já começavam a voltar para os Renaults.

Coluzzi deu um empurrão para afastar Abdul do carro, derrubando seus óculos, e o príncipe reagiu, numa vã tentativa de passar por Coluzzi. A princesa tentou deter o marido, mas ele a afastou de forma brusca. Desesperado, Abdul agarrou Coluzzi pela túnica.

– Vou encontrar você – avisou.

Coluzzi encarou o príncipe. Viu em seus olhos raiva e determinação. Aquele era o olhar de alguém habituado à violência e ao cumprimento incondicional de suas vontades. Não era o olhar de um simples playboy.

– Desculpe – disse Coluzzi, usando o cano do fuzil para se desvencilhar do príncipe. – Agora preciso ir.

Abdul se afastou.

Coluzzi bateu no teto do BMW do príncipe, esperou que os dois comparsas manobrassem para sair do comboio, depois voltou correndo para o Renault que o aguardava no fim da fila.

– *Allons-y*, vamos.

Enquanto o carro se afastava, olhou para trás e viu o casal real encarando o espaço vazio deixado pelos dois sedãs sequestrados.

Ficou se perguntando se o príncipe ainda considerava o cinco seu número da sorte.

Coluzzi jogou o galão de gasolina vazio no banco dianteiro de um dos BMWs e ficou observando as chamas devorarem os carros. Deixara dentro deles as roupas, os óculos, os sapatos, as meias e até mesmo o bigode falso que usara. Tudo que pudesse ligá-lo ao crime precisava ser incinerado.

Seu telefone tocou.

– Sim.

– Já contamos o dinheiro.

– E aí?

– Seiscentos e vinte e dois mil.

– Nada mau por alguns dias de trabalho.

– Nada mau mesmo.

– Chego em dez minutos.

Coluzzi voltou para seu carro. O motorista já o esperava com o motor ligado, e logo estavam a mais de cem por hora na estrada rural. Olhando para a pasta de couro, lembrou-se de como o príncipe relutara em abrir mão dela. Depois pensou no americano pálido, na sua cara cansada, em sua dificuldade com a língua francesa.

"Tudo o que eu quero é a pasta do príncipe", dissera ele. "O resto é todo seu."

Seu celular tocou outra vez: o americano chamando. Ele não atendeu. Deixou a ligação cair na caixa postal.

– Para onde estamos indo? – perguntou o motorista.

Coluzzi colocou a pasta no colo.

– Apenas dirija – respondeu.

2.

A 300 QUILÔMETROS DALI, outro homem se preparava para um roubo.

Simon Riske atravessou o gramado do Battersea Park, em Londres, esfregando os dedos de ansiedade. Fazia anos desde a última vez que realizara um trabalho dessa natureza. Não temia o fracasso. Praticara durante dias, e ainda estava em plena forma. Se estava ansioso era porque receava gostar daquilo mais do que devia. Havia jurado que jamais voltaria ao ramo.

– Os ingressos – pediu à loura bonita que o acompanhava.

– Estão aqui – disse Lucy Brown, tirando-os da bolsa.

– Assim que entrarmos, fique sempre por perto.

– Como se eu fosse sua namorada – falou ela, tomando o braço dele.

– Minha assistente – corrigiu Simon, desvencilhando-se com delicadeza.

Era um homem compacto, americano, musculoso, terno azul-marinho feito sob medida e camisa branca aberta no colarinho. Os cabelos eram escuros e espessos, aparados a máquina, e ele tinha duas entradas na altura das têmporas. Herdara a pele morena do pai e os olhos esmeralda da mãe. Muitas vezes era tomado por europeu: italiano, eslavo ou alguma nacionalidade mediterrânea. O nariz era saliente, definido demais. O queixo, proeminente. Sem o terno e com a barba malfeita, Simon Riske se encaixaria perfeitamente na estiva de algodão egípcio no porto de Nápoles.

A noite estava quente e úmida, e pairava no ar um cheiro de mato e de escapamento dos carros. Uma primeira estrela já cintilava no céu violeta. Do outro lado do rio, desenhava-se a silhueta do Big Ben e do Palácio de Whitehall. Riske foi tomado por uma súbita alegria. Estava feliz por ser um homem livre.

Seu destino era uma moderna galeria de arte, um amplo galpão de vidro espelhado e vigas de metal. No caminho havia diversos cartazes com anúncios de champanhe francês e relógios suíços. Homens e mulheres, todos elegantemente vestidos, zanzavam de um lado para outro, impelidos pela mesma empolgação.

O evento era o leilão anual de carros clássicos promovido pela Sotheby's. No espaço de uma hora, trinta dos carros mais valiosos do planeta seriam vendidos a quem fizesse a melhor oferta. Ferrari. Lamborghini. Mercedes. Porsche. As estimativas iam de 200 mil a 20 milhões de dólares.

Mas Simon Riske não estava ali para comprar carro nenhum.

– Está pronta? – perguntou a Lucy, a uns dez passos da entrada.

– Você quer que eu fique me exibindo por aí, certo? – perguntou ela. – Isso vai ser fácil.

Simon olhou para sua acompanhante. Se ele não estava enganado, ela tinha apenas 23 anos. Nova demais para ele. Vestia uma saia branca e uma blusa azul-marinho, um visual essencialmente conservador, mas que evidenciava o desenho bonito das pernas e o generoso decote. Com tanta beleza por perto, ninguém prestaria atenção nele.

– Não é para ficar se mostrando... Bem, você já sabe. Faça apenas o que mandei.

– Claro, chefe.

– E os óculos, onde estão?

Para equilibrar um pouco as coisas, ele insistira para que ela usasse óculos com armação de tartaruga. Tratava-se, afinal, de um evento tradicional. Mas, só para contrariá-lo, ela ainda não os tinha colocado.

– Precisa mesmo?

Simon assentiu.

Ela colocou os óculos a contragosto.

– Feliz agora?

– Obrigado. Bem melhor assim – disse ele, sinalizando para que ela passasse à sua frente e entrasse na galeria. – Primeiro as damas.

À porta, eles receberam um catálogo e então seguiram adiante.

O salão era enorme, embora a penumbra tornasse difícil avaliar as reais dimensões do espaço. Um palco fora montado à direita, com umas doze fileiras de cadeiras à frente. Os carros em leilão estavam expostos em plataformas do outro lado do salão, mais bonitos ainda sob a luz dos spots.

– Está vendo o sujeito? – perguntou Lucy.

– Vamos procurar os guarda-costas – respondeu Simon. – Ele não vai a lugar algum sem no mínimo quatro. E eles são maiores do que qualquer arranha-céu de Stalin.

– *O quê?*

– Os prédios de Moscou, construídos por Joseph... Deixa pra lá. Eles são grandes. Não dá para não ver.

– Do que ele tem tanto medo? – indagou Lucy, fazendo uma careta.

– Ele é russo. É bilionário. É um gângster. O que você acha?

Simon folheou o catálogo. No passado, ele havia sido uma pessoa parecida com aquelas que o cercavam agora, de riso fácil, champanhe na mão e modos sofisticados, mas a certa altura passara a vê-las como inimigos, como adversários a serem despojados de seus objetos de valor. Ou seja, como presas.

Simon era um homem entre classes. Ele era, por conta das circunstâncias e por escolha própria, um excluído. O terno sob medida, o sorriso afável, o cheiro de Acqua di Parma, tudo isso não passava de uma capa de seda escondendo uma lâmina afiada.

– Senhoras e senhores – anunciou uma voz sóbria pelo sistema de som da casa –, nosso leilão começará em quinze minutos. Por gentileza, dirijam-se a seus assentos.

Um garçom se aproximou, carregando uma bandeja cheia de taças de champanhe.

– Senhora, um drinque antes dos lances?

Ela ia apanhar uma taça quando Simon interveio, pegando-a pelos ombros e levando-a em outra direção.

– Estamos aqui a trabalho.

– Mas é de graça!

– Depois eu compro uma caixa inteira para você. Assim que terminarmos aqui.

– Promete?

– Comporte-se. Senão vai pegar o turno da raspagem amanhã.

– Você não faria uma maldade dessas.

– Não tenha tanta certeza.

Nas horas vagas, Simon era proprietário de uma oficina mecânica, pequena mas de grande prestígio, localizada nas imediações mais tranquilas de Wimbledon. Sua especialidade eram os carros europeus, principalmente Ferraris e Lamborghinis. Ele não fazia apenas consertos, também reconstruía os carros a partir do zero, um processo que podia demorar alguns anos e custar algumas centenas de milhares de dólares. Nesses casos, uma das primeiras providências era remover a pintura do chassi, um trabalho demorado e exaustivo que era feito com o auxílio de uma pistola de ar quente e uma lâmina de raspagem.

Lucy Brown trabalhava para ele como aprendiz de mecânica. Uma história comprida.

– Vamos lá encontrar o nosso homem – disse Simon. – Ele certamente vai dar lances no lote principal. É melhor começarmos por aí.

Ele enrolou o catálogo nas mãos e foi para o centro do salão, onde uma pequena multidão cercava um carro esportivo vermelho. Tratava-se de uma Ferrari 275, de 1964, uma das 23 que saíram da fábrica de Maranello, na Itália, naquele ano. Dessas, menos de dez ainda estavam em circulação. A do "Lote 31" era a primeira a ser posta à venda em quase uma década. O lance inicial seria de 15 milhões de dólares.

Simon correu os olhos pelo público em torno do carro. Não precisava de uma descrição física para identificar Boris Blatt. Nos últimos tempos, o homem não saía dos jornais. Estava construindo o maior imóvel residencial de Londres, uma mansão de 8 mil metros quadrados no topo de Highgate Hill, e não passava um dia sem que um vizinho, engenheiro ou fiscal da prefeitura fizesse alguma denúncia em relação ao projeto. Simon não conseguia comprar uma simples bala de hortelã no jornaleiro da esquina sem que o russo, estampado na primeira página de algum tabloide, o fitasse com seus traços orientais.

– Com licença – falou um segurança ao esbarrar nele.

Atrás deste vinha outro. Simon deu um passo para o lado.

– Pode passar, companheiro – disse ele.

– Que gente grossa – reclamou Lucy.

Havia alguma agitação acontecendo à direita deles. Uma das portas de emergência se abriu, fazendo com que o alarme disparasse por alguns segundos. Seguranças formaram um cordão de isolamento para que alguém entrasse. Um grandalhão de ombros fortes e cabeça raspada veio na frente, seguido de outro mais ou menos igual. Eram os brutamontes de Blatt.

– Ele chegou – anunciou Simon, nervoso.

Flashes espocavam por toda parte. As pessoas cochichavam. Boris Blatt entrou com seu terno preto e colarinho aberto. Era um homem gordo, cabelos brancos cortados rente à cabeça, olhos grudados no chão à sua frente.

– Vamos lá – chamou Simon, tomando Lucy pelo braço e abrindo caminho através da multidão.

Ele precisava ficar perto de seu alvo. Dificilmente encontraria uma boa oportunidade para agir depois que todos estivessem sentados.

– Você só pode estar maluco – protestou a garota, percebendo o tamanho dos guarda-costas do homem. – Parecem duas montanhas.

– Acha que não posso com eles?

– Vão partir você ao meio como se fosse um graveto.

– É, tem razão – concordou Simon. – Não tenho a menor chance.

– Que bom que você reconhece – disse Lucy, mais aliviada. – Então podemos ir?

– Ora, desistiu da caixa de champanhe?

– Fico feliz com uma cerveja no Dog and Duck.

– Jura?

– Juro.

Àquela altura, Boris Blatt já estava ao lado do Lote 31, conversando com um sujeito magro e de cabelos muito claros, impecavelmente vestido num terno cinza. Era Alastair Quince, o leiloeiro da Sotheby's, especializado em automóveis.

– Vamos nos aproximar e dar uma olhada de perto – falou Simon.

– Em Blatt?

– Esqueça o russo – respondeu Simon, sorrindo. – Quero ver a Ferrari. É bem possível que a gente não tenha outra oportunidade de olhar esse carro assim, ao vivo e em cores.

Estava mentindo, mas precisava tranquilizar Lucy antes que ela fizesse alguma besteira. Sabia que a garota não tinha muita experiência no ramo. Era essencial que ela mantivesse um semblante de calma, de total despreocupação.

– Tem certeza? – perguntou ela, resistindo à mão que tentava puxá-la adiante.

– Tenho – respondeu Simon.

A chegada de Blatt atraíra um número ainda maior de curiosos para a plataforma da Ferrari. Eles não paravam de chegar. Simon foi abrindo caminho até se ver às costas dos capangas do russo. Abriu um espaço para que Lucy se aproximasse também, depois bateu no ombro de um dos grandalhões e disse:

– Poderia nos dar licença? A senhorita gostaria de ver a Ferrari de perto.

Num primeiro momento, o guarda-costas não fez mais do que encará-lo com jeito de poucos amigos, mas depois virou-se para Lucy. Simon apertou a mão da sua assistente, que, obedecendo ao sinal, sorriu para o brutamontes.

O homem arregalou os olhos e imediatamente deu passagem aos dois. Foi assim que, de um segundo para o outro, Simon se viu ao lado de Boris Blatt.

– Mas, Sr. Quince, precisamos ajustar a sua comissão – reclamou o russo, irritado com o leiloeiro. – O vendedor já está lhe pagando muito.

– Se eu estiver fazendo meu trabalho com competência, não é muito – devolveu Quince, plácido, elegante, inglês.

– Bem – disse Blatt –, cobrar um adicional de cinco por cento... chega a ser um insulto!

Sem perceber, Simon cerrou o punho e correu o polegar pelas articulações dos dedos. Em todo tipo de roubo, destreza é fundamental. Até mesmo para quem pretende roubar uma simples carteira. E o que ele estava para fazer era bem mais difícil do que roubar uma carteira.

– Alastair, que bom revê-lo.

– Ah, Simon. Como vai? Imagino que esteja aqui por causa desta maravilha – declarou o leiloeiro, adiantando-se para apertar a mão dele.

Os dois se conheciam apenas superficialmente. Um carro reformado pela oficina de Simon fora vendido ali por uma bela quantia. Apesar disso, Quince não parecia muito contente com a interrupção.

– Agenciando algum cliente?

– Infelizmente, não. Só queria ver a Ferrari de perto. Vou deixá-la para o Sr. Blatt. Não vai nos apresentar?

Quince forçou um sorriso.

– Boris Blatt. Este é Simon Riske, dono de um pequeno estabelecimento para a restauração de Ferraris e Lamborghinis. Trabalho de primeira.

Simon já estendia um cartão de visita.

– Não que esse aí precise de restauração – comentou, aproximando-se do carro. – Embora a pintura do capô não pareça muito homogênea.

As Ferraris produzidas na década de 1960 costumavam ser criticadas pela qualidade inferior da pintura de fábrica. Na época, as maiores preocupações dos homens que desenhavam e fabricavam os carros eram velocidade e desempenho. Coisas como pintura e acabamento eram consideradas detalhes de menor importância.

– É mesmo? – questionou Blatt, visivelmente contrafeito.

– Claro que não – reagiu Quince, constrangido. – Sr. Blatt, prometo ao senhor que...

Blatt atropelou Simon para ver melhor o capô. Por um segundo, talvez até menos que isso, seus ombros e braços se esbarraram.

Simon foi atrás dele e examinou a pintura mais uma vez.

– Não, não – declarou. – Eu me enganei. Desculpe.

– Tem certeza? Senhor...? Como é mesmo seu nome?

– Riske. Sim, certeza absoluta. Foi só uma ilusão de ótica, por causa da luz. – Simon olhou de relance para o leiloeiro. – O Sr. Quince jamais colocaria à venda um carro com um defeito de pintura.

– Claro que não – enfatizou o inglês.

A voz no sistema de som anunciou que o leilão começaria em cinco minutos. A multidão em torno da Ferrari começou a se dispersar.

– Então... boa sorte – disse Simon, colocando a mão no braço do russo e cochichando em seu ouvido: – É uma beleza, mas eu pagaria 20 milhões e nem um centavo a mais.

Blatt deu um passo para trás e leu o cartão de visitas.

– Americano? De onde? – quis saber.

– Nova York.

– Tenho amigos em Nova York.

– É mesmo?

Simon podia apostar que sabia quem eram pelo menos um ou dois desses amigos.

– Talvez voltemos a nos falar – informou Blatt, guardando o cartão no bolso interno do paletó.

– Estou à sua disposição. – Simon virou-se para sair, mas deu de cara com o peitoral de um dos guarda-costas. – *Pode me dar licença?* – rosnou ele, falando o russo de um moscovita.

Blatt fez um sinal e o segurança se afastou.

Simon pousou a mão nas costas de Lucy.

– Vamos? – falou baixinho, empurrando-a de leve para que se apressasse.

– Você fala *russo*?

– Vamos logo.

Sempre sorrindo com o olhar, ele conduziu a garota para bem longe do Lote 31 e de Boris Blatt. O som ambiente, um jazz suave que até então vinha dando ao evento uma atmosfera festiva e sofisticada, parou. As pessoas foram seguindo para o palco como se levadas por uma maré. O clima agora era bem diferente. Nada de papo furado. Apenas nervosismo e ansiedade. Dar lances em automóveis raros era um negócio sério.

Simon foi abrindo caminho na direção da saída. Tinha por regra manter a maior distância possível de suas vítimas. Se por algum motivo fosse revistado, seria flagrado com um objeto roubado no bolso. Enquanto não saísse daquele lugar e devolvesse tal objeto a seu proprietário de direito, era um ladrão como outro qualquer, à mercê de todos os rigores da lei.

Diante da porta principal, precisou aguardar um instante até que uma última leva de convidados entrasse no prédio. Nesse instante, viu Blatt se acomodar na primeira fila de cadeiras e erguer o braço esquerdo para consultar as horas no relógio.

– Já está indo embora, Sr. Riske? – perguntou alguém às suas costas, tocando-o no ombro. – É esse o seu nome, não é?

Virando-se, ele deparou com um funcionário da Sotheby's escoltado por dois seguranças.

– Não estamos nos sentindo muito bem – explicou.

– Muito champanhe, eu acho – resmungou Lucy, apertando a barriga.

– Sinto muito – falou o homem da Sotheby's.

Simon olhou de novo para o russo, que agora estava de pé, gesticulando violentamente para chamar a atenção de um dos guarda-costas. O brutamontes correu ao encontro dele e ouviu as ordens do chefe.

– Droga – sussurrou Simon. – Ele já percebeu.

O guarda-costas veio caminhando pelo corredor, na direção de Simon.

– O que foi? – perguntou Lucy. – Você ficou branco de repente...

Simon não respondeu. O guarda-costas agora corria, as bochechas já vermelhas, sinalizando para ele. Lucy virou-se para trás e viu o que estava acontecendo.

– Simon – disse, preocupada. – Ele está vindo atrás de você.

– Será?

O guarda-costas estava relativamente perto, as pessoas abrindo caminho para que ele passasse. Olhou nos olhos de Simon, depois virou o rosto e seguiu correndo mais alguns passos até alcançar o garçom que carregava uma bandeja de champanhe. Pegou duas taças, deu meia-volta e levou rápido para o chefe.

– Então, vamos? – falou Simon, assim que seu coração voltou a bater. – Acho que não temos mais nada para fazer aqui.

Passados alguns instantes, eles estavam do lado de fora, atravessando o parque para voltar ao estacionamento.

– Conseguiu pegar? – indagou Lucy.

– Continue andando – ordenou Simon.

– Mas tinha tanta gente perto!

– Exatamente.

– Mas ele nem...

– Exatamente.

– E você colocou o outro no pulso dele? Como?

– Houve uma fase na minha vida em que eu tinha muito tempo disponível e um bom professor ao meu lado. Mas agora vamos mudar de assunto.

Eles enfim chegaram ao carro. Não era nenhuma Ferrari, mas um Golf R da Volkswagen. Ninguém precisava de mais do que isso para rodar nas ruas congestionadas de Londres. Talvez um dia ele comprasse uma Ferrari, mas por enquanto não. Embora gostasse de carros de luxo, tinha mais o que fazer com seu dinheiro.

– A carruagem da senhorita – disse ele, abrindo a porta para Lucy.

– Um perfeito cavalheiro – respondeu ela, fitando-o por um segundo a mais do que seria normal e um pouco mais próxima do que o necessário.

– Lucy Brown, a esta hora a senhorita já deveria estar na cama.

– Mas... e o meu champanhe?

– Você não acabou de dizer que bebeu demais? – observou Simon, dando um passo para trás.

Lucy entrou no Golf e bateu a porta.

Simon contornava o carro para entrar quando parou e tirou o relógio do bolso. Ergueu-o para que o luar se refletisse na platina da caixa e iluminasse o marfim do mostrador. Tratava-se de um Patek Philippe de 1965, com calendário perpétuo, cronógrafo e indicador de fases da lua. Valor: 3 milhões de dólares. Um mês antes, um dos integrantes da organização criminosa de Boris Blatt o roubara de uma joalheria na zona norte da cidade. Simon fora contratado pela seguradora da loja para pegá-lo de volta.

Ele se sentou ao volante, saiu do estacionamento e em poucos minutos já acelerava às margens do Tâmisa.

Três milhões por um relógio.

Era impressionante o que as pessoas se dispunham a pagar pelas coisas hoje em dia.

3.

A SEDE DA LLOYD'S OF LONDON, um dos principais mercados de seguro do mundo, fica num arranha-céu de vidro e aço bem no coração da City, o distrito de pouco mais de 1,5 quilômetro que abriga as mais poderosas instituições financeiras da Inglaterra. Mesmo em noites de domingo, viam-se luzes acesas em todos os andares. Avaliar riscos era uma ocupação para a qual não havia descanso.

Simon estacionou na garagem subterrânea e mostrou sua identidade na recepção do térreo.

– Sr. Moore – disse ele, dando o nome do seu contato.

– O senhor sabe o caminho, não é? – perguntou o segurança.

Simon pegou um elevador para o 11º andar. Encontrou a porta do escritório destrancada e seguiu o cheiro de café e charuto até o fim do corredor.

– Você não dorme nunca?

D'Artagnan Moore estava ao computador, castigando o teclado com números e dados.

– Conseguiu?

– E eu aqui achando que você tinha passado a noite em claro só porque estava preocupado comigo...

– Conseguiu ou não conseguiu?

– É disto aqui que você está falando?

Simon jogou o relógio sobre a mesa.

– Cuidado! – exclamou Moore, aninhando a joia nas mãos enormes e examinando-a por alguns segundos antes de lançar um olhar de alívio para Simon. – Claro que fiquei preocupado com você. Mas confesso que fiquei mais preocupado ainda com esta maravilha aqui.

D'Artagnan Russell McKenzie Moore estava mais para um armário do que para um homem: quase 2 metros de altura, uns 140 quilos, uma juba desgrenhada no lugar do cabelo e uma barba preta que havia muito tempo não recebia os cuidados de um bom barbeiro. Como de costume, vestia um blazer de caça de tweed sobre um cardigã de lã. Simon o conhecia desde os 8 anos, quando morava com o pai no vilarejo Royal Tunbridge Wells e os dois garotos frequentavam o mesmo colégio em Surrey. O pai de Simon, Anthony Riske, viera para Londres para abrir uma filial da sua corretora de commodities. Moore, filho de um aristocrata sem muita importância, estudara em Harrow, depois em Cambridge, e trilhou uma carreira brilhante na indústria de seguros. Os caminhos da vida haviam levado Simon para uma direção bem diferente.

– Até hoje você não me contou onde aprendeu estes seus truques – comentou Moore, arregalando os olhos sob as sobrancelhas cabeludas. – Imagino que não tenha sido na London School of Economics.

Simon abriu um sorriso enigmático e se jogou numa das cadeiras diante da mesa.

– O que você vai dizer aos seus sócios?

– Eles sabem que é melhor não perguntar. A discrição é parte importante do negócio. – Moore guardou o relógio num estojo bege e o trancou numa das gavetas da mesa. – Tudo correu bem, certo?

– Até certo ponto.

Moore ergueu, preocupado, sua cabeça leonina.

– Como assim?

– Eu já estava indo embora quando tive a impressão de que o cara tinha percebido a troca. Talvez não conscientemente, mas por instinto. Esse tipo de gente tem um sexto sentido para essas coisas.

– O roto falando do esfarrapado.

– Está me chamando de ladrão?

– Longe de mim – respondeu Moore. – Mas ele não... percebeu nada, certo?

– Não.

– Então está tudo bem. O que ele pode fazer? Dar queixa à polícia? Conheço muita gente na Scotland Yard que adoraria que ele fizesse exatamente isso.

Moore se levantou, serviu duas doses do uísque que estava numa bancada lateral e entregou uma delas a Simon.

– Saúde.

– Saúde.

Simon bebeu tudo de um só gole.

– Vocês, ianques – observou Moore –, devoram tudo o que veem pela frente. Isto não é uma daquelas misturas amargas e baratas que vocês fabricam lá no Tennessee. É para ser saboreado, rapaz.

– É um Laphroaig. Single Malt.

– Isso mesmo. Estou impressionado.

– Você já disse isso um milhão de vezes. Prefiro Jack Daniel's.

– Idiota.

– Com muito orgulho. Mais uma dose?

Moore pegou a garrafa e serviu mais uma dose.

– Fale logo. Você está mais nervoso que um boi na fila do abatedouro.

– Meio preocupado, só isso.

– Problemas na oficina?

– Pelo menos ela se paga.

– Bem mais que isso, imagino. Também fazemos seguro de carro, sabia? O preço daquelas engenhocas italianas tem subido de forma vertiginosa.

– Eu conserto os carros, não sou dono deles. Tem os custos fixos. Os salários. As peças de reposição custam uma fortuna. Preciso encomendar um dinamômetro novo para testar os motores. Custa 50 mil libras.

– Por que não volta para o *private banking*? Conheço um monte de gente que receberia você de braços abertos.

Simon olhou à sua volta. Enterrara muitos anos da sua vida num buraco luxuoso não muito diferente daquele. Tinham sido anos bons, na verdade. O trabalho era estimulante, enriquecedor, repleto de desafios, mas, quando atingiu todos os seus objetivos, foi embora.

Começara a carreira aos 27 anos, já velho para alguém sem um MBA. No seu currículo, havia uma lacuna entre os 19 e os 23 anos, mas ninguém nunca perguntara por quê. As pessoas ficavam maravilhadas com o fato de ele ter se formado com louvor na London School of Economics e com a medalha de matemática que recebera no Sciences Po, de Paris. E, quando o conheciam pessoalmente, pronto, era o que bastava.

Jornadas de doze horas não eram nada incomuns. Assim como trabalhar nos fins de semana. Ninguém era mais motivado que ele. No entanto, por maior que fosse a sua ambição, Simon pertencia àquela espécie rara de funcionário cuja motivação nunca era vista com desconfiança. Os interesses do banco vinham sempre em primeiro lugar. Os próprios, depois.

Ele optara pelo setor de *private banking*, cuidando dos investimentos de clientes muito ricos. Gostava de ajudar as pessoas, de construir um relacionamento com elas, de conquistar sua confiança. Quando se dava conta, já estava orientando os clientes em todos os aspectos de sua vida financeira. Aconselhava-os na hora de comprar um objeto de arte, providenciava a avaliação de uma joia, passava-lhes as sugestões do banco sobre quanto ouro devia ser guardado em casa ou nos cofres da agência.

E foi por causa dessas relações pessoais que acabou descobrindo seus talentos especiais. Certa vez, quando um cliente suspeitou que o filho vinha falsificando os boletos da faculdade para comprar drogas, Simon discretamente ofereceu seus préstimos e no prazo de uma semana o garoto já estava internado numa clínica de reabilitação para dependentes no Arizona, e o traficante, enclausurado numa sala da Scotland Yard para ser interrogado.

Quando outro cliente suspeitou que um funcionário seu estava vendendo a tecnologia patenteada da empresa para um concorrente, Simon se ofereceu (desta vez de forma menos discreta) para investigar o caso. Um mês depois, o sujeito estava preso por espionagem industrial e o concorrente havia firmado um generoso acordo para evitar um processo judicial.

E, quando um terceiro deixou escapar que a namorada havia roubado 2 milhões de libras do seu cofre pessoal e fugido para Ibiza com um amante bem mais novo, Simon logo se prontificou a dar um jeito na situação. Em pouco tempo, o dinheiro, ou boa parte dele, estava de volta às mãos do cliente. A garota, lamentavelmente, preferiu não retornar.

Não demorou para que todos ficassem sabendo desse seu talento especial para resolver até mesmo os problemas mais espinhosos. O fato de dominar vários idiomas também ajudava. Além do seu inglês nativo, Simon falava francês, italiano, espanhol, russo e um pouquinho de árabe. Muitos clientes desconfiavam que ele tivesse trabalhado como policial, militar ou até espião – o que quer que isso signifique nos dias de hoje. Sempre que ouvia algo do tipo, Simon ria, dizendo que aqueles problemas nem eram tão difíceis assim de solucionar e que, na realidade, qualquer um poderia ter feito o trabalho no seu lugar.

Ele entregou seu pedido de demissão sem nenhum aviso. Não havia nada que o banco pudesse oferecer para que ele mudasse de ideia. Deixou com eles o número de seu telefone particular, dizendo que faria o possível para ajudar sempre que um cliente tivesse algum problema fora do comum. Isso acontecera havia cinco anos.

– Voltar para o banco? – Simon engoliu a segunda dose de uísque e bateu o copo vazio na mesa à sua frente. – Não, muito obrigado.

– Bem, você tem seus investimentos pessoais – disse Moore. – O mercado tem se comportado direito. E você sempre foi um gênio das finanças.

– Não posso reclamar.

– Então qual é o problema?

Simon olhou para Moore, para aqueles olhos escuros que o encaravam sob um par de sobrancelhas absurdamente desgrenhadas. Não havia dúvida de que Moore estava sendo sincero em sua tentativa de ajudar. No entanto, a vida lhe ensinara que havia certas coisas que era mais prudente guardar para si.

– Não é nada. Estou ficando velho, só isso.

– Quem não está, meu amigo? Quem não está? – Moore tirou um envelope da gaveta e colocou-o diante de Simon. – Isto vai facilitar as coisas. Acho que agora você vai poder comprar o seu dino... dinom...

– Dinamômetro.

– *Gesundheit.* Saúde.

Simon guardou o envelope no bolso do paletó.

– Mais alguma coisa em que eu possa ajudar? – perguntou.

– Por enquanto, não – respondeu Moore. – Parece que todos os bandidos, ladrões e vigaristas saíram de férias. Por que você não faz a mesma coisa? Tire umas férias. Espanha. Portugal. Por que não faz uma viagem para casa?

– Férias nos Estados Unidos?

– Ouvi dizer que Cape Cod é ótimo. Leve uma amiga. Um homem como você deve ter uma fila de amigas esperando um convite.

– Claro, D'Art. Elas fazem fila na minha porta.

Fazia três meses que Simon havia terminado seu último relacionamento. Estava saboreando a vida de solteiro em Londres, aquela cidade tão cosmopolita, tão cheia de opções. Não pretendia abandoná-la tão cedo.

– Mas sabe de uma coisa? – acrescentou Simon. – Topo sair de férias se você for comigo. Dois solteirões colocando o pé na estrada. Cape Cod, não. Pode ser Ibiza. Saint-Tropez. Você escolhe.

Moore deu uma sonora gargalhada.

– Eu? De sunga na praia? Deus me livre!

Ambos riram. Moore se levantou e acompanhou Simon até o corredor. Pousou o braço enorme no ombro do amigo.

– Relaxe, rapaz – disse Moore. – Logo, logo vai pintar alguma coisa, você vai ver. Enquanto isso, aproveite a vida.

4.

Tino Coluzzi atravessava rapidamente a floresta, as duas mãos plantadas no volante, os olhos grudados na estrada estreita. Não enxergava quase nada. As copas densas pouco deixavam passar da claridade do céu noturno. Após uma curva para a direita, uma descida íngreme. Sentiu um frio na barriga. Algo surgiu em seu caminho, obrigando-o a frear. O vulto sumiu mata adentro. Um veado.

Depois de deixar a rodovia na altura de Buchères, ele tinha apagado os faróis. Nas montanhas havia muitos chalés que pertenciam a pessoas que caçavam na região ou que simplesmente desejavam se isolar. Ele não queria assustar ninguém com aquela sua visita noturna ao Château Vaucluse.

Outra curva. O carro estremeceu ao atravessar o leito quase seco de um riacho. Outra descida íngreme e a floresta ficou para trás. Agora se via, finalmente, o céu estrelado que cobria o sobe e desce das colinas. O château ficava no topo de uma delas, uns 100 metros à frente. Tratava-se de uma construção maciça, com paredes de pedra, janelas estreitas e um telhado de ardósia. Fora construído duzentos anos antes para as temporadas de caça de um barão local e por muitas décadas ficara abandonado, sem nenhuma manutenção. Coluzzi desembolsara uma ninharia ao arrematá-lo num leilão.

Ele respirou aliviado quando ouviu o crepitar dos pneus sobre o cascalho do pátio dianteiro. Passou pela arcada e deixou o carro na garagem, fazendo questão de baixar a porta da garagem antes de tirar do porta-malas a pasta de couro de bezerro e a mala metálica com o dinheiro roubado do príncipe. Parou um segundo e aguçou os ouvidos diante da porta de serviço que dava acesso ao interior do château. Tudo estava calmo. Uma coruja crocitou ao longe. Depois disso, apenas vento.

Por fim ele entrou. Resmungando, deixou as malas sobre a ilha da cozinha. O vizinho mais próximo ficava a 3 quilômetros de distância. Mesmo assim, inspecionou janela por janela para se certificar de que estavam fechadas. Só então acendeu a luz.

Durante alguns minutos, não fez mais do que olhar para as duas peças roubadas, então desceu ao porão e voltou com a garrafa de um Borgonha decente. Sabia exatamente o que estava dentro de uma das malas, mas o conteúdo da segunda ainda era um mistério.

Serviu-se do vinho e bebeu devagar, refletindo sobre seu dilema. Talvez fosse melhor desistir ali mesmo e procurar o americano, que ainda esperava por ele num hotel em Fontainebleau. Entregaria a pasta e não faria nenhuma pergunta. Tinha direito a setenta por cento do dinheiro. Mais de 400 mil euros. O bastante para levar uma boa vida durante alguns anos.

Isso era o certo a fazer.

No entanto... por que afinal ele tinha vindo para o château?

Coluzzi correu a mão sobre o couro macio da pasta e bateu a unha no metal dourado da fechadura. Era um ladrão. Ignorar a pasta do príncipe seria o mesmo que ignorar uma bolsa esquecida no balcão de uma loja.

Então largou a taça e deu início aos trabalhos. A pasta estava trancada, claro. Infelizmente ele não tinha por perto seu conjunto de chaves, por isso usou um clipe e uma lixa de unha para abrir o fecho, cuidando para não ferir o metal. Sempre atento para não cometer nenhum erro, retirou lentamente cada item dali de dentro. Um passaporte diplomático emitido pelo governo saudita. Diversas pastas de arquivo com documentos redigidos em árabe e, portanto, incompreensíveis. A impressão de um e-mail enviado por V. Borodin – felizmente em inglês –, em que no campo de assunto se lia "Info entrega Chipre" e, no corpo, o nome da pista, as coordenadas e as frequências de rádio. Um envelope com a fatura do hotel. Outro com os muitos recibos das compras realizadas em Paris. Um exemplar da *The Economist.* Outro da *Paris Match.* O cartão de visitas de certa "Madame Sophie", enorme e perfumado, impresso na melhor das gramaturas, trazendo um número de telefone e um endereço no 16º *arrondissement* da capital francesa.

Por fim, mais três maços de dinheiro, num total de 30 mil euros. Coluzzi correu o polegar pelas cédulas, cogitando se devia ou não acrescentar essa quantia ao total dividido entre os membros da gangue. A resposta foi um retumbante "não". Achado não era roubado.

Ele olhou para a papelada espalhada sobre a ilha. Nada daquilo parecia ter algum valor, embora fosse útil ter o número de telefone de uma cafetina da alta-roda de Paris. Não havia nenhuma joia, nenhum título ao portador, nenhum plutônio, nenhuma fórmula secreta para a produção de uma bomba atômica ou de um elixir da juventude eterna. Nada remotamente parecido com aquelas coisas que sua mente de ladrão imaginara ao aceitar o trabalho.

Ou o americano estava enganado ou havia alguma outra coisa naquela pasta que ele, Coluzzi, ainda não tinha encontrado.

Convicto de que a segunda opção era a mais plausível, ele deslizou os dedos pelo forro da pasta. Não havia médico nem cirurgião no mundo com mãos mais sensíveis que as suas. Ele encontrou o bolso secreto sem dificuldade. Pegou uma lanterna na despensa, iluminou melhor o tecido e correu a unha do polegar pela costura superior até encontrar o mecanismo de molas que abria o tal bolso, de pouco mais de 20 centímetros de comprimento. Dentro havia um envelope pardo.

Ele examinou o conteúdo e cinco minutos depois voltou com o envelope para o esconderijo.

Só agora entendia o porquê daquela faísca de crueldade que identificara no olhar do príncipe. Os papéis que ele levava ali eram cartas trocadas entre o FBI e a Mabahith tratando da transferência de um prisioneiro dos Estados Unidos para a Arábia Saudita.

Ao que tudo indicava, o príncipe era o chefe da polícia secreta de seu país.

Era bem provável que o americano já soubesse disso. Afinal, também era um espião ou algo assim. Não precisaria contratar os serviços de terceiros apenas para confirmar uma informação.

Certamente havia mais alguma coisa escondida naquela pasta.

Coluzzi serviu-se de mais vinho e esperou que os batimentos cardíacos voltassem ao normal. Não havia mais outro esconderijo sob aquele forro, disso ele tinha absoluta certeza. Nesse caso, restava apenas a possibilidade de um fundo falso. Ele tateou toda a pasta, procurando algum botão secreto. Ergueu-a, examinou-a de todos os lados, inclusive o de baixo. De repente, se deu conta de que príncipes dificilmente se disporiam a perder tanto tempo à procura de um botão secreto. Então colocou-a sobre a bancada e examinou o fecho. Depois de destrancá-lo, ainda era preciso deslizar um botão circular para a esquerda. Apenas para ver o que acontecia, ele resolveu deslizá-lo para cima e para baixo. Nada. Irritado, começou a apertá-lo de modo frenético.

Foi então que ouviu um clique e viu uma bandeja se projetar da base da pasta. *Voilà!*

Coluzzi ficou desapontado quando puxou a bandeja e viu o que tinha nela. Uma carta. Ele segurou o envelope: era pequeno, mais quadrado do que retangular, sem selo. Nenhum destinatário na frente e, no verso, apenas um endereço. Coluzzi não era exatamente um acadêmico e precisou de um instante para reconhecer as palavras em azul.

– Será? – sussurrou para si mesmo.

Retirou com cuidado a carta do envelope e leu o cabeçalho. Abaixo dele, em ouro, havia o desenho de uma estrutura que ele reconhecia apenas vagamente.

"Prezado coronel", dizia o remetente.

A carta em si não passava de quatro frases escritas numa letra meticulosa e bonita. Numa primeira leitura, Coluzzi não viu ali nenhum motivo para que o chefe da polícia secreta saudita escondesse aquele envelope num compartimento secreto, muito menos para que um americano sinistro oferecesse 600 mil euros a fim de que um ladrão natural da Córsega o roubasse. Tratava-se apenas de um bilhete de agradecimento. Nada mais.

Coluzzi leu a carta uma segunda vez e, aos poucos, foi atinando para os nomes do remetente e do destinatário. Aflito, pegou o envelope e releu o endereço do verso para ter certeza de que não estava enganado. Sentiu um arrepio.

Ninguém deveria ter uma bomba daquelas nas mãos. Nem mesmo o chefe da polícia secreta saudita. Nem um espião americano que marcava encontros em hotéis de luxo. E muito menos um bandido como ele, um ladrão que entrara para o mundo do crime assim que se vira capaz de dizer "Me passa esse dinheiro aí, senão...".

Tomado de um medo súbito e irracional, Coluzzi guardou a carta no envelope, recolocou-o no esconderijo e derramou o resto do vinho na pia. Segundos depois, já estava fora da casa.

Com as malas em punho, retornou para o carro e, em poucos minutos, já estava na estrada outra vez, passando pela mesma floresta com a mesma pressa de antes. De modo geral, não tinha medo de muita coisa, mas era inteligente o bastante para saber que em briga de cachorro grande o melhor era ficar de fora. A experiência lhe ensinara que o medo era o melhor amigo da sobrevivência.

Mesmo assim, ele ainda não havia decidido entregar a pasta para o americano.

Coluzzi só conseguiu respirar com um pouco mais de tranquilidade quando entrou na rodovia e se viu tão anônimo quanto os outros tantos motoristas que dividiam o asfalto com ele. Seguiu as placas que indicavam o caminho para Beaune e Aix-en-Provence. Não estaria seguro em Paris. Estava indo para um lugar onde poderia obter refúgio e proteção com os seus semelhantes. Corsos. Ladrões. Bandidos. Estava indo para casa.

A viagem o deixou mais calmo, e não demorou para que prevalecesse sua natural inclinação para a patifaria. Outros viriam atrás daquela carta. Disso ele sabia. Ele tinha duas opções: ficar de braços cruzados até que o encontrassem, e nesse caso seria um homem morto, ou encontrá-los primeiro e fazer uma proposta.

E então Tino Coluzzi já não tinha medo de mais nada. Onde antes vira perigo, agora via oportunidade.

Aquela carta valia muito mais do que 600 mil euros.

Nas mãos certas, valia um milhão. Cinco milhões. Dez, até.

E nas erradas?

Coluzzi sorriu. Nas mãos erradas, seu valor era incalculável.

5.

Nicósia, Chipre

Outro homem esperava receber a carta encontrada por Tino Coluzzi, mas ele não era americano. Era russo. Vassily Borodin aguardava feito uma sentinela ao lado da pista de pouso, o rosto virado para o alto. Ainda faltavam trinta minutos para a chegada do avião, mas ele preferia aguardá-lo do lado de fora, ouvindo o bater das ondas contra os penhascos rochosos, sentindo o cheiro do mar. Qualquer coisa era melhor que o zumbido do ar-condicionado daquela sala de espera e o estado lamentável do piso de linóleo. A riqueza que seus compatriotas trouxeram para Chipre ainda não chegara à parte norte da ilha. Ele deu uma rápida olhada no relógio. Quatro horas já haviam se passado desde que ele fizera seu último e único contato com o avião.

– Ele teve um problema – dissera o piloto. – Um assalto.

– Como assim, um assalto?

– Não sei, senhor.

– Deixe-me falar com ele.

– Ele não quer falar com o senhor.

Depois disso, silêncio. Por ordem pessoal dele.

Um assalto. Que droga teria acontecido?

Irritado com a própria aflição, Borodin contraiu os lábios até deixá-los exangues. Era inacreditável que, nos dias de hoje, um homem na sua posição não pudesse se comunicar com segurança com quem lhe desse na telha, onde quer que estivesse. Mas isso era justamente o que estava acontecendo. A tecnologia fracassara. Ele não conseguia conversar pelo celular, pelo laptop, nem mesmo pelo computador do seu gabinete em Moscou sem o risco de que um indivíduo – alguém que ele não conhecia e que talvez tivesse motivos para temer – o ouvisse clandestinamente. E ele, Vassily Alexandrovich Borodin, diretor do SVR, o serviço de inteligência internacional do governo russo, era tão responsável por isso quanto qualquer outra pessoa.

Naquela noite em especial não havia espaço para riscos.

– Senhor! Venha rápido! Precisa ver algo!

Era Kurtz, seu chefe de gabinete, acenando freneticamente à porta do galpão que funcionava como torre de controle.

– Estou indo! – gritou Borodin de volta, erguendo a mão para acalmá-lo.

Deu uma última olhada no céu e seguiu para o galpão. Era um homem baixo, com menos de 1,70 metro, e magro feito um palito. Os traços eram tipicamente mongóis: olhinhos apertados, maçãs salientes, cabelos quase azuis de tão pretos. Para compensar a pouca estatura, ele nunca se permitia demonstrar fraqueza. Andava sempre com a coluna reta, a cabeça erguida, a postura rígida de um guarda cerimonial diante do túmulo de Lênin. Quando se dirigia a algum colega, olhava-o nos olhos, dedicava-lhe sua total atenção, nem sequer piscava. Preferia guardar as próprias opiniões para si, ao contrário dos outros. Tudo isso dava a ele o aspecto de uma pessoa poderosa, segura de si.

– O príncipe! – gritou Kurtz. – Uma reportagem sobre ele na televisão.

Borodin entrou com ele no galpão claustrofóbico e imundo. O ambiente cheirava a carne de cordeiro queimada. Os homens tagarelavam diante de uma televisão velha, chumbada à parede. As imagens mostravam uma fileira de carros pretos numa cidade que parecia ser Paris.

– Silêncio – ordenou Borodin.

Todos se calaram. Cada vez mais aflito, o oficial russo ouviu o que o repórter tinha a dizer sobre o assalto ao príncipe Abdul Aziz da Arábia Saudita. Pelo menos agora ele entendia a que o piloto se referira.

– Então? O que vamos fazer? – perguntou Kurtz quando a reportagem terminou.

Borodin encarou seu subalterno com um olhar glacial, depois saiu e retornou ao seu posto junto à pista de pouso.

Pouco depois ele avistou as luzes do avião e não tirou os olhos delas durante toda a descida. O jato pousou, passou zunindo à sua frente, manobrou na extremidade da pista e taxiou. Uma escada foi empurrada até a fuselagem e o príncipe desceu.

Borodin permaneceu imóvel, deixando que o outro viesse a seu encontro.

– Ela foi levada – contou Abdul assim que se aproximou.

– Na televisão, disseram que roubaram o seu dinheiro.

– Levaram o carro também. Minha pasta estava dentro.

– Com a carta?

– Sim.

Borodin refletiu um instante. Aquela era uma das raras vezes em que via o príncipe sem os óculos escuros. Os olhos do homem estavam vermelhos e inchados. Ele havia chorado.

– Não estou entendendo – falou com grande preocupação. – Por que levaram o seu carro?

– Para fugir.

– Mas eles não chegaram nos próprios carros?

– Provavelmente não queriam perder tempo mudando o dinheiro de um carro para outro. Eram profissionais.

– Mas o dinheiro não estava no seu carro?

– No carro de trás.

Borodin digeriu as informações.

– E você não percebeu nenhum sinal de que estavam interessados na carta?

– Nenhum. Foi tudo muito rápido. Em um minuto eles já haviam partido.

– Você não fez nada? Ficou de braços cruzados enquanto iam embora?

– Eram mais de dez homens de fuzil em punho. Os meus tinham apenas pistolas. O que você teria feito no meu lugar, valentão?

Borodin deixou passar mais esse insulto, como já havia feito um milhão de vezes. Ouviu com atenção enquanto Abdul relatava a sequência dos acontecimentos.

– Pelo que tudo indica, estavam observando sua saída do hotel – concluiu ele. – Você disse que foi cercado. Mas como eles sabiam o caminho que você faria para o aeroporto?

Agora foi o príncipe quem ficou calado.

Pousando a mão no ombro dele, Borodin conduziu-o para longe da pista. As turbinas do avião chiavam baixinho enquanto eram desligadas. Se alguém perguntasse, tratava-se de uma simples escala de abastecimento. Ninguém havia descido da aeronave. Não havia ocorrido nenhum encontro entre Abdul Aziz bin Saud e Vassily Borodin.

Eles seguiram caminhando por mais uns 100 metros, na direção do penhasco que se elevava sobre o mar. Virando-se para o príncipe, Borodin perguntou:

– Quem o aconselhou a pegar aquele caminho?

– Não preciso do conselho de ninguém. Paris é uma segunda casa para mim. Conheço a cidade como a palma da mão.

Borodin também. No início da carreira, morara por três anos na capital francesa, onde fora incumbido de realizar o seu primeiro trabalho sujo: assassinar um oligarca exilado que, sem papas na língua, vinha criticando o governo russo.

– Me diga uma coisa. Por que resolveu atravessar a cidade em vez de tomar a via expressa? – quis saber.

– Porque é mais rápido.

– É mesmo?

O príncipe assentiu.

– Avisou alguém dessa sua decisão?

– O motorista, claro.

– Quando?

– Dez minutos antes de deixarmos o hotel.

Borodin refletiu um instante. Em tese, dez minutos bastavam para que o motorista repassasse a informação aos assaltantes e para que estes, com um pouco de sorte, se posicionassem nos lugares certos para interceptar Abdul. Mas isso era pouco provável. Não havia dúvida de que aquilo era um trabalho de profissionais. Mesmo que estivessem interessados apenas no dinheiro, dificilmente esperariam até o último momento para descobrir um dado tão crucial.

Os dois homens continuaram a caminhar devagar, parando apenas quando alcançaram a borda do penhasco. As ondas quebravam ruidosamente contra as pedras lá embaixo.

– Tem mais alguém – falou Abdul.

Borodin virou-se para encarar o belo saudita. *É claro que tinha mais alguém.*

– Delacroix – prosseguiu o outro. – O chefe de segurança do hotel. Conversamos sobre o caminho mais rápido. Não lembro se foi ele quem sugeriu que fôssemos pelas ruas secundárias ou se a ideia foi minha.

– Quando vocês conversaram?

– No sábado.

– Um dia antes de você partir.

– Delacroix é um amigo – declarou o príncipe com arrogância. – Eu o conheço há anos. É da mais absoluta confiança.

Borodin assentiu como se concordasse. Nunca na vida conhecera alguém que fosse “da mais absoluta confiança”. Agora se perguntava sobre o que mais ele conversara com Delacroix. Borodin já ouvira rumores sobre a sexualidade do príncipe. Só Deus sabia o que o árabe compartilhava com os amantes, fossem homens ou mulheres.

– Segundo a reportagem, você decolou sem falar com ninguém. Por que não ficou para ajudar na investigação da polícia?

– Tenho um compromisso com o rei amanhã de manhã. Ele não tolera cancelamentos.

– Claro.

Borodin sabia que havia algo mais. O príncipe Abdul Aziz estava com medo. Medo de que a qualquer momento o roubo da carta fosse descoberto e ele fosse implicado no crime. Novamente pousando a mão no ombro do príncipe, puxou-o para mais perto.

– Você chegou a vê-la? Com seus próprios olhos? – perguntou.

Abdul fez que sim com a cabeça, a empolgação estampada nos olhos.

– A gramatura do papel é a mesma de uma carta que meu avô recebeu.

– Tem certeza?

– Absoluta.

– E a letra?

– Idêntica.

– Certo – disse Borodin, sem trair nenhuma emoção na voz, mas, nas costas, cerrando os punhos em triunfo.

Tudo era verdade, afinal. Tudo aquilo de que ele vinha suspeitando havia tanto tempo.

– Cedo ou tarde vou encontrar aquele ladrão – afirmou o príncipe. – Tenho contatos na polícia francesa.

– Não será necessário.

– Ora, você não pode permitir que ele...

– Eu mesmo vou encontrá-lo – declarou o russo, mais incisivo do que havia pretendido. – Ou não. De qualquer modo, você já fez o bastante.

– O que vai fazer?

Borodin não respondeu. Virou-se para olhar o horizonte escuro da noite, para as águas negras e agitadas do Mediterrâneo. Pela primeira vez conseguiu sorrir naquele dia, um sorriso rápido e enigmático. Abdul sorriu também.

– Sabia que, se olhar direito, dá para enxergar as luzes da Turquia? – informou Borodin.

Abdul olhou na mesma direção, aproximando-se do precipício.

– Hoje não.

– Claro que sim – insistiu Borodin, apontando para o norte. – Ali, olhe.

– Onde? – indagou o príncipe, estreitando os olhos e esticando o pescoço para enxergar melhor. O cascalho sob seus pés rolava paredão abaixo. – Não estou vendo nada.

– Dois pontinhos cintilantes. Impossível que você não esteja vendo.

Abdul se esforçou mais um pouco e balançou a cabeça, já sem paciência.

– Talvez o amigo precise chegar um pouco mais perto – sugeriu o russo.

– O quê?

Borodin fincou a mão nas costas do homem e empurrou-o com toda a força que tinha. O príncipe perdeu o equilíbrio e, não encontrando o chão que procurava, agitou os braços em busca de ajuda.

– Por favor...! – pediu.

Borodin deu um passo para trás.

E lá se foi o príncipe, seu grito abafado pelo furor do vento e das marés.

Voltando pela pista, Borodin nem sequer olhou quando passou pelo avião. Não conseguia pensar em outra coisa que não fosse a carta e o que fazer para recuperá-la. Ele já fora muito longe, não havia como recuar. A intrincada engrenagem que montara naqueles últimos meses estava em movimento. Irrompendo no galpão, ele sinalizou para que Kurtz o acompanhasse até um canto.

– Preciso localizar uma das nossas agentes. Prioridade máxima.

– Claro, general – assentiu Kurtz. – Que agente?

– A major Asanova.

O semblante em geral mal-humorado de Kurtz deu lugar a outro, de espanto.

– Tecnicamente a major Asanova não está mais sob nosso comando. Depois daquele incidente em Dubai...

– Onde ela está? Não quero nem saber se está em outra missão. Preciso dos serviços dela.

Kurtz fez uma careta, como se tivesse levado um golpe.

– General, com todo o respeito... Não vamos nos precipitar, por favor.

Borodin ficou na ponta dos pés para encarar seu subordinado, aproximando-se o suficiente para ver as gotas de suor que já apareciam sobre sua boca.

– Acabei de mostrar as luzes da Turquia ao nosso amigo príncipe – informou. – Quer que faça a mesma coisa com você?

Pela porta aberta, Kurtz olhou para o avião, que não saía do lugar. Virando-se novamente para o general, leu nos olhos dele o que havia acontecido.

– Não, senhor – respondeu por fim, balançando a cabeça com veemência.

– Ótimo.

– Ela está em Berlim. Numa PI contra os americanos.

As PIs eram as operações de guerrilha que eles usavam para "Provocar e Intimidar" os diplomatas americanos, ações geralmente violentas com o intuito de mantê-los num constante estado de pavor, cientes de que não deviam fazer pouco-caso da grande potência russa.

– Ligue para ela imediatamente – ordenou Borodin. – Quero que esteja esperando por nós quando chegarmos a Moscou.

– Se o general me permitir uma observação... As coisas não saíram exatamente como planejadas na última vez que requisitamos a ajuda dela.

– Me diga uma coisa, Ivan Ivanovich: por acaso ela deixou de cumprir a missão?

– Não, senhor. Mas não é isso. É que...

– É o quê?

– Ela tem a tendência de...

– Tendência de quê?

– De se envolver – disse Kurtz, como se cuspisse um osso entalado na garganta. – A mulher não sabe a hora de parar. É inconsequente. É no seu próprio bem que estou pensando, general.

– Onde você vê "inconsequência" eu vejo "eficácia". Sobretudo nas circunstâncias atuais.

– Eficácia. Certo, general.

– É disso que preciso agora. – Borodin caminhou até a porta e de lá correu os olhos pelo lugar imundo. – Quer dizer então que ela está em Berlim. Que diabo ela está fazendo lá?

6.

Um vulto escuro se deslocava próximo à mansão, rastejando agilmente entre os arbustos. Faltava pouco para as onze horas de uma noite de céu limpo e iluminada pelo luar. De sua posição, no bosque junto da casa, Valentina Asanova, uma veterana que havia quinze anos trabalhava para a Diretoria S do Departamento 9 do SVR – e que atualmente cumpria uma espécie de licença compulsória –, inspecionava a propriedade. Am Grossen Wannsee, 42, era uma imponente mansão localizada na margem ocidental do lago Wannsee, uma espécie de enseada do rio Havel, a 25 quilômetros do centro de Berlim.

Uma guarita protegia o acesso a um longo e sinuoso caminho de cascalho que levava à casa. Fuzileiros da Marinha americana, vestidos à paisana, montavam guarda 24 horas por dia. Uma cerca de alambrado circundava boa parte do terreno, encimada por uma camada dupla de arame farpado. Os fundos davam para o lago e para o píer comprido onde estava atracada uma lancha maravilhosa. Ali também ficava um segurança armado, e Valentina podia ver a silhueta dele, andando de um lado para outro na penumbra da noite. Os atuais ocupantes do imóvel eram Thomas Pickering, o digníssimo embaixador dos Estados Unidos na República Federal da Alemanha, e sua mulher, Barbara.

Valentina seguiu adiante até alcançar o gramado que margeava o bosque, e só então teve uma visão total da casa. Forte e ágil aos 38 anos, vestia somente um short justo, uma regata e um gorro para esconder o cabelo, tudo preto, assim como a graxa espalhada pelo rosto. Poucas luzes estavam acesas no andar de cima. Os jardins estavam silenciosos, talvez até demais. O embaixador se achava num baile no Hotel Adlon, nas imediações do Portão de Brandemburgo, celebrando o encerramento do encontro do G20. Era a primeira vez em vinte anos que a Rússia não havia sido convidada para o tradicional encontro das maiores potências econômicas do Ocidente.

Valentina fora enviada para manifestar o descontentamento do seu governo.

Curvando o tronco, ela correu até a cerca de alambrado e arremessou a mochila preta para o outro lado. Não esperou que ela batesse no chão: rapidamente desceu pelo barranco, entrou em silêncio no lago e seguiu nadando até o último esteio da cerca, apenas com o nariz do lado de fora. O segurança continuava no píer, de costas para ela, transgredindo as normas com o cigarro que fumava.

Procurando fazer o mínimo de barulho possível, Valentina contornou o esteio, nadou de volta para a margem e escalou o barranco, que não era lá muito íngreme, para pegar a mochila. Deitada de costas, vestiu uma legging e uma blusa de manga comprida, ambas justas e pretas. Calçou um par de sapatilhas com solado de látex, silencioso em qualquer superfície, depois afivelou nos quadris o seu cinto de ferramentas. Dois itens permaneceram na mochila: a pistola taser, calibrada para 20 mil volts, e uma faca. Seriam usadas apenas em caso de emergência.

Novamente curvando o tronco, ela correu para a casa, depois usou os sulcos profundos que separavam os blocos de pedra para escalar a fachada lateral e saltar para a ampla varanda do primeiro andar. Permaneceu imóvel por alguns segundos, esperando o coração se acalmar e observando o píer até ter certeza de que o segurança não percebera nada.

Portas de correr separavam a varanda da suíte principal. Estavam trancadas. Ela escolheu uma ferramenta e arrombou a tranca. Um minuto depois, estava dentro da casa do embaixador.

Valentina não se encontrava ali para roubar. Sua missão era outra: provocar e intimidar.

Começou pelo banheiro. Jogou o perfume da embaixatriz no vaso. Derramou todos os frascos de comprimido no chão. Quebrou um pente espanhol de pérolas. Assim que encontrou um batom bastante colorido, escreveu no espelho: "Americanos, morram!" Um tanto duro, talvez, mas se a ideia era meter medo...

Deixando o banheiro, ela seguiu para o closet e usou uma tesoura para retalhar inúmeros vestidos, jogando-os depois no chão.

Voltando ao quarto, consumiu uns quinze minutos mudando as coisas de lugar. Arrastou um par de poltronas Luís XV de um canto para outro. Derrubou os livros de uma estante. Virou os quadros de cabeça para baixo.

Pegou os copos que encontrou nos criados-mudos, embrulhou-os numa toalha, pisoteou-os e espalhou os cacos sobre o piso de taco.

Chegando ao corredor, encontrou o escritório do embaixador e já estava dentro dele quando viu as janelas se iluminarem com os faróis de um carro que se aproximava. Concluiu que só podia ser o embaixador. Ouviu quando ele estacionou. Ouviu quando ele e a mulher desceram para o chão de cascalho e bateram as portas do carro. Ouviu quando eles entraram na casa e as vozes que ecoaram no salão imenso.

Valentina estacou. Os batimentos cardíacos não aceleraram. A pressão não subiu. Ela ficou calma, estranhamente animada com o erro de cálculo dos seus superiores. Ocorreu-lhe que agora seria possível fazer algo mais do que apenas bagunçar uma casa.

– Você ouviu o que aquele holandês idiota, o Van der Miede, falou sobre o presidente? – disse uma voz de barítono. O embaixador. – Um acinte. Será que ele esqueceu que sou um representante do meu governo?

– Ah, querido, não liga, não. Acho que ele bebeu mais do que devia.

– Escute, preciso mandar um pequeno relatório do jantar para Washington. Só vai levar uns dez minutos.

– Vou ficar esperando. Quem mandou você me atiçar lá no carro?

– Você, hein? – falou o embaixador, também assanhado. – Subo em dez minutos.

Passos na escada.

Valentina voltou correndo para a suíte e procurou um esconderijo qualquer, algum lugar de onde pudesse fazer um ataque surpresa. Correu os olhos pelos móveis e não encontrou nada, mas entre a porta do quarto e o cômodo em si havia um corredorzinho estreito, ideal para o que ela tinha em mente. Pressionando pés e mãos contra as duas paredes, foi subindo feito uma ninja até tocar com as costas no teto.

Ficou espreitando enquanto a embaixatriz se aproximava. Ouviu o farfalhar do vestido e a melodia que ela cantava baixinho. Assim que a viu passar, saltou para o chão às suas costas. Sentindo a vibração, a mulher se virou para trás com os olhos arregalados de susto. Antes que ela pudesse falar algo, Valentina deu-lhe um soco no queixo, um gancho desferido com toda a sua força, fraturando a mandíbula da americana e quebrando vários de seus dentes.

A embaixatriz desmaiou, mas Valentina amparou-a antes que ela desabasse, depois a deitou com cuidado no chão, certificando-se de que ficasse longe dos cacos de vidro que ela mesma havia espalhado. Pegou sua faca e, ajoelhando-se ao lado da mulher, usou a ponta da lâmina para escrever duas palavras na testa dela, o metal raspando os ossos do crânio. Seis letras que dariam o recado do seu chefe com muito mais eloquência do que qualquer discurso.

– Meu amor, não durma, hein? – gritou o embaixador, lá do escritório. – Estou quase acabando.

Valentina correu de volta para a varanda e depois saltou para o jardim. Vendo que o segurança continuava de costas no píer, a uns 20 metros de distância, caminhou para o lago e entrou novamente na água fria. Já havia nadado 50 metros quando tirou os sapatos e o cinto para deixá-los afundar até o lodo do fundo. Olhou uma última vez para a casa e nadou até a margem oposta, onde um carro esperava por ela.

Não ouviu o grito de pavor do embaixador ao encontrar a mulher minutos depois. Tampouco viu o horror nos olhos do homem quando, limpando o rosto ensanguentado, ele deparou com a mensagem deixada na testa dela.

As seis letras diziam: *"Yeb vas."*

Caiam fora.

7.

Na placa lia-se "Conserto e restauração de automóveis europeus". Passava das onze, e o movimento era quase nenhum na Kimber Road, no sudoeste de Londres. Simon passou direto em frente à recepção escura de sua oficina, dobrou na ruela em que dava a porta dos fundos e estacionou o Golf num terreno protegido por uma cerca alta de arame farpado. A cerca estava ali não exatamente por causa do seu carro, mas das Ferraris – de milhões de libras – que também ficavam ali, esperando para serem restauradas.

Ele entrou na oficina, acendeu a luz e seguiu pelo salão, onde seis carros vinham sendo consertados: cinco Ferraris e um Lamborghini Miura. Enquanto serpenteava entre eles, observava em que estágio do longo processo de restauração se achava cada um. O primeiro já estava quase na inspeção final; depois de dezoito meses de trabalho, parecia mais bonito que ao sair da fábrica, a pintura e os pneus reluzindo de tão novos. Um outro também já estava bem adiantado, o estofado protegido por um plástico, o capô aberto, esperando apenas pelo motor reconstruído. Um terceiro ainda estava no começo de sua jornada, sem portas e bancos, com a pintura raspada, pouco mais do que uma simples carcaça.

O trabalho era quase todo realizado pela equipe da oficina. Eles reconstruíam os motores e limpavam as peças uma por uma, substituindo as defeituosas. Desmontavam chassis, instalavam novos conjuntos de suspensão e escapamento, atualizavam tudo que era possível atualizar, sempre buscando o que havia de melhor e mais moderno em tecnologia. Até mesmo a pintura era refeita no local, mas num estúdio adjacente, totalmente isolado. Terceirizavam apenas a troca dos componentes de couro – bancos, painéis, tetos solares –, que era feita numa oficina de Sussex. Eram mecânicos, não alfaiates.

Ao chegar ao fundo da oficina, Simon destrancou uma porta comum e subiu a escada para o apartamento em que morava. No alto, havia uma segunda porta nada comum: aço à prova de bala, trava e fechadura de segurança máxima. Ele não era paranoico, apenas "devidamente consciente das questões de segurança", como havia dito o policial que sugerira a instalação após prender um visitante noturno por tentativa de homicídio.

O apartamento era amplo e arejado, mobiliado com poucas peças modernas e elegantes. Não havia paredes separando os cômodos, exceto o quarto. Pôsteres antigos (24 Horas de Le Mans e Grande Prêmio de Mônaco) decoravam o lugar. Havia uma foto de Steve McQueen recostado em seu famoso Ford Mustang e outra de Carroll Shelby, o lendário ex-piloto e projetista americano, posando ao lado do seu arqui-inimigo italiano e também projetista Enzo Ferrari, ainda mais lendário do que ele. No quarto, sete grandes fotografias em preto e branco retratavam cada uma das sete esculturas que se alojavam nos nichos de um imponente muro de pedra, figuras que, contorcidas numa pose de agonia, representavam os sete pecados capitais: soberba, inveja, ira, preguiça, avareza, luxúria e gula. Simon não tinha nenhum interesse especial por esculturas. Na realidade, não via beleza naquelas sete, mal conseguia olhar para elas. As fotos estavam ali apenas como um lembrete. Não dos próprios pecados ou das fraquezas do seu caráter, mas do local sombrio onde ficavam as esculturas.

Na cozinha, ele abriu uma garrafa de água mineral e em poucos goles bebeu a metade. Sabia que era tarde, que precisava dormir, mas estava agitado demais com o trabalho daquela noite, volta e meia relembrando cada um dos passos da operação: a abordagem inteligente, o esbarrão de ombros, a mão discretamente buscando o antebraço do russo, a conversa para distraí-lo, a agilidade na hora de destravar a fivela e deixar o relógio deslizar do pulso. Por fim, num gesto tão rápido que teria sido difícil perceber a olho nu, a troca pela falsificação. Uma boa dezena de sensações táteis ainda impregnadas em sua mente. Uma coreografia de altíssima precisão, realizada num piscar de olhos, sob as barbas de Boris Blatt.

Três horas e duas doses de uísque depois, Simon ainda estava agitado, incapaz de ficar no mesmo lugar. Com um suspiro, jogou-se no sofá e ligou a televisão. A Sky News mostrava os melhores momentos dos jogos de futebol, que ele acompanhou apenas por alguns minutos, sem prestar muita atenção. Fazia tempo que morava em Londres, mas ainda não se identificara com nenhum dos times ingleses. Ainda era fiel, e talvez fosse para sempre, ao Olympique de Marselha, time da cidade para a qual se mudara depois da morte do pai.

Marselha.

Calor. Poeira. Cheiro de mar. O mistral que vinha do oceano para lamber as ruelas e as colinas daquela cidade em eterna construção. Um lugar aparentemente pacato, mas sempre à mercê de uma violência que espreitava nos becos, esperando apenas o momento certo de atacar. Uma cidade tensa.

No noticiário: "Recapitulando as principais manchetes do dia. Nas ruas de Paris, uma operação ousada, realizada por um grupo de assaltantes profissionais, munidos de metralhadoras."

Simon aumentou o volume.

"O que se sabe até agora é que os doze homens interceptaram o comboio que escoltava um príncipe saudita e sua família a caminho do Aeroporto de Orly. Fugiram ilesos com uma quantia superior a 500 mil euros."

Deslizando para a beira do sofá, Simon se aproximou da TV para ver melhor as imagens da avenida parisiense e ouvir o comentário de um dos motoristas uniformizados.

"Ils avaient tous des mitrailleuses et portaient des masques. Nous avions tous peur."

Todos tinham metralhadoras e usavam gorro. Ficamos com medo.

A câmera voltou para o repórter. "Os bandidos bloquearam a rua para depois cercar os carros, finalizando a operação em menos de um minuto. Surpreendentemente, nenhum tiro foi disparado. Ninguém se feriu."

Quando a reportagem terminou, Simon percebeu que estava prendendo a respiração. Primeiro a sua própria operação no leilão da Sotheby's, e agora isso.

Agitado, levantou-se e foi para o quarto. Tirou o terno e pendurou-o com cuidado, depois de limpar as mangas e as lapelas do paletó com uma escova de fios mohair. Depois jogou a camisa no cesto de roupa suja e pôs os sapatos no lugar.

No fundo do closet havia uma barra fixa. Simon pendurou-se nela com um grunhido alto e fez uma série de quinze puxadas. Depois se manteve pendurado por alguns segundos, apenas sentindo a queimação dos ombros, alongando os bíceps e o abdômen com o peso do próprio corpo. No último momento, quando os dedos já começavam a escorregar no ferro, reuniu as forças que ainda tinha e fez mais cinco puxadas. A cada uma delas, gritava para si mesmo:

– Eu posso. Eu faço.

Adotara aquelas quatro palavras havia muito tempo como uma espécie de mantra pessoal.

Só então ele largou a barra, sentindo satisfeito o sangue pulsando nos braços, a merecida leveza na cabeça, a vitória, ainda que efêmera, da mente sobre o corpo.

Eu posso.

Eu faço.

Um pouco mais relaxado, vestiu uma calça jeans e uma camiseta e voltou para a sala. Trocando da Sky News para a BBC2, deparou-se com mais uma reportagem sobre o assalto em Paris. Balançou a cabeça num gesto de desânimo, mas, com a resignação de uma criança obrigada a acompanhar a mesma aula duas vezes, ouviu a matéria até o fim e só então desligou a televisão.

Sabia que tão cedo não pegaria no sono.

Sabia também que havia apenas um remédio para sua aflição: trabalhar.

Voltou para a oficina e acendeu todas as luzes, que inundaram o local de tal forma que ficou parecendo dia. Sentindo-se mais disposto, foi para sua sala. Em outra época, aquele espaço havia sido uma boate de ricaços, administrada por um escroque que embolsava vinte por cento do lucro manipulando a contabilidade. Simon foi contratado pelos investidores para encontrar os livros em que o sujeito registrava as contas legítimas, mas, em vez de dinheiro, preferiu ser remunerado com o aluguel do imóvel, certificando-se de que pudesse ficar com tudo que havia dentro, inclusive a aparelhagem de som.

Foi nessa aparelhagem que ele botou sua playlist para tocar. O som da guitarra reverberou nas paredes do salão. Marc Bolan e T. Rex. Anos 1970. O rock no ápice da selvageria. Orgânico. Primal. Simon aumentou o volume, depois correu os olhos por seu pequeno ducado italiano.

O último carro que receberam foi uma Ferrari Daytona Spider de 1974, que estava ali para ser totalmente reformada. Seu pai tivera uma idêntica: vermelho *corsa*, estofado caramelo, rodas raiadas. Dizia que era seu "garanhão", uma orgulhosa referência ao cavalo que empinava no emblema do capô.

Simon se acomodou no banco do motorista, pousou as mãos no volante e deixou os dedos escorregarem pelo verniz da madeira. Fizera a mesma coisa um milhão de vezes na infância, sempre que o pai viajava a trabalho e o deixava sob os cuidados de Abigail, a governanta beberrona. Ele devia ter uns 8 ou 9 anos, aquela idade em que os carros eram objetos de culto e adoração, símbolos de sofisticação e maturidade. Coisas de gente grande e, portanto, fora do seu alcance.

Ele ainda se lembrava do cheiro da garagem: feno úmido, couro lubrificado com óleo, vigas de madeira podre. Seu pai viera de Nova York para abrir na Inglaterra uma filial da sua corretora, a Corporação Comercial de Commodities Riske, que começara em uma sala em Lower Manhattan e que, no auge do sucesso, tinha escritórios em Boston, Chicago e São Francisco.

Naquela altura, ele já se divorciara havia muito tempo, e tudo que Simon sabia sobre a mãe era que ela morava na França e tinha uma nova família por lá.

Eles chegaram a Londres sozinhos, Anthony Riske e seu filho, para se instalar num casarão velho no condado de Kent, a 60 quilômetros de Londres. Ainda hoje Simon pouco sabia do trabalho do pai. Lembrava-se de suas conversas sobre ouro, prata e petróleo, bem como de seus gritos quando os preços estavam baixos ou altos demais.

Os domingos eram reservados para passeios na capital ou no campo. Eles visitavam o Museu de História Natural, andavam por Covent Garden, almoçavam no Compleat Angler. E no caminho de volta era sempre a mesma coisa: seu pai parava numa estradinha rural e colocava o filho no colo para ensiná-lo a dirigir, acelerando até ouvi-lo gritar de alegria.

"Dozes cilindros em duas bancadas de seis", dizia. "Isto não é um motor, é uma força da natureza. A gente sente nos ossos."

Quando Simon perguntava quando poderia dirigir sozinho, ele dava um tapinha carinhoso na cabeça do filho e respondia com seu vozeirão curado pelo tabaco: "Tudo a seu tempo, tudo a seu tempo."

A ruína, quando veio, chegou rápida, brutal e sem aviso.

Num dia estava tudo bem; no outro, Simon foi tirado da escola, a casa foi posta à venda e a governanta foi dispensada, junto com todos os outros empregados. Os carros foram colocados em reboques e levados por homens de uniforme azul sob o comando de meia dúzia de policiais. Enquanto isso seu pai andava de um lado para outro no casarão vazio, jurando que tudo não passava de um grande mal-entendido, "um probleminha temporário de liquidez", e que as coisas voltariam a ser como antes.

Tudo a seu tempo, tudo a seu tempo.

Foi Simon quem descobriu o corpo. Estranhara seu pai não aparecer no quarto para o habitual beijo de boa-noite e não descer para o café da manhã no dia seguinte. Com fome e medo, vasculhara a casa inteira, chamando por ele. Depois saíra descalço para o jardim, cada vez mais preocupado enquanto marchava pela terra úmida entre as roseiras. Sabia que algo estava errado. Muito errado.

Encontrou o pai na garagem, pendurado em uma das vigas do teto. Simon estava com 12 anos, mas era baixo para sua idade. Correu para o pai e abraçou suas pernas, fazendo o possível para reerguê-lo e aliviar um pouco do peso, pelo menos o bastante para que a corda parasse de cortar as carnes do pescoço, para que aqueles olhos tão horrivelmente esbugalhados voltassem para dentro das órbitas.

Se Anthony havia deixado um bilhete de despedida, ninguém achou.

Durante muitos anos, Simon disse a si mesmo que aquilo só podia ter sido um descuido. À noite, deitado em sua cama naquele casebre tão apertado e triste de Marselha, gostava de imaginar o que o pai teria escrito. Ele teria dito que sentia muito, que Simon precisaria ser forte para seguir em frente, que ele não tivera alternativa e que tinha certeza de que o filho o entenderia.

Tudo a seu tempo.

Simon afugentou as lembranças, desceu do carro e foi para o estúdio adjacente, onde era feito todo o serviço de pintura. Do outro lado de uma cortina de plástico, uma Dino preta de 1974 ou 1975 esperava para ser raspada. Ele vestiu um macacão imundo de tinta e se pôs a trabalhar, usando a pistola de ar quente para amolecer a pintura antes de raspá-la com a lâmina. A tarefa exigia resistência muscular e concentração. Não demorou para que ele começasse a sofrer com a dor nos ombros e sentisse a testa empapada de suor.

Todos tinham metralhadoras e usavam gorro, dissera o motorista na reportagem.

As imagens do noticiário haviam mexido nele como uma vara no vespeiro. Havia coisas que ele preferia esquecer. Eventos perigosos de se relembrar, por causa das emoções que provocavam e dos desejos que despertavam. Lembranças que agora ele não conseguia evitar, sobretudo porque acabara de roubar o relógio de Boris Blatt.

Com o espocar ininterrupto da sua antiga AK-47 ressoando em seus ouvidos, ele se recordou de como gostava daquele coice na altura do ombro, do cheiro agridoce que a pólvora deixava no ar, do prazer que sentia com a coisa toda.

Vinte anos já haviam se passado, mas ele ainda não esquecera.

Desatento, acabou cortando o dedo com a lâmina de raspagem.

– Droga!

Sacudindo a mão, afastou-se rápido do carro e limpou o sangue no macacão. Procurou no armário algo para fazer um curativo, e estava cuidando disso quando olhou para a tatuagem do antebraço. Algumas tatuagens desbotavam com o tempo, mas não a sua. Ela parecia cada dia mais nítida.

O passado não está morto. Nem sequer é passado.

Alguém famoso tinha dito aquilo. Um escritor americano cujo nome ele não lembrava. Sabia apenas que era verdade.

SEGUNDA-FEIRA

8.

Eram nove horas da manhã seguinte quando Lucy Brown afastou a cortina de plástico e entrou no estúdio de pintura.

– Tem um cara querendo falar com você.

Simon raspava uma linha vertical no capô do carro, a tinta saindo em espirais.

– Cliente? – perguntou, atento ao que fazia.

– Nunca vi na vida.

– Trouxe um carro?

– Só um guarda-chuva.

– Pronto – disse Simon, recuando para avaliar o resultado do seu trabalho.

Em dez horas ele conseguira raspar o capô inteiro. Mais uma semana e o carro estaria finalizado, embora ele não tivesse a menor intenção de terminá-lo sozinho. Às vezes precisava lembrar a si mesmo que era o chefe. Ele esticou o pescoço, gemendo com o estalar dos ossos. Só então olhou para Lucy.

– Por acaso ele tem um nome?

– Sr. Neill. Falou que é amigo de um amigo seu. Ah, o cara é um dos seus.

– Um dos meus?

– Americano.

– Onde ele está?

– Na oficina. E bastante à vontade.

– Está mexendo nos carros?

– Não. Mãos nos bolsos.

Simon refletiu um instante.

– Diga que já estou indo. Ofereça um chá.

Lucy assentiu com a cabeça, mas não saiu. Em vez disso, passou pela cortina e se aproximou de Simon. Era outra mulher que estava ali, muito diferente daquela que na véspera acompanhara o chefe ao leilão. A saia e a camisa justas tinham dado lugar a um macacão cinza com o nome "Max" bordado na altura do peito; nos pés, uma botina confortável em vez de saltos. Os cabelos louros estavam presos num rabo de cavalo e escondidos sob um boné de beisebol. Como maquiagem, apenas um risco de graxa no rosto.

– O que foi? – perguntou Simon, estranhando o jeito dela.

– Você não vai falar com o cara assim, vai?

– Assim como?

Lucy apontou para um espelho. Virando-se, Simon viu as bolas de suor que manchavam as axilas do seu macacão, as mãos imundas de tinta automotiva, o rosto vermelho de cansaço.

– Passou a noite em claro outra vez? – indagou Lucy.

– Eu? Não. Claro que não. Levantei cedo. Queria adiantar o serviço da semana.

Lucy inclinou a cabeça, desconfiada.

– É mesmo?

Segurando-a pelos ombros, Simon virou a garota para a cortina e gentilmente a empurrou para o outro lado. Não estava interessado em dividir com ela, nem com qualquer outra pessoa, a angústia de sua luta contra a insônia.

– Diga ao Sr. Neill que estarei com ele em quinze minutos – falou, subindo para o apartamento.

Tomou banho, limpou mãos e unhas com uma escova e sabão industrial, depois vestiu a camisa branca, o terno azul e os sapatos perfeitamente engraxados que constituíam seu verdadeiro uniforme. Após exatos quinze minutos, estava sentado à sua mesa, examinando no monitor as imagens captadas pelas câmeras de segurança. Logo localizou seus mecânicos, mas não o visitante. Achou estranho. Ele próprio posicionara as câmeras de modo que filmassem cada metro quadrado de sua oficina. Na agenda, não havia compromisso registrado com nenhum americano chamado Neill. Raramente chegava alguém ali sem hora marcada. Ele examinou o monitor de novo e outra vez não encontrou o visitante.

Alguém bateu à porta da sala.

– Entre.

Era Lucy.

– O Sr. Neill – anunciou ela.

Simon se levantou e contornou a mesa para receber o visitante inesperado.

– Sr. Riske, meu nome é Barnaby Neill. Sou amigo do Bill Shea.

– O embaixador Shea?

– Ele mesmo. Um amigo de longa data.

Lucy esperava à porta, analisando Neill. Em algum momento daqueles últimos meses, tomara para si a função de anjo da guarda do chefe.

– Obrigado, Srta. Brown – disse Simon. E, vendo que ela continuava no mesmo lugar, acrescentou: – Pode ir.

Ela fechou a porta. Simon avaliou o recém-chegado. Barnaby Neill era um homem alto e magro, de 50 ou 55 anos, com olheiras escuras e tão profundas quanto as entradas do cabelo. Aliança de casado. Anel de formatura. Paletó azul. Gravata de listras diagonais. Calça cinza. Mocassins de couro desgastados. Relógio da marca Hamilton com pulseira de couro.

Simon foi ligando os pontos.

Elite da Costa Leste.

Dinheiro velho.

Amigo do embaixador dos Estados Unidos na Grã-Bretanha.

Espião.

– Você trabalha para...? – perguntou Simon.

– Para a mesma família que o embaixador Shea, mas num ramo diferente.

Simon assentiu para mostrar que havia entendido.

– Que tal sairmos para uma caminhada? – sugeriu Neill, apontando para a porta.

– Está chovendo.

– Prefiro ambientes abertos.

Claro que preferia, pensou Simon.

– Como quiser. Preciso apenas de um minuto.

– Vou esperar lá fora.

A caminho da saída, Simon parou diante do vaso onde ficavam os guarda-chuvas e pegou um deles. Lucy, que rondava por ali, se aproximou.

– Quem é ele, afinal?

– Um sujeito que quer falar comigo. Por quê?

– Parece o coveiro que enterrou meu irmão.

– Não gostou dele?

– Não é isso. É que fiquei com uma sensação estranha quando o vi.

Simon abriu a porta. O vento causava ondas fortes de chuva que ricocheteavam no chão. Não estava com a menor vontade de sair da oficina para falar com um espião chamado Neill. Olhando para Lucy, lembrou-se de uma coisa.

– Espere aqui – disse, dirigindo-se à sua sala e voltando logo depois com um envelope lacrado nas mãos. – É o seu pagamento, pelos serviços de ontem à noite.

Lucy abriu o envelope.

– Mil pratas! – exclamou, boquiaberta.

– Você se saiu muito bem. Manteve a calma. Me ajudou bastante.

– É muito dinheiro.

– Deposite no banco – aconselhou Simon. – Não gaste com besteira. Promete?

– Prometo – respondeu a garota, encarando-o.

– Ah, e não se esqueça: bico calado.

Lucy ficou na ponta dos pés e deu um beijo no rosto do chefe.

– Obrigada, Simon.

– Agora vá trabalhar naquela Dino. Comecei ontem à noite para você.

Simon abriu o guarda-chuva e irrompeu no aguaceiro. Olhou para um lado e para outro, mas nem sinal do visitante.

– Sr. Neill! – gritou.

Vendo que a calçada continuava vazia, rumou para o Singh's Café. Não dera nem dez passos e os ombros e a nuca já estavam molhados.

– Sr. Neill?

E, de repente, o homem estava a seu lado. Fez o que pôde para disfarçar o susto.

– Feliz agora? – perguntou, encolhendo os ombros sob o guarda-chuva.

– Precauções necessárias.

Os dois seguiram para o lado oeste da Kimber Road. Os poucos pedestres que se aventuravam naquele temporal passavam correndo por eles e nem lhes davam atenção. Simon se mantinha junto da fachada das lojas não só para tirar proveito dos toldos, mas para fugir da água que os carros jogavam na calçada.

– Como você chegou ao negócio de carros? – indagou Neill, simpático. – Pelo que sei, era do mercado financeiro. Banco Real de Albion, certo?

– Mais ou menos isso. – Simon não estava nem um pouco disposto a falar de si mesmo. – Você mencionou o embaixador Shea.

– Servimos juntos na Marinha. Depois ele foi para a chancelaria, e eu fui trabalhar em um ramo bem mais interessante.

– Os trabalhos que costumo fazer para a embaixada são de natureza estritamente comercial – adiantou Simon. – Ajudando as multinacionais americanas, arbitrando disputas contratuais, levantando históricos pessoais e corporativos...

– Dizem que você é um homem de muitos recursos.

– Aposto que seus colegas têm muito mais recursos do que eu.

– Às vezes a gente precisa de certo distanciamento.

Simon parou, irritado com o rumo que a conversa tomava. Estava acostumado a lidar com a realidade, não com suposições.

– Sinto muito que você tenha vindo de tão longe, mas acho que não sou a pessoa que está procurando.

– Ainda nem falei qual é o trabalho.

– Vou deixar uma coisa bem clara. E peço desculpas de antemão caso pareça grosseiro. Não trabalho para pessoas como você.

– Pessoas como eu? O que quer dizer com isso?

– Prefiro clientes cujos nomes batem com o que está escrito na certidão de nascimento.

– Será?

– Agora sou eu que pergunto: o que quer dizer com isso?

– Sei que no passado você trabalhou para outras agências de inteligência americanas. Pelo menos duas.

– Está mal informado.

– Alguns dos clientes que a embaixada encaminhou para você talvez não fossem tão honestos quanto eu.

Simon ficou definitivamente irritado. Desde o início estranhara o comportamento do sujeito: a necessidade de se esquivar das câmeras da oficina, a paranoia ao insistir em conversar na rua. Simon não gostava de jogos.

– Adeus, Sr. Neill – disse, dando meia-volta para retornar à loja.

Em questão de segundos, o americano pálido já estava outra vez a seu lado.

– Viu os noticiários de ontem? O assalto em Paris? Os 500 mil euros que roubaram do príncipe saudita?

Simon apertou o passo.

– Não lembro.

– Testemunhas disseram que os ladrões só precisaram de um minuto para realizar o trabalho. É sobre isso que eu gostaria de falar com você.

Simon parou. Os sapatos e o paletó completamente encharcados.

– Já falei: não me lembro de assalto algum.

Neill encarou-o, com um olhar de acusação.

– Não lembra? Uma pena. Porque eu estava curioso para saber como você costumava planejar esse tipo de operação.

– O quê?

– Em Marselha. Nos velhos tempos.

Neill agarrou o braço esquerdo de Simon e puxou a manga do paletó dele. Com uma força descomunal, girou seu antebraço para revelar a tatuagem que havia ali. Nela se via um esqueleto sorridente com uma âncora na mão, no meio de um mar revolto. Abaixo vinham as palavras *La Brise de Mer.* A brisa do mar. Aquela era a tatuagem dos membros da máfia corsa, que ditava as regras no sul da França.

– Os ladrões de Paris eram desta sua velha tribo – prosseguiu Neill. – Sei disso porque eu mesmo os contratei. O problema é que não levaram apenas o dinheiro. Levaram também algo que nos pertence, ou melhor, que pertence ao governo americano. Algo de muito valor. Que eu gostaria que você trouxesse de volta.

9.

– O NEGÓCIO É O SEGUINTE – disse Neill. – Vou procurar ser o mais franco possível, mas só até certo ponto. Tem coisas que simplesmente não posso revelar.

Eles agora estavam no apartamento de Simon, sentados à mesa da cozinha, um diante do outro. Simon tomava um chá. Neill pedira uma dose de Fernet para acalmar "o estômago delicado".

Um telefonema para o embaixador Shea confirmara a posição de Neill como oficial graduado de certo órgão de inteligência que precisava permanecer anônimo, mas que gozava de grande prestígio, uma espécie de primo ultrassecreto da CIA. Simon ainda não conseguia entender por que se dispusera a ouvir o homem quando seus instintos gritavam para correr na direção oposta. Seria porque Neill conhecia aquele seu passado desde muito enterrado? Ou seria a vaidade de ter sido escolhido a dedo para levar a cabo uma missão tão importante para o governo de seu país? Ou seria outra coisa?

– Pela minha experiência, é melhor abrir o jogo desde o início – disse Simon. – E, mesmo assim, sempre aparece alguma surpresa no meio do caminho.

– Vou contar tudo que precisa saber para fazer o trabalho. Acho que talvez seja melhor você nem saber da história toda.

– Que bom que se preocupa com o meu bem-estar.

Simon não se sentia apenas entediado, como revelara ao amigo D'Artagnan Moore. A operação com Boris Blatt despertara algo dentro dele que até então estivera adormecido: um anseio por enfrentar problemas que durante muitos anos ele havia conseguido domar. Naquele momento, conseguia reviver a sensação de seus dedos deslizando pelo pulso do russo e retirando seu relógio, lembrava-se perfeitamente do sentimento de superioridade e da alegria anárquica que o acometera só porque transgredira a lei, porque quebrara as regras.

Exatamente naquele instante tão perigoso, de apetite renovado e disciplina claudicante, aparecia Neill, falando em nome do governo americano para provocá-lo, incitando-o a ressuscitar seu passado de bandidagem.

– Uma semana atrás, ficamos sabendo de um roubo nos arquivos da CIA em Langley – informou Neill. – Antes que pudéssemos pôr as mãos no ladrão, ele conseguiu repassar o que roubara para partes hostis à nossa causa.

– Mais exatamente...

– Para o príncipe Abdul Aziz bin Saud.

– O tal que foi assaltado em Paris?

– Ele mesmo. O que você ainda não sabe é que, além de príncipe, Abdul é o chefe da Mabahith, o serviço secreto do país dele. Os homens da Mabahith são violentos, desses que matam primeiro e perguntam depois. Alguma dúvida?

Simon fez que não com a cabeça e bebeu seu chá. Deixaria que o homem falasse quanto quisesse e faria suas perguntas depois.

– Você é um cara inteligente – prosseguiu Neill. – Sei o que está pensando: "Os sauditas são nossos aliados. O que levaria um membro da família real a receptar informações roubadas e, com isso, participar na prática de um ato de espionagem contra os Estados Unidos?" Pois é, realmente é difícil de acreditar, mas estamos falando do Oriente Médio, onde as alianças nunca são muito claras. Por lá, não há ninguém que não tenha duas, ou até mesmo três máscaras guardadas na gaveta. O príncipe Abdul nunca gostou dos Estados Unidos. Não me pergunte por quê. É bem provável que nem ele saiba explicar. De qualquer modo, todo ano ele vem a Washington, faz seu teatro diplomático, aperta nossas mãos, colhe nossas informações de inteligência, depois volta para casa e inventa maneiras de ferrar a gente. Não estou dizendo que aja sempre contra o próprio governo. Na verdade, é um excelente policial. Já desbaratou não sei quantos grupos extremistas na Arábia Saudita. A essa altura você já deve ter entendido por que estamos de mãos atadas.

Ele fez uma pausa, soltando um suspiro de cansaço. Só então prosseguiu:

– Dessa vez ele foi longe demais. Tomou posse de algo que não podemos permitir de jeito nenhum que ele passe adiante. Só o fato de ele ter estado com esse material nas mãos já está deixando muita gente nervosa em Washington. Eu inclusive.

Neill pegou seu copo e bebeu o que sobrara de Fernet.

– Mais um? – ofereceu Simon, servindo-se de mais chá.

– Talvez um pouco de chá. Já estou melhor. – Neill sorriu. – Teria algo para comer?

Simon encontrou no armário uma caixa de biscoitos da Fortnum, colocou-os num prato e levou para Neill, junto com a xícara para o chá que ele pedira. Estava em Londres havia muito tempo. Adquirira a famosa educação dos ingleses. No entanto, deixou que o outro se servisse sozinho.

– Bem, isso nos traz ao assalto de Paris – continuou Neill, largando a xícara e se debruçando sobre a mesa. – Precisávamos agir com rapidez e não deixar rastro. Claro que temos muita gente competente em nossos quadros, mas não podíamos usar nenhum de nossos agentes neste caso. Para todos os efeitos, esse item roubado nunca existiu. Do mesmo modo que não podemos admitir publicamente que um documento foi surrupiado de nossos arquivos, não podíamos tomar providências para que ele fosse recuperado. Tenho alguns contatos na inteligência francesa. Sem dar muitos detalhes, falei que precisava fazer um trabalho altamente sigiloso, e foram os próprios franceses que me indicaram a máfia corsa, que agora também atua no norte da França, não apenas em Marselha, como no seu tempo. Eu me encontrei com um dos chefões e contei-lhe sobre o hábito que o príncipe tinha de viajar com uma quantia absurda de dinheiro em espécie. Foi o que bastou para convencer o homem. Tudo que eu queria em troca eram os objetos pessoais do príncipe, em especial a pasta em que ele carregava os documentos confidenciais. Sabíamos dessa pasta porque nós mesmos a fabricamos dois anos atrás, obedecendo às especificações dele. Inacessível aos raios X. Compartimentos secretos. Mais um monte de truques bacanas para fazê-lo se sentir o James Bond. O que a gente não faz pelos aliados... Alguma dúvida?

Mais uma vez, Simon fez que não com a cabeça. Não precisava perguntar nada para saber aonde Neill queria chegar com aquela conversa toda. Quanto mais ouvia, menos satisfeito ficava.

– Pois bem. O assalto transcorreu de modo perfeito. Ninguém saiu ferido. Nosso amigo escapou sem nenhum arranhão. Até onde todo mundo sabe, ele só estava interessado no dinheiro.

– Mas...

Neill abriu um sorriso amarelo.

– Acontece que nosso amigo resolveu aprontar. O combinado era que ele me procurasse ontem à noite para entregar a pasta. Depois disso, cada um iria para seu lado. Mas ele não apareceu.

– E é por isso que você está aqui agora?

– De coração aberto. Pedindo sua ajuda.

Simon molhou seu biscoito no chá. Notou que o espião tinha uma pele quase translúcida, além de um tique no olho direito.

– Você não demorou muito para tomar essa decisão. De me procurar.

– Como eu disse, já sabíamos de você.

– Parece que sim.

– Dúvidas?

– Apenas uma. O que tem na pasta?

– Algo de grande importância para a segurança dos Estados Unidos.

– Isso é pouco.

– Tudo bem – assentiu Neill. – Uma carta.

– Já é um progresso. Uma carta roubada dos arquivos da CIA e repassada a um inimigo enrustido dos Estados Unidos. Uma carta crucial para a segurança do nosso país, mas tão secreta que ninguém pode saber que a queremos de volta.

– Exatamente.

Simon terminou seu biscoito.

– Ainda preciso saber mais.

– Sinto muito, mas não vai dar.

Simon limpou a boca e jogou o guardanapo na mesa. Dane-se a educação inglesa.

– Me diga uma coisa: o príncipe Abdul... o que ele pretendia fazer com essa carta?

– Vou deixar que você deduza.

– Entregar a um dos nossos inimigos – afirmou Simon. – Os inimigos *declarados*. Que não são poucos, diga-se de passagem.

– Nada disso importa – disse Neill, abanando a mão num gesto de pouco-caso.

– Claro que importa – devolveu Simon. – Se esta carta é tão importante assim, você não deve ser o único que quer botar as mãos nela. Para início de conversa, imagino que o príncipe esteja furioso com o roubo e vá querer pegar a carta de volta. Assim como o outro, para quem ele pretendia entregá-la. Todos irão atrás dela. Sem falar nos corsos. Não foi à toa que seu amigo faltou ao encontro. Ele encontrou a carta. Sabe que vocês a querem. Vai esperar alguns dias, só para deixar todo mundo ansioso e irritado, depois vai vender para quem pagar mais.

– É, me falaram que você era um cara de raciocínio rápido.

– No lugar dele, eu também teria um plano se soubesse que estava ferrando o governo dos Estados Unidos.

Simon afastou a cadeira e se levantou. Tinha a impressão de que tirara um peso dos ombros. Não sentia mais aquela vontade de alimentar seus demônios pessoais. Realmente era uma pessoa "de recursos", como Neill dissera, e não estava interessado em se meter numa confusão daquela magnitude. Não tinha prática com espionagem, mas bastava ler os jornais com um mínimo de atenção para saber que as coisas sempre acabavam mal para todos os envolvidos. Roubar um relógio era uma coisa; roubar segredos de Estado era outra.

– Desculpe – falou Neill –, mas ainda não terminamos.

– Fico lisonjeado por pensar em mim para esse trabalho, mas não sou o único que abandonou a La Brise. Muitos fizeram a mesma coisa. Você não precisa de mim.

– Nenhum deles é americano. Nenhum é confiável.

– Sinto muito.

Neill se levantou também e foi com Simon para a sala.

– Fui autorizado a lhe oferecer 100 mil dólares líquidos, que poderão ser depositados onde você quiser.

Simon abotoou o paletó, irritando-se com o desconforto das mangas ainda molhadas.

– Sr. Neill, mesmo que eu conseguisse encontrar essa carta, os corsos não a entregariam de mão beijada. A coisa ficaria feia. Como sempre acontece. Pague o que eles pedirem. Esse é o caminho mais fácil.

Neill recebeu a sugestão como uma ofensa.

– Acha que vão se dar por satisfeitos? E se fizerem uma cópia para vender para o outro lado depois? Não, Sr. Riske, precisamos dessa carta.

– Não vou poder ajudar.

– Dobramos a sua remuneração.

– Minha resposta continua a mesma.

– Duzentos mil dólares. Mais que suficiente para comprar esse dinamômetro que você tanto quer.

– O quê? – indagou Simon, surpreso.

Neill encarou-o de forma acintosa. E Simon riu para si mesmo. Só de pensar que havia cogitado trabalhar para aquele sujeito... Mais tarde telefonaria para o embaixador Shea, pedindo para ser riscado de sua lista de investigadores.

Simon abriu a porta da sala e ficou esperando que Neill se dirigisse à escada. Já havia parado de chover.

– Precisa de um táxi?

– Posso dizer o nome do homem que organizou o assalto em Paris – informou Neill, aproximando-se.

– Não estou interessado.

– Mas devia.

– Nada do que você fizer ou disser vai me convencer.

– É o que você pensa.

– Como assim?

– Isso mesmo que você ouviu.

Por alguns segundos, Simon encarou o arrogante espião. De repente, agarrou o homem pelo colarinho e o empurrou contra a parede, deixando que ele se equilibrasse na ponta dos pés.

– Está surdo? – perguntou. – Já falei que não estou interessado. Agora vá embora. Saia daqui!

Neill não lutou. Também não tentou se desvencilhar. Olhou placidamente para Simon, convencido de que estava certo desde o início.

– O nome dele é Coluzzi – revelou. – Tino Coluzzi.

10.

O DIA ESTAVA QUENTE. *Início de setembro. Os turistas já haviam ido embora. Mesmo de madrugada, o mercúrio dos termômetros marcava 26 graus. O ar estava seco. O siroco soprava do Mediterrâneo, aquele "vento do capeta" que parecia trazer consigo toda a areia do Magreb, misturada a cascalho e lixo. Era esse vento que espiralava através das ruazinhas estreitas do 15º* arrondissement, *a parte norte e mais alta da cidade.*

Simon saiu cedo de casa e desceu para a costa, tomando a Gineste na direção de Cassis. Eles se encontraram num café no alto de uma colina cercada de vinhedos, com vista para o mar. Tomaram o café da manhã, depois fizeram um brinde com grapa, pedindo sorte.

Aquela seria uma grande operação. Eles haviam se preparado cuidadosamente. Um carro blindado da Garda levava todo o dinheiro do soldo da Marinha, cuja frota estava ancorada em Toulon. Cinco milhões de euros.

Era Simon quem estava no comando. Tinha 19 anos, 1,80 metro, cabelos presos num rabo de cavalo que batia nas costas, a palidez americana desde muito apagada pelo sol de Marselha. Fazia sete anos que o destino o arrastara para lá. Sua mãe deixara de ser Mary Riske para se tornar Marie Ledoux e dera mais três filhos ao novo marido, Pierre Ledoux, além dos dois adolescentes que ele já tinha. Pierre bebia. Não fazia a menor questão de esconder sua insatisfação com a chegada daquele principezinho americano com roupas muito melhores que as de seus filhos. Para Simon, a escola se resumia a uma convivência diária com a pobreza dos seus conhecimentos de francês e a pobreza ainda maior dos seus colegas africanos. No primeiro dia de aula, ele voltara para casa com um talho na boca e, no segundo, com o queixo inchado. Aprendera a brigar. Crescera. Ficara mais forte. Descobrira que era tão endiabrado quanto os colegas. Ou mais. Buscava refúgio nas ruas. Sua casa ficava no centro de um dos piores bairros da cidade, uma área tão perigosa que a polícia se recusava a patrulhá-la. Aos 14 anos, ele havia se tornado uma espécie de olheiro para um bandidinho que controlava um bom número daqueles prédios que vinham se multiplicando feito praga nos subúrbios violentos da cidade. Não demorou muito para que passasse para o roubo de carros. Ninguém era mais rápido que ele na hora de fazer uma ligação direta num Renault. E, dos carros, ele pulara para os crimes de verdade. Começou a assaltar casas, joalherias, bancos. E as mansões luxuosas entre Cannes e Antibes.

Depois vieram as grandes operações.

Naquela manhã de setembro, Simon não precisava de nenhuma dose de grapa para ficar ligado. Começara o dia com uma carreira de coca boliviana e um tapa de maconha tailandesa. Estava pronto. Aquele seria o sexto assalto a carro-forte de sua carreira, mas o primeiro sob seu comando. Àquela altura, ele já havia construído uma reputação. Era conhecido da polícia. Das outras gangues também. Um homem em plena ascensão.

Eles deixaram o café em dois carros, que depois trocaram por outros dois que haviam roubado na noite anterior: placas novas, tanque cheio. Simon ia no primeiro com Léon e Marcel, ambos um ano mais novos que ele, mas igualmente doidos. Theo Bonfanti, filho do Padrone, ia no segundo com Franco e Tino Coluzzi, que era alguns anos mais velho que os outros, o veterano da turma. Fazia dois anos que trabalhavam juntos e nunca tinham sido pegos. Eram invencíveis.

Estacionaram perto do porto de Toulon e ficaram esperando. Olheiros posicionados na estrada informaram quando o furgão blindado da Garda passara por eles e, logo a seguir, olhando pelo espelho retrovisor, Simon o avistou e piscou os faróis para avisar os companheiros.

Theo Bonfanti voltou para a estrada na frente do furgão. Simon entrou atrás. Todos já estavam com suas AKs em punho: pente cheio, pino destravado, dois pentes adicionais para cada um. Milhares de balas no total.

Por dez minutos, eles seguiram o furgão pela cidade. O destino era uma agência do Crédit Lyonnais. O maior banco da cidade. O banco do governo.

Começaram o ataque quando o furgão parou diante do último semáforo, uns cem metros antes do banco. Simon deu o sinal. Theo e dois comparsas saltaram do carro e mal haviam pisado no asfalto quando começaram a atirar, ateando fogo no motor do furgão, esvaziando os pneus, estilhaçando o para-brisa para tirar a visão do motorista.

Simon e seu time cuidaram da retaguarda. Enquanto Léon vigiava a rua à procura de policiais, Simon colocou seu fuzil no automático e foi esvaziando o pente contra o furgão, viajando na adrenalina, movido pelo calor, pelo barulho e pelas drogas. Ele colocou um explosivo na tranca, arrombou a porta traseira do furgão e esperou os dois guardas saltarem lá de dentro às pressas com as mãos para o alto, apavorados, ensurdecidos pela explosão. Com uma bela coronhada na testa, derrubou-os no asfalto e os deixou ali, semiconscientes e sangrando. Só então invadiu o furgão para recolher os sacos gordos de dinheiro.

O único problema era que não havia dinheiro. O furgão estava vazio.

Foi aí que ele ouviu as sirenes e viu a luz giratória dos carros que vinham pela Avenue de la République. Não apenas um, mas três... quatro... carros demais para serem contados. Saltando do furgão, esvaziou mais um pente contra a polícia, que agora cercava todas as saídas possíveis, impedindo a fuga.

Seguiu-se um silêncio. Os pneus de um último carro cantaram com a freada súbita. Sinos começaram a tocar em algum lugar.

E então a polícia abriu fogo.

Léon foi o primeiro a cair. Marcel não se deixou intimidar. Apoiando o fuzil no tronco ereto, estourou o teto de um dos carros, depois as janelas de outro, mas, numa questão de segundos, foi atingido e desabou no chão feito um boneco de pano.

Simon seguiu atirando em rajadas bem pensadas, a adrenalina correndo a mil, agora com um novo tempero: medo. Olhou para trás e viu Theo caído no chão, morto com um tiro na cabeça. Franco havia largado a AK e já erguia os braços num gesto de rendição. Tino estava algemado, fora da linha de fogo e praticamente esquecido num canto.

Simon nem pensava em se entregar. Atirava a esmo contra os policiais, mal ouvindo o próprio grito de guerra sob o estrondo dos disparos.

A primeira bala o atingiu na altura da coxa, fazendo com que ele caísse de joelhos. Uma segunda o atingiu no antebraço. Uma terceira pegou de raspão no ombro. A perna começou a jorrar sangue como se fosse um poço perfurado. Tonto e exausto, ele deixou cair o fuzil e se apoiou no pneu traseiro do furgão para se reerguer. Já estava cercado de policiais.

Graziano, o commandant de police *da cidade, ajoelhou-se ao lado dele.*

– Prazer em conhecê-lo, Sr. Ledoux – falou em inglês. – Nosso americano.

– Quem contou? – perguntou Simon, mal conseguindo falar.

Ele precisava saber.

Os policiais agora formavam um cordão de isolamento em torno do prisionei-

ro, fitando-o com um brilho de ódio no olhar. Não deixaram o socorrista passar quando a ambulância chegou. No entanto, Simon conseguiu ver quando Tino Coluzzi foi conduzido até uma das viaturas. Ele estava fumando um cigarro.

Foi Coluzzi, *pensou Simon enquanto o mundo se turvava à sua frente.*

Não viu mais nada.

O siroco voltou a soprar.

11.

A TARDE ESTAVA ABAFADA, sem nenhum vento para aplacar o sol escaldante. Tino Coluzzi seguia pela Canebière na direção do antigo porto de Marselha, acotovelando-se com o mar de pedestres, rosnando diante do excesso de rostos norte-africanos. Se embolsasse 10 euros a cada tunisiano ou líbio que encontrasse pelo caminho, poderia facilmente pendurar as chuteiras de ladrão. Como se não bastassem os *pieds-noirs*. Mas aquilo... aquilo era uma verdadeira invasão. Não havia mais francês legítimo naquela cidade.

Sofrendo com o calor, ensopado de suor e ainda muito longe de algo parecido com paz de espírito, Coluzzi em nada lembrava o homem que havia espreitado o Hotel George V no dia anterior. Cortara os cabelos bem curtos, rentes à cabeça, mais ou menos como os de um recruta da Legião Estrangeira Francesa. Trocara a calça social e o paletó da véspera pela simplicidade de um jeans com camiseta. Para finalizar, um surrado par de tênis e óculos escuros, desses com proteção lateral. Caminhando com as mãos enterradas nos bolsos, misturava-se com perfeição àquele bando de desempregados que atulhava as calçadas da cidade mais pobre de seu país. Mais um ou dois dias de sol e ele estaria mais preto que um somali.

Parou um instante para se refrescar à sombra de alguns pinheiros mediterrâneos. Outros à sua volta faziam o mesmo, conversando numa mistura de línguas que ele ia identificando aos poucos: espanhol, inglês, árabe, italiano. No entanto, a única língua em que estava interessado era o russo.

Coluzzi secou o suor da testa e seguiu ladeira abaixo. Pensava nos russos – ou, mais precisamente, em como contatar um deles – desde que abrira a pasta do príncipe. Em tese, isso não deveria ser um problema, já que o sul da França estava apinhado de russos, mas, na verdade, quase todos eram bandidos e não havia como confiar neles. Nem mesmo nos que ele tinha na conta de amigos. O que ele precisava era de um russo honesto, se é que existia algum. E, além de honesto, deveria ter acesso às altas esferas do governo.

Uma agulha no palheiro.

Coluzzi estava convencido de que havia apenas um lugar onde poderia encontrar o que precisava.

Jojo's.

Era aí que as coisas complicavam.

Chegando ao pé da ladeira, ele contornou o prédio da ópera e cortou caminho por uma viela até a região do porto. Dez anos atrás, aqueles quatro quarteirões à beira-mar eram os mais violentos da cidade. Ainda que o sol estivesse a pino, ele nunca se aventurava por ali sem manter os olhos bem abertos. Mas os tempos agora eram outros. Hoje, a única coisa a temer era o risco de morrer sufocado com o perfume forte que vinha das butiques de luxo e das lojas de grife. Pelo menos não havia tantos africanos por perto.

Ele dobrou a esquina e procurou a placa da Jojo's. Oficialmente, a boate se chamava Le Nightclub, uma das últimas que continuavam de pé. Escondendo-se num pórtico, conferiu a faca que levava na canela e ajustou a pistola na cintura. Não tinha o hábito de andar armado quando não estava trabalhando, mas não sabia ao certo qual seria a reação de Jojo ao revê-lo.

Um ano antes eles haviam se unido para assaltar uma joalheria em Cannes, uma loja da Harry Winston ao lado do Carlton Hotel. Tudo correu às mil maravilhas. Coluzzi usou um furgão roubado para bater na fachada de vidro e abrir passagem para Jojo e seus comparsas, que invadiram a loja com martelos, quebraram todas as vitrines internas, encheram as sacolas de joias e fugiram antes que as pessoas se dessem conta do que acontecera. Coluzzi passou as joias para um receptador em Mônaco e todos encheram a burra de dinheiro. Meses depois, no entanto, já de volta a Paris, ele ouviu rumores de que Jojo andava cuspindo marimbondos, certo de que fora passado para trás na divisão do dinheiro, e prometendo vingança. Depois disso, não ouviu mais nada e acabou esquecendo a coisa toda.

Até agora.

A pistola e a faca eram apenas uma... *precaução*.

Coluzzi respirou fundo e atravessou a rua. Encontrando a boate trancada, lembrou que ela só abria às seis. Na entrada, viu fotos das dançarinas e baixou os óculos para enxergá-las melhor. Bem, não havia sido apenas o comércio que progredira naqueles últimos dez anos.

A porta dos fundos estava aberta. Coluzzi entrou e esperou um segundo até se acostumar com a escuridão e com a música alta que vinha de dentro. Então seguiu pelo corredor, passou pela cozinha e chegou ao salão principal da casa, onde encontrou Jojo sentado ao balcão do bar, fumando, a cabeça enterrada nas páginas de esporte do jornal. No palco, uma morena escultural experimentava novos movimentos numa coreografia de pole dance, jogando a cabeça para trás, chutando uma das pernas para cima; sob toda aquela maquiagem de guerra, devia ter no máximo 18 anos.

– Você agora trabalha com menores de idade? – Coluzzi sentou-se ao lado de Jojo e bateu a mão no balcão. – Onde é que isso vai parar?

Giovanni "Jojo" Matta ergueu os olhos do jornal. Aos 60 anos, muito bronzeado, tinha uma ondulante cabeleira branca e levava no pescoço uma pesada corrente de ouro.

– Pensei que tinha me livrado de você para sempre – disse ele, sério. – Sr. Espertalhão.

Coluzzi sentia nas costas o volume da pistola que escondia na cintura. Correu os olhos pela boate. Além da dançarina, havia apenas um funcionário no salão, arrumando as mesas para o turno da noite. Mesmo assim, a última coisa que ele queria era matar Jojo diante de testemunhas.

– Não vai se livrar de mim tão cedo – declarou. – Marselha é a minha casa.

Jojo encarou-o por alguns segundos, depois sorriu e se levantou com os braços abertos.

– Claro que é sua casa! Que bom ver você outra vez! – exclamou, alto o bastante para que todos ouvissem. – Quanto tempo faz? Um ano? Ou mais? Venha cá.

Coluzzi se adiantou para receber o abraço do ex-comparsa, dono daquela boate desde sempre. Além de empresário da noite, Jojo também era cafetão, traficante, receptador e cozinheiro de mão cheia. Nada acontecia na cidade sem que ele ficasse sabendo.

– Também estou muito feliz em rever você. Se ficar mais bronzeado, as pessoas vão começar a achar que você é um deles.

– Não enche – rebateu Jojo. – E aí, como estão as coisas? Faz tempo que não dá notícia.

– Tudo bem. Tudo muito bem.

– Está diferente.

– É o cabelo.

– E essa roupa de garotão.

A música parou. Jojo bateu palma e a dançarina desceu do palco.

– Volte às oito – disse ele à moça, desfazendo o sorriso assim que ela sumiu de vista. Virando-se para Coluzzi, perguntou: – Quando você chegou?

– Hoje de manhã.

– Como estão as coisas lá no norte?

– Ok.

– Só isso? Ok?

Coluzzi passou para o outro lado do balcão e pegou uma cerveja Kronenbourg.

– Como assim? – questionou.

Jojo observou-o de rabo de olho, depois disse:

– Era você na televisão?

– Televisão? Onde?

– Continua mentindo mal pra burro.

– Está falando de Paris?

– Sabe muito bem do que estou falando.

Coluzzi deu um gole demorado na cerveja e limpou a espuma da boca.

– Acha que eu voltaria para cá depois de uma operação daquelas? Vou lhe dizer para onde eu iria: para fora do país. Algum lugar como Ibiza. Compraria uma casinha na montanha e só desceria para a cidade quando quisesse beber uma sangria, comer uma peixada, transar...

Jojo deu de ombros.

– O modus operandi daquele assalto. Muito familiar. Me fez lembrar de muita coisa.

– Aquilo foi muito tempo atrás. Abandonei os carros-fortes depois que fui embora.

– Em Paris não tinha nenhum carro-forte.

– Dá um tempo, Jojo. Não fui eu.

– Ok, ok. Foi só uma curiosidade.

– Você... está bem?

– Claro que sim. Por que não estaria?

– Ouvi umas coisas por aí. Não quero que haja problemas entre nós. Somos uma família. Quero que seja sempre assim.

– Claro que somos uma família, Tino. Não sei do que está falando.

– Deixa pra lá. – Coluzzi voltou para seu banco e continuou a beber a cerveja sem pressa. Após alguns instantes, disse: – Preciso da sua ajuda.

– Diga.

– Muitos russos aqui ultimamente?

– Russas? – indagou Jojo, como se ele tivesse perguntado sobre alienígenas. – Além da Svetlana e da Olga?

– Homens. Clientes. Talvez do consulado. Como aqueles que costumavam vir aqui antigamente, sábado à noite. Os Ivans, como a gente chamava. Brincávamos falando que eram espiões. Vestiam ternos vagabundos, fumavam cigarros horríveis. Tem visto alguém assim por aqui nos últimos tempos?

– Sei lá – respondeu Jojo. – Fico sempre na cozinha.

– Será que eu posso dar uma olhada nos recibos?

– De cartão de crédito?

– Isso.

– Você acha que nenhum russo paga em dinheiro?

– Não os que me interessam.

– Está falando sério? – questionou Jojo, pensativo.

Coluzzi assentiu.

– E você não vai contar o que está aprontando?

– Primeiro preciso encontrar os caras.

Jojo encarou-o por um instante, depois dobrou o jornal e levou Coluzzi até o computador do escritório.

– Temos um programa que registra todos os pagamentos feitos com cartão. Você pode consultar por data, nome ou valor da transação.

Coluzzi sentou-se na cadeira e se impulsionou para junto do teclado.

– Pode deixar que eu me viro.

– É todo seu.

Assim que Jojo saiu do escritório, Coluzzi abriu a movimentação de crédito dos últimos seis meses da casa e foi consultando os nomes de A a Z. Encontrou um bom número de clientes com sobrenome russo, então concentrou sua atenção naqueles que haviam consumido menos de 500 euros. Diplomatas russos eram tão mal pagos quanto qualquer outro funcionário público.

Em cinco minutos já tinha dois nomes: Andrei Gromov e Boris Stevcek. Eles costumavam frequentar a boate juntos, quase sempre às sextas-feiras. Gromov gastava um pouco mais que o outro. Nenhum dos dois consumia mais do que 200 euros, o que significava que eles nunca subiam para a salinha VIP para receber um boquete ou passar uma noite inteira na companhia de uma das moças. Olhavam, mas não tocavam.

Ainda assim não havia como saber se eram do governo russo. Nada impedia que trabalhassem para uma daquelas empresas de tecnologia que brotavam feito cogumelos nos últimos tempos, para alguma companhia aérea estrangeira ou para outra empresa qualquer. Talvez nem fossem russos, mas cidadãos franceses de descendência eslava.

Coluzzi fechou o programa e abriu o navegador de internet. Mais cedo ele havia consultado o site do consulado russo, mas não encontrara nenhuma lista de funcionários, nem mesmo o nome do cônsul. Precisava de alguém com quem pudesse falar sobre a carta, esse era o seu problema. Não tinha amigos no serviço secreto russo. E, ainda que tivesse, não saberia como apresentar a carta. Imaginava que a intenção do príncipe saudita fosse entregá-la a alguém de seu nível hierárquico, ou até acima. O e-mail na pasta falava de um encontro marcado com certo V. Borodin, no Chipre. Numa rápida consulta, Coluzzi descobriu que o chefe do serviço secreto russo era um homem chamado Vassily Borodin.

Como uma pessoa poderia conseguir falar com o chefe do SVR? Mais fácil falar com Deus.

Coluzzi pesquisou os dois russos da boate.

Descobriu que Stevcek tinha um perfil no Facebook. Examinando as fotos, concluiu que o sujeito realmente só podia ser russo: pele muito clara, maçãs salientes, nariz anguloso, e só mesmo um asiático para ter olhos assim tão puxados.

Stevcek também devia ser um fotógrafo compulsivo. Sua galeria era enorme, e Coluzzi estudou umas cinquenta imagens antes de desistir. Não encontrara nem sequer uma pista do que o cara fazia para viver, se trabalhava ou não para o consulado. As postagens também não ajudavam em nada, indecifráveis no cirílico em que estavam escritas.

Apesar disso, Coluzzi foi rolando as páginas na esperança de encontrar algo. E acabou encontrando. Escrita em francês, uma mensagem lembrava o russo de uma data especial: 20 DE MARÇO – COMEÇOU A TRABALHAR NO CONSULADO DE MARSELHA.

Sem pensar duas vezes, Coluzzi pesquisou o número na internet e ligou para o consulado russo.

– Gostaria de falar com o Sr. Stevcek.

– Não temos nenhum funcionário com este nome.

– Claro que têm. Estive com ele na semana passada e ele mesmo me deu este número.

– Infelizmente não temos nenhum Stevcek. É sobre vistos que o senhor deseja falar?

Coluzzi praguejou baixinho. O mais provável era que o homem tivesse sido transferido para outro consulado qualquer.

– É sobre outra coisa – disse, respirando fundo antes de jogar sua isca. – Tenho uma informação que talvez seja do interesse de seu país.

– Que tipo de informação? – perguntou o atendente, sem nenhum espanto ou sobressalto.

Com certeza recebia ligações semelhantes todo dia.

Coluzzi procurou as palavras certas.

– São coisas de natureza técnica. Segredos industriais. Sou engenheiro. Quero ajudar a Rússia.

– Sinto muito, senhor. Não posso ajudá-lo.

– Informações muito secretas. Confidenciais! Está entendendo?

O atendente desligou. Envergonhado do próprio amadorismo, Coluzzi guardou o celular, apagou o histórico de consultas no navegador e voltou para o salão.

– Encontrou o que queria? – indagou Jojo, já com seu uniforme branco de chef, mas ainda com o cigarro no canto da boca.

– Beco sem saída.

– Vai ficar uns dias na cidade?

– Não muitos.

– Passe aqui à noite para beber alguma coisa. Melhor ainda, vou preparar um jantar para você.

– *Steak-frites*?

– Fechado. Filé com fritas.

– Meu prato predileto – declarou Coluzzi, satisfeito de que o outro nem desconfiasse de que havia sido enganado um ano antes. – Mas, Jojo, não deixe passar do ponto desta vez, ok?

12.

Não deixe passar do ponto.

Jojo Matta sentia o rosto arder enquanto via Coluzzi sair. Apagou o cigarro e, furioso, foi para a cozinha. Quanto atrevimento. Achar que ele perdoaria a traição.

Ele amarrou o avental e deu início aos trabalhos da noite. Havia planejado dois pratos principais: peixe-espada grelhado com legumes e mexilhões ao molho de alho. Tirou o peixe da geladeira, deitou-o sobre a tábua e foi cortando os filés. Poderia tê-los comprado já prontos e embalados, mas preferia cortá-los ele próprio. Uma questão de respeito. Achava que precisava fazer jus aos 30 euros que cobrava por prato. Não era um trapaceiro como Tino Coluzzi.

Jojo percebeu que estava com as mãos trêmulas. Respirou fundo para se acalmar e só então começou a picar as batatas e as cenouras, com golpes rapidíssimos da faca afiada. Gostava de ir ao mercado todas as manhãs e escolher pessoalmente os seus produtos. Mais uma maneira de demonstrar respeito pela clientela. Os melhores ingredientes a um preço justo.

Bastou pensar em justiça para que ele se lembrasse de Coluzzi de novo. Eles se conheciam havia quanto tempo? Quinze anos? Vinte? Mesmo que não fossem uma família, eram amigos.

E amigos não roubavam de amigos.

Num segundo de descuido, Jojo deixou a faca escorregar e acabou tirando uma lasca do polegar. Quando olhou para baixo, viu sangue por todo lado. Então foi para a pia, deixou o dedo por alguns minutos sob a água gelada da torneira e tratou de conter o sangue antes de fazer o curativo.

Cozinhava desde os 14 anos, desde as aulas de culinária que fora obrigado a assistir num reformatório próximo a Perpignan, nas quais aprendera os rudimentos da cozinha francesa. No reformatório, acreditavam que essas aulas não só davam aos delinquentes uma carreira para seguir depois, como também serviam para canalizar a raiva e a indisciplina que os levara para ali. Quanto à primeira parte, estavam certos. Fazia 40 anos que Jojo trabalhava no ramo. Quanto à segunda, nem tanto. Nem sempre era uma boa ideia colocar adolescentes sociopatas em contato com facas afiadas e água fervente. Jojo deixara a instituição com uma queimadura na perna e o indicador da mão esquerda cortado pela metade. O lado bom da coisa era o coq au vin de primeiríssima qualidade que ele havia aprendido a fazer.

Esse era o problema de Tino Coluzzi, concluiu ele. O malandro não respeitava ninguém. Nem amigos nem família. Absolutamente ninguém.

No ano anterior, Jojo havia topado com Massimo Forte numa festa. Forte era o maior receptador de joias do lado de cá da fronteira italiana e, após alguns drinques, deixara escapar que havia comprado das mãos de Coluzzi as joias roubadas da Harry Winston de Cannes, por uma quantia duas vezes maior do que aquela alegada por Coluzzi na divisão do dinheiro.

Não apenas dez por cento maior.

Nem vinte.

Mas cem por cento maior.

O dobro.

Jojo achava até justo que uma vez ou outra alguém embolsasse mais que os outros. No caso da joalheria, era Coluzzi quem havia bolado o plano todo, quem havia recrutado a gangue e roubado o furgão usado na invasão da loja. Aliás, tinha feito um trabalho impecável e certamente merecia uma fatia maior.

Mas uma fatia *duas vezes* maior... Aí já era safadeza.

Ele voltou ao trabalho. Jogou no lixo os legumes ensanguentados, lavou a tábua e recomeçou do zero. Tentou tirar da cabeça a trapaça de Coluzzi, mas não conseguiu.

Afinal, o homem estava na cidade.

Em Marselha.

Era uma questão de orgulho.

Jojo precisava fazer as coisas direito.

Ele largou a faca na bancada, foi até o escritório e fechou a porta. Secou as mãos e só então pegou o telefone para fazer uma ligação.

– Oi. Você nem imagina quem deu as caras por aqui hoje. E vai voltar mais tarde para jantar. Estou pensando em dar a ele uma recepção especial.

Fazia uma hora que Coluzzi havia deixado a boate. Ele agora ocupava uma das mesas externas do Café La Samaritaine e tomava seu expresso enquanto admirava o movimento no Vieux-Port. Os barcos de pesca retornando após a segunda viagem do dia. Os barcos de turismo voltando de um passeio aos Calanques. Os iates atracando no cais.

À distância, as muralhas do Château d'If reluziam na baía, como se banhadas a ouro. Coluzzi havia morado naquela região por quase vinte anos, mas nunca tivera a oportunidade de visitar a famosa ilha que servira de prisão ao Conde de Monte Cristo. *Nas atuais circunstâncias*, pensou ele, *talvez estivesse mais seguro dentro de uma prisão também.*

Quanta burrice, disse a si mesmo, mexendo seu café com um biscoito. Sabia que tinha dado um passo muito maior do que as próprias pernas. Roubara a carta, mas não parara um segundo para pensar no que fazer com ela. Entregar aos russos? Tudo bem, mas como? Diante da possibilidade de botar as mãos numa fortuna, ele ficara cego para as dificuldades práticas da situação. Mal acreditava na palhaçada que fizera pouco antes ao ligar para o consulado russo e dizer que tinha segredos industriais para vender. O que fazer agora? Ligar novamente para o americano e dizer que tudo não passara de um equívoco? Esconder a carta debaixo de uma pedra e sumir do mapa?

Ele balançou a cabeça. Não havia como voltar atrás. Ele colocara a cabeça a prêmio assim que terminara de ler a carta.

Um carro buzinou ali perto. Dois policiais passaram pela rua, examinando os clientes do café. Coluzzi sentiu-se subitamente vulnerável. Terminou seu expresso, deixou uma nota de 5 euros na mesa e atravessou para o calçadão, refletindo sobre mais aquela burrice que acabara de cometer. Não podia se expor daquela maneira num lugar tão público. O novo corte de cabelo e as novas roupas garantiam certo anonimato, mas ele não devia confiar apenas nisso. Seria reconhecido por qualquer um que olhasse com um pouco mais de atenção.

Já estava próximo de uma barraca de peixe quando recebeu uma chamada pelo celular.

– Sim?

– O senhor ligou para cá mais cedo.

– Quem está falando? – perguntou Coluzzi.

– *Quem está falando?*

Só então ele notou o sotaque. Era o russo.

– Stevcek, é você?

– Sim, sou Boris.

O russo tinha uma voz aguda e parecia agitado. Stevcek soava mais nervoso do que Coluzzi.

– Onde podemos nos encontrar? – perguntou o russo. – Se quiser, posso passar em sua casa.

Coluzzi baixou o telefone um instante. Sua casa? Havia proposto entregar um material secreto, muito provavelmente roubado, e o idiota achava que o mais prudente era fazer a transação na casa do próprio ladrão.

– Alô? – chamou Stevcek. – Você ainda está aí?

Nesse mesmo instante, Coluzzi ouviu a buzina de um navio. Olhando para o mar, avistou a proa do iate imenso e superluxuoso que passava pela baía. Duzentos pés. Três pavimentos. Helicóptero pousado numa plataforma na popa.

Um megaiate.

Surpreendentemente rápido para o seu tamanho.

Coluzzi não demorou para reconhecer o casco azul enorme e a caveira preta da bandeira já um tanto desfiada. Era o *Solange*, o maior de todos os barcos que habitavam aquele porto, propriedade de Alexei Ren, o bilionário russo de 50 anos a quem também pertencia o clube de futebol Olympique de Marselha.

Coluzzi logo se deu conta da besteira que havia sido procurar, para negociar sua carta, um burocrata que trabalhava para um consulado sem nenhuma importância e que parecia ter entrado na puberdade na semana anterior. Um homem que não tinha dinheiro para pagar um boquete na Jojo's.

A chance de Boris Stevcek ter acesso a Vassily Borodin era a mesma que Coluzzi tinha de falar com o presidente da França.

– Alô? Senhor? Senhor?

Irritado consigo mesmo, Coluzzi desligou o telefone e caminhou na direção do iate, ouvindo a música animada da festa que acontecia a bordo. Aliás, não era o único naquele calçadão a bisbilhotar o grupo de beldades que dançava freneticamente no deque superior com seios nus e champanhe em punho.

O iate passou direto pelo porto, mas próximo o bastante para que Coluzzi reconhecesse o vulto que ia sozinho no convés, mexendo em seu laptop. Cabelos escuros, barba espessa – um pirata, tanto na aparência quanto no ofício –, camisa branca enfunada pelo vento.

Alexei Ren.

Coluzzi ficou olhando para o russo, paralisado.

Acabara de encontrar sua resposta.

13.

ESTAVA CHOVENDO QUANDO BORODIN pousou em Moscou. Uma rajada de vento frio o recebeu na descida do avião. Seu humor estava tão cinzento quanto o céu.

– Estou atrasado – informou ao motorista assim que entrou no carro. – Preciso estar em Yasenevo às quatro.

O sedã tocou adiante e logo estava percorrendo a 150 quilômetros por hora uma das faixas privativas que o governo reservava para si e para alguns dos homens mais ricos do planeta. Nas outras pistas do anel rodoviário, ninguém andava. Eram três horas, mas o congestionamento da tarde já estava a pleno vapor. Aliás, Borodin havia notado que nos últimos tempos o trânsito ficava ruim a qualquer hora do dia. Os especialistas diziam que se tratava apenas de um efeito colateral do crescimento econômico. Mais uma mentira. O país estava afundando, e todos sabiam disso.

Em cinquenta minutos ele estava no distrito de Yasenevo. Localizado nos subúrbios a sudoeste da cidade, o quartel-general do Serviço de Inteligência Internacional consistia em três torres agrupadas em torno de um gramado central, além de diversos módulos de apenas um pavimento espalhados por um campus arborizado. Vítima de uma construção desleixada e do solo pantanoso da capital, a maior das tais torres, a primeira a ser erguida trinta anos antes, começara a afundar logo no início da ocupação. Nos primeiros anos de Borodin como agente, a estrutura estava tão torta que muitas das janelas nem abriam. A calefação funcionava às mil maravilhas, mas a refrigeração era, quando muito, esporádica. Durante os poucos mas extremamente quentes e úmidos dias de verão, o interior do prédio ficava calorento e com cheiro de mofo. Para piorar as coisas, havia o velho hábito dos russos de economizar na água do banho, prática comum daqueles que no passado haviam precisado compartilhar um único banheiro com outras duas, às vezes três famílias com as quais dividiam o apartamento. Para eles, uma boa limpeza semanal era mais do que suficiente. Borodin estremeceu ao lembrar o fedor que assolava o prédio no auge de verão. Por causa do mau cheiro, a torre ganhou um apelido que se mantinha até os dias de hoje: "Latrina."

– Tudo bem, senhor? – perguntou o motorista, notando a expressão de nojo no rosto do chefe.

– Tanto quanto possível – respondeu Borodin.

Com a chegada de Boris Iéltsin ao poder – junto com o protegido dele, um ex-agente da KGB sem muito destaque e até então exilado nos recônditos da Alemanha Oriental –, recursos orçamentários finalmente foram destinados à reforma do prédio e à substituição do sistema de refrigeração.

– São cinco para as quatro – informou o motorista ao parar diante da torre principal. Radiante, virou-se para trás e disse: – Cinco minutos de antecedência.

Borodin deu um tapinha no ombro dele.

– Obrigado. Agora só preciso de um guarda-chuva.

– De quê? – perguntou o homem, desanimado.

A chuva já estava bem mais forte. Vinte metros separavam o carro da entrada do prédio. Borodin percorreu aquela distância com passos largos, porém calmos. Talvez estivesse caminhando até mais lentamente que o normal. Recusava-se a irromper numa corrida ou dar qualquer sinal de que se importava com o mau tempo. Sabia que algum subordinado estaria observando do alto na esperança de ver algo que pudesse transformar em fofoca ou piada, ainda que fosse tão trivial quanto uma corrida desajeitada do chefe ou, Deus não permita, um escorregão seguido de tombo. Que se danassem os subordinados! Seria preciso muito mais que um reles aguaceiro para derrubar um diretor do SVR.

No lobby, Borodin tomou um elevador privativo e foi para sua sala no décimo andar. Assim que o viu entrar, a secretária correu para ajudá-lo a tirar o casaco molhado.

– Providencie uma toalha e uma muda de roupa – pediu de modo educado. – Ah, e um chá.

A secretária era uma senhora mais velha, rotunda e imune aos ditames da moda.

– Quer que eu acrescente alguma coisa para levantar o ânimo? – sugeriu ela.

– Não, obrigado. Só o chá. E bem quente.

Só então Borodin notou a presença da loura que esperava numa das cadeiras da antessala. Passara por ela sem nem mesmo olhar para o lado. Acomodando-se à mesa, leu suas mensagens e depois acessou seus sites americanos favoritos. Só parou quando a secretária voltou com a muda de roupa. Por conta da natureza do seu trabalho, muitas vezes ele era obrigado a passar dias a fio entre aquelas quatro paredes, e fazia tempo que tinha mais roupas no escritório do que em casa, onde mantinha apenas o mínimo necessário. Trocou-se, penteou os cabelos e voltou mais aliviado para sua mesa, um bloco de mogno grande como a fuselagem de um avião. No site do *The New York Times*, deparou com uma manchete nova. Em outro dia qualquer, aquilo teria feito seu sangue ferver, mas, naquele exato momento, teve a impressão de que a notícia havia caído do céu.

– Mande a major Asanova entrar – falou pelo interfone, uma relíquia de antigas eras, assim como a mesa.

A porta se abriu. A loura entrou e bateu continência. Mesmo sem salto, era uma cabeça mais alta que ele. Deixando de lado as formalidades, Borodin levantou-se da mesa e cumprimentou a moça com dois beijos no rosto, mais um terceiro para sinalizar que não estava zangado.

– Sente-se, major.

Valentina Asanova ajeitou a saia sob as pernas e sentou-se.

– Soube que esteve em Berlim – prosseguiu Borodin.

– Estive.

Apenas isso, mais nada. Nenhum sorriso. O psicólogo existente dentro de cada agente de campo notaria que Valentina Asanova não fazia a menor questão de ser simpática.

– Em missão pela Divisão Dois – completou ela friamente, sem nenhum sinal de insatisfação.

Ninguém gostava de ser requisitado pela Divisão Dois.

Borodin voltou para sua mesa. Havia esquecido quão bonita era a garota. Aqueles olhos azuis. Os cabelos quase brancos de tão claros. Mas não era apenas uma questão de beleza física. A major emanava um ar de maturidade e inteligência que alçava seu fascínio a outro nível.

Valentina Borisovna Asanova era uma criatura do Estado, uma órfã criada em instituições públicas. Na adolescência, se sobressaíra como ginasta e por muitos anos fizera parte da equipe nacional. Obrigada a encerrar a carreira por conta de uma lesão, estudou engenharia elétrica na Universidade Estatal de Moscou. Mais tarde, formou-se com louvor na academia preparatória do SVR.

Era o pacote completo: inteligência, força física, beleza, ambição.

No entanto, não era apenas isso que havia chamado a atenção de Vassily Borodin. Na infância, Valentina havia sofrido todo tipo de abuso por parte de professores, técnicos e conselheiros. Infelizmente, essa era a prática comum no ambiente frio e impune das instituições geridas pelo governo. A criança que reclamasse de alguma coisa recebia ainda mais abusos a título de recompensa. Na condição de pai, e de uma pessoa relativamente tolerante, Borodin execrava esse tipo de tratamento e se envergonhava de fazer parte de qualquer aparato que não fizesse nada para coibi-lo. Mas, na condição de diretor do serviço de espionagem do seu país, via as coisas por um ângulo bem diferente.

Os muitos anos de trauma haviam transformado Valentina Asanova numa sociopata e permanente antipatia por seus semelhantes. Em resumo: consciência não era o seu forte. A única necessidade daquele ego tão maltratado era o reconhecimento profissional. Fiel a uma das mais arraigadas tradições russas, sua única ambição era servir o Estado.

Ela era a recruta ideal.

– Provocar e intimidar – disse Borodin. – Essa era a sua missão, certo?

Ela assentiu. Borodin notou quando ela prendeu as mãos sob as coxas com um semblante de resignação.

– Me corrija se eu estiver errado, major, mas a principal característica dessas operações de PI é a discrição, não é? Elas não envolvem enfrentamento físico. Pelo contrário, a ideia é introduzir um elemento de medo, um clima de terror e incerteza, assustar o alvo sem lhe causar qualquer dano físico.

Valentina retesou os músculos do rosto e semicerrou os olhos, mas não falou nada. Borodin viu surgir no rosto dela um leve rubor. Ele virou a tela do computador para que ela pudesse vê-la.

– Esta matéria acaba de sair do forno – informou ele. – "Mulher de embaixador atacada na residência oficial de Berlim." Em casa e sob as barbas do embaixador. – Ele esperou que ela lesse algumas linhas. – E então, o que tem a dizer sobre isso? Foi você, não foi? Não consigo pensar em outra pessoa que quisesse invadir a casa do embaixador americano justamente no dia de uma reunião de cúpula para a qual não fomos convidados.

Mesmo de longe, ele conseguia ver a veia que brotara de repente na têmpora da moça, o sangue que pulsava freneticamente dentro dela. Voltando o computador para si, e num tom bem menos complacente, continuou:

– Bem, imagino que esteja feliz com o resultado, já que conseguiu escapar. Mas será que não percebe? Não interessa que os americanos não tenham provas. Eles sabem quem são os responsáveis. Aquela agressão foi um ato burro e inconsequente da sua parte, major. Aliás, parece que isto está se tornando uma espécie de marca registrada da major Asanova. Não é verdade?

Valentina permaneceu muda, as feições rígidas como as de um cadáver.

– Que droga você fez com aquela mulher? Responda!

Valentina liberou as mãos e escorregou o corpo para a ponta da cadeira, entreabrindo os lábios bonitos enquanto ameaçava se levantar. Borodin sentiu sua ira e recuou como se tivesse sido atingido por uma granada, mas rapidamente a moça relaxou e apenas arrumou a saia, com a modéstia de uma colegial. Em seguida, brincando com a correntinha de ouro que trazia no pescoço, abriu um sorriso subserviente e perguntou:

– Posso saber por que o senhor me chamou aqui?

Borodin voltou a respirar.

– Fico feliz em ver que você nem sempre se deixa levar pelas emoções – disse ele, recostando-se na cadeira.

– Pois é – falou ela, bem-humorada. – Nem sempre.

Eles se entreolharam por alguns segundos, mas nenhum dos dois riu.

Borodin empurrou um dossiê na direção dela.

– Tenho um trabalho para você.

14.

Eram quatro da tarde quando Simon desembarcou na Gare du Nord. A estação estava tão quente e congestionada quanto um mercado marroquino. A nova moda de colocar pianos nos saguões se espalhara por toda a Europa, e um senhor de cabelos grisalhos e desgrenhados tocava um *boogie* animado sem que ninguém parasse para ouvi-lo. Sempre atento à mala que levava consigo, Simon foi abrindo caminho na multidão rumo ao ponto de táxi. Volta e meia era agressivamente abordado por algum norte-africano oferecendo-se para ajudá-lo com a bagagem ou tentando vender algum passeio pela capital francesa, de carro ou na garupa de uma motocicleta. Simon os ignorava.

Saindo à rua, bufou ao ver que a fila no ponto de táxi passava da esquina. Então dobrou essa mesma esquina e se adiantou até o ponto em que os carros iam tomando seu lugar na fila dos taxistas. Bastou erguer o braço para que um deles parasse para pegá-lo. Taxistas também não gostavam de esperar.

– Quai des Orfèvres – disse Simon ao motorista. Sentou-se no banco traseiro, pegou uma nota de 10 euros e entregou-a ao homem. – *Vite*, rápido.

– *Oui, monsieur* – respondeu o outro, agradecendo-o com um gesto da cabeça antes de arrancar apressado com o carro.

Enquanto admirava a beleza da cidade pela janela, Simon fez uma ligação para a oficina em Londres. Informou a seu gerente, Harry Mason, que ficaria ausente por alguns dias, depois o autorizou a encomendar o dinamômetro.

– Tem certeza? – perguntou Moss. – Esse negócio é caro.

– Pode comprar – afirmou Simon. – Agora chame Lucy, por favor.

– Lucy está trabalhando como louca naquela Dino que você começou a raspar ontem à noite.

– É mesmo?

– Muito estranho.

– Melhor você ficar de olho nela, Harry. Talvez a garota esteja querendo tomar o seu lugar.

– Até parece!

Simon ficou esperando que o gerente chamasse Lucy, firmando-se no banco enquanto o taxista acelerava pelas ruas da cidade. Ele odiava ceder a direção a quem quer que fosse, sobretudo a motoristas de táxi, e só ficou mais tranquilo quando o homem reduziu a velocidade para atravessar a pont Neuf.

– Onde foi que você se meteu? – disse Lucy Brown em vez de falar alô.

– Paris. A trabalho.

– Nunca estive em Paris.

– Qualquer dia trago você. Tipo uma excursão da escola.

– Foi por causa daquele cara que você viajou?

Simon prendeu a respiração quando um furgão surgiu na contramão e desviou segundos antes de uma colisão frontal com o táxi.

– Já depositou seu cheque? – perguntou.

– Imediatamente. Na hora do almoço.

– Sabe o que costumo fazer quando recebo um dinheirinho? Compro um presente para mim mesmo. Nada muito caro. Só um presentinho de parabéns.

– Comprou o que desta vez?

– Um dinamômetro para a oficina. Acabei de autorizar Harry a encomendar.

– Sexy!

– Não é?

– Engraçado você tocar nesse assunto, porque eu também me dei um presentinho.

– Jura? O quê?

– Um relógio.

– Pensei que ninguém mais usasse relógio.

– Não é para usar. Pelo menos, não o tempo todo.

– Então é para quê?

– Adivinha.

– Sei lá. Conte logo. Para quê?

– Para você me ensinar aquele truque que fez no leilão.

– Tchau, Lucy.

O QUARTEL-GENERAL DA POLÍCIA PARISIENSE, também conhecida como Police Judiciaire, ou PJ, ficava no número 36 do Quai des Orfèvres, num prédio do século XIX que ocupava um quarteirão inteiro à beira do Sena. Homens e mulheres subiam e desciam apressadamente pelas escadas de pedra. Novos recrutas, impecáveis em seus uniformes azuis, embarcavam no ônibus que os levaria para a academia. Carros de patrulha entravam e saíam do estacionamento, uns voltando à base após um longo dia de trabalho, outros dando início ao turno seguinte. Quanto ao resto da cidade, era como se todo mundo tivesse parado o trabalho e saído de férias. Mas para a polícia não havia férias. Muito menos depois daquele famigerado assalto que havia estampado as páginas de todos os jornais mundo afora.

Simon se apresentou na recepção, pegou seu crachá de visitante e, obedecendo às instruções da recepcionista, seguiu para o gabinete do comissário Marc Dumont, no quarto andar. Passou direto pelos elevadores e tomou a escada, em parte para aliviar a tensão que o afligia, em parte porque gostava de elevadores ainda menos do que gostava de quartéis de polícia.

Antes de sair para o corredor do quarto andar, parou um instante para ajeitar o paletó e só então seguiu em frente. Seu timing fora perfeito: ele mal havia atravessado a porta quando avistou Marc Dumont vindo ao seu encontro.

– Marc.

Aproximando-se, Marc franziu a testa e perguntou:

– Você não engorda nunca?

– Comida inglesa, sabe como é.

– Solteiro ainda?

– E você? Policial ainda?

– Não estou vendo nenhuma aliança – disse Dumont, apontando para a mão esquerda de Simon. – Além disso, você me parece feliz demais.

Cumprimentaram-se com entusiasmo e Dumont indicou o caminho para seu gabinete. Duas secretárias trabalhavam em suas mesas na antessala.

– Estou esperando a detetive Perez – informou Dumont a uma delas. – Mande-a entrar assim que chegar.

– Como se eu conseguisse detê-la – replicou a mulher, com uma expressão contrariada.

Dumont ocupava uma sala grande com vista para o rio. Deixando sobre a mesa as pastas que trazia consigo, ele se sentou na sua cadeira de espaldar alto.

– Café? Chá? – ofereceu ele. – Geralmente não bebo no trabalho, mas posso abrir uma exceção se você me acompanhar.

– Um chá está bom.

Ainda de pé, Simon correu os olhos pela sala, admirando a vista da janela. A vida parecia ter sido gentil com Dumont ao longo dos anos, desde o último encontro dos dois. O policial francês estava um pouco mais grisalho e um pouco mais pesado. Usava um terno de qualidade e um bom relógio, embora não fosse nenhum Patek Philippe. E Simon ficou feliz ao notar que os tiros que o francês levara em seu lugar não o tinham deixado com sequelas.

Eles haviam construído algo parecido com uma amizade anos antes, quando Simon precisou da ajuda da polícia francesa para localizar a filha de um financista inglês. Os dois encontraram a garota no apartamento do traficante sérvio que ela namorava em Paris. Mas não fora fácil arrancá-la de lá.

– Então, monsieur Riske, perseguindo mais uma fugitiva rica?

– Não. Aquela bastou – respondeu Simon. – Toquei meu barco adiante, para coisas maiores e melhores. Pelo visto, você também se saiu muito bem.

– Deixei a delegacia de crimes organizados no ano passado – disse Dumont, referindo-se à divisão responsável pela investigação de grandes esquemas de roubo e sequestro. – Como você, subi na vida. Hoje sou do Estado-Maior. Oficialmente um burocrata.

– Não me diga que finalmente cansou do mundo do crime.

– Vinte anos foram o suficiente. Me cansei mesmo foi de ser baleado por adolescentes drogados. E você, Riske, tem se comportado direitinho?

– Tanto quanto possível. Ainda devo uma a você.

– Pensei que fosse o contrário.

– Não fui eu quem acabou levando aquelas balas.

Dumont riu ou resmungou algo. Com os franceses nem sempre era possível distinguir uma coisa da outra.

Simon ligara antes de chegar, para passar para ele informações preliminares sobre o homem que estava procurando. Fora deliberadamente econômico durante a conversa, dizendo apenas que se tratava de um criminoso profissional com atividades em Paris. Um sujeito do sul. Talvez proveniente de Bouches-du-Rhône. Ou da Côte d'Azur. Ou até mesmo da Córsega. Tinha preferência por joias, objetos de arte e coisas de valor histórico. Trabalhava com uma equipe.

"Você não vai me dizer o que o cara fez?", perguntara o francês.

"Roubou algo de um cliente meu. Algo de muito valor."

"Em Paris?"

"Sim. Alguns dias atrás. Isso é tudo que posso dizer por enquanto."

A secretária chegou com o chá. Dumont serviu duas xícaras.

– Açúcar?

– Por favor. E leite. – Simon recebeu a xícara e se sentou. – Obrigado por ter me recebido. Sei que deve estar atolado com essa história do príncipe árabe. E então? Já descobriu alguma coisa?

– Ainda não – respondeu Dumont, organizando sua papelada em pilhas sobre a mesa –, mas aposto que eram eslavos ou russos. Esse pessoal é muito bem treinado. Eles queimaram os dois carros sequestrados. Não deixaram nenhuma impressão digital. O príncipe girou pela cidade inteira, gastou uma fortuna. Só faltou pintar um alvo nas costas.

– Bem – falou Simon, reacomodando-se na cadeira. – Boa sorte.

– Cedo ou tarde, vamos encontrá-los. Se não for aqui, será em Zagreb ou Moscou. Algum deles vai dar com a língua nos dentes, orgulhoso da própria façanha.

– Sorte nossa.

– Cá entre nós, nem sei direito por que estamos nos dando a esse trabalho. – Dumont falou baixinho, como se revelasse um segredo. – O príncipe nem sequer quis esperar para registrar uma queixa. Em quarenta minutos, já estava decolando em seu avião.

– Talvez não pudesse falar muita coisa – disse Simon com a frieza de sempre. – Você sabe quem ele é, não sabe?

– Sei – respondeu Dumont. – Mas como é que você sabe?

Simon deu de ombros.

– Talvez ele não estivesse em Paris só para fazer compras.

– Ah!

Nesse instante alguém bateu à porta e o semblante de Dumont ficou ainda mais carregado.

– Entre! – gritou ele.

Mas com alguns segundos de atraso, pois a porta já havia sido aberta por uma mulher magra e vigorosa, vestindo um jeans rasgado e uma camiseta preta.

– *Commissaire* – falou ela, aproximando-se da mesa. – O senhor me chamou?

Dumont forçou um sorriso.

– Simon, esta é a detetive Nicolette Perez.

– Como vai? – cumprimentou-a Simon, ficando de pé.

A mulher apertou a mão dele, talvez um pouco forte demais, bastante contrariada por estar ali.

– Nikki – respondeu ela. – Muito prazer.

– O prazer é meu.

– A detetive Perez entrou para a delegacia de crimes organizados alguns meses depois da minha saída – explicou Dumont. – E desde então assumiu o comando de diversos casos importantes. Está a par da investigação que você está fazendo em nome de seu cliente.

– Seria ótimo se ele contasse o que já sabe – disse ela a Dumont.

– O Sr. Riske é um bom amigo da PJ – afirmou o francês, incisivo. – Deve ser recebido com toda a nossa cortesia.

– Tudo bem – interveio Simon. – Sei que estou tirando a detetive de seu trabalho.

– Sabe mesmo? – indagou Nikki. – Muito atencioso da sua parte.

Simon examinou-a com mais atenção. O cabelo desgrenhado de Nikki Perez caía sobre os ombros e tinha uma única mecha azul, sinal evidente de que ela ditava as próprias regras. Os olhos castanhos, grandes e firmes combinavam com a boca grande e expressiva, mesmo quando não sorria. A maquiagem era pouca ou nenhuma, e Simon achou que ela de fato não precisava daquilo. Nikki não usava esmalte, mas tinha unhas e mãos bonitas. Simon gostava de mãos. Também gostava de armas, e não deixou de notar a SIG Sauer de coronha larga que ela levava na cintura. A mulher não brincava em serviço.

Nikki jogou-se na cadeira ao lado dele e esticou as pernas.

– Olhe, hoje devemos ter uma meia dúzia de gangues do crime organizado operando na cidade – explicou ela. – Russos, eslavos, africanos e alguns outros. Os corsos estão lá embaixo na lista. Em geral, eles trabalham com esquemas de proteção, jogo e prostituição. De vez em quando trazem gente de fora para roubar um banco ou uma joalheria. Nos últimos tempos, não tivemos nenhum caso nem remotamente parecido com o que você está procurando. Nenhum assalto a loja. Nenhum quadro roubado de coleções particulares. Nenhum roubo de joia cara. Isso é tudo que tenho para informar a você.

– Posso lhe fornecer mais alguns detalhes – falou Simon. – Meu cliente não quer que este roubo venha a público.

– O momento não podia ser pior. Você deve ter visto nos jornais. Estou cheia de trabalho. Como eu disse, não tenho muita coisa para informar. – Ela se levantou e abriu um sorriso duro. – Mesmo assim, boa sorte.

– Detetive Perez – replicou Dumont. – Tenho certeza de que você pode dar ao Sr. Riske mais uns minutinhos do seu tempo. Por mais valioso que ele seja.

– Claro – concordou ela, a caminho da porta. – Talvez amanhã. Ou depois.

Dumont se levantou.

– Agora mesmo.

– Mas, comissário, você sabe das circuns...

– Sobretudo nas suas atuais circunstâncias – interrompeu Dumont, encarando-a por alguns instantes. E então ele se virou para Simon. – Como eu disse, Nikki terá o maior prazer em conversar com você.

Exasperada, Nikki Perez passou a mão pelo cabelo e suspirou de forma dramática antes de olhar para Simon.

– Tudo bem. Vamos lá.

Simon agradeceu a Dumont e correu para alcançar a detetive, pulando dentro do elevador antes que as portas se fechassem.

– Ainda aqui? – perguntou ela.

– Como um chiclete no seu sapato.

– Acho que não é bem chiclete. Bem, preciso de um café.

Ela foi a primeira a sair do elevador. Passou reto pela recepção em direção à saída e seguiu pulando os degraus de dois em dois ao descer a escadaria da frente. Na calçada, virou-se para a direita. Simon virou-se para a esquerda.

– Ei! – chamou ela. – É por aqui.

– Conheço um lugar melhor – retrucou ele, prosseguindo pelo Quai des Orfèvres.

Logo ouviu os passos de Nikki às suas costas.

– Quinze minutos – informou ela. – É só o que posso oferecer a um "amigo da PJ".

– É mais do que eu preciso.

Simon entrou numa rua margeada de cafés e restaurantes. Garçons de avental branco esperavam ao lado das lousas com os especiais do dia escritos a giz. A catedral de Notre-Dame estava a poucos quarteirões e suas duas torres se elevavam acima do telhado dos prédios. A certa altura, Simon dobrou numa rua estreita e abriu a porta dos fundos de um prédio. Uma escada em espiral levava a um café no primeiro andar, frequentado apenas pelos locais. Simon foi direto para o balcão.

– Um expresso e um...

– *Café crème* – acrescentou Nikki.

Ela tirou do bolso a caixa metálica em que levava tabaco e a abriu. Dentro havia papel para enrolar cigarro e um isqueiro.

– Estou muito impressionada. Você conhece o Julien's.

– Morei um ano em Paris. Estudando.

– Sorbonne?

– Sciences Po. Matemática.

– Imagino que tenha sido há muito tempo.

– Dez anos.

– Só? – perguntou ela com sarcasmo.

– Comecei tarde.

Nikki passou a língua pelo papel e fechou o cigarro. Mas não teve tempo de acendê-lo, pois Simon o roubou de suas mãos.

– Epa! – protestou ela, tentando pegá-lo de volta.

– Um péssimo hábito.

– Você só pode estar brincando!

Simon olhou para o relógio.

– Só mais oito minutos. Acho que você aguenta esperar.

O barman deixou as duas xícaras sobre o balcão. Simon bebeu seu expresso devagarinho, lembrando-se daquele ano em que frequentara a Sciences Po, a melhor universidade de negócios do país. Escolhera fazer seu mestrado em matemática ali depois de terminar a graduação em Londres. Morava no quarto andar de um prédio sem elevador em Montmartre e, nas horas vagas e nos fins de semana, fazia todo tipo de trabalho para pagar as contas.

Educar não é encher um balde, mas acender um fogo.

Tudo aquilo havia sido parte dos planos que o monsenhor traçara para ele. Aprendera Yeats com um padre encarcerado.

– Cinco minutos, Sr. Riske.

Simon terminou o café.

– Preciso de tudo que você souber a respeito de três pessoas: Paul Modriani, Salvatore Brigantino e Tino Coluzzi.

– Você deu uma bela reduzida em sua lista.

– Espero que ajude.

Nikki fincou os cotovelos no balcão.

– Modriani era uma espécie de chefão até cinco anos atrás, mas se aposentou. Hoje tem um restaurante em Lyon, onde passa a maior parte do tempo. Pode riscá-lo da lista. Faz tempo que não ouço nada sobre Brigantino. O filho dele gerencia um cassino em Bois de Boulogne, mas o jogo não faz parte da minha jurisdição. Quanto a Coluzzi, faz um ano que ouvi o nome dele, algo a ver com o roubo de um carregamento de produtos farmacêuticos.

Oxycontin, opioides, esse tipo de coisa. Depois disso não ouvi mais nada. Provavelmente voltou para o sul. Agora é sua vez.

– Como eu disse ao comissário, estou procurando algo que foi roubado de um cliente meu.

– E um passarinho soprou no seu ouvido que esse "algo" foi roubado por um dos três homens.

– Isso.

– Do que se trata exatamente?

– De uma carta.

– Sério? E a caneta? Não vai procurar também?

– A caneta não foi roubada.

– Engraçadinho – replicou Nikki. – Se você já sabe de tudo isso, por que precisa de mim?

– Corroboração. Confirmação.

– Você me tirou de uma investigação importante, a maior operação de roubo dos últimos seis meses, porque tem que encontrar uma carta? – Ela revirou os olhos, balançando a cabeça. – Sei muito bem o que você é, vindo aqui com seu terno e seus sapatos caros, cobrando favores do comissário. É o cara que é pago para fazer o trabalho sujo. Dumont contou sobre seu último trabalho na cidade: encontrar uma herdeira que caiu de amores por um traficante de cocaína. Maravilha. O que será desta vez? Encontrar a carta incriminadora que um dos seus amigos ricaços mandou para a namoradinha muito mais nova? Claro, por que não acionar a polícia francesa? Pelo menos não preciso me preocupar em levar uma bala na cara.

– Pelo menos não dos bandidos.

– Quanta valentia.

– Nem tanto.

Nikki se aproximou e correu os dedos pela lapela do paletó dele:

– Deve ser uma carta muito importante.

Simon afastou a mão dela.

– Basta você apontar a direção em que devo seguir – disse ele. – Depois me viro sozinho.

Ela permaneceu imóvel, encarando-o sem se dar ao trabalho de disfarçar o desprezo. Encarando-a de volta, Simon percebeu que pontinhos dourados salpicavam o castanho dos olhos dela. Sentiu um perfume bom. Decidiu que gostava da mecha azul, que já começava a desbotar. Ele se perguntou quando ela a colocara ali e por quê.

– Seu tempo acabou – informou ela, escorregando do banco e recolhendo sua caixa de tabaco. – Vou me informar melhor sobre seus amigos do sul.

– Quanto antes, melhor – falou Simon, deixando uma nota de dez euros sobre o balcão.

– Tenho outros casos mais importantes.

Simon abotoou o paletó e saiu atrás dela, rumo à porta. Assim que pisou na calçada, Nikki lembrou:

– Riske, quero o meu cigarro de volta.

– Já devolvi.

– Não, não devolveu.

– Tem certeza?

Ela tirou a caixa do bolso e abriu-a com o polegar. O cigarro estava lá dentro.

– Como foi que...?

– Amanhã a gente se fala – disse Simon.

15.

O SAGUÃO DO HOTEL GEORGE V era um oásis. Piso de mármore. Teto alto. Entre os balcões da recepção e do *concierge*, um enorme vaso de flores multicoloridas repousava sobre uma mesa. Atravessando a porta, Simon se viu de repente em outro mundo, um mundo governado pelo dinheiro, pela elegância e pelo perfume das flores.

E com as diárias pagas pelo Sr. Barnaby Neill, do governo americano.

Ele fez seu check-in, subiu para o quarto e deu uma boa gorjeta à trainee eficiente que o havia acompanhado. Depois desfez a mala: pendurou os ternos no armário, dobrou as camisas nas gavetas, organizou os produtos de higiene sobre uma toalha de rosto dobrada ao lado da pia. Esse seu capricho era um mistério. Ele havia sido um adolescente bastante bagunceiro, não muito diferente dos outros: camisetas espalhadas pelo chão do quarto, sapatos largados onde haviam sido tirados. Ninguém para puxar sua orelha com sermões sobre disciplina e limpeza. Sua mania de ordem começou no dia em que saiu da cadeia. Alguém devia ter uma boa explicação para isso, algo como "a necessidade de controlar o ambiente à sua volta", mas ele não estava nem um pouco interessado em saber o porquê.

Talvez devesse tudo aquilo a Tino Coluzzi, pensou enquanto vestia uma camisa limpa e afivelava o cinto. Se tivesse a oportunidade de agradecer-lhe, sabia muito bem que gesto faria. Nada que envolvesse um sorriso, um aperto de mãos ou palavras gentis.

Tino Coluzzi.

Um nome que ele não esperara ouvir outra vez tão cedo.

Simon se viu tomado de uma raiva súbita e incontrolável.

Pegou o celular e vasculhou a lista de contatos até encontrar o nome de uma pessoa que ele conhecia na cidade, alguém capaz de providenciar rápida e discretamente, e sobretudo sem fazer perguntas, tudo de que ele precisava. Lembrou-se da SIG Sauer da detetive Perez. Não seria nada mau ter uma arma idêntica.

Mas logo deixou o telefone de lado. Não havia nada que pudesse fazer para mudar o passado.

O melhor modo de se vingar de um inimigo é não se assemelhar a ele.

Mais um dos sábios conselhos do monsenhor.

Ele fora contratado para encontrar uma carta. Nada mais.

Quanto a Coluzzi...

Simon lembrou que a arma predileta dele era um estilete, uma lâmina pequena e leve que cravava no peito das pessoas antes que elas tivessem tempo de tirar a pistola do coldre.

Ele colocou sua pasta sobre a mesa e abriu-a. Dentro dela, alojados em nichos de espuma, estavam todos os apetrechos do seu equipamento de vigilância: escutas, transmissores, um microfone parabólico, câmeras de alta definição disfarçadas de parafusos ou escondidas em alfinetes de lapela. Num estojo avulso ia a nova engenhoca que ele comprara com seu consultor de tecnologia e da qual esperava grandes resultados.

Simon terminou de se vestir e pegou o elevador para o saguão. Uma galeria com sofás, cadeiras e mesas corria ao longo do átrio em torno do qual o hotel havia sido construído. Ele encontrou uma poltrona vaga, de onde podia ver todo o espaço do saguão sem nenhuma obstrução. As mesas vizinhas estavam ocupadas por alemães extravagantes, sauditas carrancudos e um animado bando de asiáticas que, a julgar pelo número de sacolas espalhadas pelo chão, tinham comprado toda a Avenue Montaigne.

Um garçom se aproximou. Simon pediu uma garrafa de água mineral e um *croque monsieur*. Mais relaxado, pegou o jornal que achou sobre a mesa à sua frente, o *International New York Times*. De onde estava, podia acompanhar todo o vaivém de funcionários e hóspedes. Ainda se perguntava como Tino Coluzzi conseguira informações tão importantes, como o carro em que estaria o dinheiro do príncipe e, em especial, a rota dele para o aeroporto. Quem teria sido o informante? Não havia dúvida de que alguém de dentro ajudara.

Uma porta bateu com estardalhaço na recepção. Simon olhou a tempo de ver o homem que saíra da saleta atrás do balcão, um sujeito compacto e impositivo que agora parecia dar instruções ao gerente da noite.

Simon notou o fone que ele levava no ouvido, o microfone espetado na lapela. Certamente era o chefe de segurança da casa. Algum hóspede importante estava para chegar.

O garçom voltou com o sanduíche. Simon já havia comido metade quando finalmente os VIPs chegaram. Porteiros rapidamente tomaram seus lugares. O gerente se postou ao lado da entrada. O homem da segurança se afastou para um canto e fingiu que estava admirando os relógios de ouro de uma vitrine.

Instantes depois, uma família do Oriente Médio entrou em fila no saguão: um xeque, duas esposas e seis crianças, devidamente protegidos por dois guarda-costas. O gerente cumprimentou o xeque e conduziu-o para a recepção enquanto os carregadores se ocupavam da grande quantidade de bagagem. No entanto, obedecendo a um instinto, Simon manteve os olhos grudados no homem da segurança, que puxara um dos guarda-costas para uma conversa séria.

O chefe de segurança do hotel era um homem forte, enérgico. Aparentava uns 50 anos e tinha a testa de um pugilista e uma farta cabeleira precocemente grisalha. Usava um paletó engomado, calças frisadas e sapatos impecavelmente engraxados, as solas grossas indicando que ele passava muito tempo em pé. Tanto o porte quanto a atitude pareciam gritar "militar".

O guarda-costas conduziu o homem até o xeque. Eles se cumprimentaram, conversaram por alguns segundos e depois o xeque retornou para a família.

Simon pagou o sanduíche e atravessou o saguão para sair à rua. Já escurecera. A noite estava agradável, uma mistura de brisa e calor. Descendo a Champs-Élysées, Simon foi até a place de la Concorde e deixou os olhos passearem do obelisco até o Arco do Triunfo. Depois voltou sem nenhuma pressa para o hotel. Não conseguia tirar da cabeça a cena do xeque passando discretamente, para as mãos do chefe de segurança, um gordo maço de dinheiro. Ficou se perguntando se ele, assim como o príncipe saudita, sempre viajava com milhões de euros em espécie.

Ou se estava recompensando o francês que o ajudara a definir a melhor rota do hotel para o aeroporto.

16.

A BOATE JÁ FERVILHAVA QUANDO COLUZZI chegou pouco depois das dez. Todas as mesas do salão principal estavam ocupadas e havia muita gente de pé, conversando pelos cantos e bebendo junto do bar. As dançarinas circulavam pela casa, alheias à música ensurdecedora, algumas vestindo apenas um fio dental. Coluzzi abriu caminho pela multidão, desviando sempre que uma das moças tentava abordá-lo, limitando-se a sentir aquela mistura de suor, perfume e sexo. Acenou de longe para o bartender, dirigiu-se para a cozinha e seguiu para o corredor.

– Ah, você voltou – disse Jojo, erguendo os olhos da grelha à sua frente.

– Achou que eu não vinha?

– Separei o melhor bife para você.

– Obrigado.

Jojo pegou o bife na geladeira, jogou-o na grelha e depois despejou na fritadeira um punhado de batatas recém-cortadas. Secou a testa com um pano de prato e só então foi falar com Coluzzi.

– Encontrou os russos que estava procurando?

– Que nada.

– Não vai dizer do que se trata?

– Para falar a verdade, tenho uma pergunta para você.

– Qual?

– Ainda acompanha a temporada de futebol nos estádios?

– Faz 30 anos que não perco um jogo.

– Costuma ver Alexei Ren?

– De vez em quando. Ele gosta de ficar no banco, junto com seus jogadores.

Todos sabiam que Alexei Ren era um empresário badalado que frequentava desfiles em Paris e dava festas extravagantes em sua casa de Saint-Tropez, mas apenas poucos, como Coluzzi, sabiam de seu passado sombrio. Muito antes de ser dono do Olympique de Marselha, Alexei havia sido o rei da máfia russa no sul da França.

– Você é amigo dele?

– Eu? Conheço o cara. Ele costumava aparecer por aqui quando chegou para montar seu negócio. Tinha acabado de sair do gulag na Sibéria. Era um homem bem diferente naquela época. Muito cruel. Só queria saber de compensar o tempo que havia perdido na prisão. As meninas morriam de medo dele. Ou melhor, do apetite insaciável dele.

– Vocês nunca trabalharam juntos?

Jojo virou o bife, a grelha cuspindo fogo para todo lado.

– Bem, você não tinha como saber – disse, testando a carne com um garfo. – Estava cumprindo pena depois daquele fiasco com o carro-forte.

– Saber de quê?

– Naquele verão a gente fechou um belo acordo. Eu conhecia uns garotos que tinham empregos legítimos em vários estabelecimentos Riviera afora. No Sporting Club de Mônaco. No Hôtel du Cap. No Byblos de Saint-Tropez. No Moulin de Mougins. Só lugares bacanas. Eram garotos da região, conheciam todo mundo, especialmente os ricos e os famosos. Sempre que avistavam um deles no lugar em que trabalhavam, ligavam para mim. E eu avisava Ren. Passava o endereço e deixava o resto com ele. Ren tinha uma equipe pequena, mas eficiente. Gente bastante talentosa. As operações eram muito rápidas, tipo "entra, pega e sai". Eles eram capazes de farejar ouro e diamantes através de uma parede de concreto. – Jojo sorriu ao relembrar tudo isso. Continuou, esfregando as mãos: – Grandes lucros, meu amigo.

– Não me lembro de ter lido nada nos jornais.

– Claro que não. Ricos e famosos não querem ver seus nomes nos jornais. Preferem manter tudo na surdina. Deixam que o pessoal da seguradora acione a polícia. Não querem incentivar outros ladrões a fazer a mesma coisa. Foi naquele verão que comprei o meu barco. Bons tempos.

Jojo colocou o bife no prato, tirou as batatas da fritadeira e jogou-as numa tigela para salgá-las. Depois sacudiu a tigela algumas vezes, despejou as batatas ao lado da carne e empurrou o prato na direção de Coluzzi.

– Espere – disse, antes que o outro atacasse a comida. Jogou uma colherada de manteiga de alho sobre a carne e só então deu sua bênção: – *Bon app*, bom apetite.

Coluzzi comeu devagar, fazendo o possível para não demonstrar seu interesse por Alexei Ren. Pediu mais um pouco de batatas e lambuzou-as nos sucos da carne e da manteiga derretida.

– Você é um ótimo cozinheiro, Jojo.

– Espero que não tenha passado do ponto.

– Está perfeito. – Coluzzi depôs os talheres e limpou a boca. – Por que você e Ren não continuaram trabalhando juntos? Eu adoraria participar de um esquema desses.

– Porque ele resolveu entrar na linha. É muito mais inteligente do que nós. Pegou aquele dinheiro todo e investiu. Logo comprou uma megaempresa de computadores e deslanchou. Hoje é um super-herói. Pai de família. Muitos filhos. Sempre abrindo uma fundação para ajudar os pobres. – Jojo riu com sarcasmo. – Como se ninguém se lembrasse do que ele tem debaixo da camisa.

– Como assim?

– As tatuagens. Ren era um *vor v zakone*. Um bandido de carreira. Não veio para a França porque queria. Veio porque foi banido.

– É mesmo?

– Esse pessoal da máfia russa tem o próprio histórico tatuado na pele. Certa vez, saímos juntos para passear no meu barco. É uma coisa que a gente nunca esquece. Bem... é por isso que o cara anda sempre de camisa de manga comprida e colarinho abotoado. Não quer que ninguém desenterre o seu passado.

– Pensei que ele quisesse se proteger do sol.

– Mas tem uma coisa que sempre admirei nele – disse Jojo. – Ren era um cara justo. Nunca tentou passar a perna na gente. Pensava no futuro. Achava importante preservar as amizades.

Coluzzi afastou o prato.

– É mesmo? – perguntou.

– Você devia experimentar.

– Como assim? Experimentar o quê?

– Pagar o que deve aos seus parceiros.

– Ah. Quer dizer então que é verdade. Você andou falando de mim pelas costas.

– E agora estou falando na cara.

A porta da cozinha se abriu e por ela entraram dois homens que Coluzzi não teve dificuldade para reconhecer. Bobby e Claude.

– Pode dizer na frente deles – prosseguiu Jojo. – Vão gostar de ouvir.

– É verdade – concordou Bobby, um baixote atarracado com um tronco de árvore no lugar do pescoço e dois cutelos como mãos. – Fala.

Claude assentiu com a cabeça. Era um dos "artilheiros" da La Brise, uma espécie de atirador de elite da máfia corsa. Magro e meio amarelado, tinha cabelos pretos longos e oleosos. Se o camarada falava dez palavras num dia, era muito.

– O que está acontecendo aqui? – indagou Coluzzi. – Hoje à tarde perguntei se estava tudo bem entre nós. Você só pode estar brincando, Jojo.

– Conhecendo você como conheço, aposto que já gastou tudo que surrupiou da gente. Então vai ter que pagar em outra moeda.

– Mas eu paguei a sua parte!

– Não – disse Jojo. – Não pagou.

Coluzzi se deu conta de que não adiantava discutir.

– O que você pretende fazer? Quebrar as minhas pernas? Cresce, Jojo.

– As pernas vão ser só o começo. Depois vou passar a bola para Bobby e Claude, deixar que eles deem asas à imaginação. A menos, é claro, que você se disponha a pagar o que deve.

– E quanto seria isso?

– Cem mil.

– Nem pensar.

– Então... paciência.

Coluzzi deu de ombros.

– Pense bem, Jojo. As coisas não precisam chegar a esse ponto.

– Precisam, sim – afirmou Bobby, aproximando-se e levando a mão gorda ao coldre que escondia sob o paletó.

Claude pegou uma faca de cozinha.

– Opa, opa – disse Coluzzi, levantando-se com os olhos arregalados, tentando fazê-los acreditar que estava borrando as calças de tanto medo, que havia amolecido depois da mudança para Paris, que havia se transformado num almofadinha covarde.

Bobby sacou a arma, uma pistola de cano curto, calibre 38.

– Patife ganancioso...

Rapidamente Coluzzi tirou seu estilete da bainha e com ele abriu um talho profundo no pescoço do baixote, fazendo jorrar uma cachoeira de sangue arterial. Bobby ainda teve tempo de disparar um tiro antes de largar o revólver e levar a mão ao ferimento. Claude arremeteu com sua faca de cozinha, mirando na barriga de Coluzzi, que se deslocou com um salto para o lado. Sempre fora o mais ágil da turma. Sem pensar duas vezes, Coluzzi enterrou o estilete no peito de Claude, logo abaixo do esterno, e girou o cabo com tanta violência que sentiu a lâmina rasgar algo pesado e fibroso, provavelmente um pulmão ou o fígado. Claude entreabriu a boca e deixou o sangue vazar entre os dentes podres.

Coluzzi liberou o estilete e virou-se para Jojo, desviando-se a tempo do martelo de cozinha que o outro arremessara contra sua cabeça. O martelo ricocheteou na parede e caiu no chão. Na outra mão, Jojo empunhava uma faquinha de picar. Dando-se conta de que não podia contar muito com ela, procurou na bancada algo que pudesse usar e escolheu um rolo de abrir massa. Investiu contra Coluzzi como se estivesse numa briga de bar, brandindo o rolo no alto, estocando o ar com a faquinha.

Coluzzi recuou o quanto pôde no pouco espaço da cozinha, limitado por bancadas, prateleiras, fogão e forno. Precisava agir com cautela. Bobby e Claude eram dois zeros à esquerda, ambos italianos, nem sequer eram membros legítimos da La Brise. Mas Jojo... ele era realeza. Quem encostasse um dedo nele, ou fizesse algum estrago, depois comeria o pão que o diabo amassou.

Coluzzi foi se livrando dos golpes desgovernados do cozinheiro, gritando para que ele se acalmasse, mas Jojo não era homem de fugir de uma boa briga. Lia-se isso no sangue que avermelhava seus olhos.

Jojo arremeteu novamente e atingiu o antebraço de Coluzzi com a faca – nada sério, apenas um corte. Depois, muito nervoso, baixou o rolo de massa num golpe violento e por muito pouco não acertou a cabeça.

– Basta! – gritou Coluzzi, irritado com a insensatez daquele sessentão que já deveria ter aprendido a jogar a toalha.

Na primeira oportunidade, investiu e esmurrou o queixo dele, fazendo com que a faca caísse no chão.

E foi o que bastou.

Jojo caiu de joelhos, meio inconsciente. Chegou a olhar para a pistola de Bobby caída ali perto, ao alcance de sua mão.

– Não faça isso – disse Coluzzi.

Mas Jojo não lhe deu ouvidos. Esticou o braço e encontrou a coronha da arma. Provavelmente nem sabia direito o que fazer com ela, pois não estava em condições de atirar. Coluzzi agiu antes dele: ficou de joelhos e cravou o estilete na mão do homem, espetando-a no linóleo do chão.

Jojo nem conseguiu gritar. Ficou ali, como que paralisado, olhando de olhos arregalados a mão espetada, trêmulo de raiva.

Coluzzi arremessou um maço de 10 mil euros na direção dele.

– Tome. Agora estamos quites. Entendido?

Jojo olhou para ele e depois para o dinheiro.

– Entendido – declarou. – Quites.

– Vai ter que jurar.

– Eu juro.

– E prometer que não vai fazer besteira de novo.

Jojo assentiu.

– Quero ouvir você dizer.

– Prometo.

– Então está certo. – Coluzzi puxou o estilete. – Meu Deus! – exclamou, limpando a lâmina com a toalha. – Que bagunça.

Ainda trêmulo, Jojo ficou de pé, abriu a torneira da pia e colocou a mão ferida sob o jato de água fria.

– E mais uma coisa – continuou Coluzzi. – Preciso do seu ingresso para o jogo de amanhã.

TERÇA-FEIRA

17.

SIMON ACORDOU ÀS SETE. APÓS tomar uma chuveirada e pedir o café da manhã no quarto (custo: 100 euros, cortesia do Sr. Neill), desceu e pegou um táxi na Champs-Élysées.

– Porte d'Orléans – falou ao motorista.

Vinte minutos depois, o táxi entrou na Avenue du Général Leclerc, no perímetro sul de Paris. Era um bairro operário, cheio de padarias, lavanderias, salões de cabeleireiro e mercadinhos de esquina.

Fora ali que, 36 horas antes, o príncipe saudita e seu séquito haviam sido assaltados.

Simon desceu do carro, deu uma nota de 50 euros ao motorista e pediu que ele ficasse esperando. Lentamente, foi subindo pela calçada, imaginando a fileira de sedãs na avenida. Antes de bloquear o comboio pela frente, Coluzzi decerto precisara esperar que o último dos carros atravessasse o cruzamento. Precisão era fundamental.

O assalto não durara mais que sessenta segundos.

Simon acionou o cronômetro do relógio, deu meia-volta e parou no meio do quarteirão. Olhou para um lado, depois para outro, tentando reconstituir em sua mente a sequência dos acontecimentos. A uns 300 metros de onde estava ficavam as placas verdes que sinalizavam o acesso à rodovia. Era bem possível que os motoristas tivessem baixado a guarda ao se verem tão perto dela. E levado um baita susto quando os homens de Coluzzi irromperam da transversal para bloquear a passagem. O motorista do primeiro carro não teve tempo de alertar os outros antes que o comboio fosse bloqueado por trás também.

Cinquenta e oito... cinquenta e nove... sessenta.

Simon parou o cronômetro. O corso escolhera muito bem o local para agir. Seguramente fora informado do itinerário com alguma antecedência. Precisara de pelo menos um dia para planejar e ensaiar a operação com os comparsas.

"Eu estava curioso para saber como você planejava esse tipo de operação", comentara Neill na véspera.

Simon agora tinha a resposta. Teria feito o mesmo que Coluzzi.

Ele inspecionou o quarteirão outra vez, agora com mais rapidez, procurando câmeras de segurança. Não encontrou nenhuma. Paris não era Londres.

Enquanto voltava para o táxi, deu-se conta de uma coisa: Tino Coluzzi ficara bem mais esperto desde a última vez que eles se encontraram. Seria burrice subestimá-lo. Ele havia feito isso uma vez e se dera mal.

– De volta para o hotel – disse ao motorista.

E não deu uma palavra ao longo do caminho, perdido nos próprios pensamentos. Não estava mais em Paris. Estava em Marselha. No presídio Les Baumettes. Revivendo os piores momentos de sua vida.

Fazia três dias que ele estava encarcerado quando os viu caminhando em sua direção no pátio. Os cinco prisioneiros vinham andando calmamente, sem nenhum sinal de hostilidade. Sabiam seu nome. Sabiam o que ele havia feito para estar ali. Falaram que queriam apenas se apresentar, que eram "irmãos". Simon sabia que não era bem assim.

O pátio, assim como todo o presídio, era segregado por raça e religião. Os nativos, ou les blancs *– que incluíam os franceses, os corsos e qualquer outro europeu de pele branca que tivesse infringido a lei francesa –, eram os donos do lado sul. Ali havia bancos, uma quadra de handebol, um campo de bocha e, o mais importante, uma ampla área de sombra junto aos pinheirais que cobriam os morros íngremes nas imediações do prédio. Os muçulmanos,* les barbus *– os barbudos –, que seguramente formavam o grupo mais numeroso do lugar, eram os donos do lado leste, não mais que uns 50 metros quadrados de piso de cimento. Os negros ficavam com a sobra, um pedaço de terra batida, duro feito pedra nos meses de verão, úmido e lamacento nos de inverno.*

Por um tempo eles só jogaram conversa fora. "Tudo bem com você?" "Conseguiu uma cela com cama?" "Precisa de erva ou de qualquer outra coisa?"

Simon disse que estava bem, que não precisava de nada. Já sabia o que estava à sua espera quando entrou. Sabia que no Les Baums era preciso conquistar o próprio espaço. As celas ficavam escancaradas 24 horas por dia, ninguém respeitava as designações feitas na entrada. Construído na década de 1930 para abrigar uma população de seiscentas pessoas, o lugar tinha um contingente três vezes maior. Simon, ao ser registrado na chegada, tornara-se o detento de número 1.801.

Assim que pôde, ele improvisou uma faca e a escondeu da única maneira possível. Sabia identificar os mais fracos. O confronto, quando aconteceu, foi rápido e sangrento. Simon conseguiu a cama que queria.

Situado nos arborizados subúrbios de Marselha, o presídio ficava nas imediações de um bairro de classe média baixa, tanto residencial quanto comercial, e a fronteira entre uma coisa e outra se resumia a uma rua normal e um muro de pedra e cimento de 6 metros de altura. Nenhuma torre de vigilância. Nenhuma cerca de arame farpado. Apenas o tal muro com as sete esculturas representando os pecados capitais e um portão de aço enorme, o único por onde era possível entrar ou sair do presídio.

Dentro, as condições eram infernais. Muito pouco fora reformado desde a construção. Menos ainda fora consertado. As paredes eram de concreto aparente, assim como as camas. As celas não dispunham de grades, apenas de portas comuns, como as de uma casa qualquer. Em cada uma delas havia uma cama, um buraco que funcionava como latrina e os poucos móveis que os ocupantes conseguiam contrabandear de fora. Algumas tinham até janelas. No verão, havia dias em que a temperatura passava dos 37 graus na sombra. O cheiro era insuportável, empestado pela bosta, pelo mijo e pelo suor de dois mil homens confinados.

Simon teria de cumprir uma pena de 6 anos, passível de ser abreviada por bom comportamento. Era uma pena relativamente branda para um crime de assalto à mão armada com agravantes (disparar contra policiais com a intenção de matar). A juíza, uma mulher de 40 anos, mãe de primeira viagem, apiedara-se do réu, levando em conta a pouca idade dele, o suicídio do pai, as dificuldades de adaptação na nova família. Difícil não acreditar na palavra daquele garoto de cabelos recém-cortados, embrulhado numa camisa tão bem passada, jurando de pés juntos que seus dias de bandido eram coisa do passado.

– Tem uma pessoa que quer conhecer você – disse um dos homens.

– Não estou me escondendo de ninguém.

– Acontece que o signor Bonfanti não gosta de conversa no pátio.

Simon acompanhou os homens sem protestar. Bonfanti era "Il Padrone", o grande chefão da La Brise de Mer. Seu filho, Theo Bonfanti, morrera na tentativa de assalto ao carro-forte. Localizada no quarto pavimento, a cela do homem dispunha de uma cama de verdade, um tapete marroquino e todas as amenidades de uma vida civilizada, inclusive uma rede elétrica própria. Na verdade, Bonfanti já poderia ter escapado havia muito tempo. E, se ele continuava ali havia cinco anos, era porque se achava mais seguro preso do que solto.

– Você é Ledoux? – perguntou ele.

Simon assentiu.

Bonfanti tinha o aspecto de um sapo; era baixo, tinha uma barriga grande e cabelo grisalho. A voz tinha a aspereza do asfalto.

– Você matou meu filho.

– Quem matou seu filho foi a polícia.

– A operação era sua.

– Era.

– E a polícia estava avisada.

Simon assentiu novamente.

– Então quem foi o traidor?

Simon não disse nada. De rabo de olho pôde ver que os outros homens se aproximavam para cercá-lo, bem menos simpáticos do que antes.

– Quem foi o traidor? – repetiu Bonfanti.

Simon manteve o silêncio. Sabia que os homens esperavam apenas um sinal do chefe para matá-lo. Podia sentir o suor de ansiedade deles. De repente se deu conta de que a situação era muito complexa para quem, como ele, tinha apenas 19 anos.

– Sente aí – ordenou Bonfanti, apontando para uma cadeira.

Simon obedeceu.

– Entre nós as coisas estão no seguinte pé – prosseguiu o homem. – A operação era sua. Você planejou. Você juntou o grupo. Você assumiu o comando. Tudo que aconteceu naquele dia foi de sua responsabilidade. Concorda comigo?

Simon disse que sim.

– Pois bem. Isso significa que você me deve a parte do dinheiro que cabia ao meu filho. E me deve a vida do garoto. Está entendendo?

Simon olhou para Bonfanti. Não tinha o que responder. Dizer que não, ou fazer uma pergunta qualquer, seria o mesmo que assinar a própria sentença de morte. Então apertou a mão calejada que Bonfanti lhe estendeu.

– Tem um camarada aí que quer me prejudicar – disse o homem. – Você não precisa saber por quê. Precisa saber apenas o nome dele: Nasser-Al-Faris. É um barbu*.*

Em seguida, explicou que era Al-Faris quem comandava o tráfico de drogas entre os barbus *e os norte-africanos. O árabe, assim como Bonfanti, era muito poderoso. Protegia-se de todas as formas. Nunca se aventurava no pátio sem uma escolta de no mínimo cinco soldados. Ocupava uma cela isolada, distante dos* blancs. *Só baixava a guarda quando tomava banho. Pagava os carcereiros para ficar sozinho no recinto dos chuveiros, onde podia ser encontrado diariamente às nove da manhã. Ali ele tinha os seus quinze minutos de paz, além de toda a água quente que pudesse desejar.*

– Mas Al-Faris tem um ponto fraco – informou Bonfanti, inclinando-se na direção de Simon. – É homossexual. E gosta de garotões. Como você.

– Não é a minha praia.

– Não vai ter que trepar com ele. Apenas matar.

O plano foi posto em execução logo no dia seguinte.

Os homens de Bonfanti cercaram Simon no pátio, à vista de todo mundo, deixando claro que estavam punindo o novato por alguma coisa. Simon não reagiu quando a surra começou. Fugiu covardemente e continuou fugindo por mais uma semana, sempre andando pelo pátio sozinho, evitando cruzar o caminho dos outros. Tornou-se um pária, repelido por todos os grupos locais. Ia para um ponto do muro e ali ficava, sem a companhia de ninguém. Ao voltar para a cela, passava pelos barbus. *Certo dia, avistou Al-Faris e buscou o olhar dele. No dia seguinte fez o mesmo, demorando-se um pouco mais.*

Uma semana depois, recebeu um bilhete. Um encontro para as nove da manhã do dia seguinte. Nos chuveiros.

Simon chegou pontualmente às nove. Despiu-se diante do carcereiro, mostrou as mãos vazias, afastou as pernas para ser apalpado debaixo do saco. Vendo que ele não escondia nada, o carcereiro enfim virou o rosto para lhe dar passagem.

Al-Faris sinalizou para que ele se aproximasse. Estava sozinho. A barganha entre os dois havia sido feita tacitamente. Simon entregaria o corpo em troca de proteção. Não precisaria mais se isolar. Seria bem recebido entre os barbus.

Al-Faris era um egípcio alto, musculoso, tatuado de cima a baixo nas costas e nos braços. Ele tocou o peito de Simon. Deixou as mãos escorregarem por suas costas e se aproximou até seus corpos se tocarem.

O egípcio segurou o traseiro de Simon. E entreabriu os lábios para um beijo.

Simon virou o rosto rapidamente e posicionou entre os dentes a gilete que havia escondido na boca. Teria que colocar em prática o truque que havia ensaiado por dez dias: teria que manter o queixo alto, agarrar o homem pelos ombros e encostar a lâmina pouco abaixo da orelha dele para depois baixar o queixo num gesto rápido, violento e certeiro, abrindo um rasgo diagonal no pescoço e mutilando a carótida.

E foi exatamente o que ele fez.

Al-Faris abriu a boca para gritar, mas não conseguiu, silenciado pelo sangue que irrompia feito um gêiser da garganta cortada, pulsando ao ritmo dos últimos batimentos cardíacos. Ele ainda tentou se desvencilhar, mas Simon o imobilizou com firmeza, encarando-o nos olhos moribundos. Al-Faris escorregou para o chão e morreu em poucos segundos.

Simon cuspiu a gilete.

O carcereiro o tirou do recinto dos chuveiros com discrição. Já havia passado para a folha de pagamentos dos corsos.

Minutos depois, Simon estava diante de Bonfanti. Foi presenteado com haxixe e um pouco de conhaque. Em seguida, foi informado de que o assassinato do egípcio quitava apenas a metade de sua dívida. Se Simon não tivesse feito o serviço, Bonfanti teria sido obrigado a pagar outro soldado para fazê-lo em seu lugar. Na cabeça do homem, essa quantia equivalia ao que seria devido a seu filho caso o assalto ao carro blindado da Garda tivesse resultado em algum dinheiro. A parte da dívida que ainda permanecia em aberto, ele explicou, era a morte do garoto. Bonfanti agora estava sozinho no mundo, e Simon teria que pagar na mesma moeda. Seria confinado no "buraco", a solitária bolorenta e úmida que ficava nos subterrâneos do presídio. Por quanto tempo? Isso caberia a Bonfanti dizer.

Um dia.

Um mês.

Um ano.

Havia, no entanto, uma alternativa.

Simon seria poupado do "buraco" se revelasse o nome do traidor que os entregara para a polícia. Não ficaria confinado nem um minuto. Bastaria essa simples resposta para que ele fosse totalmente perdoado da sua dívida. Mais que isso: por todo o período da sua sentença ele poderia ocupar uma cela privativa no quarto pavimento e receber proteção sempre que quisesse descer para o pátio. Cabia a ele escolher.

– Então – perguntou Bonfanti –, quem foi o traidor?

Simon não respondeu. Prometera a si mesmo que não diria nada. Aquele segredo era apenas seu. Aquela vingança era dele, de mais ninguém.

– Ele é meu – afirmou Simon, com a veemência dos ludibriados.

O taxista olhou para trás, assustado.

– O senhor falou alguma coisa? Algum problema?

Simon despertou do transe.

– Desculpe. Problema nenhum.

Pouco depois, o táxi parou diante do hotel.

– Pronto, chegamos – informou o motorista.

– Obrigado – disse Simon, ainda meio trêmulo, abalado pelas lembranças.

Internamente, no entanto, o que ele disse foi:

Não, ainda não chegamos. Ainda preciso passar num lugar. Encontrar uma pessoa.

18.

Nikki Perez chegou ao quartel-general e pegou o elevador para sua sala no segundo andar. Avistando o tenente no corredor, tentou fugir, mas não conseguiu.

Ele também a viu.

– Perez, venha cá! – gritou, apontando o dedo na direção dela. – Já terminou de pegar o depoimento dos motoristas?

– Faltam três.

O tenente era um homem baixo e atarracado, que usava camisas sociais de manga curta o ano inteiro. Ninguém o chamava pelo nome.

– Estamos correndo contra o tempo. Ande rápido com isso.

– Estamos trabalhando na nossa capacidade máxima, mas ainda não conseguimos nada de útil. Sabemos apenas que eram doze homens armados com metralhadoras, com gorros e vestidos de preto da cabeça aos pés. Chegaram em carros sem placa. Nenhum disse nada, fora o chefe deles, que só falou com o príncipe.

– E aí?

– É como ouvir um disco arranhado. Seria bem mais proveitoso se eu estivesse na rua, interrogando minhas fontes, os funcionários do hotel. Os bandidos tinham algum informante lá dentro, quanto a isso não há dúvida.

– E desde quando cabe a você dizer o que é mais proveitoso?

– Foi só uma ideia, senhor.

– Mais ou menos como aquela que resultou na sua suspensão e colocou você atrás de uma mesa por noventa dias?

– Melhor do que esta, senhor.

– Isso é o que você pensa. – O tenente deu um passo à frente, chegando a roçar Nikki com a pança. – Quero estes relatórios na minha mesa antes do meio-dia. Incluindo os três que faltam.

Nikki deu-lhe as costas.

– Idiota... – resmungou baixinho.

– O que você disse?! – berrou o tenente, arregalando os olhos.

– Antes do meio-dia, senhor.

– Foi o que pensei.

Nikki seguiu para sua mesa. Dez anos de carreira, e era sempre a mesma coisa. Ela entrara na polícia um mês após ter feito seu *bac* – ou *baccalaureate*, o exame que dava acesso às principais universidades francesas. Ficara entre os primeiros lugares, o que lhe permitia escolher a faculdade que bem entendesse: École Normale Supérieure, ParisTech, Sciences Po ou Sorbonne. A França era uma sociedade essencialmente hierárquica, e formar-se numa escola de elite era garantir um lugar na classe dominante do país. Mas esse nunca fora o sonho de Nikki. Ela nunca havia desejado se juntar aos tecnocratas que governavam o país no interior luxuoso de uma sala qualquer no Boulevard Haussmann, não tinha a menor inveja daqueles executivos que transitavam pela esplanada de La Défense com seus ternos perfeitamente cortados, seus cabelos impecáveis.

Até onde conseguia lembrar, sempre quisera entrar para a polícia. Talvez por causa daqueles filmes de Clint Eastwood a que seu pai vivia assistindo: *Perseguidor implacável*, *Magnum 44*, *Rota suicida*. Talvez por causa da atração que sempre tivera pelas armas. Ou talvez porque gostasse de desafiar as regras, de transgredi-las um pouco além do necessário, e soubesse que entrar para a polícia seria o único jeito de refrear essa sua perigosa inclinação. No entanto, fazia muito tempo que ela havia deixado de lado a necessidade de explicar suas escolhas profissionais. Tudo se resumia a isto: ela gostava de andar por aí carregando uma arma e um distintivo. Também gostava de ver a si mesma como alguém que doava para a sociedade mais do que tirava dela. No fim das contas, queria fazer diferença no mundo.

Nikki se sentou e leu os depoimentos que havia tomado na véspera, um calhamaço mais gordo que uma lista telefônica, porém bem menos útil. Trinta e seis horas já haviam transcorrido desde o crime, e a força-tarefa ainda não conseguira nenhuma pista. Ela deixou a cabeça cair sobre a mesa. Só havia cumprido dez dias dos noventa que recebera como castigo e dificilmente aguentaria mais oitenta longos dias de trabalho burocrático.

Sua última infração devia-se a certa resistência em "obedecer" ou "respeitar" os estatutos da polícia, em especial aquele que determinava quem recebia o crédito pelas detenções realizadas. Ou, de maneira mais clara: quem ganhava a medalha por botar as mãos no bandido.

O bandido em questão era o estoniano Elias Zenstrom, um mago do computador que comandava um esquema de clonagem de cartões de crédito no norte da cidade. Zenstrom e sua quadrilha compravam os cartões de pivetes ciganos que os roubavam na rua, depois copiavam os dados da fita magnética e fabricavam as cópias para usar ou vender a terceiros. Nikki fora incumbida da investigação pelo seu superior, um homem cujo nome ela prometera nunca mais pronunciar.

Durante nove meses, ela reuniu provas, interrogou dezenas de vítimas, apresentou centenas de pedidos de escutas telefônicas, passou inúmeras noites no interior de um furgão de vigilância. Até o dia em que arrombou a porta de Zenstrom e colocou sua vida em risco numa troca de tiros que resultou na prisão não só do estoniano, mas também do chefe dele, que estava no local na ocasião. A quadrilha foi desbaratada. Caso encerrado.

A não ser por uma coisa.

Nikki cometeu um erro fatal ao preencher o relatório final. No campo que designava o oficial responsável pelo caso, escreveu seu próprio nome: Nicolette Perez. Apesar de toda a sua dedicação, segundo o manual da polícia ela não era a responsável por coisa nenhuma. Todo o crédito pela prisão de Zenstrom e sua quadrilha cabia ao superior dela, que não havia feito mais do que colocá-la à frente da operação. O mesmo superior que, mais tarde, recebeu uma promoção. Nikki recebeu uma garrafa de espumante vagabundo e, da parte de seu superior bêbado, um beliscão no traseiro e uma cantada indecente.

Um total absurdo.

Tanto quanto a punição de noventa dias de trabalho burocrático.

Da próxima vez que liderasse uma operação de sucesso, ela garantiria que ficaria com todos os méritos.

O telefone tocou. Era a recepção, informando que um dos motoristas havia chegado.

– Manda subir.

Nikki se recostou na cadeira, cruzou as mãos atrás da nuca e abriu um sorriso enigmático quando pensou em Simon Riske. Ainda não conseguia entender como ele havia conseguido colocar o cigarro de volta na caixa, que permanecera fechada durante toda a conversa entre eles. Além disso, lembrava-se perfeitamente de tê-lo visto guardar o cigarro no bolso do paletó.

Também havia aquela cicatriz na testa dele. Acidente de carro, concluiu ela, embora tivesse certeza de que aquela sutura não era coisa de um cirurgião profissional. Ela errara em sua avaliação. Simon Riske não era nem de longe o homem sofisticado que as pessoas imaginavam.

– Ei, que droga está fazendo?

Erguendo os olhos, Nikki deparou com o comissário Dumont bem à sua frente. Rapidamente se endireitou e voltou as mãos para a mesa.

– Planejando o meu dia – respondeu.

– Como foi com Riske? – quis saber Dumont.

– Foi.

– Como assim?

– Seu amigo é bem arrogante. Aparece do nada, pedindo que a gente pare tudo para resolver o problema do cliente dele. Um cliente inglês, aposto.

– Acho que você está sendo um pouco injusta.

– Trabalho é o que não falta por aqui. Sabe o que ele queria? Encontrar uma carta.

– Imagino que seja importante.

– Sério?

Dumont sentou-se na beirada da mesa.

– Tem uma coisa que não contei a você. Quando trabalhamos juntos para localizar aquela moça inglesa... Riske tinha feito direitinho o seu dever de casa. Chegou a me alertar que o namorado dela tinha vínculos com o cartel do Leste Europeu. Falou que precisávamos nos precaver, levar uma equipe de reforço. Não acreditei nele. Eu era como você. Pensava que ele fosse um amador. Não dava muita importância ao garoto. Para mim, ele não passava de um delinquente como outro qualquer. Simon acabou cedendo. Então fomos sozinhos fazer a detenção. Eu estava armado. Ele, não. Tocamos a campainha. O cara abriu a porta com um revólver apontado para mim e atirou antes que eu pudesse sacar minha arma.

– Você levou duas balas.

– No quadril e na coxa, mas só porque Riske me empurrou para o lado... e ficou desprotegido a poucos metros de um psicopata armado e drogado.

– Mas não levou nenhum tiro?

– Não. A pistola do sérvio emperrou. Pelo menos acho que foi isso que aconteceu. Simon e eu nunca conversamos sobre o assunto. Só posso dizer que jamais vi alguém reagir assim, com tanta rapidez. Uma fração de segundos e... – Dumont estalou os dedos – tudo acabado. O sujeito já estava lá, jogado no chão, guinchando feito um porco de tanta dor, uma fratura tão sinistra no braço que o osso saía pela manga do suéter. De repente, me dei conta de que meus dois ferimentos não eram nada em comparação com aquilo. – Ele se inclinou para a frente. – O que estou tentando dizer, Nikki, é que Simon Riske salvou minha vida. Então dê uma mãozinha a ele. Por mim.

– Estou pregada nesta mesa por mais oitenta dias. Ordens do tenente.

– Vou falar com ele. Se manda daqui.

– Jura?

– Vá logo.

Nikki se levantou, pegou o paletó que pendurara no espaldar da cadeira e já ia saindo quando lembrou:

– Ah, comissário, tem uma testemunha subindo aí. Ela é toda sua.

19.

Assim que entrou no hotel, Simon foi para a galeria e sentou-se na mesma poltrona de antes. Enquanto lia o *New York Times Global Edition*, conferia o movimento no saguão. Passados quinze minutos, avistou o chefe de segurança atravessando o saguão na companhia de outro hóspede árabe. Os dois homens conversavam compenetrados, mas pareciam ter certa intimidade, uma relação ao mesmo tempo pessoal e profissional. Despediram-se diante do balcão do *concierge* e cada um foi para o seu lado.

Vendo que o francês vinha na direção da galeria, Simon se levantou para chamá-lo.

– Com licença. Será que podemos conversar um minuto?

– Claro – disse o homem, aproximando-se imediatamente com seu sorriso profissional. – Em que posso ajudá-lo?

– Meu nome é Riske. Estou hospedado no hotel e gostaria de falar com o senhor. – Simon entregou-lhe um cartão de visita no qual se apresentava como representante de uma empresa chamada Serviços Especiais de Proteção e Investigação, com endereços em Londres, Hong Kong e Nova York. – Seu nome é...?

– Delacroix – respondeu o outro. – Jean-Jacques Delacroix.

– É um assunto de relativa importância, caso o senhor disponha de um tempo para me ouvir.

Delacroix leu o cartão e avaliou Simon da cabeça aos pés.

– Venha comigo – chamou ele.

A sala de Delacroix ficava atrás da recepção, um cômodo pequeno e sem janelas, mas perfeitamente organizado. Lá chegando, antes mesmo de se sentar, leu mais uma vez o cartão e olhou para Simon como se ainda não acreditasse que ele tinha a profissão que dizia exercer. Por fim, apontou para uma cadeira.

– Por favor – disse. – É sempre bom conversar com um colega de ofício.

Simon sentou-se e correu os olhos pelas fotografias que decoravam as paredes. Numa delas, Delacroix posava em farda de combate com os companheiros de tropa, todos com a mesma expressão de vitória e cansaço. A julgar pela paisagem, deviam estar em algum lugar da África. Entre as fotos havia também um diploma da Escola Especial Militar de Saint-Cyr e uma comenda do Ministério da Defesa com uma medalha pendurada ao lado.

– Você serviu?

– Vinte anos na brigada de paraquedistas – respondeu o francês. – E você?

– Numa área diferente – falou Simon, deixando que o outro imaginasse o que quisesse.

– Sou capaz de apostar que você quer falar sobre o assalto ao príncipe.

– Exatamente – concordou Simon, e de improviso emendou: – Por acaso ligaram do escritório para avisá-lo? O pessoal ficou meio abalado desta vez.

– Não, ninguém cometeu qualquer indiscrição, se é isso que você quer saber. É que nestes últimos dias as pessoas só têm me procurado para falar do assalto.

– Pois é, sou mais uma delas. Desculpe.

– Não tem problema. Pergunte o que quiser.

Simon limpou a garganta e procurou falar com uma entonação que julgava mais profissional, baixando o registro da voz e articulando melhor as palavras.

– Antes de mais nada, preciso pedir que nossa conversa fique estritamente entre nós.

– Claro.

– Me desculpe por falar assim, de forma tão direta, mas acho melhor deixar essas coisas bem claras.

O francês espalmou as mãos de modo acintoso, mostrando que não tinha nada a esconder. Simon, por sua vez, calou por um segundo, dando a entender que ainda não sabia ao certo se podia confiar nele. Por fim começou:

– Minha empresa presta serviços a pessoas com negócios importantes na Arábia Saudita. Imagino que você já saiba qual é a real ocupação do príncipe por lá.

– Naturalmente.

– O que você talvez não saiba é que no momento do assalto ele levava alguns documentos altamente confidenciais. Documentos oficiais. O estrago será grande se eles chegarem às mãos de algum dos nossos inimigos. E com este "nossos", é evidente, quero dizer inimigos da França também.

Delacroix apenas assentiu.

– Ele chegou a fazer algum comentário sobre esses documentos com você?

– Não.

Simon refletiu um instante, assentindo também, como se estivesse aliviado. Depois mudou de tática.

– O príncipe é um hóspede habitual do George V, não é?

– Fica conosco de vez em quando.

– Uma vez por ano?

– No mínimo duas. Em geral quatro ou cinco.

– E sempre viaja com grandes quantias de dinheiro em espécie?

– Assim como muitos dos nossos hóspedes.

– Então imagino que você esteja a par dos esquemas de segurança dele.

– Totalmente. Cabe a mim garantir a segurança não apenas de toda a família, mas também dos valores que trazem com eles.

– Ele guarda o dinheiro no cofre do hotel?

– Isto é uma informação confidencial. Porém, temos um cofre-forte que colocamos à disposição dos hóspedes que quiserem guardar suas joias ou qualquer outro objeto de valor. É pequeno, mas absolutamente seguro.

– E, pelo que sei, ele é escoltado pela própria equipe quando deixa o hotel.

– Uma equipe de cinco. Quatro de nível júnior, que variam a cada viagem, e outro de nível sênior, que está com ele há séculos. Um panjabi chamado Vijay.

– Você costuma coordenar seu trabalho com o desse Vijay?

– O príncipe prefere trabalhar diretamente comigo. Respeita a experiência que tenho no ramo.

– É sempre melhor manter as coisas entre dois profissionais.

– É o mais inteligente a fazer.

– Concordo. Por isso procurei você, um profissional como eu. – Simon arrastou-se para a ponta da cadeira. – E quais são os outros serviços que você costuma oferecer ao príncipe? Vasculha a suíte dele à procura de escutas? Algum esquema de contravigilância?

– Também são informações que não posso compartilhar, mas estes são serviços que oferecemos a todos os hóspedes quando necessário.

– E se vocês, *hipoteticamente*, ofereceram esses serviços ao príncipe – prosseguiu Simon –, por acaso tiveram a oportunidade de alertá-lo sobre os riscos de se chamar muita atenção?

– Se oferecemos, *hipoteticamente*, o príncipe não teria nada com o que se preocupar.

– Porque não estava chamando atenção nenhuma?

– Até onde sei, não.

Simon refreou um sorriso, sua maneira de agradecer o francês antes de passar a outro tópico mais delicado.

– E quanto ao transporte do aeroporto para o hotel e do hotel para o aeroporto?

– Garantir um traslado seguro para nossos hóspedes é mais um dos serviços que oferecemos. Os arranjos são feitos por intermédio do *concierge*. Usamos a mesma locadora para todos os nossos clientes.

– De acordo com a *sua* orientação?

Delacroix deu de ombros.

– Cabe a mim averiguar a idoneidade das empresas que o hotel contrata em nome dos hóspedes.

– Quanto à tal locadora... há quanto tempo vocês usam os serviços dela?

– Há muitos anos. Nunca tivemos problemas.

Simon correu um dedo pelo queixo e semicerrou os olhos. Depois se aproximou da mesa de Delacroix e, apoiando os braços no tampo, disse:

– Tenho uma pergunta sobre a rota que o príncipe usou para o aeroporto na noite de domingo.

– Sim?

– Morei em Paris por um tempo. Não tinha carro, mas conhecia bastante bem seus caminhos. Jamais teria ido ao aeroporto atravessando a cidade, já que poderia pegar a rodovia a um quilômetro daqui. A rota usada pelo príncipe deixou-o muito mais vulnerável a um ataque.

– Infelizmente, não fui consultado na escolha dessa rota.

– Não foi? Mas você acabou de dizer que participa de todos os arranjos de segurança do príncipe. Entre esses arranjos não estaria incluída a definição da melhor rota para o aeroporto?

Delacroix se empertigou na cadeira, rígido. Um homem acuado.

– O príncipe traçou a própria rota.

– Sem consultá-lo?

– Sim. Como eu disse, o hotel providenciou a locação dos carros, e só.

– Quer dizer então que você não faz ideia dos motivos que levaram o príncipe a escolher aquela rota específica?

– Nenhuma. Minhas responsabilidades com ele e a família cessam no momento em que deixam o hotel.

Simon encarou-o.

– Mesmo depois de tantos anos?

Delacroix encarou-o de volta, visivelmente contrariado. Ele colocou as mãos na mesa e se levantou.

– Se eu puder ajudar em mais alguma coisa... – falou.

Simon permaneceu firme onde estava.

– Documentos relevantes para a segurança do Ocidente foram roubados num assalto – declarou. – Não é o caso de pisarmos em ovos.

– O que está querendo dizer com isso, Sr. Riske?

– Eu e você sabemos que os assaltantes conheciam de antemão a rota escolhida pelo príncipe.

– Foi o que eu disse à polícia – devolveu o francês. – Não há dúvida de que eles tiveram um informante.

– Não chegaram a abordar você?

– Claro que não. Se tivessem, eu teria sido o primeiro a informar à polícia.

Simon o fitou por mais alguns segundos e só então se levantou.

– Isso é tudo que eu precisava saber. Obrigado.

– Disponha. Sinto muito por não ter sido mais útil.

Simon ficou esperando, certo de que Delacroix abriria a porta da sala para ele sair. Deixou o homem contornar a mesa, depois se adiantou deliberadamente para provocar uma colisão.

– Tudo bem? – perguntou o francês, dando um passo para trás.

– Desculpe, o erro foi meu. Tenha um bom dia – disse Simon, fingindo estar constrangido.

E saiu sem olhar para trás.

20.

Simon seguiu para o banheiro mais próximo e se trancou numa das cabines privativas. Já que teria que usar um banheiro como escritório, nada melhor que um banheiro no George V de Paris.

Assim como a maioria dos celulares franceses, o de Delacroix operava com um cartão SIM que continha toda a memória – chamadas, mensagens de texto, fotos e aplicativos – e que podia facilmente ser transferido no caso de uma troca de aparelhos. Simon abriu o celular do francês, depois retirou o cartão SD e a bateria para acessar o cartão SIM, que era branco e retangular, menor do que a unha de um polegar. Com o auxílio de um *spudger* – uma espátula em miniatura –, soltou o cartão SIM e transferiu-o para o leitor de cartões que tinha na palma da mão esquerda.

Trinta segundos depois, todo o conteúdo do telefone de Delacroix já era seu.

Ele remontou o aparelho com rapidez e retornou ao saguão. Ao meio-dia, o espaçoso e arejado salão fervilhava com o vaivém apressado de funcionários e hóspedes. Nenhum sinal de Delacroix. Simon procurou o *concierge* e pediu que ele reservasse uma mesa no Le Relais de l'Entrecôte, a poucas quadras de distância. Enquanto o homem pesquisava o telefone do restaurante e fazia a ligação, Simon deixou o celular de Delacroix escorregar pela perna da calça e usou o pé para empurrá-lo na direção do balcão.

– Monsieur Riske, sua mesa já está reservada.

Simon entregou ao *concierge* uma nota de dez euros.

– Na realidade, pode cancelar. Acabei de me lembrar de um compromisso. Obrigado.

Saiu à rua e seguiu na direção de Pont de l'Alma. Não roubara o telefone de Delacroix para bisbilhotar as atividades do chefe de segurança do Hotel

George V, mesmo suspeitando que ele tivesse culpa no cartório. Delacroix era esperto demais para deixar no celular – ou em qualquer outro lugar – rastros que o vinculassem a Coluzzi.

Simon roubara o telefone porque tinha certeza de que encontraria ali uma boa quantidade de informações a respeito de Abdul Aziz bin Saud.

Se o Sr. Neill se recusava a dizer o que o saudita havia roubado, paciência. Simon descobriria por conta própria.

Valentina Asanova estava em frente ao Hotel George V, do outro lado da rua, admirando a vitrine de uma joalheria onde estavam expostos um colar de diamantes, um par de brincos de esmeralda e um anel de safira grande o suficiente para afundar um navio. Não era grande fã daquilo que os franceses chamavam de *haute joaillerie*. O que não fazia lá muita diferença. Qualquer uma daquelas joias custava mais do que seu salário.

Valentina virou-se para estudar o hotel. Desde que recebera sua missão, lera tudo a respeito do assalto realizado dois dias antes e vira todos os noticiários disponíveis na internet. O diretor Borodin lhe passara uma única pista: a suspeita de que Jean-Jacques Delacroix, o chefe da segurança do hotel, estava envolvido de alguma forma na operação. Fora isso, não dera nenhuma outra instrução específica. Ela que se virasse para descobrir o homem que roubara o príncipe.

Ela se vestiu de modo apropriado para a missão. Em vez de bermuda justa e boné, estava usando uma elegante saia escura, uma camisa branca, um cordão de pérolas e um Rolex.

Valentina caminhou pela calçada, observando o entra e sai dos hóspedes. Não deu muita atenção quando viu sair pela porta um homem de terno e cabelos muito bem cortados, mas não deixou de reparar na elegância da sua postura e na firmeza dos passos. Gostava de homens que sabiam para onde estavam indo.

Após alguns instantes, deixou seu posto de vigilância e seguiu para a Champs-Élysées com passos determinados e postura exemplar, não muito diferente do homem de terno azul. Pensava no que faria à tarde: cafezinho na rua, uma breve pausa para respirar, mais vigilância e, então, hora de trabalhar.

Estava bem preparada. Podia apostar que conseguiria convencer monsieur Delacroix a contar tudo que sabia.

Valentina colocou os óculos escuros e ergueu o rosto para o sol.

Sozinha num país estrangeiro, em missão para seu governo e com carta branca para fazer o que bem entendesse. Isso, sim, era felicidade.

21.

NIKKI IA COSTURANDO O TRÂNSITO com sua moto, uma Ducati Monster, debruçada sobre o tanque, os olhos grudados na rua. Estava irritada porque Aziz François ainda não havia ligado de volta. François era um dos maiores traficantes da cidade e seu melhor informante. A batata do cara estava assando.

Mais adiante, o semáforo ficou amarelo, e os carros junto do cruzamento foram parando aos poucos. Nikki reduziu também, mas o ronco gutural do motor a desafiava a atravessar. O sinal fechou. Ela acelerou o máximo que pôde e avançou, alheia à buzinação dos carros na transversal. Olhando para trás, viu que tinha sido um pouco mais imprudente do que devia. Mas sorriu dentro do capacete. Aquela havia sido sua primeira dose de adrenalina no dia.

Desde que se entendia por gente, Nikki gostava da velocidade. "Gostar" talvez não fosse a palavra correta. Nikki gostava de uma boa quiche Lorraine, de um bom vinho Sancerre, mas *adorava* a velocidade. Vivia para o momento em que via o ponteiro do velocímetro ultrapassar os 200 quilômetros por hora, em que o mundo era reduzido a um grande borrão e em que havia apenas o asfalto sob os pneus e a linha branca no centro da pista.

Ela virou no Boulevard Barbès. A paisagem mudou de forma drástica. Agora não se viam mais bancos, farmácias e lojas de eletrônicos. No lugar deles, lojas com toldos multicoloridos, ambulantes oferecendo kebabs e bananas, barraquinhas vendendo camisetas e artigos de couro. Nas calçadas, uma grande multidão de pele escura. Aquela parte do 18º *arrondissement* era chamada de Goutte d'Or – ou Gota de Ouro –, ocupada sobretudo pelos imigrantes que vinham para a França desde o início da colonização da África

Ocidental por Napoleão III, no século XIX. Se não estivesse olhando para o domo da Sacré-Coeur, reluzente no topo da colina, Nikki pensaria estar em Dacar, não em Paris.

Ela deixou a moto a dois quarteirões da loja de Aziz. Trancou o capacete e a jaqueta de couro no bagageiro e tomou o cuidado de esconder sob a camiseta a arma que levava na cintura. Aziz conduzia seus negócios de uma butique chamada Fleur d'Afrique, onde vendia os *dashikis* e tecidos estampados que importava do Senegal, do Níger e da Guiné. Nikki parou um instante do outro lado da rua e observou o trânsito de pedestres naquele horário de almoço. Esperou que um grupo de mulheres em trajes africanos saísse da loja, depois atravessou e seguiu para o beco que ficava nos fundos. Então viu um homem branco e magro, usando uma jaqueta de couro, emergir da butique de Aziz e entrar no banco traseiro de um Mercedes que o esperava. Pediu uma pesquisa da placa, recebeu a resposta em tempo real e balançou a cabeça. Aziz estava se comportando mal. Não admira que ele não estivesse atendendo suas chamadas.

A porta dos fundos havia trancado ao bater, por isso ela deu meia-volta e entrou pela frente. Passou pelo balcão, pelas araras de roupas, atravessou uma cortina de contas e, ignorando a placa de ENTRADA PROIBIDA, irrompeu no escritório de Aziz. Uma neblina de maconha pairava no ar. Um homem negro grande e musculoso estava sentado a uma mesa cheia de papéis.

– Pelo amor de Deus! – exclamou ela, abanando a fumaça com a mão. – Ainda não é nem meio-dia!

– Só um tapinha matinal, sargento – disse Aziz François, exalando dois jatos de fumaça pelas narinas. – Aceita?

– Apague isso.

Aziz encarou-a com um olhar irritado, mas obedeceu.

– Obrigada.

Ele se endireitou na cadeira.

– Em que posso ajudar minha policial predileta nesta linda manhã de sol?

Não era a primeira vez que Nikki se sentia intimidada pelo homem, pelo tamanho dele, pela ideia de que a qualquer momento ele poderia avançar na direção dela e enforcá-la sem que ela tivesse tempo de se defender.

– Quem era aquele homem que acabou de sair daqui?

– Da minha loja? Ninguém.

– Tem certeza?

– Estou sozinho desde cedo.

Nikki deixou passar. Pelo menos por enquanto.

– Estou procurando por dois homens. Salvatore Brigantino e Tino Coluzzi.

– E por que me procurou? Por acaso tenho cara de italiano? – perguntou Aziz, jogando a cabeça para trás e dando uma gargalhada.

Aziz François era senegalês. Cabeça raspada, argola de ouro numa das orelhas, Ray-Ban espelhado. Tinha mais de 1,90 metro e físico de pugilista peso-pesado. De italiano, ele não tinha nada.

– São corsos – informou Nikki. – Sabe muito bem por que estou perguntando isso a você. O fato de ser meu informante é a única razão de você não estar mofando numa cela em La Santé, cumprindo uma pena de 20 anos ou mais.

Dois anos antes ela havia prendido o africano numa compra de 100 quilos de maconha colombiana (*l'herbe*, no jargão das ruas). Pelo volume, poderia tê-lo trancafiado por um bom tempo, mas preferira indiciá-lo apenas por um delito de menor gravidade e soltá-lo após três meses para usá-lo como um dos seus principais informantes. A verdade era que a grande maioria dos criminosos consumia drogas regularmente, fosse maconha, cocaína, anfetaminas ou, como vinha se tornando cada vez mais comum, os opioides do tipo Oxycontin, que imitavam os efeitos da heroína. Aziz vendia tudo isso.

– O que eles fizeram? – indagou ele.

– Não é da sua conta – respondeu Nikki, cruzando os braços e o encarando.

Não lhe diria que os corsos haviam roubado uma carta. Preferia não ouvir suas gargalhadas.

– Brigantino morreu. Faz um bom tempo.

– Não fiquei sabendo.

– Câncer. Estava na Alemanha, fazendo um tratamento experimental. O filho apareceu aqui no ano passado, buscando analgésicos para o pai.

– Ano passado?

Aziz assentiu.

– E Coluzzi?

– Não sei quem é.

– Claro que sabe. Ano passado ele comprou um carregamento de dez mil caixas de Oxycontin. Não tem como você não ter sabido de uma operação tão grande assim.

– São os russos que controlam esse mercado.

– Quer dizer então que, se eu quiser comprar uns comprimidos para minha dor nas costas, você não vai poder me ajudar?

– Posso tentar arrumar alguma coisa, se você realmente precisar, mas hoje em dia só trabalho com maconha, anfetamina e um pouquinho de pó, se for do bom.

– Mas conseguiu os analgésicos para Brigantino.

– Eu não disse isso.

– E esse Mercedes que eu vi saindo daqui agora há pouco, registrado em nome de Vladimir Kuznetsov? – Nikki esperou um minuto, deixando que o homem refletisse melhor antes de responder, que pensasse nos riscos de mentir. – Você também não sabe nada a esse respeito?

Aziz teimosamente negou com a cabeça.

– Aposto que, se eu der uma olhada por aí – prosseguiu ela –, vou encontrar muito mais do que "um pouquinho de pó, se for do bom".

– Pode olhar à vontade.

Nikki se levantou, tirou um canivete do bolso e foi para o depósito da loja, um labirinto de caixas e rolos de tecido empilhados até o teto. Escolheu de forma aleatória uma das caixas e rasgou o papelão. Dentro havia um algodão num tom berrante de laranja.

– Não! – exclamou Aziz, correndo até ela. – Você está arruinando minha mercadoria. Isto é coisa boa.

Nikki não lhe deu ouvidos. Prosseguiu em sua busca e rasgou uma segunda caixa. Mais tecidos.

– Tino Coluzzi – disse ela. – Estou esperando.

Um dos homens de Aziz montava guarda na porta dos fundos, com uma metralhadora em punho apontada na direção dela. Ao passar pelo rapaz, Nikki baixou o cano da arma e falou:

– Cuidado com esse negócio, amigo.

Ela seguiu para outra fileira de caixas. Havia pouca luz ali. Mais adiante o breu era quase total. Nikki parou de repente, recuou um passo e rasgou uma terceira caixa ao notar que o papelão era diferente, mais escuro e menos machucado pelos carrinhos de transporte e pelas esteiras de aeroporto. Ao puxar o canivete, viu um jato de pó branco escorrer para o chão. Olhando para Aziz, raspou a lâmina com o indicador e levou o dedo à língua para provar o resíduo da droga.

– A gente tinha um acordo – afirmou.

– Foi a primeira vez, eu juro. Era um preço bom demais para deixar passar.

– Você sabe o que penso sobre heroína.

– Eu sei, Nikki. Seu irmão...

– Nem uma palavra sobre o meu irmão! – berrou ela, ficando na ponta dos pés para cravar os olhos no senegalês.

– Foram só uns quilinhos de nada – choramingou ele. – Como foi que você descobriu?

– Hoje deve ser meu dia de sorte. Vire de costas e coloque as mãos para trás. Ande logo! Essa eu não posso deixar passar. Estou muito decepcionada com você, Aziz.

De repente, o rapaz da porta botou o cano da metralhadora no peito dela.

– Deixe ele ir – disse.

Não devia ter mais de 20 anos, mas com certeza era calejado pelas ruas e odiava a polícia desde que aprendera a andar. Estava com o dedo no gatilho e suava muito. Precisaria apenas de cinco libras de pressão para disparar, pouco mais que o necessário para apertar uma tecla de computador. A julgar pela intensidade do olhar, não pensaria duas vezes antes de abrir fogo caso tivesse a oportunidade.

– Mande ele cair fora – ordenou Nikki, já soltando as algemas do cinto.

Aziz bufou e mandou o capanga sair.

– Mas...

– Se manda daqui – pediu ele. – Vá lá para o escritório e feche a porta.

Contrariado, o rapaz baixou a metralhadora e saiu.

– Tudo bem – assentiu Aziz assim que ouviu a porta bater. – Posso ajudar você.

– Tarde demais – declarou Nikki.

– Sei quem é esse tal de Coluzzi.

– Ah, sabe? Lembrou agora?

– Ano passado comprei uma muamba dele.

– Oxycontin?

– Isso. Como você mesma disse.

– Continue.

– Outro dia ele estava recrutando uma equipe na cidade.

– Quando?

– Semana passada.

– Ele não trabalha com o seu pessoal. Como você ficou sabendo?

– Um cara da gangue dele apareceu aqui, atrás de maconha. Só um quilo. Fumamos um bagulho juntos e ele mencionou que estava trabalhando para esse cara. Parece que o cara é muito bom.

– Quem? Coluzzi?

– Exatamente. Agora estou me lembrando.

– Claro que está. E do que mais você se lembra?

– Só isso. Esse Coluzzi estava juntando a turma dele, acho que tinha uma gangue em Marselha.

– O que ele ia fazer com essa turma?

– Não tenho a menor ideia. Juro. O cara que me contou isso estava chapado, provavelmente sabia que tinha falado mais do que devia.

– E onde posso encontrar esse seu amigo?

– Não sei. Ele ligou para cá e veio.

– Qual é o número dele?

– Ele usa telefones descartáveis. E eu apago o meu histórico todo dia.

Nikki pegou as algemas outra vez.

– Espere, espere – pediu Aziz. – Uma noite encontrei com ele no Marais. Um bar cheio de gente igual a ele. Gente do sul, com nomes tipo Luca e Giovanni. Muita jaqueta de couro. Muita corrente de ouro. Muito perfume.

– Qual é o nome dele?

– Aí você já está querendo saber demais, Nikki.

Ela abriu as algemas.

– O que você prefere? Mãos para a frente ou para trás?

– Jack. Mas o nome verdadeiro é Giacomo.

– Jack ou Giacomo, que frequenta um bar no Marais.

– Le Galleon Rouge.

Nikki refletiu um instante. Aziz poderia estar falando a verdade ou não. Ela nunca tinha ouvido falar do tal bar, mas, para ser sincera, não era do tipo que frequentava o Marais. Guardou as algemas.

– Vou ter que apreender sua mercadoria – informou ela.

– Paguei 50 mil por ela.

– Quanto você acha que vale a sua liberdade?

Aziz sentou-se numa das caixas e passou a mão pela cabeça raspada, desconsolado. Ergueu a cabeça apenas quando sentiu a mão de Nikki em seu ombro.

– De que lado você quer? – perguntou ela.

– Hein?

– Ficamos neste depósito por tempo demais. Vão pensar que somos amigos, e eu não posso permitir uma coisa dessas.

Aziz apontou para a face direita.

– Pega leve – pediu.

Nikki cerrou o punho e esmurrou o rosto do senegalês, fazendo com que ele despencasse da caixa para o chão. Aziz não gemeu nem reclamou.

– Isso foi pelo meu irmão – disse Nikki.

22.

O AMISTOSO ENTRE O OLYMPIQUE DE MARSELHA e o Paris Saint-Germain estava marcado para as três da tarde. Tino Coluzzi caminhava para o estádio Vélodrome junto com a multidão de torcedores. Quase todos estavam de bermuda e camiseta. Ele, por sua vez, usava um terno claro de verão com uma camisa aberta no colarinho. Não pretendia ver o jogo junto com as massas. Seu objetivo era unir-se ao homem mais rico entre todos os presentes: Alexei Ren.

Ao se aproximar da entrada, ele tirou o paletó e jogou-o sobre o ombro. O calor estava sufocante, mal soprava uma brisa. Pegou um lenço do bolso e secou a testa. Se não encontrasse logo uma sombra, molharia toda a camisa de suor. E não era essa a impressão que gostaria de causar no russo.

O calor não era a única coisa que o fazia suar. Transcorridos dois dias, ele ainda não recebera nenhum sinal do americano. Passara a noite em claro em seu quartinho de teto baixo, a porta e as janelas devidamente trancadas, enquanto, com um misto de preocupação e medo, cogitava quem seria o primeiro a vir atrás dele. Sabia perfeitamente que o americano não deixaria barato, que cedo ou tarde apareceria para cobrar sua carta.

E também havia os russos.

Coluzzi não tinha dúvida de que isso aconteceria, pois faria exatamente a mesma coisa se estivesse do outro lado. Viria espumando de raiva, buscando vingança.

A fila era grande para entrar no estádio. Junto das catracas havia um pequeno batalhão de policiais, mas Coluzzi não deu muita importância a isso, sabia que as torcidas costumavam se exceder durante os jogos. O que realmente o preocupou foram as novas câmeras de segurança instaladas no alto dos portões. Não era nenhum especialista em tecnologia, mas sabia que os sistemas de reconhecimento facial implantados nos espaços públicos de maior destaque em todo o país haviam resultado na prisão de muitos dos seus comparsas.

Ao entregar seu ingresso na entrada, ele procurou manter a cabeça baixa para esconder o rosto das câmeras. Ignorado pelos policiais, passou pela catraca e caminhou com tranquilidade até a escada rolante para subir ao segundo pavimento.

Fazia anos desde a última vez que assistira a um jogo naquele estádio. As velhas arquibancadas de madeira já não estavam lá. Tudo parecia novo e um tanto reluzente demais. A cerveja agora saía de torneiras douradas sob os neons coloridos da Heineken ou da Kronenbourg, vendida por funcionários uniformizados, bem diferentes daqueles outros mais extravagantes do passado, que distribuíam insultos junto com os copos de cerveja quente.

Os jogadores se aqueciam no campo. Alexei se achava entre eles, rebatendo chutes na área central. Apesar do calor, usava uma camisa de mangas compridas, abotoada de cima a baixo.

No placar eletrônico, a contagem regressiva zerou, sinalizando o início do jogo. Ren foi para uma das laterais do campo. O jogo começou e ele continuou perto de seus jogadores. Coluzzi o observava de longe, receando que ele fosse ficar no campo durante toda a partida, mas em cinco minutos o Paris Saint-Germain marcou seu primeiro gol, fazendo com que o russo balançasse a cabeça num gesto de desânimo e saísse para o interior do estádio, provavelmente para tomar o elevador que o levaria a seu luxuoso camarote.

Coluzzi olhou para a escada rolante que subia para a área dos camarotes. Ao pé dela, dois seguranças conferiam os ingressos e revistavam as pessoas com um detector de metais. Dois policiais de Marselha rondavam por ali, conferindo documentos de identidade. O ingresso de Jojo dava direito à entrada no estádio, e só.

Coluzzi seguiu adiante, parando para comprar uma cerveja. Com as mãos nos bolsos, foi bebendo devagar enquanto observava o vaivém dos funcionários do estádio. Tinha a experiência de uma vida inteira naquilo, na arte de analisar os esquemas de segurança de uma empresa ou organização. Fosse um banco, uma joalheria ou uma frota de carros blindados, todos tinham uma coisa em comum: uma escala de horários.

Naquele instante, o movimento estava tranquilo e ele conseguia observar a equipe do estádio trabalhando. Quando passou pela escada rolante seguinte, ele notou que, com o jogo em andamento, a barreira para o pavimento superior havia relaxado um pouco. Apenas um segurança e um policial continuavam a postos. Mas era o que bastava. Não havia como passar por eles.

Mais à frente, ele jogou a cerveja fora e comprou um copo de piña colada, o drinque perfeito para o que tinha em mente. Que espécie de homem no seu ramo beberia uma porcaria tão doce, que ainda por cima vinha com uma cereja espetada no topo? Ele rezou para que nenhum conhecido o visse com aquilo na mão. Para certas coisas não havia explicação possível.

Bebendo de canudinho, ele ficou observando quando uma dupla de funcionários de camiseta e bermuda amarelo-canário passou por ele e chamou o elevador que ficava nas imediações da escada rolante. O elevador chegou e um deles sacou uma chave para destrancá-lo. Coluzzi permaneceu em sua posição. Dez minutos depois, viu os mesmos dois funcionários voltarem com sacos de lixo nas mãos. Eles cruzaram o corredor à sua frente, deixaram os sacos num depósito e voltaram para continuar sua ronda.

Quando desceram pela terceira vez, Coluzzi seguiu-os até o depósito. Esperou que eles entrassem, aí abriu a porta e entrou também, tropeçando de propósito, fingindo-se de bêbado.

– Pois não, senhor – disse um dos funcionários, um negro de uns 25 anos, talvez argelino ou líbio. – Podemos ajudá-lo?

– Estou procurando o banheiro – falou Coluzzi, enrolando a língua. – Não dá para esperar mais.

Os funcionários se entreolharam.

– Isto aqui não é um banheiro, senhor – informou o outro.

– Ah, não?

Coluzzi arremessou o drinque contra o rosto do negro, depois esmurrou seu colega no rosto, usando os nós dos dedos para machucá-lo com mais violência. O rapaz caiu no chão e ali ficou, cobrindo o rosto com a mão. O argelino se recompôs, limpando a bebida que escorria pelo rosto. Coluzzi, então, acertou-o na boca do estômago e, quando seu corpo se dobrou, deu-lhe um segundo murro no pescoço exposto e ele caiu. Segundo homem abatido.

O outro tentou ficar de pé. Coluzzi agarrou-o pelos cabelos e golpeou a cabeça dele diversas vezes no chão, até deixá-lo inconsciente. Depois se reergueu e chutou o negro no rosto e nas costelas, até ter certeza de que estava fora de circulação. E deu um último chute, só porque não gostava de imigrantes.

Encontrando a chave que queria, arrancou-a da corrente e logo estava dentro do elevador de serviço que o levaria até o camarote luxuoso de Alexei Ren.

Ao sair dele, viu-se sozinho numa cozinha. Atravessou-a e rumou para a porta que dava acesso ao camarote, um amplo salão refrigerado com um open bar, uma bancada cheia de sanduíches e uma máquina de pipoca. Chamou a jovem loura e bonita que servia champanhe e pegou uma taça.

De repente, viu Alexei Ren passar a seu lado. Uma bela asiática o seguia, com um iPad na mão.

O camarote estava quase vazio e, aparentemente, ninguém se dera conta de sua chegada. Coluzzi ficou assistindo ao jogo calado. Assim que viu a asiática voltar, foi ao encontro dela com um sorriso no rosto.

– Pois não? – disse a moça.

– Sou um velho amigo do Sr. Ren. Você poderia perguntar se ele tem um minuto para falar comigo?

– Seu nome? – perguntou ela, desconfiada.

– Jojo.

– Jojo de quê?

– Só Jojo. Ele sabe quem eu sou.

– O Sr. Ren vai recebê-lo agora.

A asiática conduziu Coluzzi até uma saleta privativa. O local estava vazio. Havia uma garrafa grande de Dom Pérignon no gelo ao lado de uma terrina com caviar.

Coluzzi começou a andar de um lado para outro, sem saber ao certo como expor o motivo de sua presença ali. Acabou optando pela verdade. Não havia outro jeito.

Passaram-se dez minutos. Finalmente a porta se abriu e Alexei Ren entrou, acompanhado de dois guarda-costas. Ele olhou Coluzzi da cabeça aos pés, depois cochichou algo para os homens, que se afastaram para um canto. Só então ele se aproximou.

– Você não é Jojo Matta. Aliás, como conseguiu entrar aqui?

Coluzzi apresentou-se, explicando que era um velho amigo de Jojo e que havia crescido em Marselha. Não precisava dizer mais nada.

– Não estou mais neste ramo – informou Ren.

Coluzzi permaneceu mudo, sustentando o olhar dele como se dissesse que sabia que estava mentindo.

Ren deu mais um passo à frente.

– Me dê um bom motivo para não enxotar você daqui agora mesmo.

– Isso seria um erro do qual você se arrependeria amargamente.

– Está me ameaçando?

– De modo algum. Seria apenas uma oportunidade jogada no lixo. Não é todo dia que um homem tem a chance de ajudar seu país.

– E é você quem vai me dar essa chance? – ironizou Ren. – Não sabia que eu estava diante de um patriota.

– Ou uma chance de acertar nossas contas – disse Coluzzi. – Pelo que sei, sua saída da Rússia não foi exatamente um ato voluntário.

– Costumo dizer que recebi o mesmo tratamento de Lenin... só que ao contrário. Fui enxotado do meu país como um bacilo da peste.

Coluzzi riu sem muita convicção. Não tinha ideia do que o russo queria dizer com aquilo.

– Imagino que tenha saudades de casa – falou.

Ren conferiu as horas no relógio.

– O segundo tempo já vai começar, Sr. Coluzzi.

– Você disse agora há pouco que eu era um patriota. E você? É patriota também?

– Sou um homem de negócios.

– Se você tivesse a oportunidade de livrar seu país natal de um traidor... O que faria?

Inexpressivo, Ren se aproximou mais. Agora estava tão perto que Coluzzi sentia o bafo de vodca que ele exalava, assim como via as veias minúsculas no branco dos olhos e nas faces.

– O que você quer? – perguntou.

– Dê uma olhada nisto. – Coluzzi ergueu o celular e mostrou as fotos que havia tirado da carta encontrada na pasta do príncipe saudita. – Não é uma falsificação. Esta carta está comigo. Minha intenção é entregá-la ao receptador original.

– Que seria...

– Vassily Borodin. O diretor do SVR.

– Sei quem ele é. – Ren tomou o telefone de Coluzzi e examinou as fotos. – Se esta carta é legítima, e não tenho nenhum motivo para crer que seja, como foi que você botou as mãos nela? – Devolveu o aparelho e continuou: – Desculpe, mas preciso ir.

Coluzzi segurou-o pelo braço.

– Espere.

Ren voltou-se para ele com os olhos arregalados. Os guarda-costas avançaram de imediato. Coluzzi se afastou.

– Você viu o que aconteceu em Paris? Encontrei esta carta na pasta do príncipe, junto com um e-mail que deixava claro que ele estava trabalhando para Borodin.

Ren inclinou a cabeça, visivelmente admirado.

– Foi você quem assaltou aquele comboio em Paris?

Coluzzi assentiu. Não diria nada sobre o espião americano que o contratara. Já dera informações demais.

– *Chapeau* – falou Ren, querendo dizer "parabéns". Ele correu a mão pela barba e declarou: – Preciso ver essa carta pessoalmente.

– Não é diferente do que está aí.

– Não confia em mim?

Coluzzi não respondeu.

– Acha que Borodin vai lhe dar algum dinheiro?

– Creio que a intenção dele era usar esta carta em benefício próprio.

Ren devolveu o telefone.

– Não estou interessado – afirmou, saindo em direção ao lounge.

Coluzzi foi atrás dele, chamando a atenção dos demais.

– Imaginei que você fosse querer ajustar contas com o homem que o enxotou da Rússia – disse.

Ren virou-se bruscamente.

– Não cabe a você imaginar o que eu quero ou não. Agora suma da minha frente – disse, e berrou ordens em russo para os guarda-costas. Depois prosseguiu, alto o bastante para assustar os convidados: – E não precisa voltar. Nunca mais!

Coluzzi não ofereceu nenhuma resistência quando os homens se adiantaram para tirá-lo dali. Do lado de fora, tentou se desvencilhar, mas não conseguiu.

– Podem me soltar agora.

– Não é esse o desejo do Sr. Ren.

– Para onde estão me levando?

– Para o lugar aonde levamos todas as pessoas que aborrecem o patrão.

Os dois homens se entreolharam e redobraram a força com que arrastavam sua presa. Coluzzi pensou em lutar, mas desistiu assim que avistou um grupo de policiais a uns 20 metros de distância.

Os homens desceram de escada rolante até a entrada e de lá seguiram para o segundo subsolo do estádio. Dois seguranças armados montavam guarda junto a uma porta de aço e nem piscaram quando os guarda-costas passaram por ela com Coluzzi a tiracolo. Do outro lado ficava o estacionamento privativo dos jogadores. Os guarda-costas pararam diante de um Mercedes prata.

– Entre aí – ordenaram.

– Vocês têm certeza? – perguntou Coluzzi. – Não vejo motivo para violência. Eu só estava conversando com o Sr. Ren.

– Esse é o problema – replicou o maior dos dois homens, dando um soco em seu abdômen.

Antecipando-se a ele, Coluzzi recuou a tempo de amortecer o golpe e revidar com um murro no queixo do guarda-costas, forte o bastante para fazê-lo perder o equilíbrio. Mas nada pôde fazer contra as duas pancadas fortes que recebeu do segundo, uma nas costelas e outra no esterno. Foi o que bastou. Logo ele estava no banco traseiro do carro, todo encolhido e sem ar. Quando encontrou forças para se sentar, notou que já estavam fora do estádio, seguindo pela Avenue du Prado. No sentido da cidade, não o contrário.

– Sem perguntas – disse o motorista, olhando pelo espelho retrovisor.

Coluzzi tossiu e não gostou de ver o sangue que cuspiu na mão. Recostou a cabeça no vidro da janela e assim ficou, mudo, deixando que a corrente do ar-condicionado o revitalizasse. Passaram pela fortaleza antiga, seguiram até a água e, dobrando uma esquina, chegaram à região do porto. O primeiro barco que Coluzzi avistou foi o *Solange*, com sua proa próxima à entrada. O Mercedes passou pelo portão de segurança e parou logo depois, diante do passadiço.

O menor dos guarda-costas desceu e abriu a porta do carro.

– Saia.

Coluzzi se arrastou para fora protegendo as costelas, para diversão dos dois homens.

– O Sr. Ren pediu que você esperasse por ele no salão principal. Pode se servir do bufê, mas não saia para o deque. Ele vem depois do jogo.

– Beba alguma coisa – sugeriu o maior deles, segurando Coluzzi pelo colarinho.

– Por nossa conta – completou o outro.

Coluzzi assentiu debilmente, depois girou o corpo para acertar uma joelhada na virilha do grandalhão, puxando-o pelos ombros para aumentar o efeito do golpe. O outro se aproximou e chegou a sacar a arma, mas hesitou e correu os olhos pelo cais. Aproveitando esse momento de hesitação, Coluzzi agarrou o cano da arma e torceu a mão do homem antes de empurrá-lo para o mar. Ele emergiu em seguida, cuspindo e xingando Coluzzi.

O capitão surgiu no alto do passadiço.
– O que está acontecendo aqui?
Coluzzi endireitou o paletó e respondeu:
– Esses senhores me ofereceram um drinque. Duplo, por favor.

23.

SIMON ENCONTROU UMA MESA à sombra no café Les Deux Magots, na Rive Gauche. Pediu ao garçom uma cerveja e um sanduíche de presunto e queijo na baguete. Depois abriu o laptop e usou um cabo USB para transferir os dados do cartão SIM que havia roubado. Enquanto esperava a transferência terminar, ligou para a oficina em Londres. Perguntou se tudo corria bem por lá e pediu para falar com Lucy.

- Não veio - disse Harry Mason.

- Está doente?

- Sei lá. Não ligou.

O gerente era um irlandês meio tosco que encarava o ato de falar como uma forma especialmente cruel de tortura.

- Você não tentou falar com ela? Para saber se está tudo bem?

- Não sou pai de ninguém.

- Me passe o número dela.

- Não tenho.

- Pergunte à Jane na recepção.

- Certo.

Nesse meio-tempo, Simon se deu conta do pouco que sabia a respeito de Lucy. Conhecera a garota no bar do hotel Dorchester. Ela ainda não era exatamente uma profissional da noite, mas já dava os primeiros passos. Sob o excesso de maquiagem e a autoconfiança, parecia ser uma moça assustada, desesperada, quase no fundo do poço. Simon lhe ofereceu uma bebida, e ela começou a contar sua vida. Vinha de um lar destruído. Seu pai saíra do país e a mãe se casara novamente com um sujeito que pouco depois tentaria abusar da nova enteada. Quando Lucy o repeliu, ele mentiu e disse à mulher que ela dera em cima dele. A mãe preferiu acreditar nisso. Não havia mais o que fazer. Aos 15 anos, Lucy estava sozinha no mundo. Durante um ano ela foi obrigada a pular de uma casa de amigo para outra. Aos poucos foi abandonando a escola para buscar trabalho em lanchonetes, hotéis e restaurantes. Não demorou para se tornar uma mulher de curvas bonitas e então passou a trabalhar como hostess ou garçonete em bares e boates, embora ainda fosse menor de idade. Começou a beber e a se drogar. Sempre aparecia algum homem para lhe oferecer "trabalho", mas ela os botava para correr. O dinheiro, no entanto, andava cada vez mais curto, e ela havia enfim decidido ceder quando recebeu a proposta de Simon.

Simon também já passara por maus bocados e só por isso resolvera ajudá-la. Alugara um apartamento para a moça, dera a ela não só um emprego, mas também uma profissão. E a fizera prometer que nunca mais procuraria as drogas. Tudo isso havia acontecido um ano e meio antes.

Harry Mason retornou à linha com o número de Lucy.

– Quando você volta? – perguntou Harry.

– Semana que vem. No caso de alguma encrenca, pode ligar.

– Não vai ter encrenca nenhuma – afirmou o irlandês, e desligou.

Lucy Brown não atendeu sua chamada e a caixa postal dela estava cheia. Simon não gostou daquilo. Então enviou uma mensagem de texto, pedindo que ela ligasse imediatamente. Dez minutos se passaram e nada. Talvez tivesse sido um erro colocar tanto dinheiro na mão da garota depois da ajuda que ela lhe dera no leilão. Numa cidade como Londres, as tentações eram muitas para qualquer moça de 23 anos, ainda mais para alguém com uma história tão triste quanto a dela.

Tenha fé, dizia a si mesmo. *Há muitas explicações possíveis para o silêncio dela.* Decidiu que mais tarde tentaria outra vez.

O pedido chegou. Simon deu uma mordida no sanduíche e começou a examinar o conteúdo do celular de Delacroix. Iniciou pelas mensagens de texto mais recentes, lendo com cuidado o nome de cada um dos interlocutores. Os dez primeiros eram funcionários do hotel, a julgar pelo assunto das conversas. O 11º era um sujeito chamado Pascal, que parecia ser o bookmaker do francês. Parecia, pelas mensagens, que Delacroix era viciado em apostas e já devia 10 mil euros a Pascal. Era bastante dinheiro.

O 12º nome era "Príncipe AA".

Simon contou mais de cinquenta mensagens trocadas entre eles. As primeiras haviam sido logo na chegada do príncipe a Paris.

Príncipe AA: Aterrissando. Favor confirmar traslado.
Delacroix: Carros no aeroporto. Terminal 1.

E as últimas, pouco antes da partida do hotel.

Príncipe AA: Descendo. Pode tirar o dinheiro do cofre.
Delacroix: Já está comigo.

No meio, havia uma miscelânea.

Simon não encontrou nada que indicasse o envolvimento do francês no assalto – nenhuma sugestão, por exemplo, de que o príncipe alterasse seu trajeto para o aeroporto –, mas eram inúmeros os sinais de que os dois tinham uma relação próxima. Não havia dúvida de que Abdul Aziz confiava plenamente em Jean-Jacques Delacroix.

O celular tocou e ele conferiu o identificador de chamadas.

– E aí, senhorita, como vão as coisas?

– Bem – respondeu Lucy Brown.

– Acabei de ligar para a oficina. Harry disse que você tinha dado baixa.

– Que eu o *quê*?

– Que você tinha sumido, não tinha aparecido para trabalhar. O que houve? Está doente?

– Deu para tomar conta da minha vida agora?

– Exatamente.

– Ah, não me enche. Posso muito bem cuidar de mim mesma.

– Você parece estar de ressaca.

– Talvez esteja.

Simon respirou fundo, pensando em como proceder. Assim como Harry Mason, não era pai de ninguém. Era apenas o chefe da garota. Um chefe carinhoso, porém não mais do que isso.

– Vai trabalhar amanhã?

– Vou.

– Tem certeza?

– Olhe, Simon, ontem foi o aniversário de uma amiga e fomos comemorar num pub. Foi a primeira vez na vida que pude pagar várias cervejas para alguém. Adorei poder me exibir um pouco. A sensação foi ótima. Não tem nada de errado nisso, tem?

– Não, Lucy, não tem nada de errado, mas, da próxima vez, vá ao pub no fim de semana. E, quando for faltar ao trabalho, ligue para avisar. Harry ficou morrendo de preocupação com você.

– Harry? Preocupado comigo? – perguntou ela às gargalhadas. – Duvido!

Simon riu também.

– E Paris, como está?

– Paris é sempre Paris – respondeu ele.

– Não esqueça que prometeu me levar um dia.

– Não se esqueça de aparecer para trabalhar amanhã. Tchau, Lucy.

Simon terminou o sanduíche e voltou ao trabalho. Examinou os e-mails de Delacroix, mas de novo não encontrou nada que o associasse ao assalto. Também não havia nada que o vinculasse a Toni Coluzzi: nenhuma mensagem de texto, nenhum e-mail, nada. Simon, no entanto, já contava com isso. Sabia que o francês era um profissional competente e que jamais deixaria rastros.

Continuando com a caçada, ele passou para os aplicativos e não demorou para encontrar um tesouro enterrado em "Notas", uma subpasta com o nome do príncipe. Diante da amplitude das informações ali contidas, Simon confirmou a impressão de que Delacroix gozava da total confiança de Abdul Aziz e ficou de estômago embrulhado ao constatar o mau uso que o francês fazia dela. Entre as informações estavam o número do passaporte do príncipe, a data de nascimento, os dados de nove cartões de crédito (inclusive as senhas) e diversos números de telefone em diferentes operadoras.

– Mais alguma coisa? – perguntou o garçom.

Simon ergueu os olhos do computador.

– A conta, por favor.

O celular tocou de novo. Ele não reconheceu o número, mas atendeu assim mesmo.

– Alô?

– Encontro você no Julien's em quinze minutos – disse Nikki Perez. – Não vou poder demorar.

– Estou indo para lá agora mesmo.

Simon guardou o laptop na bolsa e deixou uma nota de 50 euros na mesa. Dia de sorte do garçom.

24.

– Aqui está o cara durão.

Alexei Ren achava-se diante de Coluzzi, encarando-o do alto. Fazia uma hora que o jogo terminara. Durante aquele tempo, Coluzzi bebera doses de vodca na esperança de aliviar a dor nas costelas. Não havia aliviado, mas ele já estava meio embriagado.

– Sente aí – disse Coluzzi. – O barco é seu.

– Você me deve dois seguranças.

– É esse o nome que você dá a eles?

– Um está com o punho quebrado. O outro vai ficar sem andar por muitos dias.

– Pode me mandar a conta.

Ren o encarou. Desabotoou o colarinho da camisa, dobrou as mangas e depois falou:

– Quer saber de uma coisa? É um prazer tê-lo aqui comigo.

– Foi o que me disseram os seus capangas.

– Você me faz lembrar de como as coisas eram antes.

– Ah, é?

– Quando a vida era mais difícil e a gente era obrigado a saber se defender. – Ren pegou a garrafa de vodca. – Mais uma?

– Melhor não – respondeu Coluzzi. – De repente você resolve demonstrar de novo o seu prazer pela minha presença...

Ren se serviu de uma dose e só então Coluzzi notou que Jojo não exagerara: os braços e o peito do homem realmente eram cobertos por uma infinidade de tatuagens.

– *Nastrovje* – disse o russo, erguendo o copo antes de esvaziá-lo em um só gole. – Viu o jogo? Quase ganhamos, mas não foi dessa vez. Hoje eles estavam mais fortes.

– Vocês estão precisando de um novo zagueiro.

– Precisamos de dois, mas no momento não temos caixa para pagar. Tenho por princípio que todos os meus negócios devem ser autofinanciáveis.

– Pertinente.

– É o único jeito – declarou Ren, deixando-se cair numa cadeira de espaldar baixo. – Se não for assim, você acaba dando dinheiro bom para salvar dinheiro ruim. – Serviu-se de mais uma dose. – Admito que fiquei surpreso ao me ver diante de um amigo de Jojo. Eu e ele temos uma longa história. Se você tivesse sido um pouquinho mais discreto, eu não teria mandado meus rapazes lhe darem uma lição.

– Claro que teria.

Ren deu de ombros

– Velhos hábitos. Hoje em dia não convivo mais com pessoas como você. É assim, e pronto.

– O erro foi meu – falou Coluzzi.

Ren olhou-o por um bom tempo, com seus olhos de muito azul e pouca emoção. De repente, ele abriu um sorriso, deu um tapinha no joelho de Coluzzi e disse:

– Então, meu amigo. O que você acha? Na sua avaliação, o que o Sr. Borodin estaria disposto a fazer para botar as mãos nesta carta?

– Voou até o Chipre para recebê-la. Você pode concluir.

– Eu não, você. Continue.

– Não sou um especialista em relações internacionais. Para falar a verdade, nunca saí da França. As únicas pessoas em quem confio são os meus parentes. E meus companheiros de trabalho. Mas esse Borodin... Ele não usou o pessoal dele para conseguir a carta. Preferiu manter a história em segredo. Não confiou na própria equipe.

– Estamos falando da Rússia, meu amigo. Um país que tem a desconfiança como alicerce, onde as pessoas nascem com dois pares de olhos, um na frente e outro atrás, sempre atentas a uma possível facada nas costas.

– Pode ser. Mas Borodin não quis roubar aquela carta para proteger o chefe dele. Pelo contrário, queria derrubá-lo.

– Com uma simples carta? – ironizou Ren. – Nunca!

– Como assim?

– Qualquer um pode contestar uma carta. Alegar que é uma falsificação. Que foi plantada pela CIA. Quem sabe? De repente foi isso mesmo. Seja como for, uma carta não é suficiente. É preciso muito mais do que isso.

– Pode ser – concordou Coluzzi. – Mas é possível que a carta seja apenas a cereja de um bolo muito maior. Talvez Borodin tenha outra informação, mas que não signifique muita coisa sem a carta.

Ren serviu-se de mais uma dose de vodca e girou o copo.

– É, acho que você tem razão. Para um homem da roça, você até que é muito esperto.

Coluzzi inclinou a cabeça de forma educada. Internamente, no entanto, prometeu a si mesmo que mataria o russo. Usaria seu estilete. Quando aquele cara arrogante sentisse a lâmina nas costelas, seria tarde demais.

– Tenho meios de chegar a Vassily Borodin – declarou Ren. – Mas não será barato.

Coluzzi permaneceu impassível. Sabia que Ren tinha duas caras. Vira-o usando a primeira no estádio, a persona pública do empresário bem-sucedido e refinado que nunca perdia um jogo de seu time. Agora o via com a segunda, a persona privada de um mafioso nem tão refinado assim, mas tão ou mais peçonhento quanto Jojo havia alertado.

– Quanto? – perguntou ele afinal.

– Quanto você roubou do príncipe? – indagou Ren.

Não seria possível mentir. Um repórter conseguira extrair de um funcionário do hotel a informação de quanto Abdul Aziz tirara do cofre antes de partir.

– Seiscentos mil e uns quebrados.

– A quantia exata.

– Seiscentos e vinte e dois mil.

– Pense nisso como o seu cacife para entrar no jogo. Em troca, você fica com tudo que Borodin concordar em pagar.

– Minha ideia era outra, algo mais parecido com uma sociedade.

– Ah!

– Você abre as portas para Borodin, ajuda na negociação. Depois rachamos o que ele pagar.

– Uma proposta interessante, não fosse por um detalhe. – Ren depôs o copo. – Sem minha ajuda, você não consegue nem um rublo por essa carta. Ou você acha que Borodin vai recebê-lo para negociar alguma coisa? Um pé-rapado como você? O homem comanda a segunda agência de inteligência mais poderosa do mundo.

– Acho que ele vai receber quem quer que esteja com a carta. Eu, você ou até uma das putas do Jojo.

Ren jogou a cabeça para trás e deu uma gargalhada.

– É bem possível que você esteja certo, Tino. De qualquer modo, minha oferta continua a mesma. É pegar ou largar. Não quero um centavo do homem que me trancafiou por cinco anos, que roubou tudo que eu tinha, que me expulsou do meu país. Mas com você a história é outra.

– Precisei pagar meus companheiros. Essas coisas custam caro. Não sobrou muito daqueles 600 mil euros.

– Nesse caso... deixo por 500. Um número simpático, redondo. Não sou um homem ganancioso. Faço o telefonema assim que você colocar o dinheiro em minhas mãos.

– Receberá seu dinheiro depois da reunião com Borodin. Eu mesmo negocio com ele, se você não se importar.

– Muito justo – falou Ren, como se já esperasse aquilo. – Mas tem uma coisa, Tino. Preciso ver a carta. Tenho certeza de que é legítima, mas vamos encarar os fatos. A verdade é que você é um ladrãozinho que rouba uma migalha aqui, outra ali, e depois vem pedir a mim, Alexei Ren, que o ajude com o acesso que tenho ao mais alto nível de um governo estrangeiro.

– Posso dar um jeito nisso – disse Coluzzi.

Ren estendeu a mão na direção dele. O antebraço era uma estranha coletânea de caveiras, cobras, cúpulas em formato de cebola, características da arquitetura russa, e adagas pingando sangue.

– Sócios precisam confiar um no outro – declarou. – Acredite em mim: meu interesse no sucesso dessa operação é muito maior que o seu.

Coluzzi duvidava, mas apertou a mão dele mesmo assim.

– Quanto acha que devemos pedir?

– Dez milhões de euros – afirmou Ren. – Esses canalhas do SVR têm muito dinheiro. Vamos fazer Vassily Alexandrovich suar um pouquinho.

Coluzzi ficou com a vaga impressão de que Ren tinha outros planos para aquele dinheiro. Ele precisaria ser um pouco russo também, com um par de olhos para ver adiante e outro para fiscalizar a retaguarda. Paciência. Era a única maneira de chegar a Borodin.

– Vinte – sugeriu ele.

– Melhor ainda... *parceiro* – frisou Ren, ainda apertando sua mão.

25.

Delacroix trancou a porta de sua sala pontualmente às cinco da tarde e deixou o hotel. Não costumava encerrar o expediente na hora exata, mas não estava bem. Os últimos dias haviam sido muito estressantes. O hotel recebera um número muito grande de clientes extremamente ricos, obrigando-o a dar plantão para atender às necessidades de cada um. Coisas que iam desde buscar na delegacia a filha de 15 anos do primeiro-ministro da Indonésia que cometera furto nas Galeries Lafayette até supervisionar diariamente a segurança na suíte de um magnata alemão da internet. E, claro, depois do assalto a Abdul Aziz, a polícia vinha fazendo marcação cerrada, interrogando todo o quadro de funcionários do hotel, com atenção especial a Delacroix, que era o chefe da segurança.

Como se isso não bastasse, em algum momento daquele dia seu celular desaparecera e ele passara uma hora inteira de tensão numa busca meticulosa pelo hotel. Por um milagre, o *concierge* encontrara o aparelho no chão do saguão, mas Delacroix achara estranho o fato de não se lembrar de tê-lo usado ali perto.

De qualquer modo, a origem de seu desconforto não era nem o celular perdido nem o excesso de trabalho, mas a visita do investigador americano.

Eles sabiam.

Assim que chegou à rua, ele acendeu um cigarro e jogou o paletó no ombro. A tarde estava fresca, uma brisa suave parecia aplacar um pouco sua ansiedade. Na estação do metrô, parou um segundo, desanimado ante a perspectiva de voltar para casa numa viagem de trinta minutos dentro de um vagão quente e lotado com seus conterrâneos parisienses. Não. Ele precisava se movimentar. Então jogou fora o cigarro e seguiu adiante.

– Riske, Riske, Riske – repetiu baixinho, relembrando a conversa que tivera mais cedo.

Quanto mais pensava no assunto, mais certeza tinha de que não convencera o homem. Ainda trazia consigo o cartão de visitas que ele havia deixado. Tirou-o do bolso e ligou. Uma mulher atendeu em nome da empresa.

– Eu gostaria de falar com Simon Riske.

– O Sr. Riske está viajando. Quer que ele ligue de volta quando puder ou prefere falar com outro dos nossos profissionais?

– Não, não, ligo outro dia. Obrigado.

Delacroix desligou. A empresa parecia legítima. Ele também já acessara o site mais cedo, um site fraco, mas de aspecto profissional. Tudo indicava que ele estava se preocupando à toa. Não havia nenhum motivo para Riske suspeitar de seu envolvimento com os bandidos. Como podia saber que Abdul Aziz levava consigo um documento de valor diplomático?

Riske estava certo, claro. Fora Delacroix quem contara a Coluzzi o itinerário do príncipe para o aeroporto. Nunca gostara muito dos sauditas. Na verdade, jamais apreciara ninguém do Oriente Médio. Não por uma questão de preconceito, mas de experiência. Durante a primeira Guerra do Golfo, ele combatera ao lado da festejada Brigada Haj. Os soldados sauditas tinham a coragem de um rato e a metade da disciplina. Eram soldados de papel.

Delacroix morava no quarto andar de um bom prédio na Rue de Grenelle, a uma quadra do complexo de Les Invalides. Dois quartos, sala, uma cozinha que precisava de reforma. Não era muito, mas o apartamento estava sempre limpo e arrumado e tinha uma bela vista para o parque. Ele deixou as chaves num cesto, jogou o paletó na cadeira e, sentindo um perfume gostoso no ar, imaginou uma mulher estonteante passando pela calçada do outro lado da janela. O pensamento o fez sorrir. Pegou uma Heineken na geladeira e foi para a sala, já pensando no jogo de futebol que pretendia ver logo mais na televisão. Um jogo bom, que viria a calhar. Ele precisava de algumas horas para descansar a cabeça.

– Monsieur Delacroix?

Uma loura muito bonita ocupava sua poltrona de couro favorita. Usava uma camiseta preta sob uma camisa xadrez mais larga, jeans e botas masculinas. Seu primeiro pensamento foi: "O que essa lésbica linda está fazendo em meu apartamento?" Mas então ele viu a pistola em sua mão: uma Glock com silenciador. Seu sorriso morreu.

Eles sabiam.

Delacroix arremessou a cerveja contra a loura e correu na direção da porta. Uma bala acertou seu joelho direito. Desabou no chão e ali ficou, retorcendo-se de dor, abraçando a perna ferida.

– Olhe para mim – disse a mulher.

Delacroix deitou-se de costas. Sabia o que estava acontecendo ali, sabia o que a loura queria.

– Para quem você trabalha? – perguntou ela.

– Do que está falando?

Ela ergueu a pistola.

– Por favor! – suplicou Delacroix, protegendo o rosto com a mão. – Já expliquei tudo ao seu parceiro. Foi o príncipe quem quis mudar a rota para o aeroporto.

– Não tenho parceiro nenhum.

Delacroix franziu as sobrancelhas, confuso. Se a loura não era parceira do americano, quem poderia ser?

– Você não trabalha com Riske?

– Riske? Quem é Riske?

– Investigador de uma empresa de segurança em Londres. O nome dele é Simon Riske.

– Riske... É inglês?

– Americano.

– É claro. O que você disse a ele?

– Falei que não tenho nada a ver com o assalto.

– Americanos acreditam em qualquer coisa. Nós não. Somos bem menos ingênuos. *Ponyatno?*

Delacroix cerrou os olhos com força. Dificilmente passaria daquela noite.

– *Ponyatno* – respondeu em russo. – Entendido.

Caminhando ao redor dele com a pistola na mão, a mulher perguntou:

– Quem pagou você?

– O nome dele é Coluzzi. Tino Coluzzi. Ele me procurou na sexta. Vinha seguindo o príncipe pela cidade. Sabia que ele andava sempre com muito dinheiro. Pediu minha ajuda. Concordei em colocar o príncipe no caminho dele.

– É seu amigo?

– Não. Nunca tinha visto antes.

– Continue.

– Isso é tudo. Estive com esse Coluzzi duas vezes. Na sexta-feira e na manhã de sábado. Depois disso não o vi mais.

– E isto aqui, o que é?

A mulher encontrara os 20 mil euros que ele escondera no congelador.

– Um dos homens de Coluzzi me entregou esse dinheiro num bar ontem à noite. Le Galleon Rouge.

– Como se chamava?

– Não lembro. Espere... – Delacroix tentou arduamente recordar-se do nome do sujeito de costeletas e bigode de camponês com quem falara no bar. – Jack. Giacomo Pizzaloto.

– Coluzzi também estava no bar?

– Coluzzi? Não, não estava. Você pode ficar com esse dinheiro.

A mulher jogou o maço de notas no chão.

– É todo seu – disse ela. – Você fez por merecer. Use para comprar um joelho novo.

Delacroix engoliu em seco, assentindo com a cabeça. Talvez vivesse para ver um novo dia.

– Quer dizer então que você não sabe onde o Sr. Coluzzi está nem como posso encontrá-lo? – indagou a mulher.

– Não.

– Nenhum telefone? Nenhum e-mail?

– Não.

– E o americano que procurou você mais cedo?

– Não contei a ele sobre Coluzzi. Juro.

– Imagino que ele não estivesse interessado no dinheiro.

– Falou que o príncipe estava levando documentos importantes. Queria pegá-los de volta.

– Mencionou uma carta?

– Que carta? – perguntou Delacroix, deduzindo que se tratava do tal tesouro que o príncipe levava na pasta.

– *A* carta. Também não estamos interessados no dinheiro.

Delacroix balançou a cabeça de forma veemente.

– Não sei de carta nenhuma.

– Chegou a ler?

– Já disse! Não faço a menor ideia de que carta seja essa!

A mulher se aproximou com passos lentos e seguros. Fitando-o do alto, falou:

– Só quero saber se você a leu.

– Como posso ler uma coisa que nunca vi? – suplicou ele.

– Leu ou não leu?

– Não.

– Está falando a verdade?

– Você precisa acreditar em...

A pistola soluçou e uma bala pulverizou o outro joelho do francês, que mal conseguiu gemer, tamanha foi a dor. Baixando os olhos, ele viu a poça de sangue que crescia rapidamente no chão. *Uma artéria*, pensou, relembrando os tempos de guerra. Precisava estancar aquilo o mais rápido possível.

– Nunca vi carta nenhuma – conseguiu dizer. – Eu juro!

– Acredito em você.

– Graças a Deus... Porque estou falando a verdade, juro. Agora preciso de um torniquete. Minha perna. Por favor.

– Não será necessário.

– Mas...

A mulher apontou a pistola para a testa dele e atirou.

Valentina inspecionou a sala, olhando a poça de sangue e o cadáver. Ainda sentia no ar o cheiro do pavor do homem misturado à pólvora. Abriu a janela para deixar entrar um pouco de ar fresco, depois ligou o ar-condicionado. Não queria que o cheiro vazasse para o corredor do prédio.

Ela saiu do apartamento. Já caminhara um quarteirão inteiro quando ligou para Moscou.

– O nome do ladrão é Tino Coluzzi – anunciou. – Um profissional.

– Vou ver o que consigo levantar sobre ele.

– Acho que consigo encontrá-lo.

– Estou contando com isso.

– Mais uma coisa: tem outro homem procurando pela carta.

Seguiu-se um demorado silêncio e Valentina se perguntou se havia sido um erro repassar essa última informação.

– Como você sabe? – indagou Borodin.

– Delacroix contou. Um americano chamado Riske foi falar com ele no hotel hoje cedo. Simon Riske. Se apresentou como investigador de uma firma inglesa. Tirei uma foto do cartão de visita dele.

Borodin xingou baixinho.

– Mande para mim – ordenou. – Vou ver se descubro quem é. Faça o que for preciso para que esse americano não bote as mãos no que é nosso. Fui claro?

– Sim.

Borodin encerrou a ligação.

Valentina colocou os óculos escuros e apertou o passo. Agora tinha um rival. Para ela não fazia muita diferença. Tratava-se apenas de mais um elemento na equação.

Pela primeira vez ela se perguntou o que poderia estar escrito na tal carta. Concluiu que não era importante. Precisava se concentrar.

Para ela, a carta era apenas um meio para um fim. Nada mais.

Precisava encontrá-la para recuperar a vida que tinha.

Nada, nem ninguém, a impediria de chegar lá.

26.

Nikki Perez ocupava uma mesa nos fundos do Julien's quando Simon chegou.

– Está adiantada – disse ele, conferindo as horas no relógio.

Tirando o barman e um velho que lia o *Le Figaro*, o lugar estava vazio.

– Aprendi com meu pai que chegar na hora significa chegar cinco minutos mais cedo.

– Vou tentar me lembrar – falou Simon. – Está quente aqui. Que tal sairmos para uma caminhada?

– Você é o chefe – concordou Nikki.

Simon fitou-a, desconfiado de tanta docilidade.

Eles saíram do Julien's, atravessaram a Pont Saint-Michel e seguiram para o Boulevard Saint-Germain.

– Esta é minha parte predileta da cidade – declarou Simon. – Eu morava perto daqui, quando vim estudar.

– Nos anos 1990, certo?

– Engraçadinha. Eu dava um dinheiro ao *sous-chef* de um restaurante do bairro para que ele me desse a comida que eles iam jogar fora.

– Comida podre?

– Quase.

– E era boa? – perguntou ela com cara de nojo.

– Para quem estava com 26 anos, completamente duro e passando fome, era deliciosa. Quando você frita na manteiga e depois coloca muito ketchup ou maionese em cima, qualquer porcaria fica uma delícia.

– Uma boa história – disse Nikki, subitamente séria. – Será mesmo verdade? Ou será mais uma das coisas que você inventa para se fazer de espirituoso?

– Como é que é? – indagou Simon, sorrindo, tentando manter a leveza da conversa e da relação entre eles. – O que aconteceu com aquele "Você é o chefe"?

– Não precisa gastar sua saliva comigo. Você já sabia que Salvatore Brigantino estava morto. Ano passado ele foi para a Alemanha fazer um tratamento experimental. Todo mundo nas ruas sabe disso. O comissário Dumont falou que você era um cara esperto, que tinha bons contatos. Como deixaria isso passar?

– Quer dizer que podemos eliminar Brigantino. Ótimo.

– Você ainda não vai contar quem é o seu passarinho, vai?

– E Coluzzi?

– Ah, sim, Coluzzi. É estranho que ele esteja em sua lista. Por que diabo um bandido que já foi preso por roubo a banco, tentativa de homicídio e assalto à mão armada ia querer roubar uma carta?

– Boa pergunta. Assim que encontrá-lo, vou perguntar. Depois conto a você.

– Ah, claro que conta.

– Nikki, não estou entendendo. O que a deixou de mau humor de repente?

– Você. Porque me fez perder tempo. Sabia desde o início que Coluzzi era o cara. Por que mentiu para mim?

– Você o encontrou?

– Talvez sim, talvez não. Que tal fazermos um acordo? Você me conta o que está escrito na famosa carta e eu conto se encontrei Coluzzi ou não.

– Muito justo.

Agora foi a vez de Nikki ficar surpresa.

– Jura? Vai me contar? – indagou ela, parando onde estava e colocando as mãos na cintura, pronta para mais uma ferroada se fosse preciso.

– Juro – disse Simon.

– Então fale.

– Não sei o que está escrito na carta.

Nikki lançou-lhe um olhar de poucos amigos e deu a conversa por encerrada, virando-se para seguir na direção contrária.

Simon foi atrás dela.

– Palavra de honra – falou. – Não faço a menor ideia. Meu cliente neste caso, um homem do qual não tenho nenhum motivo para duvidar, se recusou a me contar, mas me garantiu que era algo importante.

– Imagino que sim. Algo importante para salvar o casamento dele. Ou a conta bancária.

– É muito mais do que isso. Muita gente pode se dar mal se essa carta parar nas mãos erradas.

– Que tipo de gente?

– Você. Eu. Todo mundo.

– Que ótimo. Agora estou morrendo de medo, Sr. Riske. Apavorada, não está vendo? – Nikki fechou os olhos, rindo com sarcasmo. – Procure outro trouxa para ajudá-lo. Tenho mais o que fazer.

Simon segurou o braço de Nikki antes que ela pudesse se retirar.

– Eu não estaria aqui se não acreditasse no meu cliente – declarou.

Só então percebeu que Barnaby Neill realmente o havia dobrado. Não havia mais dúvida de que ele precisava encontrar a tal carta, de que faria tudo que estivesse a seu alcance para que isso acontecesse.

Nikki encarou-o, mais desconfiada do que nunca.

– Agora me diga: por que um mafioso como Tino Coluzzi ia querer uma coisa dessas?

– Talvez ele não tivesse a intenção de roubá-la – sugeriu Simon.

– Como assim?

– Talvez ele tenha roubado a carta por acidente. Olhe, não posso dizer mais do que isso.

Simon ficou esperando pela bronca, mas Nikki não revidou, embora a palavra desconfiança ainda estivesse escrita na testa dela.

– Não espere muita coisa – disse ela por fim, retomando a caminhada, seus ombros quase tocando nos dele. – Não descobri nada de novo sobre Coluzzi, a não ser que ele estava por trás do roubo de um grande carregamento de produtos farmacêuticos no ano passado. Também descobri o nome de um bar onde ele costuma encontrar os amigos. Um lugar no Marais chamado Le Galleon Rouge.

– Nunca ouvi falar.

– Uma espelunca. Perguntei por aí. Parece que é popular nessa turma. Pergunte por um cara chamado Giacomo, ou Jack. Cabelo comprido. Costeleta. Bigode.

– Jack ou Giacomo no Galleon Rouge. Já é um começo.

Ela olhou Simon da cabeça aos pés.

– Mas não vá vestido assim.

– Obrigado pela dica. Obrigado por tudo.

– O comissário contou que você salvou a vida dele. É a ele que deve agradecer, não a mim.

– Ele está exagerando. Mesmo assim, obrigado.

Nikki parou e foi caminhando de costas, afastando-se de Simon.

– A gente faz qualquer coisa pelos amigos da PJ – disse. Fincando um dedo na testa, emendou: – Um dia você ainda vai me contar essa história direitinho.

– Não foi nada.

– Isso sou eu quem vai dizer. Ah, sim. Parece que seu amigo andou montando uma equipe por aí.

– Coluzzi?

Nikki assentiu.

– O que quer que eles realmente quisessem roubar, deve ter sido uma operação e tanto.

27.

VASSILY BORODIN OLHAVA FIXAMENTE para a imagem do cartão de visita que Valentina Asanova lhe enviara.

SIMON RISKE
SERVIÇOS ESPECIAIS DE PROTEÇÃO E INVESTIGAÇÃO
9 NEW BOND STREET
LONDRES, INGLATERRA

O nome da firma não lhe dizia nada. Havia muitas iguais em qualquer grande capital do mundo. A espionagem agora era um setor privatizado.

Ele largou o telefone, aborrecido com a interrupção do seu trabalho. Na mesa à sua frente havia um leque de dossiês diferentes, todos meticulosamente rotulados e numerados. Eram as suas provas. Provas à moda antiga, concretas e incriminadoras, documentos emitidos por bancos, empresas e governos.

Pensando no esforço exigido para reuni-los, Borodin se viu tomado de um cansaço súbito. Recostou-se na cadeira e olhou pela janela. A chuva não dava trégua desde o dia anterior. Sua sala dava para o centro da cidade. Nos dias de sol, ele via o novo distrito comercial e podia contar os arranha-céus que Stalin havia erguido em torno da cidade. Mas, com aquela chuva, não via mais do que a imundície das vidraças.

Ele olhou mais uma vez para o cartão e refletiu se agira corretamente ao mandar Valentina Asanova para Paris. O que ele estava fazendo? Cumprindo seu dever patriótico? Ou procurando problema? Endireitou-se na cadeira. Não era homem de fugir às suas obrigações. Nunca fora. Caso contrário, jamais teria tido tanto sucesso no velho regime, quando a devoção ao Partido

Comunista exigia uma obediência cega, generalizada e muitas vezes equivocada. Era um homem do seu tempo, estava fazendo apenas o que qualquer outro faria no seu lugar, qualquer outro com um mínimo de inteligência, ambição e devoção à pátria.

Tudo começara com o boato de uma reunião clandestina realizada quase trinta anos antes. Borodin, então um major, não dera a menor atenção à coisa. Não era prudente que um homem em sua posição se deixasse levar por simples rumores. Um ano depois, ele tornara a ouvir a mesma conversa, de uma segunda fonte que nada tinha a ver com a primeira, e com a inclusão de um detalhe fundamental: a tal reunião clandestina ocorrera poucos dias após aquela estrondosa visita no mês de setembro, numa *datcha*, uma casa de campo, a norte de Moscou. E o mais importante de tudo: essa *datcha* pertencia ao general Ivan Truchin, um dos primeiros oficiais de alta patente a se rebelar contra o antigo regime soviético.

O mais sensato teria sido encarar tudo como "bobagem" ou "invencionice" e tapar os ouvidos para uma conversa tão perigosa, mas Borodin era um homem desconfiado. Era da sua natureza perguntar "E se?" ou "Por que não?". Enquanto outros procuravam enxergar o lado bom das pessoas, ele preferia investigar o que elas tinham de mau ou de enganoso. Era apenas consequência do treinamento que havia recebido.

Embora ainda fosse adolescente na época da suposta reunião, ele se lembrava muito bem daqueles anos de glasnost e perestroika. O Ocidente traduzia essas palavras como "abertura" e "reestruturação", mas ele preferia "capitulação" e "destruição".

O grande navio soviético estava afundando, aquele navio que em 1918 Vladimir Ilich Ulianov Lenin e seu bando de revolucionários bolcheviques haviam tirado do porto para singrar as águas bravias de um mar de sangue. O caos reinava. Era cada um por si. Até mesmo os ratos estavam pulando fora.

Borodin pegou o celular e pela milésima vez, senão a milionésima, examinou a imagem. Lá estavam eles, os maiores inimigos que a Mãe Rússia já conhecera, separados um do outro por menos de um metro. Gorbachev, Ronald Reagan e o pior dos três.

Então era mesmo possível que uma reunião daquela natureza acontecesse. Afinal de contas, quem haveria de supor que alguém pudesse demonstrar interesse por um homem tão reles?

Borodin vinha jogando verde na esperança de obter algum indício de que havia de fato um fundo de verdade no boato, mas sempre tomando cuidado para não chamar para si nenhum tipo de atenção indevida. Se alguém perguntasse, ele diria que estava apenas fazendo seu trabalho de rotina. Qualquer coisa além poderia ser literalmente fatal.

Ele sondara veteranos desde muito afastados do serviço secreto, formulando suas perguntas de modo deliberadamente vago: "Você se lembra de alguma operação que tenha dado errado de uma hora para outra? Em algum momento você teve a impressão de que alguém estava sabotando suas iniciativas? De que uma mão invisível estava atrapalhando seu trabalho? Ou, se não estava atrapalhando, também não estava fazendo nada para ajudar?"

Ele fizera isso por um ano. Nenhum dos oficiais aposentados com quem falou apontou um responsável. Nenhum nome foi mencionado. Eles também sabiam ser deliberadamente vagos.

Borodin precisava de mais.

Àquela altura, ele já fora alçado à patente de coronel com acesso irrestrito aos arquivos do SVR. Não precisava da autorização de ninguém para examinar os dossiês relevantes e, melhor ainda, não precisava assinar nada que mais tarde pudesse dar provas do seu interesse nos casos. Sob hipótese nenhuma ele dividiria suas intenções com os colegas, nem mesmo com os mais confiáveis.

Um a um, todos os registros operacionais foram analisados. Ele era paciente. Deixava passar um ou dois meses entre uma visita e outra aos arquivos. (O SVR fora, e continuava sendo, vergonhosamente lento na digitalização dos seus papéis.) E, assim, ele viu confirmados os relatos de todos os veteranos.

Mais importante que isso, encontrara neles um denominador comum: um mesmo nome que aparecia em todos os dossiês. Nos mais antigos, ele ainda era citado como subchefe operacional; nos intermediários já era chefe de operação; e, nos mais recentes, chefe de divisão.

Não havia outra conclusão possível.

No entanto, Borodin ainda não tinha a prova irrefutável de que precisava para fazer uma acusação tão escandalosa. Encontraria essa prova apenas mais tarde, após descobrir que seu mais novo informante em Washington tinha um irmão que trabalhava como arquivista no quartel-general da CIA, em Langley, Virgínia. Mais uma vez ele tomara o cuidado de optar pelos caminhos mais tortuosos para passar despercebido. Não pedira a ninguém que roubasse um dossiê confidencial. Em vez disso, ocorrera-lhe pedir a seu informante que procurasse uma gaveta de pouquíssimo interesse nos arquivos da CIA: aquela em que ficavam guardados os relatórios de condecoração, ou seja, o registro das medalhas e comendas distribuídas aos agentes em missão no estrangeiro. Era prática comum entre as agências de espionagem do mundo todo presentear seus operadores com uma medalha e uma carta elogiosa durante encontros clandestinos com um diretor, ainda que fosse para tomar as duas coisas de volta depois. Espiões costumavam ser inseguros e instáveis. Uma medalha, uma comenda ou uma promoção simbólica, tudo isso tinha o poder de elevar imensamente seu moral.

E fora assim que o tal arquivista acabara encontrando a carta.

O envelope amarelo-claro se achava numa caixa no terceiro subsolo do prédio, no setor R, fileira 51, em uma sala dedicada às operações russas realizadas entre 1990 e 1995. Assim que o encontrara, o arquivista o repassara ao irmão que servia de informante a Borodin, e este o entregara ao príncipe Abdul Aziz, que o perdera num assalto aleatório em Paris.

Teria sido mesmo aleatório?

Borodin olhou uma última vez para a fotografia.

Claro que não foi aleatório, disse a si mesmo, contendo-se para não esmurrar a mesa.

Depois respirou fundo e, já mais calmo, voltou sua atenção para o cartão de visita. Virou-se para o computador e entrou na intranet do SVR com o pseudônimo que havia criado desde o início da sua investigação particular: Nikolai Beria. Um historiador mais atento talvez reconhecesse o sobrenome do fundador da NKVD, a famigerada polícia secreta de Josef Stalin, predecessora da KGB.

Ele acessou um dos muitos bancos de dados do SVR, aquele que registrava o nome real, o nome de guerra e, quando possível, uma descrição física de todos os indivíduos que sabidamente trabalhavam para algum serviço de inteligência internacional, identificados nesta ou naquela operação, mas preservados nos seus respectivos postos. Registrava também os funcionários comuns das agências e dos órgãos diplomáticos, burocratas da CIA ou do Ministério de Relações Exteriores britânico. Já contava com nomes de setenta países diferentes.

Mas o nome de Simon Risk(e) não estava lá.

Havia um Simeon Rosak, de 57 anos, ex-paraquedista das Forças de Defesa de Israel e no momento analista do Mossad. Havia um Simon Rhys-Davies, de 27 anos, formado pela Universidade McGill e atualmente funcionário de segundo escalão da chancelaria canadense. Havia também um Simon Risen, de 44 anos, funcionário da DGSE, o serviço de inteligência francês.

Mas nenhum Simon Riske, com ou sem "e".

Borodin saiu da intranet. Sabia que não encontraria muita coisa ali. Se o homem realmente fosse um agente, estaria usando um pseudônimo, embora, com a instalação de programas de reconhecimento facial em quase todos os pontos de fiscalização internacional e com o advento dos passaportes biométricos, viesse se tornando cada vez mais difícil para os agentes se locomoverem clandestinamente. Esses sistemas trabalhavam com um mapeamento bastante preciso da fisionomia das pessoas - por exemplo, a distância entre os olhos ou a espessura dos lábios -, coisas impossíveis de serem mudadas com um simples disfarce. Os agentes ainda podiam mudar a cor dos olhos com um par de lentes, acrescentar um bigode, raspar a cabeça ou envelhecer com uma maquiagem. Porém, assim que a topografia do rosto deles fosse capturada, seus dias de trânsito livre estariam acabados, com ou sem pseudônimo.

Apenas por curiosidade, Borodin abriu o navegador e pesquisou no Google o nome do homem. Deparou com diversos perfis de Facebook e outro de LinkedIn. Deu uma olhada rápida neles, mas não encontrou nada que interessasse. Havia também um artigo de uma revista especializada, algo sobre uma Ferrari vendida num leilão em Londres após ter sido inteiramente reformada por uma oficina local cujo dono se chamava Simon Riske... *com "e"*. Não trazia mais nada sobre ele, nem fotos. Borodin já ia fechando o artigo quando deu uma última olhada no texto e notou que o dono da oficina era americano. Por uma fração de segundo, não mais que isso, uma faísca de desconfiança despontou em seu cérebro. Uma bobagem para a qual ele não deu importância.

Ele fechou o artigo, depois ligou para o agente baseado na embaixada russa em Londres.

- Descubra tudo que puder sobre uma firma chamada Serviços Especiais de Proteção e Investigação - ordenou. - Quero uma resposta amanhã de manhã.

28.

Boris Blatt descia pela Bahnhofstrasse, o pescoço e os ombros um pouco mais aliviados do estresse dos últimos dias. Ele adorava a Suíça, sobretudo Zurique. A comida era invariavelmente excelente, o clima muito melhor que o de Londres ou Moscou, e a polícia bem treinada e incorruptível. Seus inimigos não seriam bestas de ir atrás dele na Suíça.

Nos dois lados da avenida, enfileiravam-se as butiques mais caras do mundo, as melhores joalherias e, claro, muitos bancos. Em dado momento da sua vida, ele havia tido contas em quase todos. Bank Leu, Zurich Gemeinschaftsbank, Schweizerische Bankgesellschaft. Bastava repetir esses nomes para que viessem à sua mente imagens de sangue, dinheiro e medo: lembranças da sua ascensão ao poder.

Boris Abrahamovich Blatt iniciara a carreira de empresário contrabandeando calças Levi's dos Estados Unidos para depois vendê-las em mercados de pulgas em torno do anel rodoviário de Moscou. Com os lucros obtidos ele conseguira passar para o ramo de sapatos e ternos de grifes italianas. E foram esses seus novos contatos na Itália – ou melhor, na Camorra de Nápoles – que o levaram para um negócio bem mais lucrativo: eles mandavam cocaína para Moscou e ele mandava ópio bruto de volta. Por volta de 1994, ele já estava fazendo 100 milhões de dólares por ano.

Aquela fora uma época apavorante. Vinte anos já haviam se passado desde então, mas suas mãos ainda suavam quando pensava nela. Com a queda da União Soviética e a mudança para a economia de mercado, a Rússia resvalara para o caos. Agora os negócios eram conduzidos sob a mira de uma arma de fogo, e uma negociação bem-sucedida era aquela em que ambas as partes saíam vivas. Não passava um dia sem que algum empresário fosse assassinado nas ruas de Moscou. Blatt sobrevivera porque era mais esperto, mais forte e mais calejado que a maioria. Não havia um parceiro comercial mais leal do que ele, mas ai de quem tentasse ludibriá-lo. Sua punição predileta era fritar os inimigos num tonel de óleo quente. Fizera isso um número suficiente de vezes para saber que um homem não resistia mais do que três ou quatro minutos antes de morrer.

Seu senso de oportunidade havia sido perfeito. Quando a Rússia começou a privatizar suas indústrias, ele comparecera com dinheiro, contatos e ambição. Numa série de leilões de cartas marcadas, arrematara as maiores pérolas do poder corporativo do seu país. Alumínio nos Urais. Madeira na Sibéria. Petróleo no Cáucaso. Conquistara seu primeiro bilhão em 1998. E nunca mais olhara para trás.

Fazia anos que viajava para Zurique para visitar seus banqueiros. Não havia a menor necessidade de realizar essas viagens. Ele podia muito bem conferir seus saldos sem sair de casa ou falar com seu gerente de investimentos pelo telefone. Mesmo assim ele ia para Zurique pelo menos seis vezes por ano para ter certeza de que seu dinheiro continuava lá, que ninguém o roubara enquanto ele não estava olhando.

Ao refletir sobre o próprio comportamento, Blatt chegara à conclusão de que aquilo era tão inevitável quanto irracional. O medo decorrente de séculos de perseguição aos judeus da Europa Oriental estava entranhado em seus genes, em seu DNA. Nesse sentido, ele não era muito diferente de um comerciante que, cem anos antes, habitando um *shtetl* nas imediações de Kiev, volta e meia olhava debaixo do colchão para ver se seu dinheiro continuava onde havia sido deixado. Esse vínculo ancestral lhe fazia bem. Lembrava-o de que ele provinha de uma raça de sobreviventes.

Mas desta vez ele não estava em Zurique para visitar seu dinheiro.

Viera por um motivo bem diferente.

Blatt atravessou a Paradeplatz e seguiu pela Bleicherweg até a Stockerstrasse. O lago estava logo ali à sua esquerda, e naquele dia de sol ele podia sentir no ar o cheiro refrescante da água. Dois passos atrás, vestidos à paisana, estavam os dois seguranças que ele trouxera, ambos devidamente registrados junto ao governo suíço e autorizados a portar armas. Bianca, sua namorada loura alemã – decididamente não judia –, caminhava a seu lado. Como sempre, ela fazia questão de segurar a mão dele.

Alguns quarteirões adiante, Blatt entrou numa rua secundária e parou diante de uma porta em cuja placa estava escrito apenas J. GRUBER ET CIE.

Tocou a campainha e ergueu o rosto na direção da câmera de segurança escondida. Assim que ouviu a porta destravar, empurrou-a e deixou que Bianca entrasse antes dele.

– Me esperem aqui – falou para os guarda-costas. – Não devo demorar mais que uma hora.

Os homens foram para o outro lado da rua e se misturaram aos clientes estilosos de um café.

A porta se fechou às costas de Blatt. Ele e Bianca precisaram esperar num compartimento de segurança enquanto a segunda porta se abria. Era estranho, mas ele se sentia muito mais vulnerável ali, fechado naquela caixa de vidro blindado, do que no espaço aberto das ruas. Muitos dos seus ex-companheiros haviam sido assassinados em cabines telefônicas ou banheiros, e talvez por isso ele não gostasse de clausuras.

Uma campainha soou e a porta se abriu automaticamente. Bianca foi a primeira a entrar no cômodo que mais lembrava o salão de uma Beyer, de uma Gübelin ou de qualquer outra das joalherias e butiques de luxo da Bahnhofstrasse. Carpete marrom, poltronas de couro, escrivaninha Luís XV, relógio de pêndulo. Mas ali não havia nenhuma vitrine com relógios de ouro ou anéis de brilhante. Havia apenas herr Gruber, o mais discreto de todos os receptadores da Europa, um octogenário magrinho e vivaz, vestindo um suéter oliva sob o paletó preto, os cabelos bem mais brancos desde que Blatt o vira pela última vez, os olhinhos mais azuis e espertos do que nunca.

– Herr Blatt! – exclamou Gruber, os braços abertos num gesto de boas-vindas. – Que bom vê-lo por aqui outra vez. Espero que tenha feito uma boa viagem.

– Uma viagem sem surpresas – disse Blatt. – O que nos dias de hoje já está bom.

– E quem é esta? – perguntou ele, tomando as mãos da alemã entre as suas.

– Bianca. Mas cuidado com ela. Não é tão inofensiva quanto parece.

Gruber rosnou feito uma pantera e largou as mãos da moça.

– Seja bem-vinda, Bianca. Aceitam um café? Um chá?

– Não – respondeu Blatt sem rodeios. Não tinha muita paciência com gentilezas. Não voara 800 quilômetros para tomar café ou comer um pedaço de *apfelkuchen*, ou torta de maçã. – Trouxe algo de que você vai gostar.

– Foi o que você me disse pelo telefone. Estou morrendo de curiosidade. Quanto mistério! Quanto suspense! Sentem-se, sentem-se.

Gruber puxou uma cadeira para Bianca e esperou que Blatt se acomodasse na outra antes de retomar seu lugar atrás da mesa. Abriu uma gaveta e de lá tirou uma bandeja de feltro verde, que deixou diante de Blatt.

– Então? O que temos para hoje? Um colar de rubis, talvez? Um ovo Fabergé?

– Um relógio – informou Blatt. – Suíço, claro.

– Ah – foi só o que disse Gruber, murchando os ombros, dando adeus à possibilidade de uma lucrativa transação.

– Não fique triste. Não vim aqui para vender um Swatch.

Blatt tirou o relógio do pulso e deixou-o sobre a bandeja de feltro. Gruber pegou-o pela corrente, ergueu-o diante dos olhos e só então voltou a sorrir.

– Isto não é um relógio – declarou, novamente animado e solícito. – É uma raridade. Um Patek Philippe com calendário perpétuo, cronógrafo e fases da lua. Também conhecido como Referência 2499. A Patek fabricou apenas dez peças anuais entre 1951 e 1986. Um total de 350 unidades. Mas a grande maioria era de ouro amarelo ou rosa. – Ele se calou um instante e ficou admirando o relógio como um bebê diante do chocalho. – Este é de platina.

– Pois é.

– Apenas duas unidades foram feitas em platina – prosseguiu Gruber. – Uma delas foi vendida em 2012, pela Christie's de Genebra, por 3,6 milhões de dólares. Eu não sabia que ela tinha voltado ao mercado.

Blatt sustentou o olhar desconfiado do receptador.

– Comprei das mãos de uma pessoa física – disse.

– Suponho que tenha a caixa, os certificados e a nota fiscal.

– Infelizmente não.

– *Aacchhh* – grunhiu o suíço, novamente murchando os ombros. – Nesse caso, não posso pagar o que ele realmente vale. O senhor há de entender. Eu teria que revendê-lo a alguém mais discreto, que se dispusesse a manter a compra em segredo.

Blatt começou a bater o pé com impaciência. Detestava essa parte.

– Ele pode apenas usar o relógio, não pode? Isso não é suficiente? Não precisa sair por aí alardeando a compra.

– Infelizmente não é bem assim – explicou Gruber. – Quando uma pessoa gasta tanto dinheiro para comprar algo, em geral gosta de tornar pública a sua façanha, a sua conquista. São raros os que compram um objeto de valor somente pelo prazer de tê-lo por perto.

Blatt se reacomodou na cadeira, inquieto. Podia apostar que o suíço lera sobre a Ferrari que ele comprara dois dias antes no leilão da Sotheby's. Os tabloides de Londres haviam estampado seu rosto na primeira página com a manchete FERRAR-$KI, deixando bem claro que ele pagara caro demais pelo automóvel. O americano que ele conhecera no dia - Riske - o aconselhara a não pagar mais do que 20 milhões, mas, antes de ouvir o primeiro lance, ele já decidira que o carro seria seu a qualquer custo. Então, quando os lances atingiram a marca dos 25 milhões, seu braço foi o único a se levantar.

Ele ainda estava se recuperando do rombo em suas finanças.

Para piorar as coisas, no dia anterior ele fora obrigado a quitar a fatura do engenheiro impaciente que construíra uma piscina olímpica no subsolo da sua nova mansão em Highgate. Uma hemorragia de dinheiro. O relógio cobriria o custo da piscina e ainda sobrariam uns trocados para presentear Bianca com uma pequena *bijou*. Nada como uma boa pedra reluzente para aguçar o apetite de uma mulher na cama.

- Quanto?

- Posso oferecer um milhão - disse Gruber.

- Euros?

- Dólares.

- Dois milhões - replicou Blatt. - Em euros.

- Um e meio - rebateu Gruber. - Em dólares. E esta é minha oferta final.

- Isto é um assalto.

Gruber depôs o relógio e empurrou a bandeja na direção do russo.

- Se o senhor pensa assim...

Blatt ficou de pé e ergueu Bianca pelo braço.

- Voltamos daqui a uma hora - falou. - Providencie o cheque.

Tão logo pisou na rua, ele respirou fundo, mais de uma vez, na esperança de se acalmar. Estava com a impressão de que havia sido agredido fisicamente, estuprado até. Fossem outras as circunstâncias, teria pegado o relógio de volta e deixado Gruber falando sozinho.

Um milhão e meio.

Um acinte.

Se alguém descobrisse que ele havia aceitado aquela transação, sua reputação iria por água abaixo. Fosse ele mais jovem e ainda estivesse em Moscou, não teria pensado duas vezes antes de apagar o infeliz que aparecesse com uma proposta semelhante. Pelo menos ele podia confiar na discrição do suíço.

Podia mesmo?

Blatt jantou com Bianca no Kronenhalle. Lambendo as próprias feridas, permitiu-se uma taça adicional de Dole e ainda pediu a deliciosa musse de chocolate do restaurante. Ao sair, estava quase convencido de que havia feito um negócio razoável.

Ele retornou uma hora depois.

Gruber esperava por ele na mesma mesa de antes, mas agora estava acompanhado de dois homens que montavam guarda nos fundos da sala, ambos jovens e de olhar gélido, visivelmente armados sob o paletó.

– O que significa isso? – perguntou Blatt de imediato.

– Significa que tivemos um problema.

– Com o banco?

– Com o relógio. É falso.

Blatt não acreditou no que ouviu. Seus homens haviam roubado o Patek de uma das joalherias mais respeitáveis de Golders Green, que estava vendendo a peça em nome de um cliente. Não havia dúvida quanto à autenticidade dela.

– Impossível. Comprei na... – rosnou ele, calando-se a tempo.

Gruber tirou a bandeja da gaveta e Blatt observou que o relógio fora desmontado.

– A caixa realmente é de platina. Mas não foi fabricada pela Patek Philippe.

– Por quem então?

Erguendo a lupa, Gruber leu o que estava gravado em letras minúsculas no interior da caixa.

– Indústria de Relógios Ming Fung, Hong Kong.

Em seguida entregou a lupa e a caixa para que Blatt visse com os próprios olhos.

– Mas que diabo...

– Um ótimo relógio, mas certamente não é suíço.

– Não estou entendendo nada – disse Blatt, deixando a caixa na bandeja.

– Todas as peças também são falsas: o mostrador, os ponteiros, a corrente, a máquina. Não há nada de legítimo neste relógio.

– Mas...

Gruber encolheu os ombros, num gesto de consolo pouco convincente.

– Boris, passaram a perna em você.

Blatt foi embora. Uma ideia brotou de repente em sua mente e, quanto mais pensava nela, mais convicto ficava. Em algum momento daquelas quatro semanas em que o relógio estivera com ele, alguém o havia roubado e substituído pela falsificação.

A perplexidade de Blatt se transformou em fúria.

Precisava encontrar o ladrão.

E dar a ele o castigo merecido.

29.

Simon voltou de táxi para o hotel. Ao chegar, se despiu, colocou um roupão e pediu ao serviço de quarto um jantar leve, com uma porção de sardinhas frescas e torrada. Achava que acabaria bebendo demais naquela noite e sabia que peixe e pão eram ótimos remédios contra os efeitos do álcool. Enquanto esperava pela comida, leu de novo os dados que Delacroix arquivara no celular. E mais uma vez ficou pasmo com o acesso que o francês tinha às informações pessoais de Abdul Aziz. O passo seguinte seria usar aqueles dados – número de identidade, números de cartão de crédito, etc. – para acessar o histórico de e-mails e ligações telefônicas do príncipe.

O jantar não demorou a chegar. Ele comeu rapidamente e, deixando as sardinhas para mais tarde, tirou um cochilo de cerca de uma hora. Acordou às nove e tomou um banho.

Enquanto se secava diante do espelho, correu os olhos pelo corpo nu, examinando suas cicatrizes. A do quadril, deixada pela primeira bala do policial, se transformara num vergão do tamanho de uma tampa de garrafa. A do ombro, causada pela segunda, era um traço de mais ou menos vinte centímetros, já esbranquiçado pelo tempo, resultado da incisão das duas cirurgias a que ele fora submetido em razão da clavícula perfurada e do deltoide rasgado. Também havia outras, adquiridas na prisão: marcas de perfuração na barriga, originadas por facadas; um zigue-zague horrível na altura das costelas, causado pelas pontas dentadas de um parafuso; uma queimadura na coxa, resultado de um jato de água fervente. Essas ele via com uma ponta de orgulho e nostalgia. Seu algoz levara a pior em todos os casos.

E isso fez com que se lembrasse da mais terrível de todas: a de seu couro cabeludo.

Simon se aproximou do espelho e passou o dedo sobre a marca enrugada. Até alguns anos atrás, seu cabelo a cobria inteiramente, mas o Pai Tempo não lhe devia nenhum favor. Ele já havia ludibriado a morte inúmeras vezes, e aquela cicatriz na testa era um lembrete de que cada dia era uma dádiva.

Ele fechou os olhos e relembrou aquele dia tão distante. Viu-se saindo do chuveiro, nu, desarmado e totalmente desprevenido. "Ledoux!", gritou alguém às suas costas. Ele se virou e sentiu o golpe, desferido por um inimigo com as piores intenções. A arma era uma barra de ferro confeccionada com uma perna de cama, afiada na ponta como a lâmina de uma machadinha. Não houve dor – pelo menos não naquele momento. Sentiu apenas náuseas devastadoras explodindo no espaço entre as orelhas e a imagem furiosa do homem que queria matá-lo. Ele nunca mais se esqueceria nem de uma coisa nem de outra.

Simon reabriu os olhos.

Ainda tinha aquela conta para acertar.

Os fracos se vingam. Os fortes perdoam. Os inteligentes ignoram.

Mais uma das pérolas de sabedoria do monsenhor.

A VIDA NO "BURACO".

A solitária devia ter uns 7 metros por 5. Paredes de concreto mofado. Um catre de ferro. Sem colchão. Sem cobertor. Um fosso no chão. Uma torneira. Uma lâmpada acesa dia e noite no interior de uma gaiola de ferro. Duas refeições ao dia. Café da manhã: pão e café. Jantar: batata cozida, ovo e um pedaço semanal de chocolate amargo.

Nenhum livro.

Nenhuma música.

Nenhuma televisão.

Nenhum relógio.

Cada dia era uma interminável viagem para os confins da sua sanidade mental.

Quem traiu você?

TODO DOMINGO ELE ERA ESCOLTADO DA CELA até o pátio pequeno que ficava no alto de uma escada, cercado de ponta a ponta por um muro de 6 metros de altura. Ele sabia que era domingo por causa dos sinos. Do outro lado do muro, carros circulavam pela rua, mães passeavam com os filhos pequenos, marmanjos falavam alto a caminho do jogo de futebol. A vida seguia adiante.

O verão chegou ao fim.

Outono.

O inverno curto de Marselha.

Um ano havia se passado.

Quem traiu você?

Outro domingo.

Sua horinha de sol no pátio, finalmente. O cheiro da grama, da poluição dos carros, do mundo ao qual ele havia pertencido um dia.

No pátio havia outro homem. Outro prisioneiro. Branco feito giz. Cabeleira grisalha caindo abaixo dos ombros. Com certeza já havia sido um homem forte. Era alto, espadaúdo. Rosto esculpido em pedra. Traços de alguém que não abria mão da dignidade.

– Meu nome é Paul.

– Simon.

Eles se entreolharam por alguns segundos e Simon enxergou nos olhos dele um sofrimento idêntico ao seu.

– Como você está, filho? – perguntou Paul.

– Melhor agora – respondeu Simon.

Por algum motivo que ele não saberia explicar, nem naquele momento nem depois, Simon se adiantou para abraçar o homem e assim ficou, agarrando-se a ele até perder a força nos braços.

– Melhor agora – repetiu.

– Eu também – disse Paul. – Obrigado.

Eles se afastaram para um canto do pátio, o mais distante possível do guarda.

– Quanto tempo? – indagou Paul.

– Um ano... – falou Simon. – Eu acho. Em que mês estamos?

– Setembro. – Paul sorriu. – Eu acho.

– E você? Quanto tempo?

Paul não respondeu. Apenas balançou a cabeça. Tempo demais.

O guarda se aproximou para recolher Paul.

– Abra os ouvidos – disse o velho ao ser levado.

Naquela mesma tarde, deitado em seu catre com as mãos sob a nuca, olhando para a centopeia gigantesca que emergira de uma fenda no teto, cogitando se estava faminto o suficiente para comê-la, Simon ouviu um tap tap tap *vindo da parede. Um ruído até então desconhecido, diferente daqueles que vinham do gerador, da lâmpada ou do sobe e desce dos guardas na escada.*

Tap, tap, tap.

Simon se levantou da cama, pegou sua colher e bateu com ela no mesmo lugar da parede, mas o metal era tão vagabundo que o barulho foi pouco ou nenhum.

O tap tap *cessou.*

Passou-se uma semana. Depois outra. Dois preciosos domingos sem nenhum sinal de Paul no pátio. Até que, no terceiro, lá estava ele outra vez. Um milagre.

– Me conte alguma coisa sobre você – pediu Paul.

Simon contou. Resumiu sua vida em uma hora, talvez menos, de emoção, esperanças e remorsos. Depois contou sobre o crime que o colocara ali, o dia em que havia sido traído.

– Como ele se chama? – perguntou Paul. – O traidor.

– Não posso dizer.

– Mas você sabe quem é?

– Sei.

– E por que não pode dizer?

– Porque ele é meu.

Antes de sair, Paul disse:

– Dois passos a partir da parede dos fundos, cinco dedos acima do chão. Cave.

Voltando à cela, Simon pegou a colher e usou o cabo para escavar. Não receava ser descoberto. O guarda aparecia apenas duas vezes por dia, de manhã e à noite, para deixar a comida através de uma abertura na porta de aço. Num passado muito remoto aquela parede teria sido intransponível, mas, com o passar dos anos e com o excesso de umidade, o concreto se transformara numa pasta argilosa, mole o bastante para ceder aos golpes de uma colher. Em poucos dias, ele já havia conseguido abrir um túnel da espessura de um punho e com a profundidade de um braço. Às vezes ouvia Paul escavando do outro lado e se enchia de ânimo. Aquilo não era um estratagema de fuga, mas de comunicação. De interação humana. De preservação da saúde mental.

A certa altura os dois túneis se encontraram.

Simon estava salvo.

O NOME DELE ERA PAUL DESCHUTES. Estudara na Bélgica e lá se ordenara padre. Por um tempo fora servo de Cristo, um soldado de Inácio de Loyola, um jesuíta. Mas só por um tempo. Mais que isso ele não se dispunha a contar. Dizia apenas que seu castigo era merecido.

Sua vontade era ajudar Simon. Queria dar a ele a educação que ele mesmo havia optado por abandonar. Se Simon assim desejasse. Seria para ele o mesmo que o abade Faria havia sido para Edmond Dantès em O Conde de Monte Cristo. *Afinal de contas, eles estavam em Marselha. A vida imitaria a arte.*

Simon nunca tinha ouvido falar nem do abade nem de Edmond Dantès, e o único Dumas que ele conhecia era um goleiro que jogara pelo Bordeaux dez anos antes. Seus conhecimentos de literatura, matemática e ciências eram os de um aluno do oitavo ano. Os protagonistas do último livro que havia lido eram Lucky Luke e Black Bart. História em quadrinhos.

Ele contou tudo isso a Paul. Falou que não precisava aprender mais nada, pois já sabia como fazer uma ligação direta em trinta segundos e entupir o escapamento de um carro-forte para obrigar os guardas a abrir as portas. Sabia dirigir em alta velocidade e recarregar uma pistola antes que o pente vazio caísse no chão. Sabia tocar uma mulher de modo que ela nunca mais quisesse sair do seu lado e beijá-la como se estivesse apaixonado. Isso bastava.

Paul riu com gosto, mas depois ficou sério e fez uma pergunta simples:

– Você quer voltar para este lugar?

Simon disse que não. Morreria se isso acontecesse.

– Então? – disse Paul.

E foi assim que eles começaram.

Toda manhã, depois de tomar seu café com pão e fazer suas abluções (uma palavra que ele aprenderia ao longo daquele ano tumultuado), Simon se deitava no chão e por três horas ficava ouvindo as aulas de Paul. No meio da tarde fazia a mesma coisa. Paul abordava uma ampla variedade de assuntos. Falava de Picasso, da Segunda Guerra Mundial, das obras de Jean-Paul Sartre e Albert Camus. Falava de Napoleão, da Bauhaus, de Max Planck e Albert Einstein. Falava da Restauração Meiji e de Arthur Rubinstein. Um apanhado loucamente aleatório de tudo aquilo que ele aprendera ao longo dos seus 73 anos de existência no planeta Terra.

Também havia aulas de línguas estrangeiras. Simon já era trilíngue. O inglês era sua língua materna, mas ele ainda era fluente em francês e italiano. Paul contribuiu com o espanhol e o russo.

A matéria em que Simon mais brilhava era matemática, e seu talento era ainda mais espantoso diante do fato de que ele não tinha nada, nem lápis nem papel, para anotar a infinidade de conceitos e equações que aprendia com Paul. O que ele tinha era uma rara facilidade para guardar fórmulas abstratas e brincar numericamente com elas. Quando Paul o apresentou aos eixos x *e* y*, Simon os visualizou sem a menor dificuldade. Quando Paul recitou o valor de pi até a vigésima casa decimal, Simon o repetiu sem gaguejar e ainda o tinha* *na memória no dia seguinte. E no seguinte. Quando Paul falou de números primos, Simon compreendeu de imediato e, por iniciativa própria, foi listando os primos sucessivamente até que Paul o mandou se calar.*

E era assim que eles passavam os dias. Trabalhando.

Aos poucos, Paul foi se abrindo com Simon, contando mais sobre sua vida. Já havia morado no mundo todo. Ensinara em universidades importantes. Subira na hierarquia da Igreja Católica. Por cinco anos servira como monsenhor de Lyon. E depois veio a queda. Um amor pelo álcool, que ele não conseguia mais esconder. Um amor ainda maior pelas mulheres, que ele não conseguia mais suprimir. Um caso. Um filho ilegítimo. O afastamento da Igreja. Pior ainda, um afastamento de Deus. Um afastamento dos princípios mais básicos. A devassidão. As drogas. O crime. Ele não dava detalhes, mas se arrependia de muita coisa. Volta e meia repetia que seu castigo era merecido, que ele pecara e não fazia jus à graça divina.

Mas agora, ali naquela prisão, no seu trabalho com Simon, ele poderia se redimir. Poderia expiar seus pecados. O ensino o deixava mais próximo de Deus, por mais que esse mesmo Deus quisesse vê-lo pelas costas.

Simon o chamava de "Monsenhor Paul".

Uma manhã quente de primavera. A grama úmida, renascida das cinzas, perfumava o ar do pátio. Do lado de lá do muro, o falatório alegre de pais e crianças a caminho da missa de um domingo de sol e esperança. Do lado de cá, uma hora de trégua na agonia de uma solitária.

– Por que você está aqui? – perguntou o monsenhor.

– Você sabe por quê – disse Simon, e já ia repetir sua história quando foi interrompido.

– Estou falando daqui, desta solitária. Como foi que você veio parar no buraco?

Simon ficou surpreso com a pergunta. Podia jurar que eles já haviam conversado sobre isso.

– Matei alguém a mando do signor Bonfanti. Já esqueceu?

– Quer dizer então que foi um castigo? – insistiu Paul.

Simon agora sabia que o monsenhor queria chegar a algum lugar com aquela conversa, mas dessa vez foi Simon quem surpreendeu Paul.

– Não exatamente – disse.

– Ah, não?

– Foi uma escolha minha.

– Vir para cá? Ficar confinado numa cela menor que uma caixa de fósforos e infestada de insetos? – falou Paul, balançando a cabeça cabeluda enquanto ria sarcasticamente da sandice que acabara de ouvir.

Simon nunca tinha visto tantos dentes naquela boca, dentes retos e brancos que remoçavam o francês em pelo menos dez anos.

– Está rindo do quê?

– Deixa pra lá – respondeu o outro, abanando a mão. – Por favor, continue.

Simon contou do seu acordo com Bonfanti e da chantagem que recebera em troca do assassinato do egípcio Al-Faris: ou ele entregava o nome de quem o havia traído no assalto ao carro-forte ou seria mandado para o buraco sem prazo para sair.

– E você optou pelo buraco?

Simon não respondeu. Estava ali, não estava?

– Por quê? – quis saber Paul.

– Por que você acha?

– Porque você é um cabeça-dura que não esquece nem perdoa.

– Exatamente – disse Simon, inflando o peito, orgulhoso de si mesmo.

– Tem certeza de que fez a escolha certa?

– Tive dezoito meses para pensar no assunto.

– E não faz ideia de quando vão deixar você sair?

Simon respondeu que não, e Paul desviou o olhar, franzindo o cenho como sempre fazia quando refletia sobre algo. Em seguida, ele se virou novamente para Simon e perguntou:

– Como você sabe que valerá a pena?

– Como assim?

– Bem, esse rapaz de quem você tanto quer se vingar... nada impede que ele já tenha morrido – argumentou o padre com a habitual sensatez. – Ou talvez tenha sumido do mapa. Ou encontrado Deus.

– Coluzzi? Não. Está vivo. Posso sentir que está. E com certeza não encontrou Deus. A gente ainda vai se ver por aí.

– E quando isso acontecer...

– Eu vou fazer o que tenho que fazer.

– Matar o homem?

– Matar vai ser pouco. Quatro amigos meus morreram por causa dele.

– Não há nada que você possa fazer para trazê-los de volta! – exclamou o padre, exaltando-se pela primeira vez naquela manhã. – E acha que eles fariam a mesma coisa por você? Você está pagando um preço alto.

A vontade de Simon era responder que sim, mas na realidade ele não sabia. Podia falar apenas por si.

– Acho que... o que realmente estou querendo saber é: você está se submetendo a todo esse sofrimento por eles ou por você mesmo?

– Estou aqui porque preciso estar.

– Pode até ser, mas não foi você quem tomou essa decisão.

– Como assim não fui eu? Quem mais poderia ter sido?

O padre encolheu os ombros, e Simon entendeu que essa era sua maneira de dizer que havia muitos mistérios no mundo, que seria um grande tolo aquele que pensasse ter uma resposta para tudo.

Depois de alguns minutos de silêncio, Paul se aproximou e declarou:

– Você não está aqui porque culpa este sujeito, o tal de Coluzzi. Está aqui porque culpa a si mesmo.

– Não sei do que está falando.

– "A mim pertencem a vingança e a retribuição", disse o Senhor, "no devido tempo os pés deles escorregarão; o dia da sua desgraça está chegando e o seu próprio destino se apressa sobre eles".

– Guarde a Bíblia para o próximo cara que aparecer por aqui.

– Acho que o cara é você. Quem mais eu terei a oportunidade de ajudar daqui para a frente?

– Muita gente.

– Olhe para mim. Na minha idade?

– Não fale assim.

Simon virou o rosto. Não fazia muito tempo que conhecia o padre, mas já havia notado que ele andava bem mais fraco e pálido, o tronco mais caído.

Paul segurou-o pelos ombros e o encarou.

– "Não pagueis o mal com o mal" – disse, lenta e enfaticamente. – "Pelo contrário, bendizei, porque foi para isso que fostes chamados, para vos tornardes herdeiros da bênção."

– Hoje você veio inspirado.

Monsenhor Paul jogou a cabeça para trás e farejou o ar.

– Tenho esperança, Simon. E minha esperança é você.

MAS AS HORAS NO PÁTIO não serviam apenas para examinar a alma. O monsenhor tinha conselhos de natureza mais prática para transmitir, alguns dos quais pegaram Simon de surpresa e, num primeiro momento, até o machucaram.

Era outro domingo. Frio e chuva em vez do sol primaveril. Uma atmosfera sombria pairava entre os muros do pátio e, fora deles, apenas silêncio. Para quem passava os dias trancafiado numa solitária subterrânea, nada pior do que o silêncio.

– Me bate.

– Bater? Foi isso mesmo que você disse?

– Sim – respondeu o padre, como se aquele pedido fosse a coisa mais natural do mundo. – Bate no rosto. Aqui. Um direto na cara.

– Não vou bater em ninguém.

– Por quê? Está com medo de me machucar?

– Sim. Você deve ter medo, não eu.

– Tudo bem. Como quiser.

Meio desconcertado, Simon riu e quase morreu de susto com o tapa que levou do homem.

– Ei!! – berrou, o rosto em brasa.

Paul aguardava a reação dele numa postura de pugilista, as mãos fechadas em punho, as pernas ligeiramente flexionadas, alinhadas com os ombros.

– Você me bateu! – disse Simon.

– Isso mesmo – confirmou Paul, e sinalizou com o dedo para que ele tentasse revidar. – Faça o que estou mandando, não se preocupe.

Simon o encarou por alguns segundos, vendo-o por um novo prisma, não exatamente amigável.

– Tem certeza?

– E aí, vai encarar?

Simon achou graça ao ouvir palavras tão juvenis saindo da boca de um homem tão culto e inteligente. Também ergueu os punhos e, sem muita convicção, arriscou um primeiro soco, que o padre rebateu com facilidade. Tentou de novo, agora com mais força, e de novo foi bloqueado, mas com um contragolpe tão firme que acabou perdendo o equilíbrio e indo ao chão. Reergueu-se depressa. Decidiu que dessa vez atacaria para valer com uma porrada certeira, o padre que se danasse. Nunca imaginara que Paul Deschutes pudesse ser assim, tão marrento, mas, se queria apanhar, paciência.

Então começou a saltitar de um lado para outro, remexendo os ombros, jogando o peso do corpo alternadamente para cada pé. E foi sem nenhum pudor que desferiu um soco repentino, impulsionado por todos os músculos que conseguiu encontrar. Porém, acabou esmurrando o ar, pois Paul foi mais rápido e o agarrou pelo pulso para depois rendê-lo com uma chave de braço e empurrá-lo para o chão, fazendo com que caísse de costas na lama. De novo ele se reergueu e, meio sem fôlego, disse:

– Como foi que...?

– Nem sempre usei uma batina, sabe?

– Onde foi que aprendeu isso? O que quer que isso seja: caratê, kung fu...

– Nem uma coisa nem outra. Apenas uns truquezinhos que aprendi em Moçambique.

– Onde?

– Um país africano. Muita selva. Praias lindas. E as mulheres mais... – Paul se calou a tempo. – Bem, é uma mistura de lutas de Portugal, do Brasil e de outros lugares. Não sei se tem um nome. Quer aprender?

Simon não pensou duas vezes:

– Lógico!

SIMON SACUDIU A CABEÇA PARA ACORDAR. Havia cochilado outra vez.

Levantou-se da cama, abriu o laptop e pesquisou o bar chamado Le Galleon Rouge. Um mapa indicava que ele ficava numa ruazinha não muito distante da Place des Vosges. Também havia uma foto. A fachada se resumia a uma porta com uma placa em cima, sem nenhuma indicação do que acontecia no interior. Ao que parecia, Le Galleon Rouge não fazia a menor questão de atrair novos clientes.

Ele fechou o computador e se dirigiu ao closet. Não precisava de Nikki Perez para dizer o que ele devia vestir. Camiseta preta com gola V, jeans e botinas com zíper. Corrente grossa com um pingente de crucifixo. Anel de ametista no dedo mindinho. Muito gel no cabelo. Ele já havia se preparado de antemão, mas as roupas eram apenas um complemento. O que realmente garantiria sua entrada no bar era a tatuagem em seu antebraço, que o marcava como membro da La Brise de Mer.

Antes de sair, ele ainda precisava fazer duas coisas. Primeiro, reabriu o laptop, conferiu se tinha um bom sinal de wi-fi, acessou um aplicativo e colocou-o no modo "gravar". Depois, abriu sua maleta metálica – ou sua "cartola de mágico", como ele gostava de dizer – e de lá tirou sua mais recente aquisição. O StingRay não passava de um bloco de metal preto, mais ou menos do tamanho de um maço de cigarros, com apenas um botão liga/desliga e uma luzinha que ficava verde quando em atividade. Originalmente concebido para a localização e o rastreamento de celulares por parte da polícia, simulava uma torre de telefonia móvel, obrigando todos os aparelhos dentro de certo raio a se conectar a ele, e não à torre mais próxima das operadoras. Simon optara por comprar o modelo mais recente, chamado Hailstorm, que não só interceptava o trânsito dos sinais como também gravava as conversas e, como num truque de mágica, puxava todos os dados armazenados em cada aparelho: e-mails, fotos, mensagens de texto, histórico de ligações - tudo. Tratava-se de um monstro sem escrúpulos e sem respeito à privacidade alheia. A um custo de 20 mil dólares, não fazia mais do que sua obrigação.

Estava satisfeito. Cercaria o inimigo de todas as maneiras possíveis. Simon guardou sua engenhoca no bolso interno do paletó e tratou de riscar o último item de sua lista de tarefas: as sardinhas. Comeu-as com muita torrada e manteiga, depois não se deu ao trabalho de escovar os dentes.

Quando em Roma...

Ao caminhar para a porta da suíte, ele passou diante de um grande espelho. O que viu nele foi um homem vulgar, um malandro de rua, um cafajeste. E sentiu um frio na espinha ao se dar conta de que este era o homem que ele poderia ter sido.

Em algum lugar - do céu ou do inferno -, monsenhor Paul estava sorrindo.

SIMON PEGOU UM TÁXI E EM QUINZE MINUTOS chegou ao Marais. Desceu diante da igreja Saint-Paul-Saint-Louis e seguiu caminhando pela Rue des Rosiers. O Marais era um distrito histórico bastante procurado pelos turistas, ocupado basicamente por velhos prédios públicos, *maisons de villes* e igrejas do século XIV. À noite, com a redução do trânsito de carros e pedestres, era fácil perder-se no tempo. Simon imaginava uma carroça descendo pela rua de paralelepípedos, indo na direção da place de la Concorde, sacudindo com o peso dos condenados que levava para a guilhotina.

Dobrando a esquina, ele avistou a placa do Galleon Rouge. De repente se viu a quilômetros da ordem habitual das ruazinhas simpáticas da cidade. Sacos de lixo atulhavam as calçadas. Poças de óleo manchavam o pavimento da rua. Uma janela aberta cuspia uma música alta e urbana. A rua do bar não era lá muito diferente de qualquer beco mais modesto na parte ruim da cidade.

Antes de entrar no estabelecimento, Simon tirou o StingRay do bolso e o escondeu atrás de um dos sacos de lixo. Um homem montava guarda à entrada, recostado à fachada do prédio. Ele olhou para Simon, depois abriu a porta para lhe dar passagem.

– *Salut* – cumprimentou.

– *Salut* – devolveu Simon, e entrou.

Precisou parar um instante para acostumar os olhos à pouca luz da casa, que se resumia a um salão comprido com mesas junto a uma das paredes, máquinas de aposta junto à outra, uma mesa de totó nos fundos e fumaça de cigarro para todo lado. Não estava lotado como seria de se esperar às dez e meia da noite, mas estava animado. Dois ou três casais dançavam entusiasmados ao ritmo de algum sucesso da música disco italiana.

Simon se dirigiu ao bar e fincou os cotovelos no balcão, ciente de que todos o olhavam. Embora parecesse um deles, era um rosto desconhecido, e rostos desconhecidos não eram confiáveis.

Pediu uma cerveja, mas continuou de pé, olhando fixamente para a frente. O barman lhe entregou a bebida.

– Passeando? – perguntou.

– Uma viagenzinha rápida.

– Conhece alguém na cidade?

– Fiquei fora por um tempo.

O rapaz olhou-o de cima a baixo e só então notou a tatuagem. A ficha caiu imediatamente.

– Esta é por conta da casa – disse.

Simon ergueu o copo num gesto de agradecimento.

O barman se afastou e Simon deu uma rápida olhada no salão às suas costas. O lugar estava enchendo. Em geral, chegavam homens entre 30 e 40 anos e suas acompanhantes. O perfil das mulheres variava bastante, de louraças com muito pouca roupa até matronas que pareciam ter vindo direto da missa. De rabo de olho, Simon percebeu que o barman agora conversava com um senhor mais velho numa extremidade do balcão. O homem olhou para Simon, abriu um sorriso frouxo e veio ao encontro dele.

– Posso? – perguntou, apontando para o banco vizinho.

– Todo seu.

– Luca Falconi – apresentou-se.

– Simon Ledoux.

Já que estava visitando sua velha gangue, melhor usar o velho nome.

Falconi estendeu a mão gorda para que ele apertasse. Aparentava uns 60 anos, apesar dos cabelos pintados, negros como piche. Uns 15 quilos de pança transbordavam do cinto.

– Laurent falou que você andou fora por um tempo. Férias? Onde?

– No sul.

– Les Baums?

Simon fez que sim com a cabeça, bebeu cerveja e continuou:

– Isso já tem um tempo. Depois fiquei uns anos fora do país.

– E o que o traz a Paris?

– Estou procurando um amigo.

– Talvez eu possa ajudar.

– O nome dele é Tino Coluzzi. Um velho conhecido meu.

– Coluzzi, Coluzzi... – disse Falconi, acintosamente pesquisando a memória, revirando os olhos de um lado para outro, franzindo os lábios de esforço. – Não me lembro de ninguém com esse nome.

Simon não se deixou levar pela encenação fajuta do homem.

– É um pouco mais alto que eu – falou. – Mais bonito também. Ouvi dizer que ele costuma vir aqui.

– É mesmo? Quem foi que disse?

– Ninguém em especial. Na realidade, trabalhávamos juntos. Lá atrás, no passado.

– Não vou poder ajudar. O nome não me diz nada.

– Que pena. Eu precisava muito deixar um recado para ele. É que... ele está com uma coisa que estou procurando. Talvez tenha encontrado por acaso, mas precisa devolver. Do contrário, vai se meter numa baita encrenca. É isso que eu gostaria de evitar.

– Parece sério.

– E é.

Falconi refletiu um instante, os olhos grudados nos de Simon.

– Como é mesmo o seu nome?

– Ledoux. Simon Ledoux.

– Bem, Sr. Ledoux, como eu disse... não vou poder ajudá-lo.

– Diga a ele que ainda há tempo. Sem mágoas. Caso se lembre de alguma coisa.

Falconi ergueu seu copo.

– Não se meta em encrenca – alertou.

– Vou tentar – retrucou Simon, e voltou para sua cerveja.

Falconi desapareceu pela porta dos fundos do salão. Simon podia muito bem imaginar o que ele estava prestes a fazer. Tudo indicava que Nikki Perez estava certa: aquele realmente era o reduto de Coluzzi.

30.

Tino Coluzzi estava dormindo quando o telefone tocou. Sentou-se na cama, conferiu o identificador de chamadas e só então atendeu.

– Oi, Luca. O que é?

– Algo está acontecendo. Um sujeito apareceu aqui no bar, perguntando por você.

– Polícia?

– Boa coisa não é. Mas todo mundo ficou de boca fechada.

– Então por que você está ligando a essa hora?

– O cara é um dos nossos.

– La Brise?

– Sim.

Coluzzi esfregou os olhos, ainda meio tonto de sono.

– Você não reconheceu?

– Nunca vi, mas falou que conhece você.

– Quem é, então?

– Ledoux.

Foi como se Coluzzi tivesse levado um chute no saco.

– Repete.

– Ledoux. Disse que sabe que você costuma frequentar o bar. Deixou um recado.

– Para mim? Que recado?

– Acha que talvez você esteja com uma coisa que ele quer. Algo que você encontrou por acaso e agora precisa devolver. Sabe do que ele está falando?

A essa altura, Coluzzi já estava totalmente desperto. Ainda assim, precisava de um tempo para concatenar as ideias. Levantou-se da cama e atravessou a casa de teto baixo para sair ao terraço.

A casa ficava no alto de um promontório à beira-mar, longe da civilização, a uns 20 quilômetros de Marselha. Ele a construíra ao longo de dois verões, logo depois de sair da cadeia, e dera a ela o nome de Le Coual. Desde muito jovem, sabia que precisava de um lugar onde pudesse se recolher de vez em quando. Um local onde ninguém pudesse achá-lo, nem os amigos nem os inimigos. Aliás, a fronteira entre uma coisa e outra andava cada vez mais difícil de distinguir, mudava sem nenhum aviso prévio.

– Você está aí? – disse Falconi do outro lado da linha.

– Sim, sim.

Coluzzi apoiou um dos pés na mureta do terraço e encheu os pulmões com o ar fresco que chegava do mar. As ondas quebravam contra o paredão rochoso, 300 metros abaixo.

– Não faço a menor ideia do que ele está falando. Não tenho nada que seja dele.

– Falou que ainda há tempo. Sem mágoas. Isso significa alguma coisa para você?

– Não. Nada.

– Acha que ele pode estar falando da operação do outro dia?

– Claro que não. De qualquer modo, esse cara não pode ser o Ledoux.

– Tem certeza? Ele falou que vocês trabalhavam juntos no passado.

– Como é a cara dele?

– Cabelo preto, não muito alto, olhos verdes. Uns 40 anos. Um sujeito normal. Ah. Tem uma cicatriz na testa.

– Cicatriz?

– Das boas. Parece um anzol.

Coluzzi imediatamente se lembrou da pancada que havia desferido com o pé de cabra improvisado, uma pancada violenta na qual ele havia aplicado toda a sua força, toda a sua raiva, todo o seu medo.

– Não, não. Não pode ser. Impossível.

– Ah, eu já ia esquecendo. O primeiro nome dele é Simon.

Coluzzi podia sentir o vento lambendo os seus cabelos, podia ouvir o estrondo das ondas a seus pés, mas sua mente se encontrava em outro lugar: ele estava de volta à prisão, parado diante do corpo inerte de Ledoux, pensando que nunca tinha visto tanto sangue na vida.

– Preste atenção, Luca. Não há a menor possibilidade de que Simon Ledoux esteja em Paris.

– Quer dizer então que você realmente conhece o homem? – perguntou Falconi, aliviado. – Pensei que fosse alguma arapuca.

– Se eu o conheço? – disse Coluzzi. – Eu o matei.

31.

Uma morena exuberante tomou o lugar de Falconi ao lado de Simon. Olhos escuros e espertos, batom vermelhíssimo. Deixou a bolsa no balcão, depois ajeitou os cabelos e lançou na direção de Simon um olhar que ele, com sua experiência, conhecia muito bem. Chamava-se Raquel. Simon pagou-lhe alguns drinques e se dispôs a ouvir a história triste que a mulher tinha a contar. Ela era o pretexto perfeito para que ele continuasse observando o salão.

Luca Falconi agora estava numa das mesas do fundo, acompanhado de um homem irrequieto de costeletas e bigode grosso e uma loura esguia que parecia sofisticada demais para o lugar. Simon plantou os olhos no grupo, deixando que o bigodudo o percebesse, imaginando que ele fosse o tal Giacomo de que Nikki havia falado.

Já meio tonta da bebida, Rachel pousou a mão na perna dele e, caprichando na rouquidão, disse:

– Por que não vamos para um local melhor?

– Alguma sugestão?

– Aposto que você mora num lugar bacana.

Simon sorriu. Ela sorriu de volta com os olhos vidrados, os lábios entreabertos.

– Você tem razão – disse Simon, inclinando-se de um modo sedutor. – Realmente moro num lugar bacana. Mas você nunca vai botar os pés lá.

A mulher engoliu o resto de seu drinque, pegou a bolsa e saiu marchando na direção do banheiro. Enquanto a seguia com os olhos, Simon notou que dois homens tinham se juntado a Falconi e seu amigo irrequieto, ambos com pinta de capanga, o lado força bruta do ramo.

– Mais uma cerveja? – ofereceu o barman.

– Não, obrigado. Pode fechar a conta.

– Não encontrou seu amigo?

– Devo ter vindo ao lugar errado.

Simon pagou. Ao se virar para sair, deparou com Falconi e sua gangue bloqueando o caminho.

– Ledoux – disse o bigodudo.

– Nós nos conhecemos?

– Meu nome é Jack – apresentou-se o homem, sem estender a mão. – Está procurando por Tino Coluzzi?

Jack. Ou Giacomo. Agora não havia dúvida. Nikki dera a pista certa.

– É um velho amigo meu – informou Simon. – Como eu disse a Luca.

– É mesmo? – questionou Jack. – Talvez a gente possa conversar sobre isso lá fora.

– Aqui está bom para mim.

– É confidencial – disse Falconi, afável, quase um camarada. – Só um minutinho.

– Tudo bem, então.

Simon atravessou o salão sem nenhuma pressa, seguido de perto pelos quatro homens. Ele abriu a porta e saiu. Viu que ainda havia certo trânsito de pedestres na parte mais iluminada da rua. Jack caminhou na direção oposta, rumo à ponta mais escura da via. Parou de repente e, virando-se para Simon, falou:

– Quer dizer então que você é amigo de Tino?

Uma acusação, mais do que uma pergunta.

– Sim.

– Acontece que eu conheço todos os amigos de Tino. Nunca vi você com ele. Nunca ouvi Tino falar de você.

– Trabalhávamos para o signor Bonfanti.

– Bonfanti... – repetiu Jack, estufando o peito. – Ninguém mais dá a mínima para ele.

– Giacomo – interveio Falconi. – Mais respeito, por favor. – E para Simon: – Quando foi que vocês trabalharam para Il Padrone?

– Anos atrás. Quase vinte. Não me lembro de você.

– Nem poderia. Eu estava fora. Na Itália. Cremona.

– Fazendo violinos.

Além de ser o berço dos melhores violinos do mundo, Cremona abrigava um dos maiores presídios de segurança máxima da Itália.

– Mais ou menos isso – confirmou Falconi. – Preciso perguntar umas coisas, depois vamos embora. Pode ser?

– Sou todo ouvidos.

– Você disse que Coluzzi está com algo do seu interesse. O que é exatamente?

– Prefiro dizer a ele quando o encontrar.

– Ele preferiria que você dissesse a mim.

– Então conhece Tino – concluiu Simon. – Quase me enganou lá no bar. Você é muito bom, sabia? Geralmente consigo saber quando alguém está tentando me enganar. Mas, puxa, cheguei a acreditar que estava no lugar errado. Só que... seu amigo Jack comentou que costumava se encontrar com Coluzzi bem aqui, no Galleon.

– Mentira! – Jack olhou para Luca. – Nunca vi esse cara na minha frente.

– Comentou também que Tino estava reunindo uma equipe. A maioria, gente de Marselha.

Luca Falconi fulminou Jack com o olhar e balançou a cabeça. Certamente não era a primeira vez que tinha problemas com a língua solta do outro.

– Responda à pergunta – exigiu Jack, cada vez mais agitado.

– Tino sabe o que é – disse Simon. – Não preciso dizer a ele. Por falar nisso, onde ele está? Talvez possamos marcar um encontro. Vai ser ótimo estar com ele outra vez.

– Acho que ele gostaria de saber para quem você está trabalhando – declarou Falconi.

– Como falei, vou ter o maior prazer de explicar tudo ao próprio Coluzzi, diretamente. Pode até ser por telefone se vocês preferirem.

– Não vai dar.

– Mas você não acabou de falar com ele? Claro que falou. Caso contrário não estaríamos aqui agora. E então? Aposto que ele levou um baita susto. Eu levaria. Não é o tipo de notícia que a gente gosta de receber no meio da noite. – Simon riu. – Qual foi a reação dele?

Falconi permaneceu calado.

– Não dê ouvidos a esse cara – advertiu Jack. – Não é um dos nossos. É da polícia. Basta olhar para ele. Por que diabo ia aparecer justo agora?

– Não diga besteira, Jack. Olhe o braço dele.

– A tatuagem é falsa.

– Vou ser legal e dar a você uma oportunidade de se retratar – afirmou Simon.

– Seja você quem for – declarou Falconi –, Tino não gosta que ninguém ande por aí fazendo perguntas sobre ele.

Jack sacou uma faca do bolso e abriu a lâmina. Aço-carbono. Fio serrado. Uma faca de caça, usada para eviscerar os animais.

De repente, Simon se viu de volta ao pátio do presídio Les Baums. Os instintos imediatamente tomaram as rédeas. O reflexo foi mais rápido que o pensamento. Ele esmurrou Jack no queixo, derrubando-o no chão.

– Podem matar – ordenou Falconi.

Os dois capangas se aproximaram rapidamente, um de cada lado. Simon ouviu o estalo de um canivete se abrindo às suas costas e virou a tempo de passar uma rasteira no homem, que caiu de costas, a cabeça batendo forte no asfalto. O segundo reagiu com um murro desgovernado, acertando Simon no pescoço. Meio zonzo, Simon se deixou levar pelo impacto e cambaleou para a frente, até conseguir recuperar a firmeza das pernas, depois contra-atacou com um murro no esterno do homem, que parou onde estava, mal conseguindo respirar apesar da boca escancarada. Simon terminou o serviço com um golpe no queixo, então agarrou-o pela gola e o arremessou contra a parede mais próxima.

Dois a menos.

Jack ficou de pé e, com os olhos esbugalhados e a faca em punho, se lançou contra Simon. Fez uma primeira tentativa de ataque, mas errou o alvo. Com a agilidade de um gato, atacou novamente, e dessa vez Simon sentiu um rasgo na altura das costelas, o sangue escorrendo pelo tronco. Mais uma cicatriz para sua coleção.

Ele deu um salto para a direita, esquivando-se de Jack. De rabo de olho, notou que à sua esquerda Falconi já buscava a arma sob o paletó, mas nada poderia fazer enquanto estivesse ocupado com Jack, que o cercava novamente, desenhando círculos com a faca na mão. Só havia uma saída: fingir um tropeço. Foi o que fez. Esperou que Jack avançasse e reagiu de surpresa, agarrando-o pelo braço, torcendo o punho com violência, o osso estalando feito um galho seco. A faca caiu no chão. Sem largar o antebraço fraturado, Simon ficou de pé, obrigou o outro a se deitar no asfalto, pisou no ombro dele e torceu seu braço de novo, dessa vez causando fratura espiral do úmero e rompimento simultâneo de músculos e tendões. Só então largou o homem, que permaneceu onde estava, urrando de dor.

Falconi estava a poucos metros, com a arma na mão, uma pistola de cano curto, banhada em níquel. Ele caminhou na direção de Simon, pronto para disparar.

– *Vaffanculo*, vá tomar no cu. Seja lá quem você for, não é amigo de Tino. Simon Ledoux está morto.

Simon recuou um passo, ciente de que, por mais ágil que fosse, jamais conseguiria se esquivar da bala.

– Diga a Tino para bater mais forte da próxima vez.

– Não haverá uma próxima vez. Ele pensa que Simon Ledoux está morto, e não sou eu quem vai contrariá-lo.

Falconi firmou o braço e colocou o dedo no gatilho.

– Espere, não atire – pediu Simon. – Tem um policial atrás de você.

– Sério? – perguntou o outro, velho e calejado demais para cair numa pegadinha tão boba.

– Sim – respondeu Simon, os olhos grudados no vulto que se aproximava.

Falconi ouviu os passos às suas costas, percebeu a movimentação, mas, sem os reflexos da juventude, virou-se com uma lentidão fatal, recebendo no crânio a coronhada violenta de Nikki Perez. E caiu estatelado no chão, a pistola escapando de sua mão.

Nikki recolheu a arma, depois chutou o corpo de leve para ver se ele reagia. Falconi permaneceu imóvel.

– Você está bem? – perguntou a Simon.

– Acho que sim. Há quanto tempo você estava aí?

– Tempo suficiente.

Um pequeno grupo saiu do bar. Deparando com a cena na rua, um deles voltou correndo para dentro e acionou o alarme.

– Vamos dar o fora daqui, rápido! – exclamou Nikki, já correndo para a Rue des Rosiers.

Simon correu atrás.

– O QUE FOI AQUILO LÁ ATRÁS?

Curvada e com as mãos nas coxas, Nikki tentava recuperar o fôlego após a corrida alucinada desde o bar.

– Aquilo o quê? – perguntou Simon.

– Aqueles golpes que você deu. Pensei que você fosse matar o cara.

– Bobagem – disse ele, ainda atento à chegada de um possível perseguidor.
– Umas coisinhas que aprendi no passado.

– Mais uma história que você vai ter que me contar.

– Conto, sim. Um dia.

– É assim que se veste quando sai à noite?

– Você mandou que eu não viesse de terno.

– Corrente de ouro. Essas botas. Caprichou, hein? – falou, só então percebendo o ferimento no tronco. – Você está sangrando!

Simon baixou os olhos e viu o sangue pingando na calçada. Levantou a camiseta e viu um talho de quase 10 centímetros que deixava o osso exposto.

– Eu devia ter matado ele.

– Tem um pronto-socorro do outro lado do rio. Vamos cuidar desse ferimento, depois você me conta o que aconteceu.

Simon tocou o corte de leve e gemeu de dor. Meio centímetro acima e a faca teria perfurado o espaço entre as costelas e, muito provavelmente, ele teria morrido.

– Tudo bem – concordou.

– Mas desta vez quero a verdade.

– Certo, a verdade. – Simon seguiu atrás dela até se ver diante de uma imponente motocicleta. – É sua?

– Estava esperando o quê? Uma Vespa cor-de-rosa? – Nikki destrancou o bagageiro e entregou seu capacete a Simon. – Coloque isso.

Simon pousou a mão no braço dela.

– Obrigado, detetive. As coisas não saíram do jeito que eu esperava lá naquele bar.

– Ah, não? Nem percebi – falou ela, montando na moto. – Suba aí. E mantenha esta ferida pressionada. Se sujar o banco, vai ter que limpar.

QUARTA-FEIRA

32.

Na penumbra da rua, Valentina esperava Luca Falconi sair do Galleon Rouge. Não era fumante, mas acendeu um cigarro e ficou ali, batendo o pé no asfalto como faria qualquer prostituta à espera do acompanhante.

Chegara mais cedo, procurando pelo homem que havia subornado Delacroix em nome de Tino Coluzzi. Não tivera nenhuma dificuldade para entrar no bar. Bastara perambular um pouco nas imediações do lugar e perguntar ao primeiro homem que se aproximou dela se ele sabia de um bom local para tomar uns drinques. A minissaia de couro e a blusa justa haviam se encarregado do resto. Em poucos minutos ela já estava na mesa de Falconi, ouvindo um grupo de criminosos cada vez mais alcoolizados conversar sobre o trabalho. Um deles ganhava a vida sequestrando caminhões-tanques de gasolina. Outro se especializara na falsificação de passaportes e documentos de identidade para refugiados do Oriente Médio. Todos tinham o mesmo bafo ruim, como se ao longo do último mês tivessem comido alho todos os dias.

Valentina tomara o cuidado de não perguntar sobre Tino Coluzzi nem sobre qualquer outra coisa que pudesse trair suas reais intenções. Ria quando eles riam. Bebia quando eles bebiam. Punha a mão ora na perna de Jack, ora na de Falconi.

Tudo mudou quando um desconhecido entrou no bar e começou a fazer perguntas sobre um amigo deles. Os bêbados da mesa subitamente ficaram menos bêbados, mas nem por isso menos falantes. Valentina logo descobriu que o recém-chegado, assim como ela, estava interessado em Tino Coluzzi. A consternação foi geral. De onde estava ela podia ver o homem tomando sua cerveja no balcão e, apesar da pouca luz e da quantidade de fumaça, não demorou para reconhecê-lo.

O homem do terno azul e dos passos firmes. O homem que tanto chamara sua atenção ao sair do George V pela manhã. Só podia ser o tal que Delacroix havia mencionado. Simon Riske.

A porta do Galleon Rouge finalmente se abriu e Luca Falconi saiu por ela com uma compressa de gelo na nuca. Valentina chamou-o:

– Você está bem? Ouvi dizer que teve uma briga.

Claro que ela sabia da briga. Todos no bar sabiam. Falconi irrompera no salão aos berros, dizendo que Eddie tinha batido a cabeça e Jack estava com o braço destruído. Aproveitando-se da confusão, ela correra para a rua a tempo de ver Riske dobrando a esquina em disparada. Não fora fácil decidir o que fazer: seguir o homem ou continuar com Falconi?

– Aquele sujeito que passou aqui mais cedo – disse Falconi. – É um encrenqueiro, só isso.

– E os seus amigos? Estão bem?

– Não vamos falar disso.

– Eu queria agradecer pelos drinques – falou Valentina, pousando a mão no braço dele.

– Bobagem.

– Não, não, obrigada mesmo – insistiu ela, abrindo um sorriso convidativo.

Luca olhou para ela.

– Estou precisando muito de um café – afirmou ele. – O que você acha?

– Já é tarde, mas obrigada. Fica para a próxima.

– Eu faço um expresso muito bom.

– Preciso ir para casa. Amanhã pego cedo no trabalho.

– É só um cafezinho rápido. Moro aqui perto. Com esse galo na cabeça, seria ótimo se eu tivesse alguém para me acompanhar.

– Três bons motivos. Como recusar? – Valentina sorriu. – Tudo bem. Mas só um cafezinho.

Falconi passou o braço em torno do ombro dela, dizendo:

– São apenas um ou dois quarteirões. E você não precisa se preocupar. Sou um cavalheiro. Palavra de honra.

Valentina não se opôs quando ele a puxou para perto e escorregou a mão para o traseiro dela. Deu um risinho, abraçando-o pela cintura. Não se importava que ele não fosse o cavalheiro que dissera ser. Ela também não era uma dama.

Palavra de honra.

– Tire a roupa – ordenou Valentina.

Estava no quarto de Luca Falconi, que morava na cobertura de um prédio moderno a uns quinze minutos do Galleon Rouge. Durante todo o caminho ela havia tolerado em silêncio os avanços dele, a mão boba, as fungadas no pescoço, as obscenidades com bafo de alho que ele soprava em seu ouvido. Em vez do expresso, ele tomara algumas doses generosas de grapa enquanto dava continuidade aos joguinhos de sedução, botando para tocar sucessos da discoteca francesa da década de 1970, cantarolando as músicas ao mesmo tempo que apalpava a virilha dela sob a minissaia. Após outra dose de grapa e uma hora inteira de bolinação, ela decidira que já podia dar início aos trabalhos.

– Tirar a roupa, *eu?* – espantou-se Falconi, rindo nervosamente. – *Agora?*

– É. Você mesmo. Agora. Tira tudo – exigiu Valentina, afagando o queixo dele com a unha.

– Mas... e o nosso café?

– Esqueça o café. – Valentina desabotoou a blusa, levantou o sutiã e esfregou os peitos nele. – É assim que se faz, está vendo?

Falconi partiu para cima feito um lobo faminto, apertando os seios dela, chupando os mamilos com avidez.

– Luca... – gemeu ela, com a cabeça jogada para trás.

Ele balbuciou uma resposta qualquer, quase um grunhido de um porco.

Valentina contou até cinco, então o repeliu.

– Ande logo, tire a roupa – ordenou ela.

Falconi recuou, os olhos esbugalhados de desejo, por pouco não tropeçando nos próprios pés.

– *La diavola!* – exclamou.

Cada vez mais impaciente, Valentina ajudou-o a desabotoar a camisa e com dedos hábeis desafivelou o cinto. Eram tantos gemidos que ela chegou a recear que o velho caísse morto antes que ela conseguisse tirar dele qualquer informação. Ficando de joelhos, baixou as calças do homem, puxou as cuecas e disse:

– Agora fique aí.

E ali ele ficou, completamente nu diante dela, dois peitinhos brancos e flácidos, a barriga caindo da cintura em várias camadas de gordura, estrias por todo lado. Em algum lugar ela imaginava haver um pênis, embora visse apenas um tufo de pelos brancos sob o último dos pneus da barriga.

– Demora um pouquinho – falou ele, envergonhado.

Valentina o consolou com um beijo.

– Temos a noite inteira pela frente, *chéri* – disse ela.

Esperou que ele se acomodasse na cama, depois retirou o sutiã e baixou o zíper da saia, lentamente, deixando que ele aproveitasse o espetáculo, ciente de que o tinha cada vez mais em seu poder.

– Venha – pediu ele, estendendo a mão.

Valentina sorriu, pousou um dos pés no colchão.

À custa de algum esforço, Falconi recostou-se na cabeceira e começou a se tocar, mal acreditando quando a viu caminhando na cama até parar bem à sua frente como se fosse montá-lo. Flexionando os joelhos, Valentina agarrou-o pelos cabelos, puxou a cabeça dele contra a própria virilha e forjou uma sucessão de gemidos quando sentiu nela a língua incompetente do velho. Falconi redobrou os esforços e a agarrou pela bunda, obrigando-a a fingir mais gemidos.

Valentina deixou que ele ficasse nisso por exatos dois minutos, tempo suficiente para uma câibra no pescoço, depois recuou e permaneceu de pé sobre a cama.

– Meu comprimido – disse ele, apontando com os olhos para o banheiro.

– Vai lá.

Falconi escorregou para a beira da cama e com alguma dificuldade desceu as pernas para o chão, mas não conseguiu se levantar, exaurido depois de tanto esforço e tantas emoções.

É agora, pensou Valentina.

– Luca? *Chéri?*

– Oi?

Assim que ele virou a cabeça, Valentina o imobilizou com o braço esquerdo e usou o direito para aplicar uma gravata nele. Em trinta segundos ele desfaleceu.

Não estava morto.

Apenas inconsciente.

SE ANTES AS CHANCES DE GRATIFICAÇÃO SEXUAL já eram pequenas para Falconi, agora eram menores ainda. Quando ele enfim recobrou os sentidos, viu-se com as canelas e os pulsos amarrados com fita adesiva e a boca amordaçada.

Valentina brandia um afiadíssimo estilete diante dos seus olhos. A bolsa dela era pequena demais para acomodar a pistola que usara com Delacroix; a saia era curtíssima, também não havia como esconder nada nela. Além disso, não seria prudente disparar uma arma de fogo num prédio residencial no meio da noite. Algum vizinho poderia ouvir, mesmo se usasse um silenciador. Ela era educada demais para perturbar o sono de quem quer que fosse. Quanto à fita adesiva, era do próprio Falconi.

Ela baixou a lâmina para os testículos dele. Chegou a tirar sangue da pele enrugada e murcha, fazendo com que o velho estremecesse de susto e pavor.

– Agora me conte. Onde posso encontrar Tino Coluzzi?

33.

PASSAVA DAS TRÊS DA MADRUGADA quando Simon e Nikki deixaram o hospital. A cidade dormia em volta deles. O trânsito nas ruas era pouco ou nenhum. Ouviam-se apenas o assobio discreto do vento e o ranger dos barcos ancorados no rio, subindo e descendo ao sabor da correnteza. Mas as luzes de uma padaria já estavam acesas. Nikki se aproximou e entreabriu a porta que encontrou destrancada. Uma sineta tocou, anunciando sua chegada.

– Espere aqui fora – disse ela a Simon.

Ele se sentou no meio-fio e, com cuidado, passou a mão no curativo sob a camiseta nova que recebera no pronto-socorro. Agora tinha mais vinte pontos para acrescentar a seu acervo de cicatrizes. Não que estivesse contando. Nikki ficara a seu lado durante todo o procedimento de sutura. Era uma mulher valente, calejada pela vida de policial. Mesmo assim, não conseguira disfarçar a careta de susto ao vê-lo com o torso nu.

Ela voltou com o que havia comprado na padaria. Sentou-se ao lado de Simon e lhe passou um croissant, que ele devorou em duas mordidas. Que se danasse a etiqueta.

– Muito melhor do que sardinha – declarou ele com a boca cheia.

– Hein?

– Nada, nada.

Simon pegou um segundo croissant e, dessa vez, comeu com mais calma. Já se achava num estado de espírito mais pensativo. Olhou para as calçadas vazias, procurando algum pedestre. Não viu nenhum. Virou-se para Nikki.

– Mas e aí? Por que você foi lá para o bar? – perguntou.

– Sou detetive, não sou? – devolveu ela, como se estivesse falando uma grande obviedade. – Você não estava contando a verdade, ou pelo menos não estava contando *toda* a verdade. Eu não tinha nada melhor para fazer, então pensei: por que não ir até lá e ver com meus próprios olhos o que está rolando? Eu não sabia disso aí, não é?

Seguindo o olhar dela, Simon viu que ela estava falando do desenho no antebraço.

– Nunca tive tanto orgulho quanto no dia em que fizeram esta tatuagem em mim.

– Quantos anos você tinha?

– Dezoito.

– Começou cedo.

– Eu achava que não. Achava que já era um homem feito. Mas uma coisa é certa. Aquele pessoal lá do bar não gostou nem um pouco quando comecei a perguntar sobre Tino Coluzzi.

– Mas você é um deles...

– Não mais. Acho que eles perceberam. – Só então Simon se lembrou do StingRay que havia escondido antes de entrar no bar. – Levanta. Esqueci uma coisa por lá.

– Não vamos voltar àquele lugar.

– Não vamos ao bar, vamos ali perto.

– Esqueceu o quê?

– Um StingRay. Um dispositivo de vigilância que...

– Sei muito bem o que é um StingRay. Mas por que você achou que ia precisar de um troço desses no bar?

– Podia ser útil.

– Já desconfiava que não encontraria o Coluzzi?

– A chance era pequena. Pensei que seria mais fácil deixar que os caras o encontrassem para mim.

– Quando ligassem para avisar Coluzzi que uma pessoa estava perguntando por ele, é isso?

– Não uma pessoa qualquer.

– Como assim?

– Uma pessoa do passado dele.

Nikki precisou de um segundo para assimilar a resposta, mas depois estremeceu como se tivesse levado um choque.

– Você *conhece* Tino Coluzzi?

– Conheço.

Nikki desistiu do croissant que estava comendo e guardou-o de volta no saco da padaria.

– Não sei por quê, mas eu já desconfiava.

– Esse StingRay é de ultimíssima geração – prosseguiu Simon, querendo mudar de assunto. – Ele captura todas as ligações feitas nas redondezas. Também espelha os cartões SIM, o que nos permite extrair todos os dados armazenados em cada aparelho.

– Isso é ilegal.

– Só se a polícia ficar sabendo – disse Simon. – Você não vai me entregar, vai?

– Depende. Não sou amiga daqueles homens que tentaram espancar você...

– Matar.

– ... mas também não gosto de ver um estrangeiro vir ao meu país fazer justiça com as próprias mãos. Para falar a verdade, isso me deixa puta. Quero saber o que está rolando. Tudo, do início ao fim. Quem é você e o que realmente veio fazer aqui.

Simon tentou se levantar, mas sentiu os pontos repuxarem. Estendeu a mão. Desconfiada, Nikki ficou olhando a mão estendida à sua frente por um momento antes de assentir e se levantar para ajudá-lo.

– Vamos lá buscar esse StingRay – pediu ele. – Talvez tenha alguma coisa que seja útil para nós dois.

34.

Quase um quilômetro ao sul de Paris, no seu esconderijo à beira-mar, Tino Coluzzi olhava para o teto sem conseguir dormir.

Levantou-se da cama, preparou um expresso na cozinha e seguiu para o terraço. A lua crescente deixava um rastro prateado na superfície do mar. Lembrou-se daquele dia no pátio. Ele tinha se metido em outra encrenca, mas, daquela vez, sem nenhuma barganha para propor, acabara trancafiado no Les Baums. E lá estava Ledoux, esperando por ele no pátio, fitando-o de longe daquele jeito. Ledoux *sabia*. Nesse caso, o que mais ele podia fazer? Era uma questão de sobrevivência. Se tivesse esperado um dia que fosse, teria sido ele naquela maca da enfermaria, debaixo daquele cobertor. Oportunidades é que não teriam faltado.

E agora descobria que, ao que tudo indicava, Ledoux não havia morrido. Não só estava vivo como sabia da carta. Afinal, o que mais poderia ser a tal coisa que, segundo Falconi, ele queria de volta? Será que ele tinha entrado para a polícia? Seria isso? Coluzzi logo descartou essa possibilidade. Claro que não. Não o Ledoux que ele conhecia.

Pegou o telefone e olhou para a tela. Luca Falconi ainda não tinha ligado de volta para dizer que Simon Ledoux estava morto (e mandar uma foto como prova). Começou a andar de um lado para outro no terraço, cada vez mais preocupado. Algo havia dado errado, ele sentia no ar. Não queria revelar a própria ansiedade ligando para Falconi, mas logo percebeu que não tinha escolha. Jurando que faria Falconi pagar, telefonou.

O telefone chamou por um longo tempo do outro lado.

E então alguém atendeu.

– Luca, é você? – Nenhuma resposta do outro lado. – Luca? – Podia sentir que tinha alguém na linha. – Quem está aí? – perguntou, já suspeitando o pior. – Ledoux, é você?

– Não – disse uma voz feminina. – Aqui não é o Sr. Ledoux. É a concorrente dele.

– Como assim?

– Você precisa devolver o que é nosso.

– Quero falar com Luca.

– Não vai dar.

– Que foi que você fez com ele?

– O mesmo que fiz com o Sr. Delacroix. Está ficando cada vez mais perigoso ser seu amigo.

– Delacroix não era meu amigo. Quero falar com o seu chefe.

– Não é uma opção.

– Faça o que estou mandando!

– Sei onde está, Sr. Coluzzi. Seu amigo era muito tagarela. Contou sobre a sua casinha no alto da montanha. Aliás, contou muita coisa. Parece até que somos amigos de longa data. Só precisamos definir um horário e um local para a entrega. Posso chegar aí em poucas horas. Pense bem, Sr. Coluzzi. Podemos resolver tudo isso amigavelmente.

– Prefiro correr meus riscos. Pode dizer ao seu chefe que ele ainda vai ter notícias minhas. *Ciao.*

Coluzzi desligou. Imediatamente tirou o cartão SIM do aparelho e o jogou numa garrafa de vinho vazia. Buscou um frasco de amônia, despejou um pouco do líquido na garrafa e sacudiu com força. Esperou um minuto, deixando que o solvente agisse sobre o cartão, depois arremessou garrafa e telefone para o mar. Tinha mais cinco aparelhos idênticos.

Abalado, voltou para o quarto, abriu o cofre sob a cama e de lá tirou a mala com o dinheiro roubado do príncipe. Esvaziou o conteúdo sobre a mesa da sala. Seis pilhas de dez maços.

Tinha uma regra: jamais sair esbanjando por aí antes da hora. Depois de uma operação tão grande, era sempre bom dar um tempo. Sempre havia um sujeito que, empolgado demais, não conseguia ficar de bico calado: enchia a cara, depois saía pela rua, contando vantagens sobre a façanha. Pouco a pouco, ele conseguira se livrar dos mais tagarelas. Confiava plenamente na sua equipe. Mas regra era regra.

Então este era o seu dilema atual: o que fazer com aqueles 600 mil euros sobre a mesa. Dividir com a turma ou fazer algo um pouco diferente. Algo mais arriscado.

Se Luca Falconi estivesse por perto, certamente responderia: "Vai fundo, garoto."

Coluzzi fechou a mão, jurando se vingar. Os russos pagariam, de um jeito ou de outro.

Continuou olhando para o dinheiro. Depois de um tempo, concluiu que 600 mil nem eram tanto dinheiro assim.

Ficou se perguntando como seriam 20 milhões.

Muito mais pilhas.

Pilhas muito maiores.

35.

O SAGUÃO DO GEORGE V estava fantasmagoricamente deserto, como um salão após o baile, o perfume do enorme arranjo de flores empestando o ar parado. Um recepcionista se levantou de trás do balcão e cumprimentou com discrição quando Simon e Nikki entraram.

– Imagino que não tenha sido uma coincidência você se hospedar aqui – comentou ela a caminho dos elevadores.

Simon olhou para ela, mas não disse nada.

Eles subiram mudos para o quarto andar, Nikki ao lado dele no elevador, mais próxima do que ele gostaria. A certa altura eles roçaram ombros, e Simon precisou afastar da cabeça aquele princípio de intimidade. A noite havia sido cheia. Adrenalina demais. Dor demais. Emoções à flor da pele. Disse a si mesmo que aquela atração não passava de um efeito colateral dos perigos que tinham enfrentado na noite passada.

Olhou para Nikki e viu que ela havia fechado os olhos. E só então notou a pele lisa, perfeita. Notou a boca carnuda, a nítida fronteira entre o rosa dos lábios e o branco da face. Tentou desviar o olhar, mas não conseguiu. Estava tão perto que podia ver os fios da sobrancelha da garota. Ria da rebeldia adolescente daquela mecha azul nos cabelos. Tinha vontade de puxá-la para um abraço. Queria muito beijá-la.

O elevador parou, e Nikki levou um susto quando as portas se abriram. Simon se deu conta de que ela havia dormido em pé.

– Chegamos. Quarto 421, pela direita – disse, e foi mostrando o caminho, sentindo-se cada vez mais cansado.

Destrancou a porta com o cartão magnético, empurrou-a com o ombro e deixou que Nikki entrasse primeiro.

– Então é assim que a outra metade vive.

– Tudo por conta do cliente.

– Que ótimo cliente.

– Desses que não medem despesas.

Ela o encarou.

– Ainda vamos falar sobre isso – afirmou ela.

As camareiras haviam preparado a cama para a noite. Nikki roubou a trufa de chocolate que elas haviam deixado sobre os travesseiros e a enfiou na boca. Depois tirou a jaqueta, deixou-a no espaldar de uma cadeira e fez um pequeno tour pela suíte. Parou junto à janela e entreabriu as cortinas.

– Já amanheceu – disse ela.

Observando-a, Simon achou que de uma hora para a outra ela havia ficado mais gentil, mais vulnerável.

– Ao trabalho – pontuou ele.

Colocou o StingRay sobre a mesa. Ligou o dispositivo na tomada e conectou-o ao laptop com um cabo USB.

– Demora um pouquinho para o programa abrir e transferir os dados.

– Então por que você não aproveita e abre o jogo comigo? – perguntou Nikki.

– Você começa. É a detetive.

– Você adora um joguinho, não é? – implicou ela, ajoelhada diante do frigobar. – Quer alguma coisa?

– Um suco de laranja.

Nikki abriu a garrafa de suco, entregou a ele, depois pegou um copo longo e se serviu da vodca de duas garrafinhas de Grey Goose.

– Meio cedo pra beber, não acha? – disse Simon.

– É a saideira – respondeu ela, e virou o copo.

– Depois sou eu quem gosta de joguinhos.

Nikki riu, largou o copo na mesa e começou.

– Então vamos lá, Sr. Riske. Minha tese é a seguinte. Você cai de paraquedas em Paris um dia depois do assalto mais badalado dos últimos dez anos, dizendo que está atrás de uma carta com poderes mágicos. Sem a menor consideração pelo meu tempo, pede que eu investigue três nomes quando na verdade está interessado em só um, Tino Coluzzi, que não é um bandido qualquer, mas um amigo seu, um amigo de infância que por coincidência estava montando uma equipe na cidade justo na semana passada. E agora descubro que você está hospedado no mesmo hotel em que estava o homem roubado, o príncipe Abdul Aziz bin Saud. Sem falar que você mora em Londres, onde metade dos ricaços do Oriente Médio tem casa.

Tudo isso ela disse na maior calma do mundo, sem o menor rancor, sempre fitando diretamente os olhos dele.

– Então, o que é que eu posso achar? O príncipe contratou você para recuperar o dinheiro dele, e você pensa que o dinheiro está com Tino Coluzzi.

Simon virou a cadeira para ficar de frente para ela.

– Nada mau. Eu teria chegado à mesma conclusão.

– Mas...

– Você está enganada.

– Chega de mentiras, Simon. Não tem carta nenhuma. É do dinheiro que você está atrás. Vai, confessa.

– Tudo bem – concordou ele, admirando o autocontrole dela. Ele estaria furioso se alguém o manipulasse daquela forma. – Chega de mentiras. Você salvou a minha vida. Merece a verdade. Mas que fique apenas entre nós.

– O que você quer dizer com isso?

– Não pode contar nada a Marc Dumont.

– Mas ele precisa...

– Escuta.

Simon se levantou, espalmando as mãos num gesto reconciliatório.

– É verdade que vim a Paris por causa do assalto – continuou – e é verdade que é por isso que estou hospedado neste hotel. Eu precisava ver como as coisas funcionam aqui. Mas não é do dinheiro que estou atrás. Não trabalho para o príncipe Abdul Aziz. Existe uma carta, mas só posso contar o restante se você prometer que não vai revelar nada aos seus chefes.

– Não dá. Sei que pisei na bola algumas vezes, mas se eu não contar nada serei uma má policial ou desleal.

– Não estou pedindo que você seja desleal. E acho que você é uma excelente policial. Estou pedindo apenas que seja paciente.

Nikki sentou-se na beira da cama.

– Vai, fala.

– Tino Coluzzi é o homem que você está procurando. É o homem que todo mundo está procurando. Foi ele que interceptou o comboio do príncipe.

– Como você sabe?

Simon sentou-se ao lado dela.

– O que aconteceu foi o seguinte – respondeu, e por dez minutos repetiu, sem tirar nem pôr, toda a história que ele mesmo tinha ouvido de Barnaby

Neill dois dias antes. – Então é isso. Neill acredita que Coluzzi encontrou a carta, percebeu a importância dela e sentou em cima para decidir o que fazer. Minha missão é encontrá-la antes que ele entre em ação.

– Deve ser uma carta e tanto.

– Deve.

Nikki refletiu um instante. Reclinou-se para apoiar os cotovelos na cama.

– Mas e você? Como foi parar na La Brise aos 18 anos? É americano ou francês? E essas cicatrizes todas, que droga aconteceu com você? Até parece que foi atingindo por uma granada, ou que caiu num triturador, ou que nadou num rio de piranhas.

Simon se ajeitou para fitá-la diretamente nos olhos.

– Sou americano. Meus pais se divorciaram cedo. Quando meu pai morreu, fui morar com minha mãe em Marselha. Não fui recebido de braços abertos, então tive que me virar nas ruas. Primeiro roubando carros. Depois subi na carreira, assaltando bancos, carros-fortes. Coluzzi fazia parte da gangue. Não caí em nenhum triturador nem nadei com piranhas. Fui pego. E recebi algumas balas porque estava chapado demais ou era burro demais para me entregar. Fiquei quatro anos no Les Baumettes. – Com as narinas latejando de raiva, o sangue fervendo nas veias, ele arrematou: – E esta cicatriz aqui, a da testa, é cortesia dele. De Tino Coluzzi.

Por um tempo ficou calado, tentando afugentar as lembranças, deixando a fúria baixar.

– Sinto muito – disse Simon afinal. – Não devia ter me exaltado.

– Bobagem – comentou ela, tocando levemente o braço dele. Então apontou para o laptop. – Será que já terminou?

– Ainda não.

– E entre as despesas pagas pelo cliente está o café da manhã?

– Peça o que quiser. Para mim, só aveia com banana e um suco de laranja.

– Suco natural, claro.

– Espero que sim. Pelo preço que cobram...

Enquanto Nikki ligava para o serviço de quarto, Simon analisou a tela do computador. O StingRay era programado para captar a maior quantidade possível de informações de cada chamada interceptada: não apenas os dados pessoais dos dois interlocutores, como nome e endereço, mas tudo aquilo que estava armazenado nos cartões SIM: e-mails, mensagens, aplicativos, fotos e, por fim, as localizações de GPS no momento das últimas mil chamadas realizadas ou recebidas.

– A que horas você chegou ao bar ontem à noite? – perguntou ele, virando o rosto.

– Vi quando você entrou às dez e meia. E já passava da meia-noite quando você saiu com os seus amigos.

– Às *dez e meia* você já estava lá?

– Surpreso por não ter me visto? – perguntou ela com uma pontinha de orgulho.

– Que vergonhoso. Não costumo dar um mole desses – disse ele, e se virou novamente para o computador.

Segundo o StingRay, seis chamadas haviam sido realizadas entre meia-noite e três da madrugada num raio de 20 metros do bar. Nikki puxou uma cadeira e se sentou para ver. Uma coluna listava o nome e o número das pessoas que haviam iniciado cada uma das seis ligações. Uma segunda listava as mesmas informações dos que estavam do outro lado da linha. Simon correu os olhos pela primeira.

– Bingo! – disse, apontando para um dos números. – Meia-noite e dezesseis. Ligação realizada por um aparelho registrado em nome de Luca J. Falconi para um telefone não registrado e com duração de dois minutos.

– Acha que ele ligou para Coluzzi?

– Para a mãe é que não foi. – Simon entrou com as coordenadas de GPS do receptor no Google Maps e um pequeno círculo, mais ou menos do tamanho de uma borracha de lápis, surgiu em torno da cidade de Marselha. – Droga.

– Qual o problema?

– A pessoa para quem o Falconi ligou estava usando um aparelho descartável.

– Como você sabe?

– Nesses telefones mais vagabundos, a precisão do GPS é de 10 quilômetros. Quanto melhor o cartão SIM, menor o raio. Mesmo assim eu sei que é ele. É o Coluzzi.

– Como você sabe?

– É a cidade onde nós crescemos. Ele voltou para casa para se esconder.

– Dá para a gente ouvir a ligação?

– Depende. Se você não configura o StingRay para interceptar um número específico, ele grava apenas três ligações simultaneamente. A do Falconi foi a quinta da lista. Se por azar ele ainda estava gravando as primeiras, esta ficou de fora.

Nikki puxou a cadeira para ainda mais perto, os olhos grudados na tela.

Simon clicou duas vezes sobre o número de Falconi. Todas as informações relativas ao aparelho dele surgiram na tela: data da fabricação, última atualização do software, seu nome, endereço, número de cartão de crédito.

– E aí? – perguntou Nikki.

Simon apontou para um ícone no fim da coluna ao lado do nome de Falconi, uma nota musical indicando que a ligação havia sido gravada.

– Peixe na rede.

Simon apertou o play, mas Nikki se adiantou e interrompeu antes que a reprodução começasse.

– Que foi? – perguntou ele.

– Isto é invasão de privacidade. Não temos nenhuma ordem judicial. O cara nem indiciado foi.

– Tentou me matar. Isso não basta?

– Não, não basta – disse Nikki, que pensou um pouco e depois continuou: – Seja como for, nada disso vai ser aceito como prova num tribunal.

– Eu sei.

– Somos os caras do bem, não somos?

– Até a última vez que olhei, sim.

Nikki deu de ombros.

– Falconi que se dane. Não merece ter os direitos respeitados.

Simon apertou play.

"Oi, Luca. O que é?", falou Toni Coluzzi.

"Algo está acontecendo. Um sujeito apareceu aqui no bar, perguntando por você."

"Você não reconheceu?"

"Nunca vi, mas falou que conhece você."

A voz de Coluzzi, depois de tantos anos. O mesmo tom decisivo e suave, o mesmo sotaque. A gravação desencadeou em Simon uma avalanche de lembranças, nenhuma delas boa. Ele e Nikki seguiram ouvindo sem dizer nada.

"Se eu o conheço?", perguntou Tino Coluzzi. "Eu o matei."

"Bem, quem quer que seja esse Simon Ledoux, ele está vivo. O que você quer que eu faça?"

"Termine o serviço."

A gravação encerrou.

– Então não é só pela carta – comentou Nikki. – Quero dizer, você tem outro motivo para estar aqui, não é?

– É. – Simon examinou as colunas mais um pouco. – Parece que Falconi não fez mais nenhuma ligação.

– Alguém ligou para ele depois da confusão na rua?

– Muita gente, mas não reconheço nenhum dos nomes. Ninguém de Marselha. Opa, espera aí.

– Que foi?

Um número chamou sua atenção. Ele até reconheceu os códigos de país e cidade, mas não viu nenhum motivo para a presença deles ali: 7, para a Rússia; 495, para Moscou.

– Alguém ligou de Moscou às 00h15.

– Do bar?

– Sim.

– De quem é o número?

– Sem nome e sem endereço. Nenhum dado. Diz apenas que a operadora é a Russphon.

Nikki também ficou intrigada. Achava estranho, praticamente impossível, que um telefone entrasse em operação sem nenhum dado do proprietário.

– Para quem a pessoa ligou?

Simon clicou duas vezes sobre o número.

– Também não diz. Mas ambos os números são de Moscou.

Ele voltou ao Google Maps e digitou as coordenadas de GPS. Correspondiam a um ponto nos subúrbios a sudoeste do centro moscovita.

– Yasenevo.

– E a conversa? Foi gravada?

Lá estava a notinha musical, indicando que a gravação havia sido feita.

– O StingRay pegou essa também.

Simon apertou o play. Mas, no lugar de uma conversa, ouviu apenas uma sucessão de ruídos estridentes. Interrompeu a reprodução.

– O que foi isso? – perguntou Nikki.

– Telefone criptografado. O proprietário, seja lá quem for, não quer ninguém bisbilhotando.

– Isso é incomum?

– Depende do dono do aparelho.

– Como assim?

– Não é incomum se você é um espião.

– E esse espião também está atrás da carta?

Simon lembrava-se de ter dito a Neill que o outro lado – quem quer que fosse – também iria atrás da carta. Então digitou no StingRay o número do realizador da chamada e pediu o histórico de ligações para as últimas 24 horas. Não estava preparado para o que viu depois.

– Essa pessoa que ligou do Galleon Rouge fez outra ligação, dez minutos atrás, para o mesmo número de Yasenevo. – Seus olhos iam de um lado para outro na tela. – Essa não...

– Que foi?

Simon apontou para a coluna que indicava a localização do chamador.

– A ligação foi feita da casa de Luca Falconi.

36.

A ADRENALINA AINDA CORRIA NAS VEIAS de Valentina Asanova quando ela viu que já amanhecia. Estava nua na cozinha de Luca Falconi, diante da janela, admirando as mansardas parisienses enquanto bebia o café de que o velho tanto se orgulhava. Mesmo frio já havia bastante tempo, ela ainda podia identificar seu sabor forte e picante. O homem não havia mentido. Fazia mesmo um belo expresso.

Mas ele não apareceria na cozinha para acompanhá-la. Não estava em condições de aparecer em lugar nenhum.

Valentina terminou o café, lavou a xícara com sabão e água quente, depois usou um pano de prato para apagar as impressões digitais que pudesse ter deixado nela. Em seguida gastou mais de vinte minutos fazendo a mesma coisa no apartamento inteiro, esfregando todas as superfícies que pudesse ter tocado, sobretudo no quarto. Por fim, recolheu as roupas de Falconi, dobrou-as com cuidado e deixou em cima da cômoda.

Terminado o trabalho, deteve-se um instante para observar o corpo mutilado: cortes na barriga e nos pés, um dedo a menos numa das mãos. Falconi havia entregado todo o ouro. Confessara sua participação no assalto ao príncipe. Havia sido ele quem reunira a gangue em nome de Tino Coluzzi, o verdadeiro chefe da operação. Mas relutara um pouco para dizer onde o homem estava.

A morte, quando veio, foi relativamente indolor. Ela dera um talho rápido na carótida e ficara ali, vendo a cachoeira de sangue, observando nos olhos dele a agonia dar lugar ao medo, depois à resignação e, por fim, ao nada.

Ela voltou ao quarto e vasculhou o armário à procura de algo que pudesse usar. Fizera o possível para esconder o rosto da câmera de segurança na entrada do prédio. Não tinha a menor intenção de dar à polícia mais que o necessário. Encontrou uma jaqueta larga de couro, uma boina, um par grande de óculos de sol. Longe do ideal, mas paciência. As calças eram um problema, por causa da pança do velho. Ela se decidiu por um par de veludo cotelê uns dez números acima do seu, dobrou as barras e fez um furo adicional num cinto qualquer.

Antes de se vestir, no entanto, ligou para Vassily Borodin.

– Coluzzi está em Marselha – contou. – Enfurnado num lugar chamado Le Coual.

– O que é isso?

– Uma toca que ele mesmo construiu fora da cidade. Nem os amigos dele sabem direito onde fica.

– Tem certeza?

Ela olhou para o cadáver de Falconi.

– Absoluta.

– Conseguiu um número de telefone? Qualquer coisa que a gente possa rastrear?

– Acho que Falconi ligou para ele ontem à noite, mas não posso afirmar.

– Me passe o número. Vou ver o que consigo.

Valentina leu o número.

– Já é um começo – disse Borodin. – Em quanto tempo você consegue chegar lá?

– Tem um trem de hora em hora.

– Me ligue quando souber. Tente dormir um pouco durante a viagem. Deve estar cansada. Com sorte já vou ter levantado algo sobre a localização dele quando você chegar.

– Mais uma coisa. Vi o homem que está procurando Coluzzi.

– Riske? Não encontramos nada de útil com esse nome. Você tem certeza?

– Tente "Simon Ledoux". Parece que ele e Coluzzi trabalharam juntos anos atrás.

– Primeiro o cara é o investigador de uma firma inglesa. Agora é um criminoso. Tem certeza de que é a mesma pessoa?

– Absoluta. Ele estava no hotel ontem.

– Se encontrar com ele de novo, já sabe o que fazer.

– Sim, senhor.

– Mas e você? – perguntou Borodin. – Como está?

– Estou bem.

– Tem certeza?

Valentina deu uma última espiada no cadáver de Falconi e fechou a porta do quarto.

– Absoluta.

37.

Simon e Nikki estavam diante do número 41 da Rue Charlot, lendo os nomes dos moradores no interfone. Ao lado de um dos últimos botões estava escrito: "Falconi, L."

– Pelo visto ele não está se escondendo – disse Simon.

– Vá, toque a campainha.

Simon apertou o botão e ficou esperando. Ninguém atendeu. Apertou de novo e nada.

– Deve ter saído para uma caminhada matinal – falou.

– Ou para a academia – sugeriu Nikki. – Tem toda a pinta de quem faz crossfit. – Ela recuou um passo e olhou para o alto da fachada. – O StingRay também informou o andar?

– São apenas seis. Não vamos ter dificuldade para achar.

Simon espiou através da porta de vidro. A portaria estava deserta, escura. Ou ficariam ali, esperando que alguém saísse do prédio, ou seriam obrigados a tomar alguma providência. Ele olhou para a fechadura da porta, uma velha Kwikset.

– Vem cá – chamou, sinalizando para Nikki.

Ela se aproximou.

– Mais perto. Como se estivesse me abraçando.

Ela ficou onde estava.

– Para quê?

– Por favor – disse ele o mais educadamente possível.

Nikki enfim se adiantou até roçar o peito dele. Simon puxou-a para ainda mais perto e por um segundo eles ficaram assim, cara a cara. Protegido do olhar curioso dos pedestres, Simon enfim tirou do bolso seu conjunto de arrombamento e puxou duas chaves do estojo, uma fininha e outra mais grossa. Enfiou-as simultaneamente no buraco da fechadura e com gestos rápidos foi explorando o mecanismo até conseguir destravar o tambor.

– Pronto.

Nikki girou a maçaneta e viu que a porta realmente estava aberta.

– Primeiro uma escuta ilegal, e agora estamos invadindo uma propriedade particular. Mal posso esperar para saber que outras leis vamos infringir até o almoço.

– Vá na frente.

Guardou o estojo de volta.

Falconi morava num prédio moderno, o que, em Paris, significava que o imóvel havia sido construído em algum momento após a Segunda Guerra Mundial. Tinha um pequeno elevador de porta pivotante e uma escada que espiralava em torno de um pátio central. Eram dois apartamentos por andar. Uma placa na porta indicava o nome do morador. O de Falconi ficava no último andar.

– Imagino que não tenha sido uma visita de cortesia – disse Simon, ele e Nikki se posicionando em cada lado da porta.

– Também acho – retrucou ela, já com sua arma na mão.

Simon tocou a campainha. Ajoelhando-se, encostou o ouvido na porta. Não ouviu nada. Nem vozes nem passos. Ao contrário da porta da rua, a de Falconi tinha duas fechaduras: uma de pino duplo em cima, outra normal embaixo.

– Muito cuidado – disse ele. – Da última vez que fiz isso, me dei mal.

Em dez segundos ele arrombou a fechadura de baixo e em vinte a de cima, depois recuou para que Nikki entrasse com sua arma em riste.

– Sr. Falconi – chamou ela. – Luca Falconi! Polícia. Saia de onde estiver com as mãos na cabeça.

Silêncio.

– Sr. Falconi – repetiu ela. – Está me ouvindo?

Simon entrou e fechou a porta. O vestíbulo era um espaço claro e moderno, com piso de mármore travertino, uma mesinha de madeira laqueada e um lustre de cristal. À direita ficava uma sala ampla e bem decorada. À esquerda, um corredor com duas portas laterais e uma cozinha nos fundos. Todas as luzes estavam acesas.

– Espere aí – disse Nikki.

Ela examinou o primeiro quarto, depois o segundo. Voltou um momento depois, a arma abaixada.

– Aqui – chamou ela, quase inaudível.

Ao entrar no quarto, Simon viu Nikki parada aos pés da cama, olhando o corpo inerte de Falconi. O torso era uma treliça de cortes. Rios de sangue escorriam da pele muito branca para o colchão e o piso.

– Nunca vi uma coisa dessas – disse Nikki, enojada.

– Você está bem?

– Claro que estou – retrucou ela. E, como se quisesse dar provas disso, aproximou-se da cama e se inclinou para ver melhor os ferimentos. – A pessoa levou um tempo nisso. Alguns cortes já estavam começando a coagular quando ele morreu.

– Era um homem duro.

– Ou o nosso amigo russo é um sádico.

Simon deixou a cama de lado e começou a vasculhar o quarto, abrindo gavetas, examinando o armário.

– Estou procurando o telefone dele – explicou ao perceber a cara de espanto de Nikki.

Só então ele viu a pilha de roupas dobradas sobre a cômoda. Vasculhando os bolsos, encontrou pastilhas de hortelã, uma raspadinha velha de loteria e um charuto.

– E aí? – perguntou Nikki.

– Nada de útil.

Ela saiu do quarto e Simon foi atrás. Fizeram um tour pelo apartamento, estranhando que não houvesse sinal de luta. Na sala, encontraram o som ligado, um toca-discos antigo, ainda rodando.

– Claude François – leu Nikki na capa. – Conhece?

– Meu padrasto adorava. Eu preferia Pearl Jam.

Na sala havia um pequeno nicho que fazia as vezes de escritório. Simon sentou-se à mesa e vasculhou as gavetas. Não havia dúvida de que Falconi tocava seus negócios dali. Um caderno de capa dura listava nomes e valores de uma provável banca de apostas. Uma agenda continha poucas anotações, nenhuma delas relacionada com Tino Coluzzi. A gaveta superior estava atulhada com uma confusão de canetas, elásticos, grampos e cartões de visita. Bem no fundo, Simon encontrou um envelope com fotos reveladas em março de 2012. Uma viagem que Falconi havia feito para o sul da França.

– Nikki, venha ver isto aqui.

Ela se juntou a ele.

– Este é o nosso homem – informou Simon, mostrando uma das fotos. A

imagem mostrava dois homens diante de um bar na praia, de costas para o mar, erguendo uma garrafa de cerveja como se estivessem fazendo brinde.
– Falconi e Coluzzi, alguns anos atrás.

Nikki examinou a foto.

– Então este é o seu amigo.

– Ele mesmo.

Coluzzi havia perdido um pouco dos cabelos e acumulado alguns quilos, mas fora isso não estava muito diferente daquele outro que Simon guardava na memória. Ainda tinha o mesmo sorrisinho arrogante, o mesmo olhar oblíquo. Era um homem que não seguia nenhum código, não obedecia a nenhuma regra, fiel apenas a si mesmo. Em suma, Tino Coluzzi era um canalha.

– Você faz ideia de onde esta foto foi tirada? – perguntou Nikki.

– Les Calanques. Acho que conheço o bar.

Les Calanques são um trecho da costa leste de Marselha repleto de pequenas enseadas e paredões rochosos que chegavam a 300 metros de altura sobre o mar.

– Seu reduto de juventude?

– Mais ou menos isso.

Simon guardou a foto no bolso. Ao se levantar, avistou sobre a mesa um bloco de anotações em branco, mas com uma caneta ao lado. Pegou-o e o virou de um lado e do outro, analisando a superfície.

– Que foi? – perguntou Nikki.

– Quero ver uma coisa.

Simon arrancou a primeira folha do bloco, colocou-a sobre o tampo da mesa e acendeu a lanterna do celular para iluminá-la melhor.

– Está vendo alguma coisa? – perguntou ela.

– Ainda não sei – disse Simon, mas na realidade já havia localizado os sulcos deixados por uma caneta manejada por uma mão firme.

Ele tirou um lápis da gaveta e começou a esfregar o papel com força, apoiando o dedo sobre a ponta de grafite. Um número foi surgindo. Depois outro. Dali a pouco a folha estava inteiramente riscada e havia seis conjuntos de números, todos com o código de área de Paris. Acima deles, totalmente discerníveis, estavam as iniciais "T. C.".

– Perfeito – falou Nikki atrás dele.

Simon levantou o papel.

– Foi para este primeiro número que Falconi ligou lá do Galleon Rouge.

– É do Coluzzi?

Simon assentiu.

– Imagino que os outros também sejam.

– Aparelhos descartáveis – disse Nikki. – Vamos precisar de uma ordem judicial se quisermos interceptar as ligações.

– Você, sim. Quanto a mim, vou mandar estes números para o meu amigo, o Sr. Neill. Se ele realmente quer aquela carta, vai pedir ajuda aos camaradas dele na Agência Nacional de Segurança e eles vão fazer os truques de sempre. E, quando Coluzzi usar qualquer um desses aparelhos, alguém vai estar na escuta.

– Você não disse que Neill não quer se envolver?

– Disse que ele não quer que ninguém *saiba* do envolvimento dele. Não dá para ver quem está do outro lado de uma escuta.

– Você já terminou aqui? – perguntou Nikki.

– Acho que sim.

– Então vem comigo. – Na cozinha, Nikki apontou para as duas taças de cristal abandonadas na pia. Pegou uma delas. – Ainda está quente. Aposto que foi o cara que lavou, para apagar os rastros antes de ir embora.

– Não é um cara. É uma mulher.

– Como você sabe?

– Não imagino Falconi recebendo um amigo de madrugada para beber e ouvir música.

– Vai que ele era gay.

– Acho difícil. Além do mais, acho que vi a moça no bar ontem à noite.

Simon contou da loura bonita que tinha visto na mesa de Falconi no Galleon Rouge. Achara que ela parecia deslocada, não combinava com o lugar ou com o próprio Falconi.

– Será que foi ela que ligou para Moscou? – perguntou Nikki.

– Acho que sim.

– Tem uma câmera de segurança lá embaixo.

– Eu vi.

– Vamos ter que falar com o síndico.

– Não necessariamente.

– Tem um homem morto aqui dentro, Riske. Precisamos chamar a homicídios.

– Não é uma boa ideia.

– Riske, eu já falei que não sou uma má policial. Posso até chegar perto, mas nunca quebro as regras.

– Pense bem, Nikki. Você vai ter que explicar o que veio fazer aqui e como conseguiu entrar. Dificilmente vai ter outra chance de pegar o Coluzzi. E depois que os seus superiores ficarem sabendo que você usou informações de um StingRay, do *meu* StingRay, nunca mais vão deixar você voltar para as ruas.

– Não preciso que ninguém me diga como administrar minha carreira. Muito menos um ex-mafioso que tenta se passar por cavalheiro.

– Não estou dizendo nada que você já não saiba. Estou tentando alertar, só isso.

– E provavelmente está esperando um agradecimento. Quer que eu faça uma mesura também?

– Quero apenas que você me ajude a encontrar o Coluzzi. Aliás, é ele também quem vai livrar você de qualquer punição.

Nikki saiu furiosa da cozinha e voltou para o vestíbulo.

– Feche a porta quando sair! – berrou para Simon. – E não se esqueça de trancar!

Toda a tralha de segurança do prédio ficava trancada num cômodo do andar térreo. A fechadura, é claro, não representou nenhum obstáculo. Um monitor em preto e branco alternava as imagens de duas câmeras diferentes, uma na portaria, outra no beco dos fundos. O sistema de gravação devia ter pelo menos vinte anos e registrava tudo em CDs regraváveis.

Simon voltou as imagens da portaria até ler 00h15 no relógio. Depois foi repassando a gravação em alta velocidade.

– Pare – disse Nikki de repente. – Lá está ele.

Seria difícil não ver Falconi entrando no prédio a 1h15 da madrugada.

Simon reiniciou a reprodução. Falconi e a acompanhante entraram na portaria e foram para o elevador. A câmera ficava bem alto num canto e não captava uma boa imagem frontal das pessoas. Mas bastava.

– É ela – disse Simon.

Nikki aproximou os olhos do monitor.

– A imagem está muito suja – falou ela. – Não dá para melhorar?

– Não aqui. – Simon congelou a imagem dos dois esperando o elevador. Por um instante, o rosto dela aparecia no espelho do fundo do elevador. Simon fotografou a tela com o celular. – Pronto, nós a pegamos.

– Isso não vai adiantar muita coisa.

– Agora, não. Mas com o Photoshop talvez a gente consiga uma imagem mais nítida do rosto dela.

– E depois?

– Bem, para início de conversa, vamos descobrir quem mais está tentando encontrar o Coluzzi. Não quero que essa moça me pegue desprevenido.

– A que horas ela foi embora?

Simon adiantou a gravação até ver uma pessoa sair do elevador às cinco e meia, um homem baixo com uma boina na cabeça e uma jaqueta larga. Sempre olhando para o chão, o vulto atravessou depressa a portaria e saiu para a rua.

– Viu as barras dobradas da calça? – perguntou Simon. – É ela. Com as roupas do Falconi.

– Para onde você acha que ela foi?

– Se a gente sabe que Coluzzi está em Marselha, ela também sabe.

Simon retornou a gravação para o ponto inicial e deu o trabalho por encerrado.

– Vamos sair daqui.

Esperou que Nikki saísse, apagou a luz e casualmente guardou no bolso o CD com as imagens da mulher e deles.

Antes de alcançar a moto de Nikki, conferiu na internet os horários de trem para Marselha.

– Acha que nós conseguimos pegar o trem das 9h36?

– Nós?

– Não vai querer perder essa diversão, vai?

– Pego no trabalho às oito.

– Ligue e fale que está doente.

– Nem sonhando.

– Pensei que você quisesse pegar seu bandido.

– Eu não estaria aqui se não quisesse. Acontece que Marselha é outro *département*. É uma jurisdição totalmente diferente.

– Um crime é um crime, não importa onde tenha acontecido.

Nikki o encarou com um olhar cansado.

– Isso não seria burlar as regras – disse. – Seria destruí-las. Gosto do meu trabalho. Não vou perdê-lo por sua causa.

– Ninguém vai demitir você se aparecer com o Coluzzi na coleira.

– Boa viagem, Sr. Riske. Se precisar de ajuda com a polícia de Marselha, fale com o seu amigo, o comissário. Tenho certeza de que ele vai indicar alguém.

– E você, vai fazer o quê?

– O que já devia ter feito há muito tempo. Vou dar parte do homicídio, contar ao tenente tudo que sei sobre o crime e informar que foi Tino Coluzzi quem roubou o príncipe. Sinto muito se isso atrapalha seus planos de recuperar a carta-bomba.

– Eu entendo – disse Simon.

– Não, não entende. – Nikki já subia na moto. – Mas é assim que vai ser.

– Tem certeza?

– Meu turno começou cinco minutos atrás. Estou atrasada. *Bon voyage.*

Simon recuou na calçada e ela disparou rua afora, misturando-se ao trânsito da manhã.

38.

Valentina não estava no Aeroporto de Orly. Também não estava a bordo de um jatinho russo com destino a Marselha. Não tinha como saber disso, mas Vassily Borodin, apesar de mais de 10 bilhões de dólares do patrimônio e da infinidade de recursos a seu dispor, não podia oferecer a ela nenhum dos aviões do SVR para levá-la a Marselha. Reservar um avião significava papelada, papelada significava abrir um caso, o que significava indicar o operador responsável. Como o trabalho de Valentina para Borodin era um assunto pessoal, e como ela ainda não havia sido oficialmente reintegrada ao quadro de agentes da casa, suas atividades teriam de permanecer estritamente debaixo dos panos.

Não havia caso nenhum. Portanto não havia jatinho.

Se Valentina desconfiava que havia embarcado numa missão extraoficial e extremamente perigosa, preferia não pensar nisso. Sabia que Borodin tinha pessoalmente reservado o voo dela para Paris e que, antes do embarque em Moscou, transferira 10 mil euros do próprio bolso para a conta dela. Nada disso fazia parte do procedimento normal. Ele explicara que a incumbira de uma importante missão de cujo sucesso dependia a reincorporação dela. Como todos os espiões, Valentina sabia o momento certo de fazer ou não perguntas.

Assim, às 7h49 ela estava diante de um guichê na Gare de Lyon para comprar sua passagem no próximo TGV – o Train à Grande Vitesse, ou trem de alta velocidade – para Marselha.

– Bom dia – disse ela timidamente ao caixa. – Será que ainda consigo um lugar no trem das 8h37 para Marselha?

Ele consultou o monitor.

– Lotado – respondeu.

– Tem certeza de que não teve nenhum cancelamento de última hora? É uma emergência.

O vendedor não se comoveu nem um pouco.

– Nenhum assento disponível, madame. Sinto muito.

– É o meu filho – insistiu ela. – Está doente. Qualquer lugar serve.

Mesmo assim, o atendente não se deu ao trabalho de conferir.

– Se quiser, posso colocar seu nome na lista de espera. Esta é uma das linhas mais procuradas. Tem mais quatro pessoas na sua frente.

Valentina conferiu as horas no relógio. Pensou no homem que estava atrás de Coluzzi. Será que já estava a caminho de Marselha? Mais adiante ela podia ver a fila de passageiros atravessando o controle para embarcar. Em outros tempos, poderia simplesmente entrar no trem e pagar pela passagem a bordo, durante a viagem. Agora não mais. Com as novas medidas de segurança, ninguém embarcava em um TGV sem um bilhete na mão. Já era uma grande sorte não haver controle de bagagens.

– A que horas sai o próximo trem? – perguntou ela.

– Nove e dezesseis.

– Uma passagem, por favor.

– Primeira ou segunda classe?

39.

Simon tinha dado um passo maior do que as pernas. Em algum momento das últimas doze horas, ele havia mudado de profissão. Não era mais o consultor de uma empresa que suspeitava de espionagem industrial, nem o investigador de um banco preocupado com as atividades escusas de um operador, nem o prestador de serviços incumbido por uma seguradora de recuperar um relógio roubado. Nada disso envolvia armas apontadas para o seu peito ou corpos mutilados até a morte. Ele agora estava pisando num terreno bem mais pantanoso. Em breve, talvez não coubesse mais a ele a decisão de usar ou não violência para cumprir a missão. Não era lá muito grande a lista de profissões que envolviam torturar ou matar alguém em nome do próprio país. Ele não era nem militar nem espião. Seguramente não era um matador. Na cabeça dele, só restava uma opção. Era um agente secreto.

Simon não estava gostando nada disso.

Assim que entrou na sua suíte, tirou o paletó e fez a mala às pressas. Por um milagre, conseguira comprar uma passagem para o trem das 9h16 com destino a Marselha. Com tudo pronto, ligou para Barnaby Neill.

– Sr. Riske, ainda é cedo para você me trazer boas notícias.

– Não tenho mesmo boas notícias – respondeu Simon. – Imagino que você ainda não tenha sido procurado pelo nosso amigo.

– Nem sinal.

– Acha que ele ainda está com a muamba?

– Que outro motivo ele teria para nos enfurecer? Não temos escolha senão continuar trabalhando com essa premissa. Mas imagino que esta não seja uma ligação de cortesia.

– Temos companhia.

– Ah.

Simon colocou Neill a par de tudo que havia feito para localizar Coluzzi. Depois falou da suspeita de que Falconi havia sido morto por uma assassina russa, mas deixou de fora o estrago que havia feito nos amigos de Falconi, bem como a ajuda providencial que recebera de Nikki Perez.

– Pelo visto, eles estão mais desesperados do que nós – observou Neill.

– A pessoa para quem a moça ligou estava em Yasenevo. Eu nunca tinha ouvido falar no lugar, então pesquisei.

– E agora sabe quem é o nosso inimigo.

– Sim. O SVR – disse Simon finalmente em voz alta.

– É bem provável.

Simon bufou de cansaço e foi para a janela do quarto. O céu estava nublado. De um lado, a poucos quarteirões de distância, ficava o Arco do Triunfo. Do outro, o Sena. Tudo que ele precisava fazer era dizer ao agente americano que estava pulando fora, devolveria o pagamento recebido e, pronto, assunto encerrado. Depois passaria o resto do dia visitando o Louvre, passeando no Jardim de Luxemburgo ou até mesmo subindo até o topo da Torre Eiffel, mais um turista entre os tantos outros que invadiam a cidade naquela época do ano.

E depois?

Ele olhou para a malinha pequena e o estojo de dispositivos eletrônicos que deixara perto da porta.

Nesse caso ele teria falhado. Teria deixado o embaixador Bill Shea na mão. Teria deixado Barnaby Neill na mão. Teria deixado o próprio país na mão. E, claro, não era só isso. Ele não havia se metido naquela história apenas por causa da carta. Talvez, como confessou para Nikki, nunca tenha sido por causa da carta. Se desistisse agora, abriria mão da oportunidade de pegar Tino Coluzzi, e por “oportunidade” ele queria dizer “permissão oficial”. Jamais seria perdoado pelo monsenhor Paul caso se vingasse apenas pelo prazer da vingança.

– Consegui uma foto da russa. Está meio granulada. Preciso que você dê um jeito na imagem.

– Mande para mim – falou Neill. – Vejo o que consigo.

– Mas veja *rápido*. Se essa mulher estiver atrás de mim, preciso de pelo menos uma chance de me defender.

– Por acaso ela sabe que você a viu?

– Acho que não.

– E ela? Viu você também?

– É bem possível que tenha me visto no bar. Precisamos partir do pressuposto de que Falconi contou a ela que eu também estava fazendo perguntas sobre Coluzzi.

– Quanto tempo você esteve com Falconi?

– Uns cinco minutos no máximo.

– Ela teria que ser muito perspicaz para juntar uma coisa com a outra.

Simon refletiu sobre os acontecimentos da véspera. Mesmo que a russa não o tivesse visto conversando com Falconi no balcão, era pouco provável, na verdade era impossível, que ela não o tivesse visto saindo para a rua sob a escolta de Falconi, Jack e os dois capangas. Ela devia ter ficado entre os curiosos que testemunharam a pancadaria. Mas isso era problema de Simon.

– É, você tem razão – concordou ele.

– Você está no caminho certo – disse Neill. – Mas tente ser o mais discreto possível.

– Não sei se vou conseguir. Em Marselha as coisas vão se complicar.

Simon fez questão de não mencionar Nikki Perez. Recebera instruções bastante claras para não envolver nenhum órgão policial estrangeiro. Havia explicado que procurara Marc Dumont, mas tivera o cuidado de não revelar nada, nem a identidade do seu empregador nem a real natureza da missão. Tinha certeza de que Neill reprovaria a participação de Nikki. Tinha por regra nunca desobedecer os clientes, mas ainda queria a ajuda de Nikki, mesmo que não fosse pelos motivos certos.

– Tem mais. Encontrei diversos números de telefone no apartamento do Falconi. Suspeito que sejam de Coluzzi. Falconi era o braço direito dele em Paris, certamente precisava saber como se comunicar com o chefe. Se o Coluzzi usar qualquer um desses números, quero saber o que ele disse e onde está.

– Não vai ser fácil.

– Para um homem na sua posição, basta um único telefonema para a pessoa certa.

– Não é tão simples assim.

– Está dizendo que a NSA não tem os meios?

– Estou dizendo que a NSA tem uma pilha quilométrica de pedidos à espera.

– Então imagino que aquela carta não seja tão importante quanto você diz.

– Talvez você queira trocar uma ideia sobre isso com a pessoa que despachou o Sr. Falconi.

– Já passou da hora de você me dizer o que está em jogo.

– Você já conhece os envolvidos. Viu o que eles são capazes de fazer. O resto fica por conta da sua imaginação.

– Sr. Neill...

– Sr. Riske – ele interrompeu, sério e imperativo. – Preste atenção. Uma vez que você souber o que está escrito naquela carta, não conseguirá mais esquecer. Certas pessoas não vão gostar nada de saber que você tem essa informação na cabeça.

– Inclusive você?

– Confio plenamente em você, caso contrário não teria contratado seus serviços.

– Tem certeza disso?

– Vou ver o que posso fazer com os tais números de telefone.

– Obrigado.

– A que horas você sai pra Marselha?

– Às nove. Chego à uma da tarde.

– Me mantenha informado.

40.

NIKKI MORAVA SOZINHA NUM DUPLEX no quarto andar numa ruazinha triste a dois quarteirões da Tour Montparnasse. O apartamento não devia ter 30 metros quadrados, pouco maior do que duas caixas de sapato empilhadas. No andar de baixo ficavam a cozinha e a sala. Uma escada em espiral, muito íngreme e muito estreita, levava ao cômodo de cima, onde ela dormia. Para aproveitar o espaço, ela havia instalado uma cama elevada e precisara de algumas semanas, mais alguns galos na cabeça, para aprender que não podia erguer o corpo no meio da noite. Abaixo da cama ela havia colocado uma escrivaninha, uma cômoda e um armarinho que fazia as vezes de guarda-roupa. Isso era tudo que uma detetive de 30 anos com um salário de 2.500 euros podia pagar se quisesse continuar morando em Paris. Mesmo assim, ela se orgulhava de cada centímetro quadrado daquele seu cantinho.

Nikki chegou em casa pouco depois das oito. Bateu a porta e jogou as chaves na mesa da cozinha. O elevador estava parado e ela estava ofegante depois dos três lances de escada. Fez sua promessa diária de parar de fumar e, para provar que dessa vez a coisa ia, subira correndo a escada até seu quarto. Ainda ofegava quando começou a se despir displicentemente, jogando as roupas numa pilha. Apenas cinco passos a separavam de um banheiro minúsculo, não muito maior do que uma cabine de vestiário. Não tinha banheira, só um chuveiro tão apertado que ela precisava encolher a barriga para virar o corpo e uma pequena bancada com uma pia.

Ela abriu o chuveiro e, enquanto esperava a água esquentar, foi para o quarto. Pegou uma bolsa, jogou dentro roupas de baixo, meias, algumas camisas de malha, um par limpo de calças. Então notou que seu vestido predileto ainda estava no plástico da lavanderia. Tirou-o do armário e sorriu ao pensar que pelo menos ainda tinha uma roupa em que ficava bem. Quando ergueu o rosto, viu no espelho que estava quase abraçando o vestido, com uma expressão sonhadora e feliz estampada no rosto.

Subitamente caiu em si.

Onde é que ela estava com a cabeça?

Desde que fora apresentada a Simon Riske, não fizera outra coisa senão se esforçar por ele. Dumont pedira que ela o ajudasse, não que servisse de escrava para o americano. Num primeiro momento, ela tinha visto naquilo uma excelente oportunidade para se livrar de sua punição administrativa. Limpara um pouco sua barra com o tenente quando confiscou um quilo de heroína na loja de Aziz François, mas também levara uma bela descompostura por não ter prendido o africano em flagrante. Dumont precisara interceder para não acrescentar mais um mês de trabalho burocrático à sua sentença. Apesar disso tudo, lá estava ela, preparando-se às pressas para ajudar novamente o americano, e desta vez colocando sua carreira ainda mais em risco.

Nikki devolveu o vestido para o armário e afugentou sua expressão sonhadora para bem longe dali, que era o lugar dela. Voltando ao banheiro, encontrou a água já morna. Subitamente nostálgica, ela se viu pensando no passado. Mais especificamente, lembrou-se da última vez que tinha usado aquele vestido. Foi em um jantar no restaurante Guy Savoy, numa época em que as coisas ainda iam bem entre ela e David. David Renard, que ela havia conhecido numa quadra de squash, era, aos 40 anos, um dos prodígios da consultoria de investimentos Lazard Frères. Volta e meia ela ouvia da mãe que o cara era bom demais para ela, que pertencia a um mundo "totalmente diferente", como se ainda estivessem no século XIX, quando ricos e pobres não se misturavam.

Ela tinha ido para a casa dele naquela noite. Após seis semanas de encontros, definidas menos pelo tempo que passaram juntos do que pelo número de jantares que ela cancelara por causa do trabalho, eles fizeram amor na *maison de ville* dele, com vista para o Champs de Mars.

Ali na cama, ela chegara a pensar que havia encontrado o homem da sua vida. David era inteligente, gentil, espirituoso, tratava-a como uma dama. Se não era o melhor amante do mundo, também não era um caso perdido. Mas, claro, por volta das seis da manhã ela havia recebido uma ligação do tenente, convocando-a para a cena de um crime. Vestira-se e fora embora tão depressa que David nem tivera tempo de reclamar.

Ele ligou mais tarde, terminando o namoro, e ela fizera a besteira de perguntar por quê. "Gosto de mulheres que preparam o meu café da manhã", respondera ele.

Até hoje aquelas palavras a feriam. Nem sofrera tanto assim com o término precoce da relação, logo deu a volta por cima. Aquela história havia mostrado como ela não se conhecia. Como podia ter sido tão ingênua, deixando-se apaixonar daquela forma? Então percebeu que sua escolha não havia sido guiada pelo afeto, mas pelo desespero.

Tudo isso havia acontecido seis meses antes.

Nikki entrou debaixo do chuveiro e se encolheu para fechar a porta sanfonada. Enquanto ensaboava o corpo, obrigou-se a examinar com mais frieza seus sentimentos. A verdade era que não sabia nada a respeito de Simon Riske. Sabia apenas que ele mentia como respirava. Não tinha a menor dúvida de que ele a estava manipulando, com ou sem o consentimento de Dumont, e que continuaria fazendo aquilo até encontrar Tino Coluzzi e botar as mãos na maldita carta. Não tinha como saber se depois disso ele manteria a palavra e a ajudaria a prender o mafioso. O mais provável era que tudo não passasse de uma boa cortina de fumaça. Lembrou a si mesma de que era uma detetive, e que a primeira regra da profissão era não acreditar em ninguém.

E o restante? A atração imediata que sentira. O desejo que a agitava toda vez que ele chegava perto. O medo que ele conseguia despertar com um simples olhar. Ela se imaginou acariciando os músculos do peito dele, depois descendo as mãos. De repente ficou sem ar e precisou se apoiar para não cair.

Que droga era aquilo?, se perguntou. Estava atordoada com o coração disparado, com aquela vertiginosa enxurrada de emoções.

– Não – disse ela em voz alta, endireitando-se.

Emoções mentiam. Emoções enganavam. Não era prudente confiar nelas, assim como não era prudente confiar nas pessoas. Devia ser leal à polícia francesa, não a Simon Riske. Assim que saísse do banho, ligaria para o tenente e contaria tudo que sabia a respeito de Coluzzi para que ele pudesse alertar a polícia de Marselha. Que viessem as consequências. Ela expiaria seus pecados e enfrentaria sua punição com brio e dignidade.

E depois? Cedo ou tarde alguém acabaria prendendo Coluzzi, e ela sentiu o estômago embrulhado só de pensar em outra pessoa colhendo os frutos do seu trabalho.

– Não! – repetiu ela, agora mais alto. – Esse peixe é meu.

A resposta estava bem ali, debaixo do seu nariz. Ela usaria Riske do mesmo modo que ele a estava usando. Dessa vez não haveria nenhuma dúvida quanto ao "oficial responsável" que constaria no prontuário.

Satisfeita por ter encontrado um plano de ação, Nikki saiu do banho, secou os cabelos e se vestiu. Olhou-se no espelho e deparou com uma mulher séria e determinada. E gostou do que viu. Ali estava uma profissional fria, uma estrategista.

Ela já ia buscando sua arma quando olhou para a bolsa ainda aberta no chão.

E Riske?

Pegou novamente o vestido no armário e jogou na bolsa, junto com a pistola e as caixas de munição.

O que tiver que ser será.

Ela tinha quinze minutos para chegar à Gare de Lyon.

41.

– Você recebeu os números? – perguntou Barnaby Neill ao técnico que operava o console de eletrônicos na unidade móvel de vigilância. – Mande para a NSA. É para ontem.

– Já mandei, senhor. Recebimento confirmado. Subestação Cinco. Europa Ocidental.

– Peça ao plantonista que nos conecte ao fluxo dos telefones em tempo real. Se esses números realmente forem de Tino Coluzzi, não quero ficar esperando para descobrir. Quando ele abrir a boca para dizer o que for, quero estar ouvindo.

Neill ficou de pé para se alongar, cuidadoso para não bater a cabeça no teto. O furgão era um Mercedes Sprinter equipado com janelas escuras e um equipamento padrão de vigilância que incluía, entre outras coisas, um StingRay bem mais poderoso que o de Simon, um microfone direcional camuflado no teto do veículo, câmeras de alta definição ligadas a programas de reconhecimento facial e muito, muito mais. Além disso, todos os computadores de bordo tinham acesso direto à nova base de dados integrada que haviam apelidado de "Beast", a "Besta", um esforço conjunto do Pentágono, da CIA, do FBI e de mais uma dezena de outras entidades de três letras como DEA, ICE, NGA e IRS. Após a tragédia do 11 de Setembro, fora preciso esperar mais quinze anos de negociações, enfrentar inúmeros falsos começos e desembolsar 20 bilhões de dólares para que as comunidades policiais e de inteligência americanas finalmente passassem a operar num sistema realmente integrado.

Dez anos antes, Neill precisava de um mês inteiro para monitorar o trânsito de uma informação entre uma agência e outra. Agora podia fazê-lo numa questão de segundos, dentro de uma unidade móvel, viajando a 130 quilômetros por hora numa rodovia a 5 mil quilômetros de Washington. Isso, sim, era progresso.

– E a foto? O que dá para fazer com ela? – perguntou a um segundo técnico no outro lado do furgão.

O homem abriu a imagem da russa na portaria do prédio de Falconi. Recortou o que não era rosto, depois foi aplicando uma série de filtros e ferramentas de depuração para aumentar a quantidade e a qualidade dos pixels. Quando terminou, tinha um retrato praticamente perfeito da moça.

– É o melhor que dá para fazer.

– Até que é bonitinha, não é? – disse Neill.

– Bem mais do que as minhas colegas de fazenda – comentou o técnico. A fazenda era o complexo de treinamento da CIA no interior da Virgínia.

– Não diga isso. Não é patriótico. Agora veja se ela está em algum dos nossos bancos de imagem.

– Pode demorar um pouco.

O furgão sacolejou por algum motivo e Neill precisou se apoiar para não cair. Foi na direção do motorista.

– Tudo pronto para a decolagem? – perguntou ao homem.

– Avião na pista. Tripulação a postos.

– Perfeito.

– Senhor, encontramos – avisou o técnico da foto.

– Diga.

– Valentina Asanova. Doutoranda em engenharia química pela Universidade Estatal de Moscou. Formada pela Academia de Inteligência Internacional do SVR, designada para o Departamento 9 da Diretoria S. Identificada pela primeira vez em 2008, em Dubai, como integrante da equipe que supostamente assassinou um dos principais financiadores do Hezbollah. Suspeita de ter participado do atentado em Sana'a em 2016.

– Puxa, aquilo foi feio.

Com o apoio dos russos, um grupo extremista havia detonado um carro-bomba durante uma cerimônia religiosa nas imediações da capital iemenita, matando mais de duzentas pessoas. O problema era que a cerimônia era um casamento, enquanto o alvo da operação estava num enterro bem longe dali.

– Vista pela última vez numa operação em Mumbai. Oficialmente afastada no ano passado por insubordinação e descaso com danos colaterais.

Neill esfregou as mãos. "Ah, Vassily. Nossa vara já está com linha, anzol e chumbo."

– Pelo visto ela já está na ativa outra vez. Extraoficialmente, aposto. Simon Riske passou o número dela também?

– Passou.

– Vamos ver onde ela está escondida.

O técnico voltou ao computador e repassou o número de telefone de Valentina Asanova para a sede da Agência Nacional de Segurança, a NSA, em Fort Mead, Maryland, onde alguém secretamente o enviou através do satélite da Russphon, a operadora de telefone. O satélite reconheceu o número e numa fração de segundo as coordenadas de GPS do aparelho já estavam na tela, junto com o endereço.

– Ela agora está na Gare de Lyon.

– Coincidência é que não é.

O furgão parou e, olhando pela janela, Neill avistou a fachada oitocentista do terminal, o relógio parecido com o Big Ben londrino. Era a Gare de Lyon.

– O senhor quer que a gente avise Simon Riske sobre a russa? – perguntou o técnico.

Neill não respondeu. Desde Londres que ele vinha seguindo os passos de Riske. Um dos seus olheiros estava no saguão do George V quando Simon fez o check-in. Outro estava no prédio da Police Judiciaire quando ele se encontrou com Marc Dumont. Um terceiro o seguiu até o Galleon Rouge e acompanhara não apenas a luta na rua, como também a ida ao pronto-socorro.

Portanto, Neill sabia da íntima parceria entre Riske e a detetive Perez. Estava bastante furioso com a omissão, mas não ficara surpreso. Todo mundo tinha suas motivações pessoais. Nada se resumia apenas a trabalho. Aliás, era nisso que ele havia apostado desde o início.

– Senhor?

Neill desviou o olhar, pesando as alternativas. Ele também tinha as suas motivações, que talvez não fossem mais compatíveis com as de Simon Riske.

– Podemos pelo menos mandar a foto para ele?

– Silêncio – disse Neill. – A menos que você queira que ele escute.

– Hein?

Do outro lado da rua, um táxi havia parado e dele saltou um único passageiro. Era um homem esbelto, de cabelos pretos, vestindo um paletó e calça de alfaiataria. Neill o viu pagar o motorista e entrar apressado no terminal.

Neill o via como um farejador, não como um cão de ataque. Seu trabalho era tirar a presa da toca, só isso. Reconhecia o belo trabalho que ele vinha fazendo, mas, caso os números encontrados no bloco de Falconi de fato fossem de Coluzzi, não precisaria mais dele. Pegaria o homem pessoalmente.

Assim, por que oferecer ajuda quando nenhuma ajuda era necessária?

– Riske é capaz de se virar sozinho.

– Sim, senhor.

Neill pôs a mão no ombro do motorista.

– Para o aeroporto. O avião está esperando.

Trinta minutos depois eles já estavam no Aeroporto de Orly.

O furgão passou por uma guarita de segurança especial e seguiu pela pista até o Gulfstream taxiado anonimamente numa das extremidades do aeroporto. Barnaby Neill, ao contrário de Valentina Asanova, tinha um jatinho à sua disposição e em noventa minutos chegaria a Marselha.

Muito antes do seu farejador.

42.

Aflito e instável, exaurido pela noite maldormida, Tino Coluzzi estacionou o carro e desceu os três quarteirões da ladeira que levava ao porto. O céu era um grande bloco de azul. Uma brisa suave lambia a superfície da água. Gaivotas rodopiavam no alto, guinchando animadas. Mas a beleza da manhã não aplacava seu nervosismo. Seu grande amigo Luca Falconi havia sido morto por uma assassina russa. E, para piorar, parecia que ele contara tudo que sabia a seu respeito, inclusive sobre Le Coual. Como se isso não bastasse, Simon Ledoux, que ele julgava morto e enterrado havia muito, não só estava vivo como andava à sua procura.

Só restava aquilo.

Um telefonema.

Atravessando a Place aux Huiles, ele não demorou a avistar o porto. Seu coração pareceu parar. Apavorado, olhou para um lado e para outro. Nenhum sinal do imponente casco azul-marinho do *Solange*, da popa íngreme, da bandeirola de caveira.

Ren havia mentido. Nem tinha tentado falar com Borodin.

Atordoado, Coluzzi subiu ao píer, correu até o atracadouro privativo do *Solange*, mas, no lugar do superiate de 200 pés, encontrou apenas um bote de 18 balançando na água. Viu apenas um tripulante a bordo, de bermuda branca e camiseta listrada, passando um pano nos bancos. Desanimado, deixou a cabeça cair, convencido de que tinha sido vítima de uma brincadeira cruel. Pensou na maleta que havia deixado em Le Coual, na carta escondida dentro dela.

E agora?

– Sr. Coluzzi?

Olhou para cima e viu o marujo acenando.

– O que você quer?

– O Sr. Ren zarpou de madrugada para Entre les Îles.

– É, estou vendo.

– Por favor, suba. Ele pediu que eu levasse o senhor.

– Para Entre les Îles?

– Está à sua espera.

– Está? Quer dizer... claro que está.

Com o ânimo renovado, Coluzzi correu para o passadiço e saltou a bordo.

O marujo desfez as amarras do barco, deixou-o deslizar por alguns metros e então ligou os motores para seguir adiante, deixando para trás as muralhas altas do Forte de Saint-Nicolas, desviando-se das traineiras que chegavam da pesca. Assim que ultrapassou o quebra-mar, acelerou até chegar aos 20 nós, deixando o casco bater na marola, empinando a proa contra o vento forte.

O barco dobrou para leste e seguiu margeando os paredões e as enseadas de Les Calanques. Em poucos minutos, Coluzzi localizou o bar que ele tanto havia frequentado ao chegar da Córsega, um lugar chamado Le Bilboquet. Seus olhos percorreram o declive alto que se erguia atrás do bar. Depois olhou algumas centenas de metros para a direita, tentando localizar Le Coual entre os rochedos avermelhados do penhasco. Não conseguiu, e com isso se sentiu mais seguro, orgulhoso da camuflagem do seu refúgio. Se ele não enxergava nada, ninguém enxergaria.

O barco dobrou para alto-mar e foi avançando na direção sul-sudeste, onde o vento era bem mais forte, o mar bem mais agitado. O barquinho agora sacolejava muito, empinando-se dramaticamente antes de martelar a superfície da água. Coluzzi agarrava-se à amurada com força. Ele era um cara da terra firme e ponto final. Vinha de uma linhagem de montanheses, criadores de porcos que raramente desciam à praia, mesmo no auge do verão. Os pulos violentos do barco, que se inclinava e balançava, provocaram as primeiras contrações incômodas de enjoo.

– Tudo bem por aí? – perguntou o marujo. – Estou achando você meio verde.

– Não, tudo bem – disse Coluzzi, juntando um sorriso frouxo e um sinal de positivo.

Um traço de terra despontou no horizonte e, para além dele, uma coleção de pontinhos brancos.

– Mais cinco minutos – informou o piloto.

Dali a pouco, os pontinhos brancos se transformaram em iates, mas o traço de terra permaneceu igual, uma ilhota baixa, quase ao nível da água. O bote contornou a ilha pela ponta leste e entrou num canal relativamente largo, ladeado por duas outras ilhas compridas e igualmente baixas. Então ele reduziu a velocidade. O vento foi morrendo. A água era calma e turquesa, e a areia era visível sob a água límpida. Havia pelo menos uma dezena de iates ancorados por perto. O maior deles, ocupando orgulhoso um trecho mais próximo da praia, era o *Solange*.

O piloto passou direto pelo barco de Ren e atracou no píer que se estendia 50 metros no mar. No topo de um morro baixo, logo atrás do píer, ficava um restaurante com telhado de palha, toldos brancos e mesas com vista para o mar. Mesmo da praia dava para sentir o cheiro defumado de frutos do mar.

– O Sr. Ren pediu que você fosse ao encontro dele.

Ainda tonto, Coluzzi desembarcou para o píer e parou um instante para firmar as pernas. Depois ajeitou o paletó, desceu para a praia e subiu a escada íngreme que levava ao restaurante.

Um guarda-costas esperava por ele no último degrau.

– O celular, por favor – pediu o homem.

– Posso precisar dele.

– O Sr. Ren não permite telefones.

Coluzzi entregou o aparelho descartável que vinha usando desde a meia-noite, depois se deixou revistar da cabeça aos pés. O guarda-costas não encontrou nada.

– *Bon appétit* – disse o homem, num tom agradável.

– *Merci.*

Coluzzi era experiente o bastante para deixar o estilete em casa.

O charme do restaurante parecia vir do seu ar descontraído, quase desleixado. Quatro mesas compridas se enfileiravam, cada uma com dez ou doze cadeiras de vime. O chão era de cimento, mas quase inteiramente coberto de areia. Os toldos brancos se agitavam ao sabor do vento, lembrando as velas de um barco. Guirlandas de flores escondiam boa parte dos tubos internos.

Apenas uma das mesas estava ocupada. Ren sentava-se à cabeceira com uma das pernas jogada por cima do braço da cadeira, uma taça de champanhe na mão. Tinha onze ou doze convidados, homens, mulheres e crianças, que vestiam roupas frescas de linho e traje de banho. Para decepção de Coluzzi, entre eles não estava nenhuma das beldades mediterrâneas que haviam entretido o oligarca na véspera. Todos ali tinham a pele muito clara, maçãs salientes, olhos escuros. Eram russos, com toda a certeza.

Coluzzi contou dez garrafas vazias de Dom Pérignon sobre a mesa e pelo menos outras dez em baldes de gelo.

– Tino! – exclamou Ren assim que o viu, abrindo os braços. – Venha, sente aqui!

Coluzzi puxou uma cadeira e se sentou perto dele.

– Como vai, Alexei?

– Vai beber o quê? DP? Uma Stoli? Cerveja?

– Uma água mineral, por favor.

– Relaxe, homem. Junte-se a nós. Hoje é o seu dia.

– Uma cerveja – pediu Coluzzi ao garçom. – Kronenbourg 1664.

– Assim é que eu gosto – disse Ren.

O russo não parava de sorrir. Coluzzi tentava sorrir de volta, mas não conseguia.

Nunca havia pisado ali, mas já tinha ouvido falar muita coisa a respeito de Entre les Îles. No passado aquelas ilhas eram frequentadas pela população local, um lugar para almoços preguiçosos, onde as pessoas ancoravam seu barco, nadavam, depois se deliciavam com lagostins e cerveja a um preço razoável. Tudo isso havia mudado nos últimos vinte anos com a invasão dos russos à Riviera Francesa. Fazia muito que Saint-Tropez deixara de ser um destino chique para se tornar um antro de turistas ricos, mas mesmo os lugares mais ermos e desconhecidos vinham sendo devastados, um a um, pelo furacão de milionários gananciosos que havia assolado o sul da França. Por que cobrar 10 euros por dez lagostins quando era possível cobrar 100 por apenas cinco?

O garçom voltou com a cerveja numa bandeja, e Coluzzi mal havia dado seu primeiro gole quando Ren se levantou.

– Venha comigo – disse o russo. Em seguida acendeu um charuto e colocou o braço sobre os ombros de Coluzzi. – Ainda não vi a cor do dinheiro.

– Combinamos que o pagamento seria feito depois que você marcasse o encontro.

– Isso foi o que *você* disse. Não me lembro de ter concordado.

– Isso vai ser um problema?

Ren exalou um jato da fumaça azulada e puxou Coluzzi para mais perto.

– Sei que você é um homem de palavra.

– Claro.

O russo o conduziu até a sombra de uma árvore, numa borda que recebia o vento do mar. Um guarda-costas os seguia a uma distância de dez passos, certamente para evitar alguma aproximação inoportuna. Ren parou para reacender seu charuto, e Coluzzi permaneceu calado. Não havia sinal mais claro de nervosismo e fraqueza do que a conversa mole.

– Este homem... o Borodin – disse Ren afinal, parando aqui e ali para dar uma baforada. – Não é muito fácil falar com ele. Quero dizer, como é que a gente faz para entrar em contato com o chefe da espionagem russa?

– Se eu soubesse, não estaríamos aqui.

– Em primeiro lugar, você precisa conhecer alguém que seja próximo a ele. Alguém em que tanto você quanto ele confiem. – Ren encolheu os ombros e arregalou os olhos como se estivesse diante de um obstáculo intransponível. – Faz anos que saí da Rússia. Não tenho mais contatos tão influentes. Houve um tempo em que, se você me pedisse para ligar para o chefe do SVR, eu perguntaria de volta: "No fixo ou no celular?" Infelizmente esse tempo já se foi.

Coluzzi assentiu, mas estava ficando cada vez mais nervoso. Na véspera, Ren havia enchido o peito para dizer que podia fazer a ligação ali mesmo no barco, mas agora parecia estar tirando o corpo fora.

– De novo: isso vai ser um problema?

– Olhe só para você, roendo as unhas de preocupação. – Ren mordeu o charuto e usou a mão livre para tirar um papel do bolso. – Não falei que não tinha mais contato nenhum. Quando você é bilionário, tem sempre alguém querendo ser seu amigo.

Ele estendeu o papel, apenas para puxá-lo de volta quando Coluzzi tentou pegá-lo.

– Mesmo assim, custou uma boa grana – disse, e só então entregou o papel. – Ele está esperando sua ligação ao meio-dia. Ainda falta uma hora. Quer comer alguma coisa?

Coluzzi guardou o papel no bolso.

– Até que não seria mau.

43.

– CARRO TRÊS, ASSENTO 84 – disse o agente no controle de segurança. – No início da plataforma, logo atrás da locomotiva. Tenha uma boa viagem.

Simon recolheu sua bagagem e foi para o trem. Apesar do aumento do número de ataques terroristas na Europa, sobretudo na França, as malas e as bolsas de mão não passavam pelo raio X. Meia dúzia de soldados patrulhavam a plataforma com metralhadoras a tiracolo. Dois policiais à paisana, cada qual com um pastor-alemão, zanzavam entre os passageiros que embarcavam. *Cães farejadores*, pensou Simon, já que Marselha era o maior porto francês no Mediterrâneo e a principal porta de entrada e saída do tráfico com o norte da África.

O TGV é um trem de design elegante, de piso baixo, os carros pintados num prateado acolhedor com detalhes em azul. Alguns retardatários corriam na frente dele para conseguirem chegar ao vagão. Pelas janelas, Simon podia ver que o trem estava cheio. Por um instante ele parou e olhou às suas costas, procurando uma mulher de porte atlético e cabelos castanhos desgrenhados, mas logo desistiu e retomou o caminho do trem. Não tinha direito de esperar que Nikki se juntasse a ele. Ela já havia feito o suficiente. Além disso, que motivo ela teria para se jogar naquela caçada maluca, que colocava em risco sua carreira e muito possivelmente sua saúde? Tinha feito a escolha certa.

Simon apertou o passo e conferiu o aplicativo de tempo no celular. A previsão para Marselha era de sol durante o dia e ventos mais fortes no fim da tarde, talvez com tempestade. Ele ainda se lembrava do cheiro de maresia que o vento mistral trazia, as gotículas de água salgada que molhavam seu rosto, aquele vento agitado e imprevisível que transportava o mar para dentro da terra. Depois de tantos anos, ele estava voltando para casa, para aquele lugar que tanto havia feito para destruí-lo e, não conseguindo, fizera ainda mais para lhe dar uma segunda vida.

– Espere! – Uma voz feminina ecoou no teto alto da plataforma. – Não fechem o portão!

Virando-se, Simon avistou Nikki Perez atravessando o controle de segurança com uma bolsa de mão. Deixou uma das malas no piso e acenou para ela.

– Fiquei presa no trânsito – disse ela ao alcançá-lo.

– E o trabalho?

– Depois a gente conversa.

Eles foram andando apressados pela plataforma. A meio caminho, um condutor pediu que embarcassem ali mesmo e procurassem seus assentos depois que estivessem no trem. Simon abriu a porta e entrou depois de Nikki. Quase imediatamente o trem começou a andar.

– Qual é o seu assento? – perguntou ele.

– Carro quinze, assento 71 – respondeu Nikki, olhando a passagem. – A segunda classe fica para o outro lado. E você, onde está?

– Carro três, assento 84.

– Primeira classe, claro.

Simon tirou a passagem do bolso.

– E 85 – completou.

– Como assim?

– Comprei dois lugares, só por garantia.

– Sabia que eu vinha?

– Esperava que sim.

Nikki tomou a passagem da mão dele e foi abrindo caminho no corredor, um carro após o outro, todos lotados, malas nos compartimentos superiores e entre os carros da composição. Por fim alcançaram o carro três e localizaram os dois últimos assentos vagos, que só podiam ser os deles. Jogaram suas bolsas e maletas no compartimento e se acomodaram nos bancos, um de frente para o outro, separados por uma mesinha.

– Não sabia que eu era assim, tão previsível – comentou Nikki.

– Sei que você quer pegar Coluzzi tanto quanto eu.

– Só isso?

– Sei também que não aguenta mais ficar atrás daquela mesa.

– Também é verdade.

– Não deve ser fácil ficar soterrada de papéis sabendo que está a um passo de capturá-lo.

– Só isso, mais nada?

Simon pensou um pouco.

– Estou esquecendo de algo?

– Não – disse Nikki, encarando-o com firmeza. – É só isso mesmo.

– Mas e aí? – perguntou Simon.

– E aí o quê?

– Você relatou o assassinato do Falconi? Contou a Marc Dumont que estamos indo atrás do Coluzzi?

– Não é você que sabe tudo? Então, diga você mesmo.

– Se você está aqui, então imagino que a resposta seja não.

Nikki deu um sorriso desdenhoso.

– É verdade que quero pegar o Coluzzi tanto quanto você, mas até lá nós temos algumas horas de descanso.

– Que nada. – Simon tirou o celular do bolso, conectou o fone de ouvido e, para não ficar sem bateria, ligou o carregador na tomada mais próxima. – O trabalho começa já.

– Ó que você vai fazer?

– Uma pesquisa.

– Sobre Coluzzi?

– Sobre o príncipe.

Simon olhou pela janela. O trem ainda passava pelos subúrbios de Paris, uma região de conjuntos de prédios altos de concreto, de aspecto sombrio e hostil mesmo sob o sol da manhã. Ele se lembrou dos conjuntos habitacionais do governo enfileirados na colina acima da casa da mãe. Pareciam melhores que estes, ou talvez menos feios. Vários apartamentos tinham jardineiras nas janelas, com flores multicoloridas o ano todo. Havia parquinhos decentes e um campo de futebol, mantidos pelos chefes do tráfico na região. Por dentro, no entanto, os prédios eram decrépitos e fediam a esgoto. Os corredores eram escuros e imundos. As escadas eram uma terra de ninguém que fedia a urina, vômito e à indefectível maconha. Os elevadores raramente funcionavam. Ninguém descia de um apartamento para a rua sem cruzar com algum morador comprando drogas no corredor, uma prostituta entrando em casa com um cliente, um grupo de adolescentes enfastiados e encrenqueiros procurando confusão. Os policiais paravam a um quarteirão dali. Era o mais perto que se arriscavam a chegar.

– Cresci nesta parte da cidade – contou Nikki.

– A barra aqui é pesada.

– Tem piores.

– Conseguiu sair. Que bom.

– E você, como foi que saiu? Do Les Baums para a Sciences Po é um longo caminho. Como daqui até a lua.

– Uma história comprida.

– Temos quatro horas.

– Fica para outro dia.

– Promete?

Simon podia ver que ela estava tentando ser sua amiga.

– Quem sabe – disse ele, e voltou sua atenção para o telefone.

Precisava estudar as informações pessoais de Abdul Aziz, aquelas que ele havia copiado do celular de Delacroix: endereço de e-mail, números de cartão de crédito, documento saudita de identidade, etc. Ele sentiu uma presença a seu lado. Erguendo o rosto, deparou-se com Nikki sentada no braço do seu assento.

– O que é isto? – perguntou ela, pousando a mão no ombro dele.

Simon contou sobre a visita que fizera ao chefe de segurança do hotel e como conseguira acesso ao telefone.

– O que você pretende fazer com isto?

– Com um pouco de sorte vou conseguir a senha do e-mail dele. Depois disso, quem pode saber?

– Você não está nem aí para as leis, está?

– Durmo bem com isso.

– Imagino que sim.

– Quer ouvir a conversa ou prefere que eu vá para outro lugar?

– Não estou aqui oficialmente. Por favor, continue. Posso aprender alguma coisa útil se um dia me tornar detetive particular.

Simon encontrou o número da provedora de internet do príncipe, uma grande telefônica da Arábia Saudita.

– Vamos lá – falou ele. – Silêncio.

Nikki fez um gesto fechando a boca.

– Bom dia – disse Simon ao ser atendido. Seu árabe era lento e formal. O vocabulário era limitado, mas o sotaque era perfeito. – Estou com um pequeno problema. Esqueci a senha da minha conta.

– Problema nenhum, senhor. Tenho certeza de que podemos ajudá-lo. Basta entrar na nossa página na internet, informar seu endereço de e-mail e clicar no link “Esqueci minha senha”. Em seguida, o senhor vai receber instruções sobre o que fazer para recuperar ou alterar sua senha.

– Não estou no meu computador. Estou no celular, sem acesso a uma rede de wi-fi. Preciso resolver isso o mais rápido possível. Quero ler minhas mensagens assim que encontrar uma rede.

– Claro, senhor. Vou precisar fazer algumas perguntas.

– Pode falar.

– Qual é o endereço do seu e-mail?

Simon passou a informação.

– Obrigada. E qual é o nome do usuário?

Simon deu o nome completo de Abdul.

– Estou falando com o príncipe?

– Sim, príncipe Abdul Aziz.

A telefonista começou um falatório animado e rápido em árabe. Simon se esforçou, mas não entendeu quase nada. No entanto, captou o espírito da coisa. Para a atendente, ajudar o príncipe era uma grande honra, uma grande alegria, uma grande satisfação. Simon se perguntou se ela conhecia a real ocupação de Abdul Aziz.

– Por favor – disse Simon. – Estou acompanhado de americanos, prefiro falar em inglês.

– Claro, Vossa Alteza. Me desculpe, eu não queria...

– Podemos continuar?

– Pois não, Alteza. Com todo o respeito, preciso fazer algumas perguntas para confirmar sua identidade.

– Eu entendo. Está fazendo seu trabalho. E muito bem, diga-se.

– Obrigada. Então... Data de nascimento?

– Doze de novembro de 1967.

– E quando foi que criou sua conta?

Simon pigarreou.

– Anos atrás. Se eu me lembrasse disso, seguramente também me lembraria da senha.

– Sem problema, senhor. Nesse caso, pode me dar o número da identidade?

– Disto eu me lembro.

Simon consultou sua lista e respondeu.

– Obrigada, senhor. Estamos quase lá.

– Espero que sim.

Simon ficou tentado a dizer: "E, se você tem algum apreço pela sua família, ande logo com isso."

– Qual é o endereço para envio de conta ao usuário?

Simon percorreu a lista. A informação não estava lá.

– Merda – resmungou Simon.

– Senhor?

– Perdão, eu espirrei. Tenho muitas residências. E não sou eu quem cuida desse tipo de pagamento.

– Nesse caso, posso fazer uma das perguntas de segurança que o senhor mesmo definiu.

– Imagino que seja mais fácil.

– Local de nascimento?

– Essa eu sei, claro – disse Simon, e murmurou uma resposta incompreensível enquanto pesquisava o nome do príncipe num site de busca.

– Desculpe, senhor, não entendi.

– Só um minuto. Vamos entrar num túnel, é possível que o sinal caia. – Simon rapidamente falou um nome híbrido, algo entre Gidá e Riade, as duas maiores cidades da Arábia Saudita. O mais provável era que o príncipe tivesse nascido numa das duas, mas a página dele na Wikipédia dizia outra coisa. – Está me ouvindo?

– Sim, senhor, perfeitamente.

– Londres, Inglaterra.

– Mais uma pergunta, senhor.

– Droga! – exclamou ele, voltando para o árabe. – Tenho mais o que fazer, passa logo a porcaria da senha!

– Imediatamente, senhor – respondeu a atendente, apavorada. – Pronto, senhor. Recuperamos sua senha. Vou dar ao senhor uma senha temporária. Use esta senha para acessar sua conta e criar uma nova.

Simon anotou a senha e desligou antes que ela retomasse a ladainha.

– E aí? – perguntou Nikki.

Ele olhou para ela.

– Conseguimos.

44.

VALENTINA GIRAVA UMA CANETA-TINTEIRO entre os dedos enquanto admirava a paisagem pela janela. Refletia que o interior francês não era muito diferente dos campos em torno de Novosibirsk, onde havia crescido. Pastos verdejantes. Trigais. Depressões cobertas de bosques escuros. Aldeias no topo das colinas, suas igrejas sempre visíveis, embora as russas tivessem um domo na forma de uma cebola na torre, não uma agulha. Outra diferença era que no fim de agosto as temperaturas na Sibéria já teriam caído significativamente e o céu era quase sempre cinza. Em outubro, um tapete de neve cobriria a terra. Em janeiro, uma placa de gelo dura e inquebrável cobriria a neve, e ela se lembrava de que o sol aparecia e sumia durante o tempo que ela passava na escola.

Ela preferia a França. Preferia trabalhar para Vassily Borodin e viajar o mundo a serviço do seu país. E por isso ela teria de matar o homem que se chamava Simon Riske, ou Simon Ledoux, que minutos antes passara a seu lado no trem, roçando a perna em seu braço ao atravessar o corredor rumo ao seu assento.

Valentina guardou a caneta no bolso e discretamente olhou para trás. O corredor estava livre. Levantou-se e foi caminhando para a dianteira do trem, parando à entrada de cada vagão, esperando atrás da porta de vidro para observar os passageiros do outro lado antes de entrar. O problema era que ela via apenas aqueles que estavam voltados na sua direção. Entre esses, muitos se escondiam atrás de um jornal aberto ou da cabeça de terceiros. Ela via apenas a nuca dos que estavam virados para a frente. Metade tinha cabelos escuros e, de longe, podiam ser tanto homens quanto mulheres. Podia descartar apenas os calvos, os louros e os negros.

Havia ainda uma segunda pista. Ela sabia que Riske estava viajando na companhia de uma mulher. Embora a tivesse visto apenas de costas, lembrava que ela tinha uma mecha azul nos cabelos.

Valentina atravessou os carros com determinação, evitando olhar as pessoas diretamente. Sabia que Riske a tinha visto na noite anterior. Se fosse um agente treinado como ela, e não havia motivo para crer que não fosse, certamente a reconheceria na primeira oportunidade. Para a viagem, ela havia se vestido de forma simples. Um jeans com uma blusinha solta e os cabelos presos num rabo de cavalo. Estava bem diferente da moça toda montada que ele vira na mesa de Falconi no Galleon Rouge.

Ela já havia atravessado quatro vagões quando entrou no vagão-restaurante, lotado de gente em torno das mesinhas altas. No fundo, uma fila grande esperava diante do caixa. Não havia como passar de maneira rápida e discreta por ela. Se Riske estivesse lá, eles ficariam cara a cara e ela perderia sua única chance de um ataque-surpresa. De onde estava ela não podia ver muito bem o rosto das pessoas na fila.

Talvez fosse melhor voltar.

E depois, o que poderia fazer? Esperar que eles descessem em Marselha para atacá-lo na estação? Segui-lo até o hotel? Nenhuma das duas opções lhe agradava. Ambas implicavam muitas variáveis desconhecidas.

Riske estava no trem. De certa forma, já estava preso na teia. Cabia a ela ditar os termos do encontro. Dificilmente haveria uma chance melhor para eliminá-lo.

Tudo se resumia a isto: ordens a cumprir.

Matar o americano na primeira oportunidade.

Valentina apalpou o bolso para sentir o volume da caneta-tinteiro. Não se tratava de uma caneta comum. Era só girar a tampa que a ponta afiada recebia uma dose de cianureto com estricnina, que matava em sessenta segundos. Uma ferramenta corriqueira, evolução natural do guarda-chuva que em 1978 havia matado o jornalista búlgaro Georgi Markov na ponte de Waterloo em Londres. Bastaria uma única espetada no pescoço de Riske para que ele caísse morto antes mesmo que ela chegasse a seu assento.

Valentina colocou os óculos escuros, entrou no vagão-restaurante e seguiu em frente com a cabeça baixa. Riske não estava em nenhuma das mesinhas, então ela passou pelo espaço livre estreito ao longo da fila do caixa. Viu de relance um homem de cabelo escuro e curto, paletó azul. O homem se virou. Bigode. Óculos. Não era ele.

Chegando ao fim do vagão, ela olhou rapidamente para trás para se certificar. Só então percebeu que tinha prendido a respiração. Procurou se acalmar e, quando atravessava o espaço entre os carros, quase foi atropelada por uma mulher que acabava de deixar o banheiro à sua esquerda.

– Desculpe – disse ela. – Pode passar.

– Obrigada – respondeu a outra, e seguiu para o próximo vagão.

Assim que a viu de costas, Valentina notou a mecha azul nos cabelos.

45.

Simon agora trabalhava no laptop.

– É agora ou nunca – disse. – Da próxima vez que o príncipe logar, vai saber que invadimos sua conta. Ou vai mudar a senha outra vez ou vai fechar a conta. Vou copiar tudo que encontrar de interessante, mas precisamos ser rápidos.

Nikki se aproximou para ver de perto o que ele fazia. Simon abriu a página da provedora saudita e, como instruído, usou a senha temporária para entrar na conta do príncipe.

– Vamos lá.

A caixa de entrada surgiu na tela. Havia 270 novas mensagens. Simon foi correndo os olhos pelos assuntos dos e-mails, quase todos em árabe.

– Você consegue ler? – perguntou ele a Nikki.

– Ué, você não? Não era árabe que você estava falando agora há pouco?

– *Falando*, esse é o problema. Aprendi quando estava cumprindo minha pena.

– Deixe-me dar uma olhada. – Nikki puxou o computador. – Metade das famílias do meu bairro era de líbios.

– Imagino que o que estamos procurando esteja em inglês.

Nikki foi rolando as mensagens sob o olhar atento de Simon. A maioria parecia vir da família do príncipe: irmãos e irmãs, primos e primas, muitos nomes terminando em "bin Saud". Não parecia haver nada associado ao trabalho dele. Simon deduziu que Abdul talvez tivesse outra conta para esse fim.

– O que exatamente você está procurando? – perguntou Nikki.

– Qualquer coisa que nos dê uma pista do conteúdo da carta.

– Por que você quer tanto saber? Não basta devolvê-la para seu cliente?

– Se vou perder uma gota de sangue que seja, quero saber o motivo.

– Não faz ideia?

Simon deu de ombros.

– Seja o que for, tem muita gente preocupada tanto em Washington quanto em Moscou.

Nikki foi passando as mensagens, um dia de cada vez. Algumas estavam em francês. Entre elas, uma do gerente-geral do George V, agradecendo a Abdul pela visita e lamentando o assalto, e outra do gerente da Cartier, mais ou menos do mesmo teor.

– Tem algo errado – comentou Simon. – Duzentas e setenta mensagens *não lidas.*

Nikki ergueu o rosto.

– E daí?

– Com que frequência você confere sua caixa de entrada?

– Se estou muito ocupada, algumas vezes por dia. Se não, algumas vezes por hora.

– Exatamente. A última mensagem que Abdul leu foi a que Jean-Jacques Delacroix mandou domingo à noite.

– Duas horas depois do assalto – disse Nikki, notando o horário do e-mail.

Simon leu a mensagem em voz alta:

– "Prezado príncipe Abdul Aziz, acabei de ser informado do terrível infortúnio desta noite e gostaria de saber se o senhor e a princesa estão bem, assim como as crianças. Não hesite em nos contatar caso haja algo que eu ou o hotel possamos fazer para ajudá-lo neste momento difícil."

– Ele respondeu? – perguntou Nikki.

Simon abriu a caixa de mensagens enviadas.

– Respondeu. – Leu em voz alta: – "Estamos bem, Jean-Jacques. Ninguém importante se machucou. Obrigado, meu amigo."

– "Ninguém importante" – respondeu Nikki. – Só um guarda-costas. Ótimo. E aí? Mais alguma coisa?

– Não, só isso. Desde domingo ele não manda nenhum e-mail.

– Não manda nem lê.

– É muito tempo.

– Tempo demais. – Nikki olhou para Simon. – O que você está pensando?

– Estou pensando que é uma grande roubada colocar as mãos nessa carta.

Simon foi voltando para as mensagens mais recentes. Abdul recebia uma média de cem e-mails por dia. Além da correspondência com a família, havia uma infinidade de spams de livrarias, lojas de departamento, jornais e revistas. Havia também o recibo de um saque de 10 mil euros na agência bancária de Bois de Boulogne.

Foi então que ele localizou uma mensagem que o deixou dez vezes mais preocupado. O remetente era borodin.v@russcom.net. O assunto: Info entrega. O texto: Aeroporto de Kalamatos, Chipre. Designação: KMTS. Frequência de rádio: 560 hz. Domingo. 2300.

– Borodin – disse Simon. – Isto lhe diz alguma coisa?

– Algo a ver com a música?

– Não, este é Alexander Borodin, compositor russo do século XIX. O do e-mail é V. Borodin. – Ele pesquisou o nome na Wikipédia. – Diretor do Serviço de Inteligência Internacional da Rússia.

– Agora sabemos quem está no nosso pé.

– Chipre – observou Simon. – Um local neutro, excelente para a entrega da carta. Depois da qual o príncipe sumiu do mapa.

– Acha que aconteceu alguma coisa com ele?

Simon pensou um segundo. Não havia a menor dúvida de que algo fizera Abdul deixar de ler e-mails de uma hora para outra.

– Talvez o Chipre não seja tão neutro afinal.

Ele digitou o endereço de Borodin no campo de busca para exibir as mensagens antigas. Uma dezena de e-mails haviam sido trocados entre os dois ao longo do ano. O mais recente fora enviado pelo príncipe na última quarta-feira.

– "Prêmio comigo" – leu Simon. – "Levando para Paris. Mande info para entrega."

– Esse "prêmio" é a carta? – perguntou Nikki.

– Só pode ser. A carta que todo mundo quer.

– E a anterior?

– Última segunda-feira. Tem um número de telefone. Abdul devia ligar para "coletar certo pacote". – Simon abriu uma nova janela e digitou o número de dez dígitos no campo de busca. – O código de área é de Alexandria, no estado da Virgínia – disse, esperando abrir uma lista da operadora. – Fica perto de Washington, do outro lado do rio.

– Podemos descobrir mais alguma coisa?

– Não muito. Algumas pessoas que conheço podem conseguir o nome e o endereço, mas leva um tempo.

– Quem você acha que pode ser?

– Se for para chutar, eu diria que é do cara que roubou a carta da CIA. Ou da pessoa que estava com a carta na ocasião. Mas, como eu disse, é só um chute.

– Vai, continue.

As mensagens seguintes davam uma ideia melhor tanto do relacionamento entre Abdul e Borodin quanto dos eventos que levaram o russo a pedir ajuda do príncipe em um "assunto extremamente delicado". Foi num desses e-mails que Borodin anexou uma fotografia com a seguinte legenda: "Praça Vermelha, 1988."

– Dê uma olhada nisso.

– Quem é esse aqui? – perguntou Nikki.

– Não está reconhecendo?

– É o... é aquele russo com a mancha de vinho na testa.

– Mikhail Gorbachev.

– Ele mesmo.

– E o outro, você conhece?

– O que está apertando a mão do menino?

– Sim, o que está apertando a mão do menino.

– É o americano. O presidente...

– Ronald Reagan.

– Isso, Reagan. O caubói. Mas eu não tenho obrigação nenhuma de saber. O americano aqui é você.

A fotografia mostrava Reagan e Gorbachev cercados de um séquito de assistentes enquanto passeavam pela Praça Vermelha. Reagan apertava a mão de um garotinho russo que aparentava uns 10 anos e tinha toda a pinta de turista.

– Certo, mas e daí? – prosseguiu Nikki. – Uma foto antiga de Reagan e Gorbachev. Qual é o problema?

– Ainda não sei direito, mas... – Simon analisou a foto por mais alguns segundos e foi aí que percebeu. – Não está notando nada de estranho?

– Não – disse Nikki, sem grande interesse.

– Este sujeito aqui. – Simon apontou para o homem logo atrás do garoto, que imaginou ser o pai dele. – Não parece familiar?

– Não.

– Tem certeza?

Em mangas de camisa e com uma máquina fotográfica pendurada no pescoço, o homem devia ter uns 30 e poucos anos. Tinha as maçãs salientes e os olhos de um asiático. Os cabelos claros já começavam a rarear. A foto havia sido tirada trinta anos antes, mas Simon o reconheceu imediatamente. Ao contrário da maioria dos russos, aquele não bebia álcool e era famoso pelas suas proezas físicas. Tinha envelhecido bem.

– Não pode ser – disse Nikki, perplexa.

– Por que não? – Simon ampliou a imagem do homem. Não tinha a menor dúvida de que o "pai" do garoto era Vladimir Putin, líder da Federação Russa. – Está escrito que a foto foi tirada em 1988. Se não me falha a memória, nessa época Putin estava em missão na Alemanha Oriental. Devem tê-lo chamado de volta para essa missão. Faz todo sentido. Você acha que Gorbachev ia deixar qualquer um entrar na Praça Vermelha durante a visita do presidente dos Estados Unidos? Não podia arriscar que aparecesse um dissidente para reclamar da situação do país. O vexame seria incalculável. Essa multidão toda na Praça Vermelha? Devia ser todo mundo da KGB.

– E o menino?

– Futuro KGB. – Simon riu, mas só por um instante. Agora estudava o homem logo atrás de Ronald Reagan, um americano de terno claro. Aparentava ter alguma culpa no cartório. – Não pode ser...

– Que foi?

– Nada. Fiquei surpreso, só isso.

Ele continuou examinando por alguns segundos o homem pálido de terno claro. Salvo engano, era ninguém menos do que Barnaby Neill. Ele e Vladimir Putin se entreolhavam.

– Mas e aí? – perguntou Nikki assim que ele fechou a foto. – O que isso pode significar?

– Por enquanto é só mais uma peça do quebra-cabeça.

Simon voltou a buscar nos e-mails e encontrou um recibo do Four Seasons de Washington. Na semana anterior, antes de seguir para Paris, Abdul havia passado pela capital americana.

E pegara a carta lá.

Depois de mais meia hora examinando os e-mails sem encontrar nada de interessante, Simon fechou seu laptop. Olhou pela janela. Na superfície, tudo parecia perfeito. Limpo. Em ordem. Idílico. Só quando olhamos de perto é que notamos as rachaduras.

– E então, satisfeito? – perguntou Nikki.

– Não diria isso.

Ele conferiu o celular para ver se Neill havia mandado alguma mensagem sobre o paradeiro da assassina russa. Ficou se perguntando se era realmente Neill ali com Reagan na praça. Se fosse, qual o significado daquele olhar trocado com Vladimir Putin? Não podia ser à toa que Putin estivesse ali com Reagan, justo naquele dia, com Reagan e seu séquito, que devia estar cheio de homens da CIA. Que outro motivo Borodin teria para encaminhar a foto para Abdul Aziz?

– Você parece preocupado – observou Nikki. – O que foi?

– Nada. Ansioso para chegar logo a Marselha, só isso.

– Não minta para mim. Agora somos uma equipe, certo?

– Estou aqui me perguntando por que Neill ainda não ligou para dizer se conseguiu rastrear a russa que matou Falconi.

– E já deu tempo de conseguir rastrear?

– Acho que sim. Se a gente conseguiu rastrear o número dela com um dispositivo que qualquer um pode comprar, imagine o que ele pode fazer com os recursos que tem?

– Você não confia nele?

– Digamos que... não desconfio. Por enquanto.

– Como foi que ele encontrou você?

– Eu fiz alguns trabalhos para pessoas no ramo dele. Levantei umas informações, fiz espionagem industrial, mas nada parecido com isso. Eles devem ter vasculhado meu passado. Pelo avesso. É isso que eles fazem, você sabe.

– Tenho uma pergunta. Se esse cara é esperto o bastante para escolher a pessoa certa para recuperar a carta, como se explica que tenha escolhido Coluzzi para fazer o assalto em Paris?

– O que você quer dizer?

– Você não acha que ele revirou o passado de Coluzzi do mesmo jeito que revirou o seu? Não acha estranho que ele tenha confiado na palavra de um vigarista? Que tenha pensado que Coluzzi fosse entregar a carta assim, de mão beijada? – Nikki olhou para ele com uma expressão de sarcasmo. – Talvez esse Neill não seja tão esperto quanto você imagina.

Simon não disse nada. Voltou os olhos para a janela, buscando refúgio na paisagem. Neill não era do tipo que errava na avaliação das pessoas. Era mais provável que fosse ainda mais esperto do que Simon imaginara. Virou-se para Nikki outra vez e viu que ela ainda olhava para ele. Estava irritado porque ela havia dado voz a uma das suas suspeitas mais recônditas. Cada vez mais, temia que fosse uma marionete.

Simon se levantou e foi saindo pelo corredor.

– Ei! – chamou Nikki, puxando-o de volta pelo braço. – O que aconteceu? Está bravo?

– Como descobriu? Você deve ser detetive.

– Simon, o que houve?

– Escute... Ainda não consegui juntar os pontos dessa história. Sinto muito se não tenho todas as respostas.

– Só estou tentando ajudar.

Ao perceber o tom de Nikki, Simon notou que havia sido ríspido.

– Preciso esticar as pernas – disse. – Vou dar um pulo no restaurante.

– Espere. – Nikki rapidamente pegou sua bolsa. – Vou com você.

46.

Valentina esperava no fim do vagão de Riske, nos dois metros vazios entre dois carros, quando viu o americano se levantar e vir caminhando na sua direção, seguido da mulher que o acompanhava. Recuou um passo e foi se esconder no banheiro. Tentou a maçaneta, mas estava ocupado. Um homem reclamou do outro lado da porta, e ela, exausta, por pouco não gritou para que ele se apressasse.

O americano estava a dez passos da porta. Valentina se virou, atravessou o vagão seguinte e foi se esconder no outro banheiro, que por sorte estava livre. Fechou a porta e contou até sessenta, tempo suficiente para que Riske passasse. Nesse meio-tempo, tirou a caneta do bolso e girou a tampa em noventa graus para abastecer a pena com o veneno.

Quando os sessenta segundos se passaram, entreabriu a porta para espiar. Seus olhos esquadrinhavam o vagão. O americano se fora.

Ela saiu do banheiro a tempo de ver a mulher na extremidade do corredor. O americano abriu a porta para dar passagem à amiga. Quando eles já estavam no outro vagão, ela saiu do banheiro e seguiu sem muita pressa. O vagão seguinte era o do restaurante.

Um comissário surgiu mais adiante com seu carrinho de bebidas. Um colega segurou a porta para que ele passasse, o que permitiu que Valentina visse Riske do outro lado, junto com a moça, ambos de costas na fila do caixa.

– Com licença, madame.

Valentina se afastou para deixar o homem passar com o carrinho, depois foi para o fim do corredor e espiou através do vidro. Um grupo de passageiros que saía do vagão-restaurante bloqueava sua visão. O elemento-surpresa era vital. Ela não podia deixar que Riske a visse, nem mesmo por um segundo.

Também era imperativo que não houvesse testemunhas quando ela sacasse a caneta para espetá-lo.

O veneno entrava em ação quase imediatamente. Numa questão de segundos, a vítima se dava conta de que havia algo muito errado. O coração disparava. Os músculos enrijeciam. A visão turvava. Uma pressão terrível apertava a cabeça na altura das têmporas. A temperatura do corpo subia em 5 graus. A pele ficava vermelha. O suor aumentava. Tudo isso somado, e a pessoa tinha a impressão de que iria explodir.

Quando o veneno alcançava o sistema nervoso central, a vítima ficava paralisada. Começava a ter espasmos musculares. Não conseguia falar. A dor ficava insuportável. A pessoa espumava pela boca. Em muitos casos, vomitava copiosamente.

Nos estágios finais, o sistema nervoso sucumbia a uma pane geral. A pessoa entrava em colapso. Os pulmões paravam de funcionar. Nos últimos segundos de vida, havia uma sensação de asfixia. A boca ficava escancarada, mas não sugava uma gota de ar.

Não havia nada de sutil numa morte dessas.

Valentina tirou a caneta do bolso e escondeu-a entre os dedos. Por um segundo viu o paletó escuro de Riske, os cabelos bem cortados, o perfil anguloso. A moça continuava ao lado. Estavam concentrados na conversa. O restaurante agora estava bem mais cheio. Vários passageiros esperavam diante do balcão, atrás do qual um garçom devia estar entregando os pedidos.

Ela se afastou da porta de vidro, relutante. Talvez tivesse de alterar seus planos. Não adiantaria nada matar Riske e depois ir presa. Seu alvo final era Coluzzi, não o americano. Ela conferiu o relógio. Ainda dispunha de mais duas horas de viagem. Tinha de agir com cautela, não podia se precipitar. Muito provavelmente encontraria outra chance de apagar Riske.

Resignada, ela espiou o restaurante outra vez. Um grupo de cinco pessoas liberou uma das mesas e saiu pela porta oposta. Imediatamente a amiga de Riske se adiantou para reservá-la com a bolsa. Logo depois, outro grupo de três ou quatro pessoas saiu pela mesma porta. Em segundos, o vagão-restaurante ficou quase vazio.

Valentina apertou a caneta entre os dedos, reavaliando ansiosa a situação.

Duas mulheres estavam atrás de Riske, mas a passagem a seu lado estava livre. O americano estava de costas, lendo o cardápio afixado atrás do balcão. A mulher que o acompanhava estava no fundo do carro, olhando pela janela enquanto falava ao telefone.

Dificilmente haveria oportunidade melhor.

Ela deixou a mão cair ao lado do tronco, a pena da caneta apontada para o alto. Certa de que havia tomado a decisão certa, *a única possível*, afastou a porta e entrou no restaurante.

47.

Nikki voltou para o lado de Simon na fila.

– O que vai querer? – perguntou ele. – Café? Um croissant?

– Um café. Puro.

– Não vai comer nada? Nem tivemos tempo de esperar o café do hotel. Acho que vou pedir uma baguete com queijo e presunto e uma Coca – disse Simon, lendo do cardápio na parede.

– Um verdadeiro banquete *gourmet*.

– Não comi quase nada desde que saí do pronto-socorro. Preciso colocar alguma coisa no estômago, qualquer coisa.

– Obrigada, mas prefiro esperar por uma sopa *bouillabaisse* no Vieux-Port, com torradas salpicadas de queijo e uma taça de vinho.

– Onde foi parar a policial mais casca-grossa de Paris?

– Posso até ser casca-grossa, mas não sou tosca. Já esperei demais até aqui. Não custa nada esperar mais um pouquinho por um almoço decente.

– Vai ter que esperar mais do que imagina. O trabalho recomeça assim que pisarmos em Marselha. Já esqueceu que não somos os únicos atrás de Coluzzi?

– Claro que não. Alguma ideia de onde ele possa estar?

– Mais ou menos. Vamos ter de dar uma circulada pela cidade, fazer umas perguntas.

– Foi o que você fez da última vez. E não se deu muito bem.

– Vou tomar mais cuidado. Além disso, agora tenho você aqui para me proteger.

– Agora sou sua guarda-costas?

– Eu já devo uma a você. É um bom currículo.

– Tenho meus próprios motivos para estar aqui. Não se esqueça disso.

– Notei que não está armada.

– Hoje estou de folga, mas não se preocupe. Minha arma está na bolsa.

– Bom saber. Tem certeza de que não quer nada?

– Está bem – disse Nikki, convencida. – Pede o mesmo que você pedir. A *bouillabaisse* fica para outro dia.

Ela saiu da fila, acomodou-se na mesa marcada e olhou para Riske. Estava de novo com seu uniforme de trabalho: paletó, camisa branca, calça bege. Já não havia o menor traço da vulnerabilidade demonstrada na noite anterior, na saída do pronto-socorro. Nenhum prenúncio de mortalidade. Aparentemente ele já havia tirado da cabeça aquele seu embate com a morte. Em nenhum momento comentara sobre Falconi. Mas não se tratava de uma encenação. O homem já havia visto muita coisa na vida, muito mais do que ela. E com a diferença de que havia sido o protagonista daquelas experiências, ao passo que ela, na maioria das vezes, chegava depois dos acontecimentos.

O celular de Nikki tocou. Ela conferiu o identificador de chamadas e atendeu imediatamente.

– Bom dia, comissário.

– Bom dia, Nikki. E aí, quais são as novidades? Riske encontrou o homem dele?

– Ainda não, mas está no caminho certo.

– Ótimo. Espero que não esteja dando muito trabalho para você.

– Às vezes ele pega meio pesado, mas eu me viro.

– Mesmo assim, fico devendo essa. E por aí, como vão os trabalhos? Parece que desta vez a coisa foi feia.

– Como assim?

– Delacroix. Fiquei sabendo que foi horrível.

– *Delacroix*... do hotel?

– Quem mais poderia ser?

Seguiu-se uma pausa, e ela percebeu a mancada que acabara de dar.

– Nikki, você não está na cena do crime? – quis saber Dumont. – Sei que o tenente botou você de castigo atrás da mesa, mas, nessas circunstâncias, pensei que ele fosse precisar de você. Ouvi dizer que você suspeitava que Delacroix fosse cúmplice.

– Na verdade, não estou muito bem hoje. Tirei o dia de folga.

– Delacroix está morto. Foi encontrado uma hora atrás no apartamento dele. Pareceu uma execução.

– Caramba – disse Nikki.

Só podia ser a russa. É claro que não era apenas a polícia francesa que suspeitava de Delacroix. Ela sinalizou para que Riske se aproximasse.

– Quando foi isso?

– Ontem à noite. Como ele não apareceu para trabalhar, alguns colegas foram procurá-lo em casa.

– Alguma pista?

– Nenhuma, mas sugiro que você ligue para o tenente.

Nikki acenou outra vez para Riske, mas ele falava com o caixa do restaurante.

– Obrigada, comissário.

– Nikki...

– Sim?

– Riske está hospedado no hotel em que Delacroix trabalhava, não está?

Ela abriu a boca para responder quando avistou uma loura entrando no vagão. Algo nos modos dela chamou sua atenção, uma rigidez no corpo, uma determinação estranha no olhar. O rosto lhe parecia familiar. Sim, era ela.

– Atrás de você! – gritou ela.

Quando escutou a voz de Nikki, Simon virou-se para ela. Vendo o desespero no olhar dela, virou-se para a esquerda e deparou com a mulher que vinha caminhando na sua direção, passando ao largo da fila. Reconheceu-a na hora. Não apenas porque a tinha visto no Galleon Rouge. Ele conseguiu sentir a tensão que ela emanava, o propósito firme, a vontade cega. Ela ainda não o havia encarado, mas tinha certeza de que ele era o alvo.

Ele processou tudo isso em menos de um segundo.

Ela preparou o ataque. Ergueu o braço direito com uma ferramenta preta entre os dedos. Simon viu a ponta dourada quando ela investiu na sua direção. Era uma caneta-tinteiro, mas ela a empunhava como se fosse uma arma.

Ele recuou até bater de costas na parede. Com a mão esquerda, agarrou-a pelo pulso e apertou quanto pôde. A mulher grunhiu de dor e se inclinou para a frente, tentando soltar o braço, levá-lo até o peito de Simon, seus olhos fixos nos dele.

Próximo a eles, um homem gritou assustado, fugindo da confusão.

Usando o peso do próprio corpo, Simon empurrou-a com o ombro para girá-la e jogá-la contra a parede. Ela reagiu com uma joelhada, que por muito pouco não o acertou na virilha. Ele cambaleou para a frente e perdeu o domínio do braço dela. Não sentia dor nem medo. Tinha consciência apenas da adrenalina que fazia o coração martelar dentro do peito. Sem pensar duas vezes, desferiu um murro forte no plexo solar da russa, sentindo a cartilagem ceder. Percebeu que ela recuou, com os olhos marejados, mas ainda de pé.

Simon se afastou da parede e endireitou o tronco. Os dois agora se encaravam feito dois pugilistas. Os passageiros se afastavam o máximo que podiam. Nikki gritava para que ele fugisse, mas Simon nunca havia corrido de uma briga na vida. Pelo contrário, era o imbecil que sempre procurava a briga. Em algum lugar da consciência, ele sabia que estava apenas respondendo àquela voz que, com cada vez mais frequência, lembrava-o de que aquele era o verdadeiro Simon. Que dizia que ele não podia mais fugir e que o homem que ele tinha se tornado era uma mentira. Que ele pertencia ao lado errado da lei.

Naquele momento, pôs a cautela de lado.

A russa arremeteu, num golpe veloz. Ele deu um passo para o lado e novamente a agarrou pelo pulso, torcendo-o enquanto usava a mão livre para imobilizar o cotovelo. A mulher começou a esmurrá-lo no rosto, repetidas vezes, usando os nós dos dedos. Simon manteve o punho firme. Erguendo bem alto o braço da moça, flexionou a perna e baixou um pisão certeiro contra a parte anterior do joelho dela, forte o bastante para afundar ossos, romper ligamentos e deslocar articulações.

A russa berrou de dor e desabou no chão, completamente indefesa.

– O que está escrito naquela carta? – perguntou Simon, de pé ao lado dela.

A mulher se arrastou para trás, piscando os olhos, respirando em arquejos irregulares. A porta a seu lado se escancarou. Um dos seguranças da linha entrou com sua arma já em riste. Valentina olhou para o homem, depois para Simon.

– Vamos, fale! – insistiu ele.

A russa baixou os olhos para a própria mão, que ainda segurava a caneta.

– Não faça isso!

Ela espetou a si mesma no pescoço e deixou a caneta cair.

Nikki se aproximou, ajoelhando-se para ver o que podia fazer.

– Tarde demais – disse Simon, puxando Nikki para longe.

A russa agora arqueava as costas, com os olhos cada vez mais esbugalhados. Abriu a boca num espasmo agudo de terror. Saliva escorria livremente pelo queixo. Um berro horrível saiu das entranhas.

Então, toda gota de vida a abandonou.

Caiu inerte e sucumbiu, morta.

48.

TINO COLUZZI COLOCOU MAIS DOIS LAGOSTINS no prato e se recostou na cadeira. Não estava com a menor fome, mas se obrigou a comer. Conferia o relógio a cada cinco minutos. Alexei presidia o almoço na cabeceira da mesa. Os outros convidados eram executivos das suas muitas empresas, junto com as famílias. Os negócios pareciam estar deslanchando. Coluzzi olhou para o mar. Outros iates haviam ancorado. Nenhum era tão grande quanto o *Solange*, mas todos tinham mais de 100 pés, e impressionavam com suas proas elegantes e seus deques luxuosos. Alguns jet skis corriam de um lado para outro entre os barcos. A perfeita definição de vida boa. E tão próxima que ele podia sentir o gostinho na própria boca.

Dali a pouco Ren sinalizou para que ele o acompanhasse até a outra ponta do restaurante. Coluzzi se levantou e o seguiu até um pátio com vista para o mar aberto e o vento forte.

– Pode ligar – disse o russo, entregando-lhe o celular. – Ele está esperando.

– Agora?

Ren conferiu as horas.

– Quase uma da manhã em Moscou. Se é que ele está em Moscou.

– Você já falou com o...

– O negócio é seu. Prefiro não me envolver. Meu amigo disse a ele que você tinha um assunto sério para tratar. Pelo visto, Borodin já estava esperando um contato seu.

Coluzzi leu o número e digitou sem nenhuma hesitação. Na noite anterior, ele havia ensaiado o que dizer, mas agora estava com a boca seca e não conseguia lembrar uma palavra do que tinha preparado.

O telefone chamou.

Ren o encarava enquanto a ligação se completava, o charuto no canto da boca, braços cruzados no peito. Não sorria. Encarava Coluzzi como se estivesse diante do seu pior inimigo.

– Boa sorte – disse.

– Alô.

– Borodin?

– Diretor Borodin, se você não se importar. Falo com o Sr. Tino Coluzzi? – perguntou o russo num francês quase perfeito.

Sua voz era bem mais aguda do que Coluzzi poderia ter imaginado, mas o tom era calmo, comedido, beirando o afável.

– Meu nome não interessa.

– Neste ramo não existe anonimato. Desde ontem que estamos procurando pelo senhor e de repente o encontramos ao lado de Alexei Ren. É um belo de um oportunista.

– Faço o que tenho que fazer.

– É o que parece.

– Estou com a carta. Acho que nem preciso dizer.

– É verdade. O Sr. Delacroix nos ajudou bastante nesse sentido, assim como o seu amigo, o Sr. Falconi. Ou o senhor achou que íamos ficar de braços cruzados, esperando um contato seu?

Coluzzi engoliu em seco e controlou a raiva. Não estava nem aí para Delacroix, lamentava apenas que o tivesse pagado à vista, mas Luca Falconi era como um tio para ele.

– Não, não achei.

Borodin permaneceu calado por um tempo, esperando que Coluzzi absorvesse a morte do amigo.

– O que você pretende fazer com o seu prêmio?

– Tenho algumas ideias.

– Posso fazer uma pergunta antes?

– Por favor.

– Por que pegou a carta? Segundo vi nos noticiários, vocês só queriam o dinheiro.

– Isso é problema meu.

– Quer dizer que não foi uma coincidência?

– Digamos que há outras partes tão interessadas nesta carta quanto você.

– Já teve a oportunidade de falar com elas? – indagou o russo, ainda mais relaxado do que antes, quase indiferente.

Coluzzi se deu conta de que o russo era o mais nervoso dos dois.

– Imaginei mesmo que a carta interessaria a você, já que foi ao Chipre para recebê-la diretamente das mãos do príncipe.

– Ora, ora... Estou cada vez mais impressionado com você.

– O príncipe escreve mais do que deve. Talvez você possa dar umas dicas da próxima vez que estiver com ele.

– Sr. Coluzzi, sou um homem ocupado. O senhor tem razão quanto ao nosso interesse nessa carta. Quanto antes ela estiver conosco, melhor. Posso oferecer 50 mil euros.

– Eu estava pensando num valor bem diferente.

– Claro que estava.

– Que tal 20 milhões?

A risada de Borodin pareceu um latido.

– Foi Ren quem sugeriu esse número?

– A ideia foi minha mesmo.

– Impossível. Como qualquer outra organização, somos limitados por um orçamento. Não decido nada sozinho.

– Acho que neste caso seu orçamento não é limitado.

– Por que não?

– É a sua vez de jogar. Li o que está escrito naquela carta. Sei muito bem por que quer botar as mãos nela. O número é 20 milhões.

– Nunca.

– Se é assim, me desculpe pelo incômodo. Também sou um homem ocupado. Sinto muito, tenho outra ligação a fazer.

– Espere!

– Estou escutando.

– Dois milhões de euros. Em dinheiro. Em doze horas estarão contigo.

– Vinte milhões. Em dinheiro também. E quero antes das seis.

– Cinco milhões é o melhor que posso fazer.

– Já está amanhecendo em Washington. Sei exatamente para quem ligar. Aliás, ele deve estar furioso comigo porque não entreguei a carta como combinado. Mas vai amolecer, aposto. Já ficou esperando mais do que devia.

– Dez milhões, esta é a minha oferta final.

– O que você fez com Luca Falconi?

– Dez milhões, Sr. Coluzzi. Ou em breve vai descobrir por experiência própria o que fizemos com o seu amigo.

Coluzzi olhou para Ren. O russo assentiu com a cabeça.

– Negócio fechado.

– Ligue para este mesmo número daqui a uma hora para receber os detalhes.

Borodin desligou antes que Coluzzi pudesse discutir.

Ren pegou seu celular de volta e guardou. Ofereceu um charuto para Coluzzi com a mão livre.

– Venha. Vamos comemorar.

49.

Boris Blatt pensou que precisaria de quatro horas para determinar onde seu relógio havia sido roubado. Talvez não descobrisse nem como nem por quem.

Dera início à sua missão logo que chegou de Zurique. Pousara pontualmente às nove da manhã no Aeroporto da Cidade de Londres. Um carro esperava por ele na pista. A viagem de 20 quilômetros até Highgate, no norte da cidade, demorou mais do que os 800 quilômetros desde a Suíça. Já passava das dez quando ele atravessou os portões de Parkfield e entrou no enorme pátio dianteiro da mansão. Era a primeira vez que comprava um imóvel que tinha um nome. Na verdade, ele achara "Parkfield" singelo demais, ainda mais quando se tratava dos 8 mil metros quadrados da mansão georgiana e dos 20 mil metros quadrados de jardins que faziam da propriedade a segunda maior residência privada da capital inglesa. Preferia o nome da maior residência: Palácio de Buckingham.

Assim que pisou em casa, ele subiu de elevador para o escritório no terceiro andar e trancou a porta. A princípio, tratava-se de um problema relativamente simples. Ou o relógio havia sido tirado do seu armário, onde ficava guardado numa caixa térmica de cerejeira, equipada com um dispositivo que girava o item de vez em quando para ativar o mecanismo interno, ou havia sido roubado do braço dele na rua, o que era bem menos provável. Ele já ouvira falar de ladrões hábeis o bastante para roubar um relógio sem que o dono percebesse, mas nunca um que conseguisse colocar outro – neste caso, uma réplica perfeita – no lugar.

Matemático por formação, e portanto afeito às leis da probabilidade, Blatt começou sua investigação pela hipótese mais provável: o relógio havia sido roubado do armário e substituído por uma falsificação.

Sua primeira providência foi ligar para a esposa e perguntar se ela teria aberto a caixa de cerejeira. Meio distraída, ela respondeu que não, e ele acreditou. Ela tinha a própria coleção de relógios, com itens mais valiosos que o Patek Philippe roubado. Além do mais, fazia anos que ela não botava os pés no quarto dele, fosse na casa de Londres ou em qualquer outra das várias que eles possuíam mundo afora, em Bermuda, Manhattan, Bel-Air, Saint-Tropez e Moscou. Riscou a esposa da lista de suspeitos.

Em seguida ele convocou o mordomo, Roderick, a única pessoa, além do próprio Blatt, com permissão para transitar livremente nos seus aposentos. Aparentemente, não havia nenhum motivo para desconfiar dele. Era muito bem pago. Não tinha dívidas. Não bebia, não jogava, nem tinha amantes para sustentar. Claro, Blatt já havia investigado tudo isso. O homem era de uma integridade a toda prova; por isso fora contratado.

Mesmo assim, não custava nada intimidá-lo um pouco. Blatt fez questão de que seus guarda-costas estivessem presentes e, se eles sacudiram o velho algumas vezes durante a conversa, fingiu que não viu. Por mais que insistisse, o mordomo sempre negava. Jurava por tudo que não tinha roubado relógio nenhum, nem deixado ninguém entrar no quarto do patrão.

Blatt agradeceu e afirmou que acreditava inteiramente na palavra dele. Pelo suor que pingava da testa do velho e pela maneira triste e arrasada como se arrastou até a porta, mais um pouco e o homem teria caído duro.

Mas, claro, havia maneiras mais confiáveis para determinar se alguém realmente havia entrado na suíte de Blatt.

Ele voltou ao elevador e desceu para o segundo nível do subsolo. Com uma chave especial, destrancou a porta de aço e entrou no centro de operações de Parkfield, um conjunto de salas onde era realizado todo o planejamento e a supervisão das obras da casa: pintura, marcenaria, hidráulica – tudo. Também era ali que ficava o complexo de segurança da mansão.

Blatt entrou por uma porta no fim do corredor. Observou oitenta monitores que reproduziam em tempo real as imagens captadas pelas câmeras espalhadas por toda a propriedade. O sistema era comandado por um baixote moreno que parecia um gnomo. Ele ficou de pé assim que viu o chefe.

– Bom dia, senhor.

– Anton, já fez o que eu mandei?

– Acabei agora mesmo, senhor.

Blatt sentou-se na ponta da mesa. Ligara para Anton na noite anterior e mandara que ele examinasse todas as imagens do seu quarto para ver se alguém além do mordomo havia entrado nele.

– Então?

– Ninguém, senhor.

– Tem certeza?

– O computador usa um algoritmo para localizar qualquer atividade ao longo da gravação. Enquanto o senhor estava fora, apenas Roderick entrou no quarto. Ninguém mais.

Blatt bateu a mão contra a perna. Estava lívido. Queria gritar que era impossível, mas sabia que não havia como contestar uma câmera de segurança. Sem dizer mais nada, marchou de volta para o elevador, subiu para sua mesa no escritório e pegou sua agenda para rever os compromissos dos últimos dias. Era um homem importante, tinha uma vida social bastante movimentada e jantava fora quase todos os dias. Examinando as anotações, identificou as duas ocasiões em que tinha usado o Patek Philippe: a primeira num jantar na embaixada russa e a segunda no leilão da Sotheby's no Battersea Park.

Não suspeitava do jantar na embaixada. Tratava-se de um encontro oficial, e nesse caso "oficial" significava "secreto". Havia ido sozinho e encontrara o próprio embaixador e o chefe local do SVR, e eles não tinham conversado por mais de uma hora. Não havia mais ninguém. E imaginava que nenhum dos dois fosse um ladrão hábil.

Então sobrava o leilão.

Ele ligou imediatamente para Alastair Quince.

– Boris Blatt falando. Tenho um problema.

– Se for sobre o carro, fique tranquilo – disse Quince, com sua cortesia irritante. – Será entregue na sua casa amanhã mesmo. E, se o senhor me permite dizer, está ainda mais bonito do que...

– Não tem nada a ver com a porra do carro! – vociferou Blatt, não se contendo. Calou-se um instante, meio sem jeito de falar do relógio com o inglês. – Tenho a impressão de que perdi uma coisa na noite do leilão.

– O que é? Posso transferi-lo para o setor de achados e perdidos agora mesmo. Tenho certeza de que poderão ajudá-lo.

– Não precisa. É um objeto de valor. Se tivessem encontrado, já teriam avisado. Preciso ver a gravação das câmeras de segurança do evento.

– Sinto muito, mas isso está fora de cogitação. Apenas a polícia pode ver as imagens, e apenas com uma ordem judicial. É a lei, infelizmente.

– O assunto é delicado, prefiro não envolver a polícia.

– De novo, sinto muito, Sr. Blatt. A menos que o senhor registre uma ocorrência, não há nada que eu possa fazer.

– Vinte mil.

– Como? – disse Quince, ofendidíssimo.

– Vinte mil libras na sua mão. Em dinheiro.

– Está tentando me subornar?

– Vinte mil para ver essas imagens, ou você vai se arrepender de ter nascido. Entenda como quiser.

– Vinte e cinco mil e a gravação vai estar disponível em uma hora.

Blatt desligou, furioso. Não sabia se devia matar o inglês ou contratá-lo.

50.

– Você não disse que ela estava num avião em Orly? – perguntou Nikki.

– Pelo visto não gosta de voar.

Simon olhou pela janela. O sol ainda brilhava no alto, a paisagem tão bucólica quanto antes. Era ele que havia mudado. Ou melhor, seu lugar no mundo. De caçador ele havia passado a caça.

– Precisamos sair deste trem.

– Ele para em Avignon – disse Nikki.

– Daqui a quanto tempo?

– Meia hora. Mas a polícia está esperando você em Marselha. Você vai ter que prestar depoimento.

– Não é a polícia que me preocupa.

– Acha que tem mais alguém? Algum comparsa da russa?

– Por que não? Você é minha comparsa, não é?

– Mas ela estava sozinha quando saiu do apartamento do Falconi.

Simon se inclinou e segurou a mão de Nikki.

– Neste momento, não podemos descartar nenhuma hipótese. Precisamos cair fora deste trem o mais rápido possível.

Vinte minutos haviam se passado desde o ataque. Escoltados por um inspetor da polícia ferroviária, Simon e Nikki haviam voltado a seus assentos e agora enfrentavam a turba de passageiros nervosos querendo saber o que havia acontecido. Simon repetia a eles a mesma história que havia contado ao inspetor. Não, ele não conhecia a mulher que o havia agredido. O ataque havia sido totalmente inesperado. E, não, ele não achava que pudesse ser uma ação terrorista. Até onde sabia, tratava-se de uma agressão gratuita de uma pessoa louca.

O inspetor havia aceitado tudo isso sem fazer perguntas. Não era exatamente um policial, mas um agente de segurança recém-treinado, um dos milhares que haviam sido espalhados nos trens franceses como resposta ao aumento do terrorismo no país. Sua inexperiência era gritante.

– E o senhor? – perguntara ele após examinar o passaporte de Simon. – É policial nos Estados Unidos? Militar, talvez?

– Não – respondera Simon, como se estivesse surpreso e abalado pela sorte de ter sobrevivido.

Era apenas um homem de negócios e aquele chute no joelho da moça não havia passado de um reflexo. Instinto, na verdade. Era um milagre que ainda estivesse vivo.

O inspetor não parecera muito convencido, mas considerara a resposta suficiente por ora.

Simon havia escondido a caneta letal na sua bagagem. Poderia pelo menos atrasar o trabalho da polícia. Quanto mais tarde eles descobrissem que a russa era uma espiã profissional, melhor. Até lá ele poderia se safar como uma vítima inocente, mas ficaria em maus lençóis depois que encontrassem o instrumento que ela havia usado para se matar. Não era todo mundo que andava por aí com uma caneta-tinteiro abastecida de veneno.

Simon baixou a compressa de gelo.

– E aí, está feia a coisa? – perguntou.

Nikki apalpou de leve o rosto dele, ainda inchado.

– Está vermelho, mas não está muito feio. A sua cabeça é dura.

Simon gemeu de dor.

– Nem tão dura assim.

– E os pontos? – perguntou Nikki. – Não estourou nenhum?

– Acho que não.

– Você apanhou bastante nos últimos dias – comentou ela, ainda com a mão no rosto dele.

Simon se recostou. O cuidado dela o deixava mais feliz do que estava disposto a admitir.

– Bati mais do que apanhei.

– É verdade, acho. Fora isso, como está se sentindo?

– Estou ótimo, não se preocupe.

Simon tentou acalmá-la com um sorriso, algo que comprovasse que ele de fato estava bem, mas só o que conseguiu foi um pequeno gesto de cabeça. Depois virou o rosto para a janela. Não queria que Nikki visse seu desconforto. Porque, na verdade, ele não estava nada bem. A cabeça era um turbilhão de pensamentos contraditórios, e isso o incomodava muito mais que o rosto inchado. Ele não sabia dizer quem eram seus amigos e quem eram os inimigos. Se é que havia algum amigo.

Como havia dito a Nikki, ele precisava partir da premissa de que Neill sabia onde a russa estava. Se ele, Simon, tinha conseguido rastrear o celular dela com uma simples engenhoca comprada numa loja comum e depois estabelecido o vínculo dela com Yasenevo, o que ele, Neill, poderia fazer com toda a parafernália tecnológica que tinha a seu dispor? Deveria ter conseguido não só avisar que a russa estava naquele trem para Marselha, como também passar os números do vagão e do assento dela.

Portanto, a questão era esta: por que ele havia optado por não dizer nada?

Neill o queria morto? Ou seria algo mais sutil? Ou será que, por mais que afirmasse o contrário, ele desejava que Vassily Borodin e sua corja ficassem sabendo que os americanos estavam atrás da carta?

Era impossível chegar à verdade. Precisava basear suas decisões apenas em fatos, e isso significa aceitar que Barnaby Neill já o via como uma carta fora do baralho. Ele já havia cumprido seu papel. Como esperado, tinha atraído os russos para fora da toca. Mais que isso, tinha conseguido uma lista de números de telefone que muito provavelmente eram de Tino Coluzzi, o que permitiria que ele, Neill, com o auxílio da NSA, encontrasse o homem por conta própria.

Essa conclusão o levava a outra pergunta: qual era o jogo do cara?

Simon também tinha suas cartas na manga. Como se dizia no pôquer: "Se você não sabe quem é o trouxa da mesa, então o trouxa é você." *Bem*, pensou, *não serei o trouxa de Barnaby Neill.*

– Tem mais uma coisa – disse Nikki. – O comissário Dumont me ligou pouco antes da confusão.

– Ah, é?

– Sobre Delacroix. Foi encontrado morto hoje de manhã. Parece que foi executado.

– Então ele era o informante. Isso explica como a russa chegou a Falconi.

Nikki assentiu.

– Seria bom se você contasse a Marc tudo que sabe. Ele economizaria um bom tempo.

– Não posso. Ainda não.

– Essa história é muito maior do que nós dois, Simon. Eles poderiam nos ajudar.

– É do tamanho que sempre foi. Além disso, o que vai acontecer com você quando Dumont souber de tudo que você aprontou?

– Não é comigo que você tem que se preocupar. Duas pessoas tentaram matar você nas últimas doze horas. Não vai querer encarar a terceira, vai?

O trem diminuiu de velocidade ao se aproximar de Avignon. Os campos de açafrão, tão luminosos quanto o sol, foram dando lugar aos armazéns baixos de uma zona industrial incipiente, depois aos prédios antigos de tijolos amarelados da Provença. Simon espichou os olhos na direção da locomotiva, procurando o inspetor.

– Me dê o seu celular – pediu Simon.

– Para quê?

– Vai, depressa.

– De jeito nenhum!

– Não estou pedindo.

– Simon, eu preciso deste telefone.

– Depois eu dou um novo para você.

Nikki tirou o telefone do bolso, mas não o entregou de imediato.

– Acha que estão rastreando a gente?

– Não duvido que estejam ouvindo cada palavra nossa.

Simon tomou o telefone da mão dela e o enfiou, juntou com o seu, na fresta entre duas poltronas. Depois se levantou e pegou a bolsa que ela havia deixado no compartimento de cima.

– Sua arma – pediu.

Nikki colocou a bolsa no banco a seu lado e, usando o corpo para esconder o que estava fazendo, discretamente tirou de dentro uma camisa de malha para embrulhar a pistola e o coldre.

– Deixe o resto aí – disse Simon. – Depois você pega de volta.

– Onde? Junto com as outras provas na delegacia?

– Tinha pensado no balcão de achados e perdidos.

O trem entrou na estação, uma construção ousada e moderna, um esqueleto de vigas brancas abraçando todo o terminal. Uma dezena de policiais fardados esperava junto à cabine, prontos para embarcar.

– Pensei que quisessem falar comigo só em Marselha – observou Simon.

Nikki refletiu um instante.

– Uma medida de precaução, só isso – disse, sem grande convicção.

– Acha que não vão querer falar comigo?

Nikki não respondeu.

– Foi o que pensei.

Simon pegou sua bagagem e caminhou até um grupo de passageiros na traseira do trem que esperava para desembarcar. Deixou tanto a bolsa quanto a maleta no compartimento reservado aos volumes maiores, depois arrancou as etiquetas de identificação e guardou no bolso. Foi uma decisão cara, porém necessária. A polícia faria a festa se encontrasse uma "maleta de truques" com seu nome pendurado à alça. Pessoas normais não viajavam com um StingRay, um microfone parabólico e câmeras sem fio disfarçadas de parafuso.

No entanto, o que mais doía era deixar seu computador para trás. Embora protegido por senha e programado para apagar todo o conteúdo do disco rígido caso uma senha errada fosse informada duas vezes, o laptop continha uma infinidade de informações sigilosas sobre casos antigos, sem falar em tudo que havia copiado do celular de Delacroix um dia antes.

O trem parou. As portas se abriram e ele deu o braço para Nikki, deixando que os outros descessem primeiro. Os trilhos corriam paralelamente à fachada da estação. Eles teriam que atravessar um bom trecho descoberto antes de entrarem no terminal.

– Mantenha a cabeça baixa. Entre o mais depressa que puder.

– E depois? Estou acostumada a correr atrás das pessoas, não a fugir delas.

– É a mesma coisa. Nos dois casos você precisa correr mais rápido que os outros.

Todos os passageiros já haviam descido. Agora era a vez deles.

– Fique perto de mim.

Simon desembarcou e foi seguindo pela plataforma. O ar estava quente e seco, rescendendo a pinho e alecrim. Era o perfume do sul. O Midi francês. Terroso, convidativo, repleto de esperanças. Os policiais embarcavam na outra ponta do trem, abrindo caminho entre os passageiros que desciam pela mesma porta. Nenhum deles olhava para o fim da composição. Simon respirou aliviado.

– Monsieur Riske! – soou uma voz masculina na plataforma.

– Continue andando – disse ele a Nikki.

– Monsieur Riske! Por favor!

O inspetor ferroviário saltou do trem e, seguido de um policial, saiu correndo na direção deles. O policial gritou para um colega às suas costas e, dali a pouco, era como se todos os policiais que haviam acabado de embarcar tivessem descido para a plataforma.

– Monsieur Riske, por favor, precisamos falar com o senhor!

Simon nem sequer olhou para trás. Ele e Nikki já estavam a uns dez passos da entrada do terminal.

– Está pronta?

– Pronta para quê? – perguntou ela, mais irritada do que assustada.

– Para correr.

Simon disparou rumo à porta, abrindo-a para Nikki passar. Uma escada rolante levava ao pavimento principal da estação, um amplo saguão em mármore travertino, com 50 metros de comprimento e repleto de lojas e quiosques. Tinham dado sorte. Ao meio-dia o lugar era um formigueiro de gente, homens e mulheres atravessando para todo lado.

Para evitar a multidão na escada rolante, Simon puxou Nikki para a escada logo ao lado. Desceu até o saguão principal e se virou para trás. Viu o inspetor despontar no topo da escada. Rapidamente contornou o vão dos degraus e saiu correndo para o fim do terminal, passando por uma livraria, um café e uma loja de eletrônicos antes de entrar em um supermercado apinhado de gente.

– Para os fundos! – disse a Nikki, olhando mais uma vez para trás.

Viu uma profusão de homens de uniforme espalhados pelo saguão, procurando em todos os cantos. Esperou até se certificar de que ninguém os tinha visto e só então correu para os fundos do supermercado, onde Nikki o esperava junto à porta de um depósito.

– Vamos sair daqui.

Ele abriu a porta e entrou. Olhou para a direita e para a esquerda, depois foi desbravando o labirinto de engradados de frutas, refrigerantes e caixas de papel até encontrar o portão de carga e descarga.

Segundos depois, eles estavam do lado de fora, na parte traseira da estação.

– Vamos para lá – falou Nikki, apontando para o conjunto de galpões do outro lado do estacionamento. – Você está bem?

– Espero que sim – respondeu Simon.

Virou-se para trás, viu que a porta do depósito continuava fechada e correu na frente. Atravessaram o estacionamento, passaram por uma faixa de terra e um gramado. Um minuto depois, estavam nos galpões, onde não podiam mais ser vistos.

– E agora, o que a gente faz? – perguntou Nikki, exausta com a corrida.

Espiando a estação, Simon viu que meia dúzia de policiais saíam pelo portão de carga e descarga. Alguns olharam na direção dos galpões. Um deles apontou na direção deles. Era o inspetor.

– Fiquem aí! – gritou ele.

O inspetor pulou da plataforma de cargas e foi num trote na direção dos galpões.

– Temos companhia – disse Simon, recostando-se à parede e investigando os arredores.

Todos os galpões estavam fechados. Não havia nenhum carro por perto. Nenhum esconderijo viável. A alguns metros para a direita havia apenas uma torre de estrados de madeira de 2 metros de altura.

– Vem comigo – chamou ele, e puxou Nikki na direção da torre. – Se esconda atrás disso aí.

Nikki tentou entrar entre os estrados e a parede do galpão.

– Não dá!

Agachando-se, Simon firmou as mãos no primeiro estrado. Com um grunhido, arrastou a torre o máximo que conseguiu. Repetiu a mesma coisa do outro lado, até abrir um espaço razoável entre ela e a parede. Esperou que Nikki se espremesse no vão, depois reajeitou a torre do jeito que foi possível.

– Fique aí.

– E você? – perguntou Nikki.

– Eu me viro – disse ele, e correu para a extremidade do galpão.

Um espaço de 20 metros o separava do galpão seguinte. Mesmo que conseguisse atravessá-lo antes que o inspetor chegasse, ele não teria onde se esconder. Procurou uma porta aberta, uma janela que pudesse arrombar, qualquer coisa. Ouviu o rádio do inspetor se aproximando.

Simon avistou uma calha e decidiu escalá-la, rezando para que o cano não se soltasse da parede.

Estava quase no alto quando viu o inspetor chegar ao galpão. O francês parou um instante bem debaixo de Simon para recuperar o fôlego, as mãos nos quadris. Simon ficou absolutamente imóvel. Sete metros abaixo dele, o inspetor fez lentamente um círculo, reconhecendo o terreno à sua volta. Houve um momento em que ele olhou direto para a torre de estrados, bem onde estava Nikki, mas então se virou.

Continuou onde estava, como se estivesse pregado no chão, esquadrinhando a área, o nariz empinado feito o de um felino a farejar sua presa.

Os dedos de Simon perdiam a força. Para piorar, depois da corrida naquele dia tão quente e de toda a tensão, suas mãos estavam molhadas de suor. Ele secou uma delas na calça, depois a outra.

O rádio do inspetor bipou.

– Jacques? Encontrou alguma coisa? – perguntou alguém.

– Ainda estou procurando.

Simon havia encaixado a ponta do sapato entre o cano e a parede, sobre uma das garras de ferro que prendiam a calha, mas começava a sentir o pé escorregando do sapato. Tentou recolocar o pé inteiro no sapato, mas não conseguiu. De repente, seu pé escapou e ele escorregou. Precisou agarrar o cano com todas as suas forças. Por um milagre, o sapato permaneceu preso na fresta. Ele enterrou o outro pé na fresta. O tornozelo estava torcido, a panturrilha ardia. Segurou forte o cano e levou o pé descalço de novo até o sapato. Primeiro colocou os dedos, depois foi recalçando devagar, até conseguir se apoiar nele outra vez.

Agora não eram apenas as mãos que suavam. O rosto inteiro pingava suor. Ele podia sentir as gotas que escorriam da testa para o queixo e nada pôde fazer quando algumas caíram no chão, não muito longe do inspetor.

– E aí? – perguntou o companheiro dele pelo rádio.

O inspetor passou a mão na cabeça e olhou para cima, mas não na direção de Simon.

– Nada – disse o francês. – Eles não vieram pra cá.

Simon respirou aliviado.

O inspetor prendeu o rádio no cinto, mas, em vez de retornar à estação, acendeu um cigarro e se encostou na torre de estrados para fumar, o ombro a poucos centímetros de Nikki.

Simon temia não aguentar por muito tempo. As mãos ardiam de exaustão, cada vez mais rígidas e dormentes. Nikki o encarava. Ele percebeu o desespero dela, suplicando em silêncio que ele aguentasse. Suas mãos escorregavam. Secou novamente os dedos na calça, mas pouco adiantou. A camisa encharcada colava nas costas. As pernas tremiam.

Sem nenhuma pressa, o inspetor deu algumas tragadas no seu cigarro, depois o jogou no chão, ainda pela metade, e saiu caminhando de volta para o terminal.

Simon escorregou pelo cano. As pernas bambas cederam na aterrissagem e ele desabou no chão de concreto. Depois de um tempo, levantou-se e libertou Nikki, que parecia tão exausta quanto ele.

– Bem, acho que agora é oficial – disse ela.

– O quê?

Ele estava sem ar, cansado demais para prestar muita atenção.

– Também sou uma fugitiva.

Ele achou a ideia engraçada.

– E aí? Está gostando?

– Não.

– Vai se acostumar.

– E agora?

Simon endireitou as costas, trazendo de volta um pouco da sua aparência normal.

– Rodas – respondeu ele.

– Um carro, é isso que você quer dizer?

– Sim.

– Deve ter uma locadora na estação.

– Não vamos chegar nem perto do terminal.

– Desculpe. Ainda sou nova no ramo. Deve ter um monte de locadoras no centro da cidade. Não fica longe daqui.

– Você ainda não entendeu, não é? Para alugar um carro a gente precisa de uma carteira de habilitação e um cartão de crédito.

– Então você sugere o quê? Um táxi? Marselha fica a 100 quilômetros daqui. Vai custar uma fortuna.

– Também não é em um táxi que estou pensando.

Nikki ergueu o queixo e leu o que estava escrito nos olhos dele.

– Está pensando em roubar um carro?

– Pegar emprestado.

– Não. Tudo tem limite.

– Acho que você já tinha ultrapassado esse limite em Paris, quando não relatou o assassinato de Falconi. Depois ultrapassou de novo quando a gente fugiu da polícia. Aposto que um dos policiais deu uma boa olhada no seu rosto. Dumont sabe que você está comigo. Agora já não há mais volta. Foi você mesma que disse. É uma fugitiva. Bem-vinda ao lado obscuro da vida, detetive Perez.

Nikki correu a mão pelos cabelos e virou o rosto, com uma expressão de raiva ou perplexidade no olhar.

– Sou uma policial. Não posso fazer isso.

– Pode, justamente porque é uma policial. A melhor maneira de você pegar Coluzzi é me ajudando.

– Sinceramente, eu duvido.

– Como assim?

– Você não percebe, Riske? Estou ajudando porque gosto de você. – Ela se aproximou e o beijou na boca, a mão plantada no traseiro dele. – Mas não vá ficar se achando.

– Tarde demais.

Simon a abraçou e olhou nos olhos dela. Encontrou os mesmos pontinhos dourados que tinha visto no dia em que a conhecera na sala de Marc Dumont. Retribuiu o beijo com carinho, saboreando cada segundo daqueles lábios contra os seus, o hálito quente que vinha deles. Nikki o puxou ainda mais para perto, e ele retesou o corpo, respondendo à pressão dela.

– Isso foi bom – disse ele depois.

Nikki precisou de alguns segundos para reabrir os olhos e voltar à realidade.

– Pois é. Muito bom.

Eles deixaram o galpão e caminharam na direção da cidade. Em dez minutos estavam numa área residencial, uma rua arborizada, com carros estacionados em ambas as mãos, um atrás do outro. Simon avistou um Porsche 911. Mas, claro, estava trancado.

– Não é de um Porsche que a gente precisa – afirmou Nikki. – É disto aqui.

Ela parou ao lado de um Peugeot branco já bem velhinho, quatro portas, motor 2.0, pneus decentes, precisando de um banho. Em outras palavras, o menos chamativo de todos os carros, perfeito para o que eles tinham em mente.

Simon olhou em volta. Um grupo de crianças brincava mais adiante na rua. Fora elas, não havia mais ninguém.

– Me passe a arma – pediu ele.

Simon recebeu a pistola que ela sacou do coldre, pegou-a pelo cano e encostou a coronha na janela do motorista.

– Espere! – exclamou Nikki.

Simon baixou a arma e ficou olhando enquanto ela contornava o Peugeot.

– A outra porta. Está destrancada.

Nikki entrou no carro e subiu o pino para Simon. Ele se acomodou ao volante, sem sequer precisar regular o banco. Tateando sob o console, encontrou os cabos de ignição e os puxou. Fazia anos desde a última vez que tinha feito uma ligação direta, mas aquilo era como andar de bicicleta ou beijar uma mulher. Ele separou os cabos corretos, usou a unha para descascar a borracha e encostou as pontas.

O motor despertou com um ronco. Simon pisou no acelerador, e o carro estremeceu como se estivesse tendo uma crise de tuberculose.

– Ainda podemos pegar o Porsche...

– Só dirija – disse Nikki.

Em cinco minutos eles já estavam na rodovia. Em vinte o trem chegaria a Marselha.

Simon ficou imaginando quem os estaria esperando na estação.

51.

Havia chegado o momento da verdade.

Cedo ou tarde, todas as operações alcançavam aquele ponto em que era preciso decidir se o gatilho seria apertado, em termos tanto metafóricos quanto reais. Aquele ponto além do qual não havia mais volta, em que nada mais restava a fazer senão avançar.

Terminada a ligação com o chantagista Coluzzi, Vassily Borodin voltou sua atenção para os dossiês espalhados sobre a mesa. Cada um deles documentava um caso diferente de alta traição.

O primeiro trazia na capa: "Kremlin, Decreto-lei nº 1, 31/12/99". Borodin abriu-o e leu o texto aprovado no dia da posse do traidor. "Nenhum indiciamento por corrupção será permitido contra presidentes em término de exercício", dizia uma das primeiras cláusulas, seguida de inúmeros incisos com as definições do que constituía um ato de "corrupção".

Esse decreto ficou conhecido como "a grande barganha", um exemplo brilhante da malandragem dos políticos, que garantia o cargo ao novo presidente ao dar imunidade a seu antecessor, depois blindava esse novo presidente contra qualquer acusação de prevaricação durante todo o seu mandato.

Talvez pela milésima vez, Borodin ficou impressionado com a audácia do homem. Havia algum jeito mais revelador de começar um mandato?

O segundo dossiê, datado de 2002, tinha o título de "Nord-Ost".

O terceiro, de 2007, tratava do caso Ivanchuk.

O quarto, da invasão da Crimeia.

Não havia nada de condenável nos fatos em si. Na verdade, talvez fosse até possível afirmar que em cada um daqueles casos as decisões do presidente foram tomadas em benefício do país. Impossível era ignorar os pagamentos realizados a uma série de empresas de fachada – registradas em nome de amigos muito próximos ao presidente e efetuadas em lugares como Liechtenstein, Panamá e Ilhas Cayman – justamente na ocasião dos eventos.

O mais polpudo desses pagamentos havia sido feito em outubro de 2014, uma semana após a invasão da Crimeia: 2 bilhões de dólares. O beneficiário era uma empresa chamada Platinum Holdings Curaçao, registrada em nome de Oleg Kharkov, um aposentado de 87 anos que, por coincidência, havia sido professor de judô do presidente na juventude.

Ele precisaria de muita sorte, pensou Borodin, no dia em que tivesse de explicar aquilo a uma comissão de generais que sobreviviam com uma pensão anual de 20 mil dólares.

"Mas por que alguém me pagaria para invadir a Crimeia?", ele certamente diria. "Ou a Ucrânia?"

Nesse momento, Borodin passaria de mão em mão os documentos que seus homens haviam obtido, com detalhes das reuniões secretas da OTAN nas quais generais americanos pleiteavam um aumento significativo das verbas militares para fazer face à "crescente ameaça dos países orientais". Em seguida ele explicaria: "Porque, vocês sabem, sem uma ameaça desse tipo, que pretexto o Ocidente teria para se rearmar?"

Certos traidores não custavam uma ninharia. Havia até aqueles que traíam seu país por dinheiro nenhum, tamanha a vontade de vê-lo afundar. Mas este não. Este tinha um preço para cada ato seu. Cada decisão sua estava à venda. O homem via o país como sua lojinha de doces, cujo estoque ele podia vender no varejo. Florestas por 2 bilhões. Alumínio por seis. Petróleo por dez. O maior preço era o da loja em si: a Rodina, a Mãe Rússia.

Borodin esmurrou o tampo da mesa. "A minha Rússia!"

A soma de todos os pagamentos chegava a 61 bilhões de dólares. Nada mau para um ex-tenente-coronel três vezes preterido em promoções, por cinco anos estacionado em Dresden, na antiga Alemanha Oriental, uma roça tão desimportante que os gabinetes eram equipados com computadores de quase 20 anos de idade. Não era à toa que o homem odiava seu país.

Ele, Vassily Borodin, muito em breve apresentaria todas essas informações a um comitê de ministros de estado e militares de alta patente. Não poderia deixar margem para dúvidas. Por isso precisava da carta. Esse seria o detonador que faria explodir todas aquelas dinamites que ao longo dos anos ele tanto se esforçara para reunir. Com um único gesto, ele recolheu os dossiês e os guardou no cofre.

O momento da verdade havia chegado.

Primeiro um telefonema.

– Kurtz, traga o carro em cinco minutos.

– Para onde o senhor...?

– Não faça perguntas.

Deu as instruções e em seguida saltou da cadeira e atravessou a sala da secretária a uma velocidade que ela nunca tinha visto. Ignorando o elevador, tomou a escada e desabalou para o térreo. Antes de sair do prédio, substituiu a corrida desenfreada por uma marcha de passos firmes e decididos. Uma questão de decoro.

O dia estava fresco e ensolarado. Um cheiro de lenha queimada, típico do outono, pairava no ar, embora ainda faltassem três semanas para o equinócio. Ele atravessou a praça Andropov e seguiu para um prédio térreo e moderno, inaugurado apenas um ano antes. Ali funcionava o departamento administrativo e financeiro do SVR.

Começou a caminhar mais devagar e acenou calmamente para os dois seguranças armados que guardavam a porta. Passou direto pela recepção e seguiu por um corredor comprido até encontrar uma porta de aço, também vigiada por dois homens armados.

– Abram – pediu ele.

Um dos guardas apertou o botão do interfone. Alguém do outro lado perguntou quem estava ali.

– Diretor Borodin – respondeu ele mesmo.

A porta se abriu com um clique alto e agradável, e Borodin entrou no banco privativo do SVR. Um grandalhão de cabelos ruivos e bochechas vermelhas se apressou para recebê-lo. Era o gerente do banco.

– Bom dia, diretor. Que surpresa!

Borodin nunca havia pisado ali. Não era função dele, nem de nenhum outro diretor, sacar dinheiro para uma operação, mas, naquele caso, ele não podia confiar em ninguém. Ele dispensou o gerente e foi para o caixa. Preencheu o formulário de saque com um dez seguido de seis zeros. Duas pessoas precisavam assinar o papel: o oficial responsável pelo caso e o diretor. Borodin assinou nos dois espaços e entregou ao caixa.

– Dez milhões de euros?

– Correto.

– Para...

– Agora.

– Em cédulas de...

– Quinhentos, duzentos e cem. Embaladas a vácuo e alojadas na menor bolsa possível. Acho que cabe numa mala de tamanho padrão.

– Pois não.

– Ah, Sr. Voroshin – disse Borodin. – Bico fechado.

Voroshin ficou roxo e assentiu.

– Preciso disto em quinze minutos.

Voroshin imediatamente correu até o cofre, digitou a senha do sistema de segurança e desapareceu no interior da caixa-forte onde o SVR mantinha um estoque permanente das principais moedas do mundo, somando mais de 100 milhões de dólares. Era o próprio Borodin, apenas ele, quem alocava esse dinheiro, mas nem por isso podia fazer com ele o que bem entendesse. A cada trimestre ele era obrigado a prestar contas de cada libra, iene ou euro gasto aos pressurosos integrantes do comitê anticorrupção criado pelo presidente.

Borodin agora caminhava de um lado para outro com as mãos cruzadas atrás.

O momento da verdade. Sem dúvida.

Tudo que ele havia feito até então para tocar sua investigação particular podia ser atribuído às suas obrigações regulamentares. O minucioso levantamento de dossiês sobre atividades suspeitas, os interrogatórios com agentes aposentados, o interesse contínuo em e-mails invadidos. Todas essas atividades pertenciam às atribuições normais de um diretor do Serviço de Inteligência Internacional.

Mas aquilo era bem diferente.

Sacar dinheiro do governo com o intuito de derrubar o presidente configurava um ato de altíssima traição que, se descoberto, resultaria numa sentença de morte. Seria condenado a uma execução sumária com um tiro na nuca, muito provavelmente disparado pelo próprio presidente.

Uma ideia assustadora. Mas a confiança de Borodin era tanta que em nenhum momento lhe ocorreu desistir da missão.

Conferiu as horas no relógio e já pensava em repreender Voroshin pela demora quando viu o caixa sair do cofre com uma mala em punho.

– Dez milhões de euros – disse o homem.

Borodin recebeu a mala e foi embora sem agradecê-lo.

Tal como havia sido instruído, Kurtz esperava por ele na rua de trás, ao lado do bagageiro aberto do carro.

– O senhor precisa ver isto aqui – falou Kurtz assim que viu o chefe.

– Que foi desta vez? Precisamos ir para o aeroporto e levar este dinheiro para a França. Não tenho tempo para mais nada.

– A major Asanova.

– O que tem ela?

Kurtz entregou o celular a Borodin. Na tela, a imagem congelada de uma reportagem da TV francesa. Visivelmente contrariado, Borodin apertou o play. Horrorizado, assistiu ao repórter do canal France 2 falar de um incidente ocorrido a bordo do TGV que havia saído de Paris com destino a Marselha. Uma passageira russa havia morrido misteriosamente após um embate físico com outro passageiro. Uma testemunha surgiu à tela para contar que a confusão havia ocorrido no restaurante da composição, uma briga entre uma loura muito bonita e um passageiro desconhecido, depois imitou a moça espetando em si mesma uma caneta-tinteiro antes de morrer de uma maneira horrenda. O repórter terminou a matéria informando que o passageiro não identificado com quem a russa havia brigado desaparecera e ainda não fora encontrado.

Borodin devolveu o telefone a seu assistente. O passageiro desconhecido só podia ser americano, é claro. Provavelmente, o tal Riske com *e*. Ah, aquela bagunça toda era prova cabal do desespero dos americanos para pegar sua carta de volta.

A notícia não o deixou contrariado. Pelo contrário, deixou-o mais leve, quase num estado de beatitude. Agora sabia que estava certo. A carta era legítima. Absoluta e indiscutivelmente legítima.

– Então, o que fazemos agora?

– Vamos para o aeroporto.

– Mas senhor...

– Vou pessoalmente buscar aquela porcaria.

– Isso é uma loucura, senhor. Ir para o Chipre já foi arriscado demais.

– Bobagem.

Kurtz deu um passo adiante.

– As pessoas já estão fazendo perguntas.

Borodin o encarou.

– E eu estou indo buscar as respostas.

– Sozinho? A major Asanova era um dos nossos melhores agentes. Seja lá quem fez aquilo com ela...

– Vou precisar de uma equipe de cinco. Temos vinte homens da Diretoria S a três horas de Marselha. Escolha os melhores. Entre eles deve haver pelo menos um ótimo atirador. Se o Sr. Coluzzi acha que pode brincar comigo, está redondamente enganado.

52.

A ESTRADA CORTAVA UMA DAS PAISAGENS mais bonitas na face da terra. As duas pistas subiam e desciam ao sabor das colinas e dos vales, passando ao largo de vinhedos e trigais, castelos centenários, cidades e povoados simples, o ar perfumado pelo solo fértil e morno, o horizonte colorido por toda uma gama de tons ferruginosos.

Dirigir era uma das poucas atividades que relaxavam Simon. De modo geral, quanto mais ele pisava no acelerador, mais calmo se sentia. Mas ali precisava controlar seu instinto. Fazia questão de respeitar os limites de velocidade, obedecia a todas as placas de sinalização. Ele e Nikki viajavam incógnitos, e ele queria que continuassem assim.

Nikki perguntou novamente do seu passado, e dessa vez ele se abriu, brincando que talvez fosse a última oportunidade. Contou a história real, não aquela versão pasteurizada que ele se habituara a contar até mesmo para pessoas muito próximas. Expôs toda a sua verdade, junto às emoções que ela despertava, e ficou surpreso ao ver que muitas feridas continuavam abertas, mesmo depois de tantos anos.

Falou do medo e do sentimento de abandono que havia sentido após o suicídio do pai, da raiva sem fim provocada pela ausência de um bilhete de despedida, da sensação perene de que ele era responsável pelo que havia acontecido, mesmo sabendo que não era. A mudança para Marselha, as surras que havia recebido do padrasto até o dia em que decidira revidar. A decisão de abandonar a escola. Os primeiros dias na rua como *un petit vouyou*, um dos trombadinhas do bairro. O nojo que sentia dos drogados que levava para as bocas de fumo, até que ele próprio passara a se drogar. A ascensão para o roubo de carros. A injeção incomparável de adrenalina quando foi perseguido por uma dezena de carros da polícia durante duas horas pelas ruas e pelos arredores de Marselha. Ninguém conhecia a região como ele, cada rua, cada viela, cada atalho. Ninguém.

Enquanto ouvia, Nikki apenas assentia e comentava que o entendia, ou perguntava o que ele havia sentido neste ou naquele momento, ou por que ele não tinha feito isto ou aquilo de outra forma. Simon percebeu que ela não o julgava, tinha apenas curiosidade e empatia. Então prosseguiu.

O degrau seguinte havia sido o maior de todos: o roubo de um carro-forte. Primeiro como parte de uma equipe, o cerco ao veículo, um grupo incumbido de pegar o dinheiro, outro de reter a polícia. A troca de chumbo em plena luz do dia, as balas zunindo para todo lado, nenhuma o atingindo, pela graça divina. Simon admitiu que ainda gostava de esvaziar um pente com sua AK em modo automático. Sim, ele tinha uma, mas guardava num clube de tiro em Londres, onde tinha muitas outras armas. Um dia mostraria a ela.

Ele contou sobre o momento em que fora pego, o que sentira ao levar uma bala na perna e outra no ombro: a dor só viera depois, porque no momento a adrenalina era tanta que não sentia mais nada. Ele sabia quem era o traidor, mas não contara a ninguém.

– Por que não? – perguntou Nikki.

Mas Simon seguiu adiante. Não queria passar o carro na frente dos bois, a resposta viria dali a pouco. Agora estava de volta ao Les Baums e pela primeira vez contou a alguém que havia matado Nasser-Al-Faris, que não sentira nada ao ver o cadáver no chão, nenhum remorso, nenhuma culpa, nenhum alívio. Nada. Estava morto por dentro.

Depois, o castigo no "buraco". A certeza de que estava enlouquecendo aos poucos. As horas intermináveis, sobretudo porque não sabia quando iriam tirá-lo dali. Um mês? Um ano? Mais? E tudo aquilo poderia ter sido evitado. Bastava entregar o nome de uma pessoa.

– E por que você não entregou? – perguntou Nikki, perplexa. – Você sabia quem era o cara. *Ele* era responsável pela morte do filho de Bonfanti, não você.

– Todos nós éramos responsáveis – respondeu Simon. – No momento em que decidimos roubar aquele carro-forte, abrimos mão de qualquer direito à justiça, mas a verdade é que eu devia saber que ele era um rato.

– É difícil de entender. Você não precisava ter ficado um dia naquele lugar.

– Hoje parece fácil, mas na época as coisas eram diferentes. Eu era diferente. Queria fazer justiça com as próprias mãos. Queria ficar cara a cara com ele.

– Quanto tempo ficou na solitária?

– No buraco? Mais ou menos dois anos.

– Tinha só 19 anos. Um menino.

– Nem tanto.

Em seguida ele contou como a pior experiência da sua vida havia se transformado na melhor. Tudo por causa de um homem.

O monsenhor.

Contou sobre o milagre que o jesuíta Paul Deschutes havia operado. Uma vida inteira de conhecimentos repassada em apenas um ano. Os dias, antes intermináveis, agora eram curtos demais. A inefável e até então desconhecida alegria de aprender. A maravilha que era buscar o saber apenas pelo saber, o poder que advinha disso. Ele havia encontrado uma razão para viver!

– Que fim ele teve? – quis saber Nikki, contagiada pelo entusiasmo de Simon. – Vocês mantiveram contato depois que ele saiu?

– Paul nunca saiu. Era um homem doente. Sabia que estava morrendo. Não voltei a vê-lo depois que saí.

Simon reduziu a velocidade ao passar pelo município de Rognac. À direita, as águas do lago Étang de Berre pareciam tocar a linha do horizonte. Podiam ver o Mediterrâneo do outro lado de uma colina, a uns 30 quilômetros de distância.

– Então apareceu o Coluzzi. Nem lembro direito o que ele fez para ser preso. Todo aquele tempo eu vinha sonhando com a oportunidade de me vingar. Apenas o desejo de vingança me manteve vivo até conhecer o monsenhor. Mas, quando me vi frente a frente com o cara, não consegui. O monsenhor não teria deixado. Na nossa última conversa no pátio, num daqueles domingos, ele contou que não tinha mais ninguém no mundo. A filha havia morrido fazia dez anos. Muito antes disso, ele já havia perdido o contato com a mãe da menina. Ele dizia que eu era a última pessoa com quem podia contar. Ainda me lembro dele olhando para mim... com aqueles olhos azuis... Ele me disse que tinha apenas uma coisa de valor para deixar a alguém. Estava no cofre de um banco em Londres. Mas ele tinha perdido a chave. Também não se lembrava do número da gaveta, sabia apenas o nome da agência. Falou que era uma coisa muito valiosa, que me deixaria rico para o resto da vida. Antes que nos levassem de volta para a cela, me fez prometer que daria um jeito de entrar naquele cofre e pegar o que era meu por direito.

– E entrou?

– Sim.

– Como?

– Na verdade, só havia um jeito. Fui para a universidade. Me formei em economia. Consegui emprego no tal banco e não descansei enquanto não fui transferido para a área de *private banking*. Mesmo assim, tive que esperar alguns anos até obter acesso aos arquivos, descobrir qual era o número da gaveta dele e convencer alguém a quebrar umas regras e abrir a gaveta para mim.

– Mas e aí? Abriu?

– Abri.

Simon ficou comovido ao relembrar aquele momento, ele sozinho na saleta apertada do cofre, não mais que um buraco no subsolo do banco. *De um buraco para outro*, pensara ele na hora. Por um tempo ficara apenas olhando a gaveta, receando abri-la. Temendo uma decepção. Temendo encontrar ali algo que mudasse sua vida justo quando tudo ia bem. Principalmente, temendo o que aquela gaveta representava: o fim da sua jornada com o monsenhor.

De repente, lembrando que o colega de banco o esperava, que precisava voltar para o trabalho dali a cinco minutos, que devia se preparar para receber um cliente logo depois do almoço, ele finalmente abrira a gaveta.

– E então? – disse Nikki. – O que tinha dentro?

– Nada. Estava vazia.

– Totalmente vazia?

– Não foi isso que eu falei.

– Mas ele mentiu para você. Falou que era algo que deixaria você rico para o resto da vida.

– E era.

Por um momento, Nikki ficou em silêncio. Simon viu no rosto dela que havia ficado desapontada. Como todo mundo, imaginara um fim bem diferente para a história.

– Você não percebe? – prosseguiu ele. – Era o meu futuro que estava naquela gaveta. Aquilo havia me dado um objetivo na vida, uma meta a ser alcançada. Estudei. Consegui um emprego excelente, uma carreira no lado *certo* da lei. Aquela gaveta vazia me deixou muito mais rico do que eu poderia ter imaginado.

– Acho que entendi.

– Foi como no livro do Dumas. Encontrei meu tesouro. O resto era comigo.

– E aqui está você agora.

Simon assentiu. Manteve os olhos na estrada e ofereceu uma prece para quem quer que estivesse ouvindo do outro lado, agradecendo por ter colocado o monsenhor na sua vida. A estrada agora descia um longo declive até Marselha. Mais adiante já se viam os andares mais altos dos prédios residenciais que povoavam a zona norte da cidade.

Após catorze anos, Simon estava voltando para casa.

Olhou para Nikki e segurou sua mão.

– Vamos lá. Pegar aquela carta.

53.

SENTADO NUM DOS PRIMEIROS BANCOS da plataforma, Barnaby Neill fingia ler seu *Nice-Matin* enquanto acompanhava com desânimo o desembarque dos passageiros, sem ver nenhum sinal de Simon Riske. Vestia uma camisa xadrez de manga curta, bermuda, boné e sandálias, o mais próximo de um legítimo gaulês que ele, nativo de Athens, Geórgia, podia ficar.

O trem havia chegado dez minutos antes. Uma dezena de policiais aguardava na estação, e os passageiros, antes de descerem, haviam sido obrigados a esperar a retirada do corpo da agente russa. Neill viu a maca com o saco mortuário passar bem à sua frente.

- Onde ele está?

- Vasculhei o trem inteiro. Não está aqui.

Neill falava com um agente pelo microrrádio auricular. Dobbs era um dos seus operadores de campo com base em Paris e fora instruído a embarcar naquele TGV para vigiar Simon.

- Como assim "não está"?

- Deve ter descido em Avignon.

- Sua missão era ficar de olho nele.

- Vi Simon voltar para a cadeira dele depois que a russa se matou. O inspetor ferroviário estava com ele. Não dava para ficar de olho o tempo todo sem chamar atenção. Então pensei que...

- Quer dizer que você não chegou a vê-lo descendo do trem em Avignon.

- Pelo menos trinta pessoas desembarcaram. Estava muito cheio.

- Não foi isso que eu perguntei.

- Não, senhor. Não vi nem Riske nem a detetive Perez entre essas trinta pessoas.

– Fique onde está – ordenou Neill, depois ligou para o celular de Riske.

Caiu na secretária eletrônica. Ele desligou e fez outra ligação, agora para um dos agentes de plantão no furgão de vigilância.

– Me passe a localização do Riske.

– Só um minuto – disse o técnico. – Ele está em Marselha... na estação... Na verdade, está a uns 20 metros do senhor.

Neill desligou e retomou a conversa com Dobbs pelo fone.

– Volte para o trem. Tente encontrar o celular de Riske.

Dali ele foi para uma das lanchonetes da estação e pediu um expresso e uma tartelete de limão. Jogou duas pedras de açúcar no café, bebeu tudo e só então passou para o doce. Enquanto ele vinha de jatinho para o sul da França, os técnicos no furgão haviam investigado os números de telefone encontrados por Riske no apartamento de Luca Falconi. Todos os cartões haviam sido comprados em um quiosque da Rue Saint-Martin, a um quarteirão do apartamento. O primeiro deles havia sido ativado pela manhã, logo depois que o número anterior de Coluzzi, também informado por Riske, parara de funcionar. E, naquele exato momento, o novo cartão, junto com seu portador, se achava nas imediações de Entre les Îles, um par de ilhas a leste de Marselha.

Os técnicos também haviam interceptado a ligação de Riske para a operadora saudita. Nem um pouco satisfeito, ouviu a gravação e descobriu que Riske havia conseguido a senha do e-mail do príncipe. A desagradável conclusão era uma só: o homem agora sabia demais.

– Ele nos enganou – disse Dobbs.

– Ele o quê?

– Encontrei os celulares dos dois entre dois bancos.

– Traga pra mim.

Com cuidado, Neill tentou cortar um pedaço da torta de limão, mas a massa esfarelou entre os dentes do garfo. Mais uma vez ficou impressionado com a habilidade que os franceses tinham com os talheres. Então levou à boca uma garfada apenas de recheio, depois refletiu sobre o próximo passo. Riske se revelara uma ave raríssima. Muito mais esperto que o anunciado.

Neill terminou o doce e jogou no lixo o pratinho de papel. Caminhando para a saída, ligou para uma casa nas colinas que ficava ao norte de Antibes. Um homem atendeu.

– Jacob.

– Martin Jacob?

- Não. Gilles Jacob. O senhor deve ter discado o número errado.

Mas a ligação não foi interrompida. Neill ouviu diversos cliques até ser transferido para a linha segura da subestação que a CIA operava no porão da casa de monsieur Jacob.

- Oi, Barnaby - disse Larry Tanner, o agente responsável pelo lugar. - Não sabia que você estava nos arredores. Em que posso ajudá-lo?

- Estou com um pepino, uma situação que está se desdobrando rápido demais. Preciso pegar emprestado um dos seus homens.

- Não sei se vai dar. Estamos meio apertados. O que você tem em mente?

- Um atirador. Preciso que esteja no local em três horas. Devolvo amanhã.

- Espere aí, vou dar uma olhada.

Neill deixou a estação e foi subindo por uma ladeira onde havia estacionado seu carro, um sedã Audi prata. Ainda estava na calçada quando Tanner voltou ao telefone.

- Hoje é o seu dia de sorte. Encontrei a pessoa certa para você. Vinte anos de experiência como atirador de elite na sua antiga turma.

- Fuzileiro?

- MARSOC. - Tratava-se do Comando de Operações Especiais do Corpo de Fuzileiros Navais dos Estados Unidos, a tropa de elite da corporação, substituta da antiga Force Reconnaissance, a força de reconhecimento dos fuzileiros. - Ficou um tempão no Afeganistão. Especialista em combate noturno. Antes de voltar para casa, deu uma passadinha no Iraque. Pelo que está escrito aqui, ele detém o recorde de tiro à distância no seu batalhão. Apagou um bandido a 1.100 metros de distância.

Neill assobiou de espanto.

- É muita coisa - disse.

- Está com a gente desde 2011. Muito confiável. Vou mandar para você, mas não se esqueça de emitir uma ordem de pagamento entre agências em trinta dias. Ultimamente a gente tem contado até os centavos por aqui.

- Deixe comigo. Qual é o nome dele?

- Você vai adorar: Jack Makepeace.

Jack, o Pacificador.

- Tem razão. É muito bom - afirmou Neill, debochando como se estivesse de papo com um ex-colega de faculdade.

- Mando a ficha dele daqui a pouco. Para onde você quer que ele vá?

- Marselha.

54.

Coluzzi acabara de pisar no cais do antigo porto quando recebeu uma ligação. O identificador de chamadas dizia apenas NÚMERO DESCONHECIDO. Mas ele sabia muito bem quem era.

– Alô.

– Chego às oito da noite de hoje no aeródromo de Aix-en-Provence. Não quero demorar. Esteja lá com a minha compra.

– E o senhor com o meu dinheiro. Não vai haver problemas.

– Como combinado – disse Vassily Borodin. – Oito horas.

– Só uma pergunta – falou Coluzzi, para irritar o russo. – Como vou encontrar você no aeródromo?

– Se houver mais de um Gulfstream na pista, vá para o que tiver uma bandeira russa.

Borodin desligou.

Coluzzi deixou o porto e foi subindo o morro na direção da basílica de Notre-Dame de la Garde. O aeródromo de Aix-en-Provence ficava a 10 quilômetros da cidade e tinha só uma pista modesta e curta, na qual pousavam apenas aviões de médio porte. Não havia voos comerciais. Aliás, se ele não estava enganado, não tinha licença para o pouso de voos internacionais. Não era à toa que ele sabia tanto sobre o lugar. No passado, quando trazia do Marrocos aviões entupidos de haxixe até o teto, esse era o seu porto de entrada. Pelo visto, não era o único que sabia subornar os controladores aéreos.

Coluzzi chegou ao topo da colina. Estava morrendo de calor, suando em bicas. Mais que isso, aflito com a operação no aeródromo. Não estava gostando nem um pouco da perspectiva de atravessar sozinho a pista de pouso até o jato de Borodin. Seria um alvo fácil demais, na mira de qualquer capanga do russo. Como ele podia ter concordado com uma coisa dessas?

Ainda com o celular na mão, refletiu se não seria o caso de ligar de volta para mudar o local. Afinal, era ele quem tinha o que Borodin tanto queria. Cabia a ele decidir, não é? Foi então que lhe ocorreu uma ideia. *Claro!*, pensou. *Isso pode dar certo.* Ele se acalmou um pouco, ainda que só por um instante. Às vezes era melhor fazer as coisas à moda antiga.

Se Borodin queria efetuar a troca no aeródromo, que fosse. Tino Coluzzi estava um passo à frente.

Empolgado com a própria inteligência e clareza de raciocínio, ele buscou a sombra de um pinheiro e olhou morro abaixo para o porto. Chamava atenção um espaço vazio no cais. Ligou para o único outro russo que conhecia.

– Eu já estava me perguntando se tinha acontecido alguma coisa com você – disse Alexei Ren.

– O encontro já está marcado.

– Quando?

– Não é da sua conta.

– Posso oferecer os meus serviços de proteção se você quiser.

– Obrigado, prefiro me virar sozinho.

– Por quê? Não confia em mim?

– Pelo contrário, tenho plena confiança de que você vai sempre colocar os seus interesses em primeiro lugar.

Ren riu com gosto.

– Talvez você esteja certo. Mas permanece o problema da minha comissão.

– Imagino que você não esteja disposto a esperar até amanhã.

– Imaginou certo.

– Por quê? Não confia em mim?

– Como você disse, tenho confiança de que você vai sempre colocar os seus interesses em primeiro lugar.

– Tem medo de que eu fuja antes de pagar o que devo?

– Longe disso, Sr. Coluzzi. Tenho medo de que esteja morto.

Coluzzi suspirou. Percebeu que não havia escapatória. Teria de pagar Alexei Ren.

– Mande um dos seus homens buscar o dinheiro na estação principal depois das três. Vou deixar no quiosque. Basta mencionar meu nome. Eles vão estar avisados.

Dinheiro que entra fácil sai fácil.

55.

Simon estava em casa.

Deixando a rodovia, ele pegou a primeira entrada para a cidade. Desciam por uma estrada estreita a colina que levava à ponta oeste do porto novo, um gigantesco complexo da marinha mercante, repleto de guindastes, elevadores de carga e galpões de aço. Àquela hora quase não havia trânsito e ele pôde acelerar enquanto passavam por petroleiros e cargueiros, a maresia entrando pelas janelas abertas do carro.

– Faz quanto tempo que você não vem aqui? – perguntou Nikki.

– Muitos anos. Eu estava com 23 quando fui embora. Então faz...

– Séculos. Eras.

– Glaciares surgiram e sumiram nesse meio-tempo.

Nikki preferiu não levar a brincadeira adiante.

– Nunca quis fazer uma visitinha?

– Melhor não.

– Para ver sua mãe, seus irmãos...

– Como eu disse, melhor não.

Ele refletiu sobre isso enquanto admirava pela janela a imensidão do mar no horizonte, a paisagem da sua juventude.

Prometera a si mesmo que jamais voltaria e, no entanto, lá estava ele.

A trabalho, pensou. O que era bem diferente.

Havia imaginado esse momento um milhão de vezes, receando as lembranças que viriam à tona depois de tanto esforço para reprimi-las. Qual delas seria a mais sofrida? Nem tudo era sofrimento, no entanto. Ele era honesto o bastante para reconhecer que se divertira quando vivia à margem da lei. Não se arrependia daqueles dias. A sensação de perigo e o senso de oportunidade, a traição que viera depois, tudo isso havia servido para forjar sua independência, sua vontade de viver segundo os próprios termos.

Simon também sabia que, apesar dos anos de prisão e de solitária, apesar de tudo que ele havia feito e que haviam feito com ele – todos aqueles acontecimentos que ele queria tanto apagar do passado –, em certa medida ele seria para sempre um fora da lei. Prova disso era a mistura de nostalgia e remorso que havia brotado em seu peito ao visitar o local do assalto em Paris e ao imaginar a cena, Coluzzi e seus homens subjugando o príncipe. Por alguns minutos naquele dia, ele fora dominado pela saudade dos velhos tempos. Imagens falsas daquela vida, a glória ilegítima, o dinheiro sujo, haviam dançado à sua frente e acenado com o sorriso desavergonhado de uma prostituta.

Tudo continua no mesmo lugar, Simon. Esperando por você. É só você querer...

No entanto, como um ex-alcoólatra diante da tentação de um copo do seu uísque favorito, Simon fazia um esforço consciente para repelir qualquer imagem mais romântica da sua vida pregressa e de como seria voltar a ela. Quando viu os torreões do Château d'If reluzindo sob o sol de meio-dia e os fortes idênticos que guardavam a entrada do porto velho, sentiu-se tão seguro e tranquilo quanto eles, satisfeito com a pessoa que se tornara e disposto a seguir nesse trilho. Deixara Marselha como prisioneiro, estava voltando como um homem livre.

O tal autor americano estava errado. O passado talvez não estivesse morto, mas nem por isso deixava de ser passado.

Ao lado do velho porto agora havia um centro comercial moderno, com butiques e lojas de vinho e vários restaurantes pequenos com mesinhas na calçada. Simon estacionou na primeira vaga que encontrou.

– Por que a gente parou? – perguntou Nikki.

Ele apontou para o quadro-negro diante de um dos restaurantes, anunciando os pratos do dia.

– *Bouillabaisse*, 15 euros.

– Estamos com tempo para comer?

– Seja rápida – disse ele, abrindo a porta do carro.

– Por onde vamos começar? – perguntou Nikki, de volta ao carro.

– Um milhão de habitantes. Não vai ser difícil. – Simon saiu da vaga, atravessou o mergulhão que passava debaixo do porto e entrou no centro da cidade. – Como são seus contatos na polícia daqui? Por acaso tem algum velho amigo que deve favores a você?

– Um ou dois.

– Confiáveis?

– Um deles. Talvez.

– Preciso de tudo que eles tiverem sobre Coluzzi. Nem que seja um papelzinho com o nome dele escrito. Quero ver tudo.

A sede da polícia de Marselha era um bloco de concreto branco em frente à catedral de Sainte-Marie-Majeure. Simon estacionou um quarteirão antes. Nikki desceu do carro e foi ao quiosque mais próximo. Voltou cinco minutos depois com dois celulares descartáveis. Simon ativou os dois e ligou para o dela, de modo que tivessem o número um do outro.

– Para onde você vai agora? – ela quis saber.

– Para o meu antigo bairro.

Nikki olhou em volta, depois tirou a arma do coldre e ofereceu a ele.

– Caso recebam você como Falconi e companhia – explicou.

Simon olhou para a pistola, pensando em onde escondê-la. Mas não queria reincidir nos velhos hábitos.

– Obrigado, mas não é assim que eu trabalho.

– Tem certeza?

– Vou tomar mais cuidado. E desta vez vai funcionar.

– Espero que sim.

– De quanto tempo você precisa?

– Depende do que eu encontrar lá dentro.

– Se não encontrar muita coisa é porque não procurou direito.

– Como você pode ter tanta certeza?

– Não foi uma pessoa qualquer que recomendou Coluzzi a Neill. Estamos falando de uma colaboração entre serviços de inteligência internacionais. Eles não escolheram Coluzzi do nada.

– Como assim?

– Não é de hoje que ele começou a fazer o que faz.

– Começou com você?

– Setembro de 1999. Aproveite e levante minha ficha também.

– Claro que vou levantar.

– Me ligue quando terminar.

Nikki assentiu e enfiou a cabeça pela janela do carro. Despediu-se com um beijo rápido.

– Tome cuidado.

56.

Simon deu partida no carro e pisou no acelerador, descendo para a cidade. Subiu as janelas do carro e ligou o ar-condicionado. O motor engasgou e um sopro de ar quente saiu dos buracos do ar-condicionado. Ele esmurrou o console. Pelo menos conseguiu diminuir o fluxo do ar.

Ele agora estava no Prado, uma abastada área residencial com prédios modernos, ruas amplas e arborizadas. Duas horas já haviam se passado desde o roubo do carro em Avignon. O mais prudente era supor que o proprietário já tivesse dado queixa. O que não chegava a ser preocupante. A polícia ainda levaria horas para emitir um alerta. A rapidez dos trabalhos era diretamente proporcional ao valor dos carros roubados. Ninguém moveria mundos e fundos para localizar um Peugeot com 20 anos de idade e um ar-condicionado capenga.

Simon secou o suor da testa e abriu a janela, apenas para receber uma lufada de ar quente e úmido, cheirando a alho e gasolina.

Pensou que segurança e conforto nem sempre andavam juntos.

Ele dobrou uma esquina e deixou o Peugeot na primeira vaga que encontrou. Dali a cinco minutos já estava descendo a rampa da garagem do melhor prédio que encontrou. Estava cansado daquela carroça.

Não havia ninguém na garagem escura. Muitas vagas estavam vazias. Na primeira fileira havia um Audi, um Alfa Romeo e um Renault conversível bastante simpático, todos de última geração e com ignição eletrônica. Sem uma chave ou ferramentas adequadas, não havia como ligá-los. O último carro era um furgão Simca com pelo menos trinta anos de estrada. Ligá-lo seria a coisa mais fácil do mundo, mas Simon podia apostar que o ar-condicionado era pior do que o do Peugeot. Aproximou-se e viu que um dos pneus de trás estava furado. Fim de papo.

A porta da garagem se abriu de repente. Simon correu para se esconder atrás do furgão e esperou. Ouviu passos. Ouviu quando deram partida num dos carros. Os pneus derraparam quando o carro subiu a rampa. Depois disso, silêncio.

Só então ele percebeu que o Simca não era o último veículo da fila. Depois dele havia outro carro inteiramente coberto por uma capa de lona. Pelas dimensões e altura, só podia ser um esportivo. Um Porsche, ele imaginou. Ou um Jaguar. Com muito cuidado, levantou parte da capa e a primeira coisa que viu foi uma plaquinha amarela com a palavra "Dino". O carro era uma Ferrari Dino 1972, quase idêntica àquela em que, esperava, Lucy Brown estava trabalhando naquele exato momento. Cor: vermelho *corsa*. Um carro assim nunca passaria batido na rua.

Simon se agachou e conferiu a pressão dos pneus: abaixo do ideal, mas ainda aceitável. Apesar da capa, uma camada de poeira cobria o capô. Fazia um ano, talvez mais, que ninguém tirava aquela Ferrari da garagem. Olhou pela janela. O hodômetro marcava 142 mil quilômetros rodados. As portas estavam trancadas.

Às vezes, pensou ele, a melhor maneira de se misturar na paisagem era se destacar dela. Ninguém o procuraria num esportivo italiano antigo que custa um milhão de dólares. E, se o procurassem, azar deles. Comeriam poeira.

Ele correu os olhos pela garagem. Não havia ninguém. Arrancou a antena do furgão, jogou-a no chão e começou a pisoteá-la, achatando-a até transformá-la numa lâmina fina. Pegou a antena e enfiou a lâmina pela fresta da janela. Fechando os olhos, concentrou seus sentidos para encontrar o mecanismo que levantava o pino da trava. Enfim, já preparado para os apitos de um alarme, abriu a porta.

Nada.

O tempo era curto. Ele tirou o resto da lona, jogou no chão e se acomodou ao volante. Encontrou os fios da ignição. Como horas antes, desencapou-os e fez a ligação direta. Deu a partida. O motor deu um rugido imponente e, pela primeira vez na vida, ele se perguntou por que as Ferraris tinham de ser tão escandalosas.

O tanque estava pela metade. Ele poderia rodar uns 100 quilômetros antes de reabastecer.

Mais uma vez ele olhou para a porta da garagem e não viu ninguém.

Colocou a Ferrari na primeira marcha e saiu com ela para a luz do dia.

Em poucos minutos já percorria a Avenue du Prado a 120 por hora.

57.

O CONTATO DE NIKKI NA POLÍCIA DE MARSELHA era Frank Mazot, o detetive cinquentão e grisalho que chefiava o departamento de crimes importantes da cidade, equivalente ao departamento dela em Paris. Ao longo dos anos eles haviam colaborado em dezenas de casos, desde o desbaratamento dos Panteras Cor-de-Rosa, a gangue balcânica especializada em assaltos espetaculares de lojas de *haute joaillerie* em Paris e Cannes, até a detenção do "Time dos Sonhos" de Marselha, os quatro bandidos responsáveis pelo célebre roubo de um jatinho de 20 milhões de euros que ia decolar no aeroporto da Provença.

Mazot era um cara da velha guarda. Vestia terno escuro e camisa branca. Usava coldre de ombro e dentro dele ia nada menos que um revólver de cano curto, calibre 38. ("Se você precisa atirar mais de cinco vezes para derrubar alguém, então precisa aprender a atirar melhor.") No canto da boca havia sempre um cigarro Gitanes sem filtro.

Nikki subiu de escada até o terceiro andar do prédio. Parou para pegar dois cafés na cozinha e seguiu com eles para a sala de Mazot.

– Surpresa – disse ela, abrindo a porta com o cotovelo. – Olhe só quem chegou.

– Nikki, você por aqui?

Mazot ficou de pé em um pulo, largando a pilha de pastas que atulhava sua mesa.

– Você está mais bagunceiro do que da última vez que estive aqui – comentou ela, deixando os cafés na mesa para receber os dois beijinhos de Mazot. – Então, Frank, como vão as coisas?

– Você sabe como é. A gente resolve um caso, no dia seguinte aparecem dois. – Ele pegou um dos cafés e, olhando por cima das lentes bifocais, perguntou: – Quatro cubinhos de açúcar, certo?

– Claro, como é que eu poderia esquecer? Acho um espanto que você ainda tenha dentes na boca.

– A genética é boa – disse Mazot, sorrindo para exibir a dentição malcuidada e encardida por muitas décadas de cigarro e café. – O que você está fazendo aqui, garota?

– Uma história que surgiu de última hora. Um assalto grande na cidade. O saudita. Preciso da sua ajuda.

– E só por isso despencou para cá? – perguntou Mazot, acendendo seu cigarro.

– Quando a gente quer uma coisa bem-feita, é melhor fazer por conta própria.

– Tenho telefone, sabia?

Nikki sorriu.

– Talvez quisesse ver você.

– Duvido – respondeu Mazot, ríspido o bastante para que ambos rissem. Depois voltou à sua mesa e sinalizou para que Nikki se sentasse. Bastava de amenidades. – Alguma pista?

– Preciso bisbilhotar nos seus arquivos.

– Quem é o felizardo da vez?

– Tino Coluzzi.

– Faz tempo que não ouço falar dele. Pelo que sei, foi embora da cidade. Um desentendimento depois de uma operação. – Mazot somou dois com dois. – Coluzzi está por trás do assalto?

Nikki deu de ombros.

– Digamos que é um palpite.

– Um palpite ou um impulso?

– Talvez um pouco dos dois.

– Então deve ser por isso que não recebi um telefonema do tenente.

Nikki debruçou-se sobre a mesa e olhou o colega diretamente nos olhos.

– A gente faz o que precisa fazer – disse ela.

Mazot sugou metade do cigarro com um único trago e apagou-o no cinzeiro transbordante. Ajeitou os óculos antes de se voltar para o computador. Catando milho no teclado, digitou o nome de Coluzzi.

– Anote aí.

Nikki pegou caneta e papel e escreveu o número do arquivo.

– Quer dizer que vocês ainda não digitalizaram tudo? – perguntou, esquecendo-se de disfarçar a decepção. Pesquisar no arquivo físico poderia levar horas.

– Não temos verba nem para pagar nossos detetives em dia – defendeu-se Mazot. – Acha que vamos gastar dinheiro escaneando papelada? Sabe o que a gente diz: "Se você realmente quer achar alguma coisa, levante a bunda da cadeira e vá procurar."

– Parece uma boa dica.

Mazot se levantou. Mais um favor devidamente pago, os pratos da balança em equilíbrio.

– É só isso?

– Só mais uma coisa. É pessoal.

– Ah.

Ela passou a Mazot um segundo nome, do qual ele nunca tinha ouvido falar. Mas não demorou a achar o número do arquivo. Ela o anotou abaixo do outro e seguiu Mazot para o depósito no porão da sede da polícia.

A caixa com o dossiê de Coluzzi estava numa prateleira alta, nos fundos do porão. Mazot precisou ficar na ponta dos pés para tirá-la de lá. Entregou-a a Nikki.

– Toma, você leva. É mais forte que eu.

Depois conduziu-a para a sala de leitura ao lado do elevador.

– Divirta-se. Me avise quando terminar. Ramal 49.

– Combinado.

– Ah, Nikki. Se Tino Coluzzi realmente estiver por trás do assalto em Paris, não vá se esquecer do amigo aqui. Um aumento antes da aposentadoria não seria má ideia.

Assim que ficou sozinha, Nikki abriu a caixa e começou a examinar as pastas. Pelo visto, colocar as coisas em ordem alfabética não era o forte do arquivista. Ela levou quinze minutos para encontrar a pasta de Coluzzi entre "Cranmont" e "Czell". O dossiê era gordo como uma lista telefônica, um compêndio de prontuários, interrogatórios, transcrições forenses e sentenças, tudo na mais completa desordem. Ela precisou de mais trinta minutos apenas para colocar na ordem cronológica antes de começar a trabalhar.

A primeira detenção de Coluzzi havia sido aos 16 anos, um caso de furto punido com seis meses de condicional. A segunda ocorrera três meses depois, e dessa vez ele havia cumprido um ano num reformatório próximo à fronteira com a Espanha. Segundo uma anotação do diretor da instituição,

Coluzzi era "um aluno modelo, sempre disposto a colaborar". Nikki torceu o nariz. Em um bilhete manuscrito, um dos supervisores relatava que ele havia procurado o diretor para entregar o nome de outro aluno que vinha roubando enlatados da cozinha para vender a um comerciante local.

Tino Coluzzi havia começado cedo.

Dali em diante a coisa foi ficando bem pior, e rápido. Casos de extorsão, assalto à mão armada, roubos maiores. E, aos 21, tentativa de homicídio. O julgamento durou um dia. Coluzzi foi condenado a cinco anos de prisão no Les Baumettes.

Nikki se deteve um instante para examinar melhor o documento. Algo estava faltando. Geralmente havia um boletim de transferência anexado à papelada, registrando a mudança de custódia para o sistema penitenciário nacional, mas no lugar havia um formulário rosa que ela conhecia muito bem. Já havia preenchido um monte deles, inclusive aquele em que recrutava Aziz François como informante confidencial.

Nikki sacou o celular e fotografou o formulário.

No dossiê de Coluzzi havia ainda diversos relatórios assinados pelo detetive responsável pelo caso. Proporcionavam uma lista ampla dos criminosos com quem Coluzzi trabalhava regularmente, junto com os crimes que eles haviam cometido ou planejavam cometer juntos. Lá pela terceira página estava o nome de "Simon Ledoux".

Cada vez mais furiosa, Nikki foi lendo o depoimento de Coluzzi, um relato detalhado e quase orgulhoso sobre o plano de assaltar o carro-forte da Garda no dia 2 de setembro de 1999. A folha seguinte era uma cópia da ordem de prisão, com os pormenores da operação policial. Quatro mortos identificados. Simon Ledoux atingido três vezes, levado para o hospital, condição desconhecida.

Coluzzi fora levado a juízo apenas para manter em segredo sua condição de informante. Recebera uma pena simbólica de seis meses, dos quais cumprira apenas dois.

E, assim como Aziz François, não havia deixado que a vida de espião interferisse na vida de bandido. Alguns anos após o caso do carro-forte, ele havia sido preso por latrocínio e condenado a cinco anos no Les Baumettes. Dessa vez, nem se dedurasse meio mundo escaparia dali. Pelo que estava escrito nos registros de detenção, ele havia chegado ao presídio pouco tempo após Simon ter saído da solitária, mas em nenhum lugar havia menção a uma agressão a outro detento.

De repente, como num passe de mágica, o dossiê chegava ao fim. Nenhuma outra menção nos últimos quinze anos. Mesmo que ele não tivesse cometido mais nenhum crime, era estranho que não houvesse nada. Onde estavam, por exemplo, todos os relatórios do supervisor da condicional, que eram compulsórios?

Algo estava errado.

Nikki guardou a papelada de volta e fechou o dossiê.

Uma ordem de serviço estava grampeada no dorso da pasta, datada de janeiro de 2003 e emitida por certo M. Duvivier, coronel da DGSE. Uma solicitação de transferência entre agências.

A DGSE, ou Direction Générale de la Sécurité Extérieur, era o serviço de segurança internacional do governo francês, algo equivalente à CIA.

Na solicitação estava escrito: "Informações adicionais no seguinte endereço: Boulevard Mortier, 141, Paris."

O endereço da sede da DSGE na capital.

Nikki guardou a pasta na caixa.

Ela agora sabia quem havia indicado Tino Coluzzi para o Sr. Neill.

NIKKI DEVOLVEU A CAIXA PARA A PRATELEIRA, depois enviou a Simon as fotos que havia tirado dos documentos mais relevantes sobre o trabalho de Coluzzi como informante da polícia. Satisfeita por ter atendido ao primeiro pedido dele, consultou a anotação que havia feito na sala de Mazot e foi para o lado oposto do porão. Ali estava bem mais escuro, o ar mais bolorento. Sentia que estava entrando cada vez mais fundo numa caverna esquecida. Não teve dificuldade para encontrar o que queria. Por sorte a caixa se achava numa prateleira mais baixa, e dessa vez as pastas estavam corretamente organizadas. O dossiê era bem mais fino do que ela havia imaginado. Continha apenas um boletim de detenção e uma declaração judicial, dizendo que o réu havia confessado sua culpa e dispensado o direito a julgamento.

Com seu olhar experiente, Nikki foi passando as páginas seguintes e na última encontrou o que procurava: um adendo ao aviso de óbito de um presidiário, escrito à mão na parte inferior do documento, quase uma decisão de última hora. Apenas uma frase, mas era o que bastava.

Ela guardou a caixa e correu de volta para o terceiro andar. Frank Mazot esperava por ela em sua sala. Com ele estavam quatro homens, hierarquicamente superiores, a julgar pela idade e pelas roupas.

– E aí, como foi? – perguntou Mazot.

– Tudo bem – disse Nikki, ciente de que era o centro das atenções.

– Conseguiu o que queria?

– Consegui, obrigada.

Ela correu os olhos pelos homens e de repente sentiu um frio na barriga, percebendo que estavam ali por causa dela.

– Estou interrompendo alguma coisa?

– Recebemos uma ligação. O seu tenente estava curioso para saber o que você está fazendo em Marselha quando deveria estar em Paris, atrás de uma mesa, fazendo serviço administrativo.

– Acho que já me expliquei.

– Detetive Perez – interveio um dos homens, numa voz que deixava claro que não queria ser enrolado –, Frank contou o que você veio fazer aqui. Aplaudimos sua vontade de contribuir para que as investigações na capital tenham sucesso, mas nossos colegas estão preocupados com seus métodos. Acham que você está ajudando uma pessoa que não pertence ao quadro oficial da polícia francesa.

Nikki analisou o sujeito. Na casa dos 60 anos, grisalho, em forma, maxilar de lutador, olhos tão frios quanto azuis. Terno caro demais para os salários da corporação.

– O senhor é...?

– Martin Duvivier. Oficial da Inteligência de Defesa.

Coronel M. Duvivier, ex-oficial da DSGE.

– Entendo – disse Nikki.

– Se não se importar, detetive Perez – tornou ele com deferência excessiva –, gostaríamos que não saísse do recinto antes de falar com um dos nossos colegas.

– Se o senhor não se importar – devolveu Nikki, igualmente escorregadia –, posso voltar assim que ele chegar.

– Acontece que ele já está a caminho.

Nikki novamente correu os olhos pelo grupo, encontrando quatro olhares igualmente frios. Ela tentou Mazot.

– Estou proibida de sair daqui, é isso?

– Por favor – falou ele. – Faça o que estão pedindo.

Nikki olhou de volta para Duvivier.

– Quem é que está a caminho?

– Um amigo da polícia francesa.

Nikki baixou o rosto para esconder o sorriso amargo. Foi exatamente assim que Dumont descreveu Simon Riske.

– Um amigo? – perguntou ela.

– Sim.

– Por acaso ele tem um nome?

– Sr. Neill. Um americano. Trabalha para a CIA.

58.

Alexei Ren subiu para o heliponto do seu iate e fixou o olhar na direção norte. Duas horas antes, o *Solange* havia levantado âncora em Entre les Îles e agora, a uma velocidade de 20 nós, seguindo para leste, margeando o porto de Toulon, onde estavam atracados vários navios de guerra. A tripulação zanzava atarefada de um lado para outro no convés dos torpedeiros. Por uma semana, o *Solange* ficaria inteiramente à disposição dos altos executivos do russo. Naquela noite aportaria em Saint-Tropez, onde um jantar de gala esperava pelo grupo no Byblos, depois seguiria para Villefranche-sur-Mer, Mônaco e San Remo, do outro lado da fronteira italiana. Ren não iria junto. Tinha um assunto importante a tratar.

Ele protegeu os olhos com a mão e esquadrinhou o céu. Trocara a bermuda de linho e a camisa de mangas compridas por uma calça preta e uma camiseta de malha da mesma cor. Pelo menos dessa vez, não se importava de deixar os braços tatuados à mostra. Pelo contrário, fazia questão que fosse assim. Hoje ele não era Alexei Ren, o magnata filantropo, proprietário do Olympique de Marselha. Era o prisioneiro 887.776, injustamente condenado e exilado do seu país, um homem sedento de vingança.

Ele ouviu o helicóptero antes de avistá-lo. Estreitou os olhos e pôde vê-lo pairando sobre a água e embicando para o pouso, um Écureuil da Aérospatiale com capacidade para cinco passageiros e velocidade máxima de 200 nós.

Havia maior símbolo de sucesso do que aquela bela aeronave que agora descia dos céus como o carro de Apolo? Fazia vinte anos que ele havia chegado à França, com muita ambição na cabeça e nenhum dinheiro no bolso, ainda com feridas abertas da última briga na cadeia.

Num primeiro momento, fora obrigado a usar a experiência de criminoso para sobreviver, mas a passagem pelo gulag o havia transformado em outra pessoa. Estava determinado a percorrer um caminho menos acidentado. Se antes ele se entupia de álcool e esbanjava dinheiro, agora procurava refrear seus instintos mais básicos e economizar tanto quanto possível do seu rico e desonesto dinheiro. Seu objetivo era tornar-se um grande empresário, um pilar da sociedade, ou pelo menos um cidadão honesto. Sempre atento às oportunidades, agira imediatamente ao identificar uma delas, um investimento de 100 mil euros numa incipiente desenvolvedora de softwares operada pelo filho do seu contador. A empresa crescera. Ele embolsara o lucro, voltara à espreita e, ao identificar outra boa oportunidade, não hesitara.

Em cinco anos, tinha um patrimônio de 10 milhões de euros. Em mais cinco, multiplicara-o por dez.

E, em dado momento, encontrara uma mulher para casar. Tivera filhos. Comprara uma mansão no litoral, casas de férias nos lugares mais exóticos do planeta e, claro, *Solange*, com um helicóptero incluído. Tinha tudo que um homem poderia desejar: sucesso, prestígio, uma família saudável e carinhosa, uma fortuna com a qual nunca havia sonhado. E tudo isso, ou quase tudo, havia sido conquistado à moda antiga, com o suor honesto do seu trabalho. Se ele soubesse que a vida do lado certo da lei podia ser tão lucrativa, jamais teria empunhado uma arma naquele seu remoto passado.

O helicóptero já se preparava para pousar. O repuxo do motor obrigou-o a recuar, a ventania alvoroçando seus cabelos. Ren acenou para o piloto, um russo que havia abandonado o frio hostil de Moscou para se entregar às inúmeras oportunidades que o sol da Riviera tinha para oferecer.

Os esquis de pouso tocaram o chão. O iate sacolejou quase imperceptivelmente.

Lá estava ele, Alexei Ren, esperando no deque do seu barco de 100 milhões de euros, prestes a embarcar no próprio helicóptero, o sol no seu rosto, os negócios indo bem, o futuro assegurado por todos os lados. Apesar disso, estava prestes a pôr em risco todas essas coisas.

"Por quê?", era o que perguntava, incrédula, uma voz mais sóbria lá nos confins da sua nova alma regenerada.

Seu celular tocou no bolso, salvando-o de encarar a resposta.

– Alô.

– Os rapazes estarão no seu escritório daqui a uma hora – disse um homem na língua natal de Ren.

– Estão prontos?

– Prontos para quê? Para encarar a porra do exército russo inteiro?

– Não é o exército inteiro – disse Ren. – É apenas um homem.

Ele desligou e embarcou no helicóptero. Se tinha dúvidas sobre o que devia fazer, elas sumiram assim que o helicóptero decolou e partiu rumo à costa.

Era tudo muito simples, ele pensou, admirando a vastidão do mar a seus pés, saboreando a adrenalina de ir para a frente de guerra e dizer novamente: “Foda-se!”

Um homem não pode fugir do seu passado.

O máximo que pode esperar é que fique na dianteira por um tempo.

59.

SIMON DOBROU A ESQUINA, entrou em uma ruazinha estreita e parou junto ao meio-fio. Respirou fundo e só então ergueu os olhos para a sequência de blocos de três andares à sua direita, todos do mesmo tom desfalecido de amarelo, todos no mesmo estado de miséria, todos com uma antena parabólica espetada no telhado. Um emaranhado de fios corria por toda parte: cabos telefônicos, rede elétrica, o diabo que fosse. A sarjeta estava atulhada de latinhas de cerveja, maços de cigarro, embalagens de chocolate. O desleixo daquela gente era o que mais o irritava, a apatia coletiva, como se ninguém se importasse com a decrepitude generalizada do bairro. Ele nunca tinha visto ninguém, nem ele mesmo, se dar ao trabalho de recolher o lixo do chão.

Simon agora olhava para um prédio específico no meio da rua. Ele não era muito diferente dos outros à volta, mas mesmo assim Simon preferia que a porta tivesse recebido uma demão de tinta há pouco tempo, que a vidraça não estivesse quebrada no segundo andar e que não houvesse lençol secando na janela.

Achava estranho que ainda se sentisse responsável. Fazia anos que sua mãe tinha morrido, que os irmãos haviam sumido do mapa. Suas lembranças daquela casa eram invariavelmente tristes. Talvez as pessoas se sentissem em dívida tanto com aqueles que lhes fizeram mal quanto com quem lhes estendera a mão.

Nesse momento, uma mulher, de uns 30 anos, abriu a porta do sobrado e saiu à rua. Magrinha e meio corcunda, vestia-se à moda do Magreb: lenço na cabeça, túnica larga, sandálias. Três crianças surgiram pouco depois, nenhuma delas com mais de 5 ou 6 anos. Eles agora vinham caminhando na direção de Simon, a mulher olhando acintosamente para a Ferrari vermelha, que destoava do ambiente como uma vaca em Marte.

Simon deu partida no carro e arrancou. Deixando para trás a casa da sua juventude, procurou entender os documentos que Nikki havia fotografado e enviado pelo celular. Fazia tempo que sabia que Coluzzi era o informante. Mesmo assim, havia uma grande diferença entre saber e *saber*. Ao ver o nome de Tino Coluzzi num formulário oficial da polícia de Marselha, imediatamente lhe viera à cabeça o dia em que ele havia recusado as mordomias oferecidas por Il Padrone e, por isso, fora trancafiado numa solitária escura, onde ficaria sonhando com o dia em que finalmente poderia se vingar.

As lembranças daquela época tomaram conta dele. Viu-se dominado por um desejo de perigo. Impulsionado pelos ímpetos violentos e irrefreáveis da juventude, pisou fundo no acelerador e voou ladeira abaixo. Já havia sentido aquele mesmo impulso, naquele mesmo lugar. Naquele dia, assim como agora, estava prestes a fazer algo condenável, algo que traria benefícios para si e poderia machucar outras pessoas.

Era setembro, e o siroco estava em plena atividade.

Era o dia em que ele assaltaria um carro-forte com Tino Coluzzi.

A PORTA DO LE NIGHTCLUB ESTAVA TRANCADA. Simon esmurrou-a diversas vezes até ouvir uma voz rouca berrar do outro lado:

– Já vou, porra! Quem é?

– Um velho amigo.

Jojo Matta abriu a porta. Moreno feito uma castanha, um pouco mais calvo e bem mais enrugado, ficou estudando Simon.

– Pois não?

Simon não disse nada. Apenas o encarou.

De repente a ficha caiu. Jojo tentou bater a porta, mas Simon bloqueou-a com o pé e a empurrou com o ombro, derrubando o homem no chão.

– Olá, Jojo.

– Você está morto.

Simon fechou e trancou a porta.

– Quem foi que disse?

– Foi você que entregou a gente para a polícia. E o Tino matou você na prisão.

– Foi ele quem disse isso?

– Ele e todo mundo que viu você lá naquele pátio.

– Bem, pelo visto ele não fez o trabalho direito.

Simon ajudou-o a se levantar do chão. Mandou que ele se virasse para revistá-lo e confiscou a Walther 9 milímetros que encontrou em um coldre no tornozelo.

– Posso guardar isto comigo enquanto batemos um papo?

– Como quiser.

– Então vamos sentar.

Eles entraram juntos na boate. Simon foi para trás do balcão e ligou a música. Quantas noites ele havia cuidado do bar daquela boate? E quantas vezes tinha abandonado o posto para separar uma briga no salão?

– Parece que as coisas não mudaram muito por aqui – comentou ele.

– Ninguém vem aqui por causa da decoração.

– Imagino que não. – Simon preparou um expresso para si mesmo. – O que aconteceu com a sua mão?

– Isto? – falou Jojo, erguendo a mão enfaixada. – Acidente na cozinha. Uma faca que escorregou.

– Um profissional como você? Deve ter sido uma faca e tanto.

Jojo apenas encolheu os ombros, sem tentar disfarçar que estava mentindo.

– Simon Ledoux... – falou Jojo. – Em carne e osso depois de todos esses anos. Por que veio aqui?

– Onde está o Tino?

– E por que eu saberia?

– Você sabe de tudo – respondeu Simon. – Coluzzi está na cidade. Imaginei que ele viria direto para a boate.

– Porque você também veio, é isso?

– Mais ou menos.

Jojo se endireitou no banco.

– Por onde você andou esse tempo todo?

– Por aí. Não estou mais no jogo.

Jojo lançou um olhar desconfiado.

– Então por que está atrás do Tino?

– Ele está com uma coisa que me pertence.

– É bem a cara dele.

– Sabe o assalto de Paris? Pois é, foi ele.

– Ah. – Jojo não ficou nem um pouco surpreso. Já devia ter suspeitado disso. – Você agora é da polícia?

– Não – disse Simon. – Coluzzi levou uma coisa que eu preciso pegar de volta.

– O filho da puta. Perguntei se tinha sido ele, porque o modus operandi foi idêntico ao nosso, e ele disse que eu estava louco.

– O que ele queria com você?

– Queria saber se eu conhecia algum russo.

– Russo? Estranho. O que foi que você disse?

– Falei que conhecia apenas um: Alexei Ren.

– E...?

– Ele pediu meus ingressos para um jogo do Olympique. Achava que podia encontrar o homem por lá.

– E encontrou?

– Não sei. Nosso encontro não foi dos melhores. Discutimos por causa de uma história do passado. Ele não estava mentindo apenas sobre o assalto de Paris.

– Foi aí que você machucou a mão.

Jojo fez uma careta.

– Tino sempre foi muito bom com aquele estilete.

– E onde ele está agora?

– Se não estiver em casa, deve estar naquela toca no meio do nada.

– Você já esteve lá?

– Não. Mas o Luca Falconi ajudou na construção. Falou que Tino gostava do lugar porque ficava perto do bar favorito dele. Aquele na praia. Le Bilboquet.

Simon se lembrou da foto em que Coluzzi e Falconi posavam diante do bar. Estava na maleta que ele havia abandonado no trem.

– Obrigado, Jojo. Ah, só para sua informação, não fui eu quem traiu a nossa gangue. Foi o Tino.

– Como você sabe?

– Quem foi que levou três tiros? Quem foi que pegou seis anos no Les Baums?

– Tino também foi preso. Perpignan.

– E saiu dois meses depois.

– Isso é você que está dizendo.

Simon achou engraçado. Ninguém gostava de admitir que havia sido traído ou manipulado, de passar recibo de trouxa ou de burro. Isso valia para todos, mas sobretudo na bandidagem. Ele sacou o celular e mostrou a Jojo a foto do documento que provava o vínculo de Coluzzi com a polícia de Marselha.

– Isso aí é verdadeiro?

– O que você acha? – Simon guardou o celular de volta no bolso. – Onde Coluzzi morou nesses últimos anos?

– O último endereço foi em Aubagne.

Simon terminou seu expresso e se levantou.

– Você está ótimo, Jojo.

– Você também, Ledoux. Se quiser voltar para o jogo, me avise. Trabalho é o que não falta.

– Pode deixar, aviso sim – disse Simon, e foi saindo pela porta dos fundos.

– Ei! Não está esquecendo nada?

– Sua Walther? – respondeu, sem se virar. – Vou ficar com ela só mais um pouquinho, se não se importar.

60.

Nikki ouviu quando trancaram pelo lado de fora a porta da sala de interrogatório, um cubículo de 9 metros quadrados com piso de linóleo, uma mesinha toda queimada de cigarro e duas cadeiras. Não estava ali porque queria. Não estava fazendo nenhum favor a Frank Mazot e seus amigos. Estava detida contra sua vontade. Mazot havia delicadamente confiscado seu celular e, nem tão delicadamente assim, sua arma. A única coisa que faltava para oficializar sua detenção era uma ordem de prisão semelhante àquelas que ela havia acabado de pesquisar.

Ela se sentou em uma das cadeiras e cruzou as mãos sobre a mesa. Pela janela, viu a sala dos policiais, em que uns dez tiras, sentados em suas mesas, tentavam não prestar atenção nela. Mazot e Duvivier estavam perto do saguão, conversando concentrados, de vez em quando lançando um olhar na direção dela. Ela permaneceu onde estava, com um sorriso vago no rosto, perguntando-se se Simon estava vindo buscá-la.

A carreira dela estava oficialmente encerrada. Não seria demitida, pelo menos por enquanto. Era preciso cometer algum crime hediondo ou se juntar ao Estado Islâmico para ser demitido do funcionalismo público francês, mas havia destinos piores que uma demissão. Uma transferência para a polícia rodoviária, junto com um rebaixamento e uma redução salarial. Ou para a brigada antidrogas, com suas rondas diárias nas áreas mais perigosas da cidade, intimidando traficantes e cafetões. Ou, pior ainda, dois anos de suspensão a serem cumpridos na "fábrica de doidos", a saleta em que os suspensos são obrigados a passar nove horas sem fazer nada, apenas lendo jornal ou vendo televisão.

Qualquer que fosse seu destino, estava frita.

Quanto mais Nikki contemplava seu futuro, mais inquieta ficava. Ela se remexia na cadeira, enfiava as unhas nas palmas da mão. Simon estava certo. Desde o início Neill vinha seguindo os passos deles. Não sabia qual era o plano do americano, mas boa coisa não era. Ela estava do lado de Simon. Sua única chance de salvar a carreira era entregar Tino Coluzzi, junto com as provas de que ele era o autor do assalto em Paris. E, para que isso acontecesse, ela precisava sair dali.

Discretamente, ela se levantou e foi até a porta. Sabia que estava trancada, mesmo assim conferiu. Depois continuou a perambular pela sala, ciente dos olhos que a seguiam. Havia muitas possibilidades de fuga. Ela poderia arremessar uma das cadeiras contra a vidraça, pular para a sala dos policiais e abrir caminho até a saída. Ou poderia usar a cadeira para quebrar a maçaneta da porta, tentar passar entre as cadeiras até o saguão e descer a escadaria. Ou...

Nikki caiu na real e voltou para a mesa.

Não havia mais jeito.

Fini, acabou.

Estranhamente, o que mais a incomodava era deixar Simon na mão.

Era nisso que ela ainda pensava quando viu um dos detetives chamar Frank Mazot com um telefone na mão, um jurássico telefone fixo com fio. Mazot atendeu a chamada, olhou rapidamente na direção dela e deixou o aparelho na mesa. Depois veio para a sala de interrogatórios e entreabriu a porta.

– Ligação para você. Comissário Dumont. Vou avisando: está puto.

Nikki saiu da sala e foi para o telefone.

– Certo, você me encontrou – disse.

– Nunca perdi você – respondeu Simon Riske. – Preste atenção: não dê nenhuma bandeira. Apenas balance a cabeça e vá concordando com tudo que eu digo.

– Sim, sim...

– Liguei para o seu celular há uns quinze minutos. Um cara atendeu, não quis dar o nome. Deduzi que você estava em apuros. É isso mesmo?

– Isso mesmo, comissário. Frank Mazot e o coronel Duvivier, antigo agente da DGSE, me trancaram à chave enquanto esperam um amigo deles, o Sr. Neill, da CIA.

– Neill já chegou? Você precisa sair daí.

– Eu estava pensando a mesma coisa – falou Nikki. E baixinho: – Desculpa...

– Você não tem nada do que se desculpar. As fotos que você mandou chegaram na hora certa. Coluzzi está na cidade. Consegui um endereço dele em Aubagne. Depois eu conto mais, quando a gente se encontrar.

– Pode ser que demore.

– Estou estacionado bem na frente do prédio. Um carro vermelho. Não tem como você confundir.

– Vermelho, jura? Que tipo de carro?

– Você não vai gostar de saber.

– Não acredito. Você não...

– Acha que consegue sair daí?

– Não vai ser fácil.

– Está trancada mesmo?

Nikki disse que sim. Mazot conversava com outro detetive, mas sem tirar os olhos dela. Do outro lado do salão, Duvivier vigiava a porta feito um cão de guarda, braços cruzados diante do peito, encarando-a como se ela tivesse matado alguém da sua família.

– Em que parte do prédio você está? Primeiro andar? Na sala dos policiais?

– Sim. Você conhece o prédio?

– Se eu conheço? Praticamente fui criado aí dentro. Me diga uma coisa: ainda tem uma janela quebrada lá no fundo, logo acima dos canos hidráulicos? Um buraco bem no meio da vidraça, na forma de um raio?

– Já se passaram vinte anos – argumentou ela, correndo os olhos pelo salão. – É pouco provável que...

– E aí?

A tal vidraça continuava lá, com a rachadura na forma de um raio. Estava tão imunda que a luz do sol quase não passava. Mas não seria fácil.

– Sim, tem.

– Então suponho que o resto continue mais ou menos igual.

Mazot já havia encerrado seu papo e agora a fitava com uma cara azeda. Nikki abriu um sorriso amarelo e pediu a ele um cafezinho.

– Por favor...

Mazot refletiu um instante, mas depois se aproximou e arrancou o telefone das mãos dela.

– Dumont? Aqui é Frank Mazot. Sua garota se meteu numa bela encrenca. Estou fazendo o possível para ajudá-la, mas não posso fazer milagres.

Nikki não conseguia ouvir o que Simon dizia do outro lado. Mazot parecia ainda mais sério do que antes. Olhou atentamente para ela. Então fez que sim com a cabeça, depois que não, depois riu, depois olhou de novo para Nikki, como se apenas ele estivesse por dentro de algo muito grave.

– Tudo bem – disse por fim. – Obrigado.

Devolveu o telefone para Nikki.

– Café?

– Sem açúcar. – Nikki esperou que ele saísse para a copa antes de voltar à linha. – O que você falou para ele?

– Depois eu conto. Ele continua por perto?

– Foi buscar um café para mim.

– Ótimo, então escute. Tem outro jeito de sair daí. Na parede oposta à janela quebrada tem uma porta. Parece um armário, mas não é. Dá acesso a uma escada de fundos que os entregadores de carvão usavam no passado.

– E se estiver trancada?

– Não tem nem fechadura. Basta você dar um tranco forte.

Nikki deu uma espiadela rápida na porta. Na frente dela havia duas mesas, afastadas o bastante para que ela se esgueirasse. Uma estava ocupada, a outra não.

– Vou ficar esperando aqui embaixo, perto da saída – avisou Simon. – O que acha?

Frank Mazot voltou, deixou o café na mesa e se sentou do outro lado, sorrindo para mostrar que ainda eram amigos. Duvivier e seus dois asseclas continuavam por perto, nem um pouco satisfeitos com o fato de ela estar usando um telefone.

– Acho que não tenho muita escolha.

Nesse mesmo instante, o celular de Mazot tocou. Ele atendeu e ergueu os olhos para Nikki.

– Desligue isso aí – ordenou, ríspido.

– Hein?

– Desligue esse telefone *agora*.

– Ainda estou falando com Dumont.

– Não, não está – disse Mazot. – Faça o que eu mandei, Nikki.

– Como assim?

– Você não pode estar falando com Marc Dumont porque *eu* estou.

Nikki olhou rapidamente para trás. Um grupo de policiais bloqueava a porta de que Simon havia falado. Diante da outra porta, a do corredor, Duvivier e companhia continuavam atentos. Mas eram apenas três. Bastaria furar o cerco deles para ganhar a escada.

– Espere com o motor ligado – disse ela a Simon. – Vou sair pela frente. Que se dane.

Nikki largou o telefone, pegou o copinho de café quente e arremessou no peito de Mazot.

– Porra! – gritou ele, assustado. Deu um passo para trás, tentando limpar o café quente.

Os policiais na sala estavam distraídos com o próprio trabalho, ou não entenderam direito o que estava acontecendo. O único a reagir foi Martin Duvivier, que vinha marchando decidido na direção dela.

Nikki correu de encontro ao agente grisalho. Usando o ombro, atingiu-o no peito e o derrubou no chão. Duvivier tentou agarrá-la enquanto caía de costas, sob o olhar dos outros dois, aturdidos demais para reagir.

Ela saltou por cima do homem caído, saiu para o saguão e se virou para a esquerda, rumo à escada. Olhou para trás e viu que Mazot já corria no seu encalço. Nikki ia pulando os degraus de dois em dois, enquanto Mazot gritava para ela parar.

– Droga, Nikki! – A voz rouca de Mazot ecoava na escadaria. – Ficou maluca?

O andar térreo era um oásis de tranquilidade. No último degrau, Nikki escorregou no piso de mármore e precisou esticar os braços para não cair. Foi aí que Mazot a alcançou e a segurou pelos ombros. Com um movimento brusco, ela conseguiu se desvencilhar.

– Preciso de dez segundinhos – pediu ela. – Por favor.

Mazot chegou a reerguer as mãos para segurá-la, mas desistiu. Olhando para a escada, viu que não havia ninguém descendo. Então virou-se novamente para Nikki. Ela permaneceu calada.

– Tudo bem. Mas só dez segundos. Vai.

– Te devo mais essa.

Nikki disparou porta afora e desceu a imponente escadaria que levava à rua. Ofuscada pelo sol impiedoso da tarde, protegeu os olhos e procurou por Simon.

Do outro lado da rua, o sino da catedral bateu as quatro horas. Turistas e policiais apinhavam a calçada. O trânsito era intenso nas duas direções. Ela correu até o meio-fio. Olhou para a esquerda e finalmente avistou um carro vermelho. Um braço apareceu pela janela. Simon surgiu, acenou para ela e gritou algo que ela não conseguiu entender.

Nikki correu na direção do carro. A porta a esperava aberta. Simon arrancou assim que ela se jogou no banco do carona. Ela olhou pelo vidro de trás para conferir a retaguarda.

– Viu alguém? – perguntou ele.

– Não, está limpo.

Só então Nikki conseguiu olhar em volta e viu o painel de instrumentos, o volante esportivo e os bancos de couro amplos.

– É isso mesmo? E aquela ideia de não chamar atenção?

– Águas passadas.

Simon engatou a terceira marcha e zuniu morro abaixo.

Atrás deles, a uns 50 metros de distância, um sedã Audi prata esperava o sinal abrir diante do prédio da polícia.

– Então, o senhor ainda vai querer entrar? – perguntou o motorista, um homem compacto e musculoso, o rosto com cicatrizes de acne e cabelos cor de areia.

Chamava-se Makepeace.

No banco ao lado, Barnaby Neill acabara de ver Nikki Perez desembestar para a rua e entrar no carro vermelho que esperava por ela. *Às vezes os deuses mandam sinais para avisar que a pessoa está no caminho certo*, pensou Neill. Os sinais podiam ser sutis ou óbvios. Topar com Simon Riske, o homem que ele vinha procurando, justo no momento em que mais precisava encontrá-lo, era um sinal mais do que óbvio.

– Não – respondeu Neill. – Quero que você siga aquele carro vermelho.

– A Dino?

– Ela mesma.

– Deixe comigo – disse Makepeace, e arrancou.

61.

Tino Coluzzi não era homem de se iludir. Era desconfiado por natureza e profissão, a um passo da paranoia. Sempre que apertava a mão de alguém, conferia depois se ainda havia cinco dedos nela. Portanto, não era bobo de acreditar que Vassily Borodin entregaria 10 milhões de euros, depois iria embora, feliz da vida, com sua carta no bolso. Bastava lembrar o que lhe havia ocorrido no momento em que se dera conta da importância da carta.

Ninguém deveria ter uma bomba daquelas nas mãos.

Ele estava em maus lençóis.

Igualmente preocupante era a participação de Alexei Ren na história toda. Não sabia muita coisa a respeito do russo, mas podia ver o fogo que se acendia nos olhos dele toda vez que o nome de Vassily Borodin era mencionado, a fúria que o incendiava por dentro como lava. E, claro, havia as tatuagens. Coluzzi não era um especialista em tatuagens da máfia russa, mas na sua longa estrada ele já havia encontrado um número suficiente de *vory v zakone*, ou bandidos russos, para saber que cada um daqueles desenhos simbolizava um roubo, um assassinato, uma façanha que talvez fosse melhor nem imaginar.

Para alguém como Ren, a vingança não era uma questão de escolha. Era um imperativo moral. Se ele havia perguntado onde e quando a carta seria entregue a Borodin, não era apenas por curiosidade.

Como se isso não bastasse, havia ainda a inesperada e fantasmagórica presença de Simon Ledoux. Seu prato estava cheio. Mais do que ele gostaria.

Tudo isso explicava por que ele estava ali, às quatro e meia da tarde, procurando um velho portão azul na área industrial que cobria as colinas a oeste da cidade. Do outro lado desse portão ficava uma espécie de ferro-velho para onde iam ônibus, caminhões de lixo e betoneiras municipais aposentados pela crise econômica, furgões antigos do correio e, o mais importante, carros-fortes que precisavam de algum conserto ou haviam saído de circulação.

Assim que entrou na Rue Gambon, ele finalmente avistou o portão, um colosso de ferro com uns 3 metros de altura e 10 de largura, bastante amassado. Um muro de concreto com arame farpado circundava o quarteirão. Sem desligar o motor, desceu do carro e apertou o botão do interfone.

– Sou eu, pode abrir.

Ouviu uma campainha e o portão foi se abrindo aos poucos, com um rangido tão alto que podia acordar os mortos. Coluzzi voltou ao carro, entrou no pátio e estacionou diante do escritório. Um homem mal barbeado, de macacão e mãos enterradas nos bolsos, esperava por ele à porta. Ele sinalizou para que Coluzzi entrasse.

– Você não me deu muito tempo – disse, voltando a seu lugar na mesa.

– Mas e aí?

O homem abriu uma gaveta e jogou uma molho de chaves à sua frente.

– Um furgão da Brink's. Chegou ontem para trocar o óleo e as pastilhas de freio.

– Está abastecido?

– Tanque cheio.

Coluzzi deixou um maço de dinheiro sobre a mesa.

– Mil pratas.

– Preciso que você devolva antes da meia-noite. Todos os carros-fortes têm um rastreador para a central poder acompanhar em tempo real. Fazem uma inspeção eletrônica automaticamente a cada troca de turno.

– Meia-noite.

– Isso.

– Às dez estou de volta.

O homem se levantou e contornou a mesa.

– Precisa de alguma ajuda? Um batedor?

– Não, obrigado.

– Tem certeza? Ninguém sai por aí sozinho num carro-forte. Afinal, o que você pretende fazer com ele?

Coluzzi agarrou o rosto do homem, apertando com força o queixo.

– Muito obrigado, mas não preciso de ajuda nenhuma.

Segurou o homem mais um pouco antes de empurrá-lo para longe.

– Só estava perguntando. Não queria aborrecer você.

– Não aborreceu. Se tivesse aborrecido, não estaria de pé.

O homem se recompôs.

– Ainda tem seu uniforme? – perguntou. – Depois do atentado de Nice, a polícia sempre dá uma incerta nos motoristas.

– Obrigado por avisar. Não vou esquecer. – Coluzzi deu um tapinha no rosto do homem. – Volto às sete para pegar o furgão.

Para evitar as ruas engarrafadas do centro, Tino Coluzzi tomou as vias secundárias que contornavam a cidade pelo norte, depois pegou a rodovia que levava para sua casa em Aubagne. Até então ele havia conseguido ficar longe dos seus endereços habituais, com a exceção da boate de Jojo. Mas sabia que cedo ou tarde teria de dar uma passada em Aubagne. Não era só o uniforme que ele precisava buscar. Já que não iria contar com uma equipe, teria de se proteger de outra forma. Uma pistola e um estilete não serviriam para nada se as coisas desandassem. Iria pegar bem mais pesado. Como nos velhos tempos.

Coluzzi chegou a Aubagne pouco depois das cinco e percorreu a cidade sem nenhuma pressa, passeando os olhos pelo lugar, procurando algum sinal de problema. Fazia dez anos que tinha comprado aquela casa. Dois quartos, dois banheiros, um jardinzinho tranquilo com uma fonte que parecia atrair todos os beija-flores da região. Ele conhecia todos os vizinhos. Conhecia todos os carros que costumavam circular por ali.

A casa ficava numa ruazinha arborizada, um pouco afastada do centro. Ao entrar na via, ele reduziu a velocidade, baixou a janela e aguçou os sentidos. Fazia um ano que não ia ali. Gostou de ver que a lancha dos Clercs continuava no seu reboque diante da garagem, a capa de lona imunda como sempre. Os Guillos ainda não haviam recolhido a lata de lixo para dentro de casa. Estavam atrasados em um dia. Uma vergonha. Eram bascos, adoravam um vinho. Era deles o Simca estacionado na rua.

Ao avistar sua casa, Coluzzi reduziu ainda mais a velocidade. As cortinas estavam fechadas. Haviam varrido as folhas e as agulhas dos pinheiros da entrada, e o corte da grama estava em dia. Um jardineiro vinha duas vezes ao mês para manter tudo limpo e arrumado. Coluzzi conferiu o espelho retrovisor. Não viu nada de interessante, apenas o gato rajado dos Clercs, que o seguia desde o início na rua, mais valente que muitos dos homens com quem ele havia trabalhado.

Ele abriu a garagem, entrou e fechou o portão eletrônico imediatamente.

A última coisa de que precisava era ficar de papo com algum vizinho. Só por garantia, espiou pelas janelas altas do portão. Segurança nunca era demais.

Satisfeito com os cuidados que tomara e certo de que não fora seguido, só então ele entrou em casa. Foi direto para o banheiro e abriu o chuveiro. O aquecedor era velho e a água demorava cinco minutos para esquentar. Ele tirou o paletó e a camisa e os deixou sobre a cama, junto com a pistola e o estilete. Depois saiu da suíte e voltou para o corredor. Entrou no quarto de hóspedes, onde havia apenas uma cama de solteiro e um belo armário castanho que ele havia herdado do avô. Vasculhou o armário até encontrar o que queria. Camisa cinza clara de mangas curtas, calças pretas com listras laterais. O uniforme da Brink's. Ele vestiu as duas peças e respirou aliviado ao constatar que ainda cabia nelas.

Faltava mais uma coisa. Algo tão importante quanto o uniforme. Nesse mesmo quarto, havia um closet pequeno e dentro dele um cofre relativamente grande, metade do tamanho de uma geladeira. Seu arsenal particular. Ninguém seria burro de ir de mãos vazias a um encontro com Vassily Borodin. Pois ele tinha um amigo russo que poderia levar para a festa. O fuzil Kalashnikov que tanto adorava e era seu desde sempre.

Ele girou o tambor do segredo, uma volta para a direita, outra para a esquerda, outra para a direita. Ajoelhou-se, escancarou a porta e olhou para dentro.

Sentiu um frio horrível na barriga. Estava aterrorizado.

Porque o cofre estava vazio.

Ele ligou a lanterna do celular para enxergar melhor.

Nada.

Então entendeu.

Ficou de pé, levantou os braços e foi virando lentamente.

– Ledoux – disse. – Você está mesmo vivo.

62.

– Você nunca trocou a combinação.

– E você nunca esqueceu – rebateu Coluzzi.

– Um, 23, 45. Agora baixe esses braços aí. Ou vai levar bala.

– Você sempre foi o mais inteligente.

– Nem tanto. Não percebi que você era um dedo-duro.

Simon encarou o velho amigo por um tempo. De que mais poderia chamá-lo? *Traidor? Assassino?* Desde que aceitara a missão em Londres, havia imaginado aquele momento um milhão de vezes. Todos os cenários envolviam um bate-boca exaltado seguido de muita pancadaria e sangue. Sangue de Coluzzi, claro. Agora estava ali, cara a cara com o homem que tentara matá-lo a sangue-frio. E que, aliás, pensava ter conseguido. Apesar disso, ele não conseguia dar vazão à fúria que fervia dentro dele há tanto tempo. Seria a coisa mais fácil do mundo matar o homem ali mesmo e dar o assunto por encerrado. Mas e depois? O que ele teria resolvido com isso? Nada. Nem sequer teria recuperado a carta.

No fim das contas, as coisas entre eles sempre voltavam a ser como eram antes de azedarem.

– Mal posso acreditar no que estou vendo – disse Coluzzi.

– Nada mau para um cadáver, você não acha?

– Uns quilinhos a mais, uns fios de cabelo a menos, mas fora isso... – Coluzzi espichou o pescoço para ver melhor a cicatriz na testa de Simon. – Eu estava meio travado na hora. Faltou um pouquinho de força. – Como se estivesse revivendo a cena, ergueu um ferro imaginário e fingiu golpear a cabeça de Simon. – Pou!

Simon sorriu. Tino Coluzzi não havia mudado em nada, sempre tentando explicar suas mancadas, sempre querendo impressionar.

– Difícil matar um homem assim, cara a cara. Ou, no seu caso, pelas costas.

– Você acha o quê? Que fiquei com medo? – perguntou Coluzzi. Ele refletiu um instante. – Pode ser que sim, pode ser que não. Mas, pelo que sei, você não teve dificuldade quando precisou. Quero dizer, quando precisou matar Al-Faris. Falavam por aí que você era o garoto que tinha ido para o chuveiro com ele. Aliás, você até que era bem ajeitadinho naquela época. Cabelo comprido, rabo de cavalo, aquelas pulseiras de crina de elefante que você achava o máximo... De repente ele também gostava. Fiquei sabendo de tudo depois que você morreu. Ou que você... *sei lá*. Não deve ser difícil matar uma pessoa que está de joelhos na sua frente...

– Chega – disse Simon.

Sabia que morder aquela isca seria uma grande burrice. *Nunca deixamos de ser crianças*, pensou. Ele ficou esperando ouvir a voz de Paul Deschutes com um dos seus conselhos sempre sábios e duros. Algo como: "É você quem decide quem você é." Mas dessa vez não se lembrou de nada.

Foi então que ele se deu conta de uma coisa. Parado ali, diante do homem que ele mais odiava na vida, com carta branca para matá-lo, percebeu que não precisava mais do seu amigo monsenhor. Já havia aprendido todas as suas lições. Podia pensar com a própria cabeça.

– Eu disse alguma coisa que chateou você? – alfinetou Coluzzi.

– Não estou nem aí para o que você diz ou faz – devolveu Simon.

– Será? – disse o corso, rindo. – Mas, afinal, como foi que me encontrou?

– Jojo. Ele também não sabia que você é um dedo-duro. Aliás, no seu lugar eu pensaria duas vezes antes de pisar na boate outra vez. Ele já estava bastante puto pelo estrago que você fez na mão dele.

– Obrigado por se preocupar comigo.

– Era assim que as coisas costumavam ser, lembra?

– Imagino que você esteja atrás da carta.

– Imaginou certo.

– Para quem você está trabalhando? Para o americano? Nunca soube o nome dele.

Simon não respondeu.

– Se não está do lado dos russos, então só pode estar do lado dos ianques.

Simon apenas encolheu os ombros. No caso de pessoas como Tino Coluzzi, era sempre bom segurar as informações.

– Para quem você pretende vender a carta? – perguntou Simon. – Alexei Ren?

– Esse Jojo é mesmo um fofoqueiro.

– E esse uniforme, significa o quê? Saudades do passado?

– Agora não importa mais. Você me encontrou.

– Mas continuo curioso.

Coluzzi não explicou.

– Tem uma mulher por aí – disse o corso. – Matou Luca Falconi. Sugiro que você fique esperto.

Simon captou uma pontinha de esperança na voz de Coluzzi. Concluiu que Coluzzi havia fechado algum acordo com os russos, fosse com Ren ou qualquer outra pessoa, talvez o próprio Borodin, e esperava que talvez pudesse levar a negociação adiante.

– Ela é carta fora do baralho.

– Então agora é só você?

– Não exatamente. – Simon sinalizou para que ele fosse para a sala, onde Nikki esperava. Eles haviam se escondido ali quando Coluzzi chegou. – Esta é a detetive Perez, da polícia de Paris. Depois que você me entregar a carta, ela vai prendê-lo pelo assalto ao príncipe.

Coluzzi olhou-a da cabeça aos pés, com desprezo.

– E se eu não entregar nada?

– Leva um tiro – respondeu Nikki. – Tanto faz entregar você morto ou vivo.

– Você? – Ele riu. – Sei muito bem quem você é, detetive. Sei também que Aziz François é seu informante. Faz anos que ele vem repassando para você um monte de informações furadas.

– Foi ele quem me contou dos seus amigos do Galleon Rouge. Pelo menos *essa* não era furada.

Coluzzi levou um susto.

– Então vai, atira – desafiou ele.

– Tudo bem.

Nikki olhou para Simon, depois ergueu a pistola, a Walther confiscada de Jojo, e disparou um tiro contra a parede, poucos centímetros acima da cabeça de Coluzzi. O barulho foi ensurdecedor.

– Você está doida? – berrou ele, encolhido sob a chuva de gesso.

– Pergunte ao Aziz François. – Ainda com a arma erguida, Nikki prosseguiu: – Imagino que um dos seus vizinhos tenha ouvido o tiro e já esteja chamando a polícia. Depois disso...

Ela deu de ombros.

– É a sua vez, Tino – falou Simon.

Coluzzi endireitou o tronco e respirou fundo para se recuperar. Encarou-os por um segundo.

– A carta não está aqui – falou por fim.

– Claro que não está! – exclamou Nikki, já perdendo a paciência.

– Está naquela outra casa – interveio Simon, mais otimista. – Aquele esconderijo fora da cidade.

Coluzzi não conseguiu disfarçar o espanto.

– Lá mesmo.

– Então vamos – disse Simon. – Não temos tempo a perder.

63.

– Sim, Victor, são todos de confiança... Ele vai reagir, quanto a isso não há dúvida... Vamos levá-lo à casa dele... Nossa hora chegou. Sim, meu amigo, concordo plenamente. É um novo dia para a nossa Rodina.

Vassily Borodin terminou a ligação para Moscou e olhou pela janela para os campos franceses. De modo geral ele era um mestre do autocontrole, mas estava cada vez mais difícil manter a calma. Sentia-se como um colegial na missa. Havia esperado muitos anos por aquele momento. Investira uma enorme quantidade de esforço. Apertava o braço da poltrona com tanta força que seus dedos já estavam brancos.

Faltava tão pouco...

Desde a decolagem, ele vinha dando os passos finais para o sucesso da sua ação. Já havia ligado para diversas autoridades que pensavam como ele. Da Polícia Federal, do Exército e da Aeronáutica. E, claro, da Duma, o parlamento. Mandara a todos eles um e-mail com uma relação completa das provas colhidas até então. Falara com os camaradas que tinha na imprensa. Falara inclusive com alguns amigos que eram diplomatas estrangeiros.

As últimas ligações, as mais importantes de todas, haviam sido para seus amigos no FSB, o Serviço Nacional de Segurança, a instituição mais poderosa do país.

A sorte estava lançada.

Tudo mudaria assim que ele pisasse em Moscou na manhã seguinte com a carta debaixo do braço. O chefe dos bandidos seria derrubado do trono. Não deixaria barato, é claro. Brigaria muito antes de jogar a toalha. Tinha muitos amigos. Havia sido inteligente na distribuição de gratificações ao longo dos anos. Mas seus dias estavam contados. As provas eram cabais. Provas de corrupção. De suborno. De dilapidação do rico patrimônio nacional.

Por fim, havia a carta. A prova incontestável da sua vilania. O presidente da Federação Russa não era apenas um estelionatário. Era um informante, um espião.

E o destino dos espiões era o mesmo de todo traidor: a execução.

A porta da cabine foi aberta. O comandante se aproximou.

– Aterrissamos daqui a uma hora. Dez minutos antes do previsto.

– Obrigado – disse Borodin.

O homem voltou para a cabine.

Uma hora.

Uma eternidade.

64.

Eles seguiam em dois carros. No primeiro iam Coluzzi e Nikki. No banco traseiro, ela espetava a arma na poltrona à sua frente, na altura do plexo solar do motorista. Atrás ia Simon com a Ferrari. Em dez minutos eles já estavam na Gineste, a rodovia que corta o parque nacional de Les Calanques. Deixaram a rodovia e pegaram uma estradinha de macadame. Alguns quilômetros depois entraram em uma estrada estreita de terra que recortava uma paisagem de pinheiros verdejantes e paredões avermelhados, em meio à qual ocasionalmente se via o turquesa do Mediterrâneo. Por perto não se via nenhuma casa, nem qualquer outro tipo de construção.

A estradinha já havia ficado para trás, mas Coluzzi seguiu mais um pouco mato adentro, desviando de árvores e arbustos até parar o carro. Simon estacionou atrás dele. Tirou a manta que embrulhava o fuzil, que havia deixado no banco de trás. Desceu com a arma já em punho, pronto para atirar. Não fazia a menor ideia do que Coluzzi tinha debaixo da manga, nem do motivo que o levara a vestir aquele uniforme. Nada disso teria importância depois que ele botasse as mãos na carta. Até lá, não correria nenhum risco.

– Você fez um belo trabalho – disse Simon, correndo os olhos à sua volta. – Até agora não vi casa nenhuma.

– Essa é a ideia – respondeu Coluzzi.

Seguiram adiante no promontório, embrenhando-se no matagal, depois desceram uma série de degraus de pedra que se sobrepunham feito as cartas de um baralho espalhado na mesa. A altura dos degraus foi ficando cada vez maior, e Simon se deu conta de que eles estavam se aproximando de uma das Calanques, as enseadas que invadiam a costa feito dedos compridos e tortos.

Mais alguns degraus e agora eles estavam na borda do paredão, uma queda livre de 300 metros até o mar. Simon espichou o pescoço e olhou para baixo, para as águas cristalinas e calmas como as de um lago. À direita ficava uma pequena faixa de areia com um bar de telhado de palha e alguns bancos externos, apinhados com a clientela.

– Le Bilboquet – comentou ele, lembrando-se da foto que havia encontrado no apartamento de Falconi.

– Sim, e daí?

– Eles faziam uma ótima salada *niçoise*.

– Ainda fazem.

Coluzzi virou para a esquerda, e foi aí que Simon localizou o abrigo que ele havia construído entre os rochedos. O telhado era de tábuas grossas, já avermelhadas pelo acúmulo de areia. A porta era igualmente rústica, de tábuas. Um terraço se estendia até a beira do precipício. O lugar era uma miragem, estava ali e ao mesmo tempo não estava. Bastava piscar duas vezes para que tudo sumisse.

Coluzzi destrancou a porta e entrou. Nikki entrou logo em seguida, ainda com a arma apontada para as costas dele.

– Chá? Café? Alguma coisa mais forte? – perguntou Coluzzi, como se estivesse recebendo amigos. – Tenho uma bebida que você vai gostar, Ledoux. Coisa fina. Para aristocratas como você.

– Vamos acabar logo com isso – disse Simon. – Pode descansar depois na estação de trem.

O interior da toca era bem mais confortável do que ele havia imaginado. Tapetes cobriam o piso de tábua corrida. A sala dispunha de um velho sofá debruado, uma TV ligada a um gerador, cadeiras e mesinhas que parecia ter desencavado em brechós. Coluzzi perguntou se podia abrir a porta do terraço. Simon disse que não.

– Onde está a carta? – perguntou Nikki.

– Por que tanta pressa? – devolveu Coluzzi.

– Para você poder ter uma boa noite de sono – respondeu Simon. – Não existe lugar mais tranquilo do que uma cela de cadeia.

Ele também mantinha o fuzil pronto para ser usado. Sabia com quem estava lidando.

– A carta está no quarto – revelou Coluzzi, dando alguns passos na direção do cômodo. – Num cofre debaixo do chão. Preciso enrolar o tapete.

– Eu ajudo – disse Simon.

– Obrigado pela gentileza.

Coluzzi entrou no quartinho, um cubículo de teto baixo e sem janelas, com apenas uma cama encostada à parede. Simon entregou o fuzil para Nikki. Ela o deixou no chão da sala, apoiado na parede, e rapidamente voltou à posição de alerta, firmando a pistola com ambas as mãos.

Coluzzi e Simon se ajoelharam lado a lado e foram enrolando o tapete vinho até descobrirem a tampa de um alçapão recortado no piso de madeira, com uma alça de ferro na ponta.

– Nada de gestos bruscos – disse Simon.

– Claro.

Coluzzi segurou a alça e puxou a tampa pesada para a posição vertical.

– Segure para mim – pediu a Simon. – Volta e meia isso cai na minha cabeça. – Debruçado sobre o cofre, disse: – É até engraçado, sabe? Tivemos tanto trabalho para roubar 500 mil euros, saquear joalherias, bancos, carros-fortes, enfrentando tiroteios, fugindo da polícia feito o diabo da cruz, dirigindo feito loucos. E de repente eu tropeço na porcaria de uma carta que vale 10 milhões.

– É isso que estão oferecendo?

– Dinheiro vivo. Já a caminho.

Coluzzi olhou para trás, parecendo esperançoso.

– Mas esse não foi o acordo original, foi? – quis saber Simon.

– Então é para ele que você está trabalhando?

– Abra logo esse cofre, Tino.

Coluzzi voltou-se novamente para o alçapão.

– Sabe de uma coisa? – continuou. – Nem é tão difícil assim matar uma pessoa cara a cara, mas, no seu caso, não tive escolha. Se eu não fizesse o que fiz, você teria me matado. Não sou burro. Sabia que você viria atrás de mim assim que eu pisasse no Les Baums. Era uma questão de sobrevivência. Eu não podia deixar que você espalhasse na prisão que eu era um dedo-duro. Seria o meu fim. Tchauzinho, Tino Coluzzi. Isso faz de mim uma pessoa esperta, não um covarde. Se fosse outra a situação, não seria um problema. Olhar cara a cara e matar o sujeito... – Coluzzi virou-se novamente para Simon. – Também não tive nenhum problema com o padre.

– Com quem?

– Seu amigo lá do buraco. Deschutes.

– Paul morreu de câncer.

– Tem certeza? É isso que você acha que aconteceu? – Coluzzi deu um sorriso irônico. – Ele realmente estava doente quando saiu do buraco, mas não estava morto. Claro, a essa altura você já estava solto. Não tinha como saber.

– Paul Deschutes morreu de câncer três meses depois que fui solto. Pedi notícias dele.

– Até parece que a gente pode confiar no que dizem que acontece em um presídio.

– Você está mentindo. O monsenhor nunca saiu da solitária.

– Será que estou confundindo com outra pessoa? Um sujeito alto, cabelão comprido que ninguém podia cortar, uns olhos que davam medo de tão azuis... Ah, e mesmo doente sabia lutar como ninguém. Ensinava um monte de garotões.

Simon sentiu o coração disparar dentro do peito. Nunca havia questionado a causa da morte do monsenhor.

– Não pode ter sido você.

– Eu não podia deixar que ele circulasse pela prisão depois de ter passado tanto tempo com você, mas, na minha opinião, não fiz mais do que abreviar o sofrimento do cara.

Simon podia ver a malícia no olhar dele, a crueldade travestida de indiferença. Não sabia dizer se Coluzzi estava falando a verdade. Talvez sim, talvez não. Pouco importava. Fazia anos que ele vinha tentando se distanciar de Tino Coluzzi e de gente da sua laia. Não seria agora que teria uma recaída.

– Abra o cofre – ordenou ele calmamente, sem nenhum rancor.

Coluzzi havia imaginado uma reação bem diferente. Resignado, voltou ao tambor do cofre e girou uma última vez. Era a mesma combinação do cofre de Aubagne, claro. A porta enfim se abriu. No fundo havia um envelope de papel pardo.

– Aqui está. Pode olhar.

Nikki se aproximou, preocupada. Simon disse que estava tudo certo. Pegou o envelope, abriu-o e leu a carta.

– O que diz aí? – perguntou Nikki.

– O importante não é o que está escrito, mas *quem* escreveu.

Simon guardou a carta no envelope e se virou para entregá-lo à parceira, por isso não viu quando Coluzzi, num gesto rápido, pegou outra coisa do cofre. Pelo canto do olho, viu apenas um movimento. E então Coluzzi erguendo a mão. De relance, viu o que parecia ser um cilindro metálico. Em um segundo, estava cegado pelo jato de pimenta. A dor foi imediata e horrível. Em um reflexo, deixou cair o envelope para levar a mão aos olhos. Nesse instante, Coluzzi fechou a porta do quarto com um chute e rapidamente se ergueu para trancá-la.

– Simon! – gritou Nikki, esmurrando a porta.

– Atire nele!

Simon caiu de lado, os olhos queimando. O spray parecia carbonizá-los. Quanto mais piscava, maior a dor. Não enxergava nada.

– Deite no chão! – gritou Nikki.

Um segundo depois, ele ouviu três tiros na fechadura. A porta foi aberta e ela se ajoelhou ao lado dele.

– Você está bem?

– Onde ele está?

– Fugiu. Tinha uma porta lateral.

– Não se preocupe comigo. Vá atrás dele, rápido!

65.

– Alguém atirou lá embaixo.

Neill estava de bruços em uma pedra de onde podia ver a toca de Coluzzi. Ao lado dele, também deitado, Makepeace olhava através da sua mira de altíssima precisão.

– Está vendo alguma coisa? – perguntou Neill.

– Estão todos dentro da casa.

Neill engoliu um palavrão. Estava no limite da paciência. Não aguentava mais ficar de braços cruzados, acompanhando as coisas de longe. Seguira Riske e a policial francesa até a casa de Coluzzi em Aubagne. Perdera-os de vista diversas vezes, apenas para não se fazer notar. Aquela havia sido a decisão mais difícil da sua vida: pisar no freio em vez de invadir aquela casa e dar um ponto final àquela história. Contara com a lucidez e a maturidade de Riske, com o compromisso que tinha de fazer bem o próprio trabalho. O embaixador Shea dissera a respeito dele: "Quanto a Simon Riske, só sei de uma coisa. Você pode apostar que ele vai fazer sempre a coisa certa. É um homem de brio."

Nas últimas 24 horas, vira aquilo se confirmar diante dos seus próprios olhos.

– Senhor – alertou Makepeace. – É o nosso homem.

– Riske?

– Não, o outro.

Coluzzi surgiu entre as rochas que cercavam seu esconderijo. Escalava atabalhoadamente a parte mais íngreme do barranco, tropeçando aqui e ali, agarrando-se ao chão para não despencar. Não ia muito rápido. Volta e meia parava para conferir a retaguarda.

Não demorou para que a policial francesa surgisse, correndo atrás dele. Mesmo dali, Neill via que ela estava armada. De repente, ela parou, mirou com cuidado e atirou. A bala levantou um jato de cascalho a poucos centímetros de Coluzzi, que mudou a direção da subida.

– Merda – disse Neill.

– Que foi, senhor?

Neill viu a francesa começar a escalar o barranco. Era bem mais ágil que o mafioso. Estava se aproximando rapidamente. Dali a pouco, Coluzzi estaria ao alcance dela.

– O homem está na mira – falou Makepeace. – Posso abatê-lo quando o senhor quiser.

Coluzzi alcançou o alto do barranco e começou a correr no terreno plano, agora com muito mais facilidade. Abriu uma distância cada vez maior da policial. Ela parou de novo para mirar.

– Atire na mulher, não nele.

Makepeace afastou o olho da mira.

– Como assim?

– Faça o que estou mandando.

O atirador apontou o rifle para o novo alvo e levou o dedo ao gatilho, roçando de leve a meia-lua metálica. Ela estava na mira. Encheu os pulmões, controlou os batimentos cardíacos, aguçou a visão.

Com todo o cuidado, puxou o gatilho.

Viu a mulher cair antes mesmo de sentir no ombro o coice do rifle.

Neill ergueu a cabeça e apertou as pálpebras para enxergar melhor sob o sol forte da tarde. A mulher jazia inerte no chão com os braços esticados para o lado. Coluzzi refreou os passos, talvez pensando se devia continuar correndo ou buscar refúgio onde não havia refúgio nenhum. Por um segundo, ele parou por completo, olhando para a mulher caída às suas costas. Então saiu correndo na direção do carro.

– E aí, atiro ou não? – perguntou Makepeace. – Não é ele que a gente quer?

Barnaby Neill olhou novamente para a casa, esperando que Riske saísse. Alguém havia disparado três tiros. Nem Coluzzi nem a francesa haviam sido atingidos. Será possível que...?

Coluzzi já havia sumido de vista. Não era preciso segui-lo. Todos os números que Riske havia encontrado no apartamento de Falconi estavam grampeados. Neill ouvira todas as palavras que Coluzzi dissera ao telefone desde então. Ele, Neill, sabia perfeitamente o que o mafioso pretendia fazer.

– Podemos pegá-lo no carro – sugeriu Makepeace, tirando a alça do rifle do ombro e colocando-o ao seu lado.

– Fique de olho na casa – ordenou Neill, ríspido.

Makepeace voltou à posição anterior, apontando a arma na direção da toca.

Um minuto se passou. Ninguém deu as caras. Neill respirou aliviado. Ao que tudo indicava, Coluzzi havia facilitado as coisas para ele. Com Riske fora do jogo, não havia mais nada nem ninguém que o impedisse de botar as mãos nos 10 milhões de euros. Se lembrasse, agradeceria o corso antes de matá-lo.

– Está vendo alguma coisa?

Makepeace olhou pela mira.

– Não, senhor.

Neill encostou o cano da pistola na nuca do homem.

– Tem certeza?

66.

SIMON OUVIU O DISPARO, os ecos intermináveis contra a aridez dos paredões.

Um rifle de alto calibre.

– Nikki! – berrou ele. Depois mais alto: – Nikki!

Nenhuma resposta.

Praticamente cego, levantou-se e se apoiou na parede mais próxima. Não conseguia descrever como seus olhos queimavam. Fechando os punhos, obrigou-se a piscar repetidas vezes. As lágrimas eram o único remédio realmente eficaz contra spray de pimenta. Quanto mais, melhor. Ele trombou em algo pesado, talvez uma cômoda. Uma claridade vaga o guiou até a porta por onde Coluzzi havia fugido.

– Nikki!

A porta dava para fora da casa. Por um instante ficou ali, apoiando-se na moldura, esperando que as lágrimas fizessem efeito. Aos poucos foi recuperando a visão. O sol parecia forte demais. O brilho cortante. Ainda sem equilíbrio, começou a escalar o barranco. Chamava por Nikki, preocupado, quase em desespero. Então a viu.

Ela estava caída de lado, os olhos abertos, a respiração lenta, mas regular. Ajoelhou-se ao lado dela. Havia sangue à sua volta. Muito sangue.

– Não se mexa – disse ele. – Vou dar uma olhada nisso.

– Que foi que aconteceu? Para onde ele foi?

– Não pense nisso agora.

Simon desabotoou a blusa dela. O buraco era do tamanho de uma moeda.

– E seus olhos? – quis saber ela.

– Nós dois, hein? Que dupla.

– Quem foi que... – sussurrou ela. – Foi o Neill?

Simon não queria acreditar. Ainda precisava concatenar melhor as ideias, entender as motivações do homem.

– Consegue mexer as mãos e as pernas?

Nikki ergueu os pés, fechou lentamente os punhos, um dedo de cada vez.

Com muito cuidado, Simon examinou o buraco por onde a bala saíra nas costas. Era bem maior, havia arrancado carne bastante para deixar à mostra um pedaço do osso e de ligamento. Se fosse possível escolher o ponto ideal para levar um tiro, talvez não houvesse outro melhor: canto direito superior do torso, logo abaixo da clavícula. O estrago no ombro e nas costas era grande, mas a bala passara longe dos órgãos vitais. Um tiro ali era para derrubar a pessoa, não para matá-la. Oito centímetros para o centro e seria fim de jogo.

Simon levantou a cabeça e procurou em vão algum abrigo possível. Em campo aberto, sem nada para protegê-lo, era um alvo fácil, mas também não viu nada de mais preocupante, nenhum movimento. Coluzzi certamente já ia longe. Nenhum sinal também de Barnaby Neill ou de quem quer que tivesse atirado em Nikki.

Precisou de trinta minutos para carregá-la de volta para o interior da casa e fazer um curativo, se é que retalhos de um lençol contassem como curativo. Nesse meio-tempo, ligou para o serviço de emergência, informando a localização deles no alto do penhasco, acima do Le Bilboquet. Um helicóptero estava a caminho. Para ajudar na localização, ele havia amarrado um edredom azul ao cabo de uma vassoura e espetado numa fresta do telhado, improvisando ao mesmo tempo uma biruta e um farol.

– Pode ir – disse Nikki. – Vá atrás dele.

– Quando for a hora – falou Simon. – Quando for a hora.

Ele afastou da testa dela os cabelos molhados de suor.

– Você ainda não disse o que estava escrito naquela carta.

– Um bilhete de agradecimento, só isso – respondeu ele, depois contou quem eram o remetente e o destinatário.

– Imagino que seja sério – comentou ela. – Ele era o caubói, não era?

– Exatamente.

– Já morreu?

– Sim. Anos atrás.

Para Nikki, que nem sequer havia nascido quando a carta foi escrita, tudo aquilo pertencia a um passado já remoto.

Simon apertou a mão dela. Pensou no que Coluzzi dissera sobre o monsenhor. Era difícil odiar mais o desgraçado do que ele já odiava. Mas a raiva não resolveria nada. Aliás, o que mais o incomodava nem era isso. Era o sentimento de frustração. Lembrou-se do uniforme da Brink's. Para onde ele estaria indo com um carro-forte?

Simon pegou o celular e discou um número que conhecia tão bem quanto o seu. Uma voz de barítono atendeu do outro lado da linha.

– Quem é, droga?

– D'Art, aqui é o Simon.

– Riske, é você? – perguntou D'Artagnan Moore. – Por que diabo está ligando de um número francês?

– Outra hora eu explico. Agora preciso da sua ajuda.

– Parece coisa séria.

– É, sim.

– Caramba, eu estava só brincando. Então é sério. Você está bem?

– Estou, D'Art, mas preciso fazer uma pergunta. Por acaso você costuma trabalhar com empresas de transporte como a Brink's?

– A Brink's? Claro que sim. Ninguém transporta um Van Gogh na traseira de um fusca. Mas por que você quer saber?

– E na França? Você conhece alguém da empresa?

– Assim de cabeça, não. Mas um amigo meu comanda as operações da Brink's na Europa inteira. O escritório dele fica logo ali, do outro lado do rio. Em Canary Wharf, para ser mais exato.

– Preciso que você descubra quantos carros-fortes estão em atividade neste exato momento na região de Marselha.

– Só os da Brink's?

– Todos.

– Que horas são aí? Seis? Não devem ser muitos. Os bancos já estão fechados. Os museus também.

– Foi o que eu pensei. Pergunte se eles podem rastrear os que estão na rua e informar para onde estão indo, assim como quem são os contratantes.

– Hoje em dia todos os carros-fortes são equipados com um dispositivo de rastreamento. Dá para saber exatamente onde estão a cada segundo, seja lá qual for o destino.

– É com isso que estou contando.

– O que você está procurando? Quer que eu avise a polícia?

– Não, não é o caso. Pelo menos ainda não. Estou procurando um carro-forte que esteja em algum lugar onde não deveria. Sem um cliente designado, nem motorista.

– Um carro-forte fantasma, é isso?

– Isso mesmo.

– Agora você me deixou preocupado.

– Faça o levantamento o mais rápido possível e me ligue. Olha, D'Art... fico devendo mais essa.

Simon mal havia desligado quando ouviu o helicóptero.

– Seu táxi chegou – avisou, acariciando o rosto de Nikki.

Depois correu para fora e acenou para o piloto, protegendo os olhos da nuvem de poeira e cascalho. Em cinco minutos Nikki já estava numa maca dentro da cabine. Não havia lugar para ele, Simon.

– Para onde você vai agora? – perguntou ela, alheia ao socorrista que terminava de atar os cintos de segurança.

– Ainda não sei.

– Ei, venha cá – chamou ela, apertando a mão de Simon. – Você nunca contou como foi que guardou aquele cigarro na caixa sem eu perceber.

– É segredo.

– Não vou contar para ninguém.

– Fique boa, depois eu explico tudo.

– Promete?

– Prometo.

Nikki ergueu a cabeça e o beijou.

– Sei que você não vai desistir.

– Vamos ver.

– Quando pegar os canalhas, diga que mando lembranças.

– Pode deixar – disse Simon, e se afastou.

O helicóptero decolou do promontório de pedra e embicou na direção do mar azul e do sol que já se punha no horizonte.

Simon quase não ouviu o celular tocando.

– D'Art?

– Não se anime muito. Liguei para todo mundo. Garda, Securitas, todas as menores. Nenhum carro-forte perdido. Só na Brink's foi que encontrei algo interessante.

– Vamos, pode falar.

– Um dos carros-fortes em manutenção deixou o pátio da oficina agora há pouco.

– Aqui em Marselha?

– Rue de la Paix, 19. Sabe onde fica?

– Claro que sei. E onde ele está agora?

– Neste exato momento? Na rodovia, sentido nordeste.

– Indo para o aeroporto?

– Já passou do aeroporto, infelizmente.

Simon bufou de desânimo. Se Coluzzi não estava indo se encontrar com Borodin no aeroporto, o que mais poderia ser?

– Já é um começo.

– E por acaso eu disse que terminei? Os clientes gostam de acompanhar os carros que estão levando os seus valores. Mandei para você o link de rastreamento desse da Brink's. Você pode acompanhar pessoalmente. Se for o carro-forte certo.

– Melhor que seja.

– Boa sorte, então. Aliás, uma pessoa andou perguntando por você.

– Um cliente?

– Deixa pra lá – disse D'Artagnan, meio que rindo. – Dê um alô assim que voltar. Pelo visto, você agora já está com a cabeça cheia.

Simon desligou.

Ele pegou o fuzil e voltou para a Ferrari. Dali a cinco minutos já estava na Gineste, indo para oeste, um olho na estrada e outro no pontinho móvel do mapa no celular. O carro-forte da Brink's havia deixado a rodovia uns 10 quilômetros depois do aeroporto e agora seguia na direção norte. Simon procurou no mapa possíveis destinos de Coluzzi. De repente, localizou um nome do qual havia praticamente se esquecido naqueles últimos vinte anos. E tudo se encaixou.

Ele se concentrou na estrada e acelerou. O sol se punha mais adiante, uma grande bola de fogo roçando o azul cintilante do Mediterrâneo.

Era Coluzzi quem ia naquele carro-forte.

E Simon sabia para onde ele estava indo.

Quem sabe se teria mais uma chance?

67.

Coluzzi conhecia aqueles sinais. O formigamento na ponta dos dedos. O ronco nervoso na boca do estômago. O desejo inexplicável de sorrir feito um idiota, seguido de uma decisão categórica de manter a compostura. Era isso que Coluzzi sentia toda vez que estava prestes a realizar uma operação e que antevia o sucesso dela.

Era isso que ele sentia agora, enquanto tamborilava os dedos no volante do carro-forte da Brink's e dirigia para o aeródromo de Aix-en-Provence.

A alegria do dinheiro fácil.

Coluzzi aprumou o corpo e segurou com firmeza o volante.

O aeródromo era um grande descampado margeado por um bosque de pinheiros ao norte, a rodovia a leste e plantações de trigo e cevada a perder de vista a sul e oeste. Havia apenas uma pista e, paralela a ela, uma área de taxiamento mais ou menos do mesmo tamanho. Perto da torre de controle, via-se uma dezena de aviões particulares, todos acorrentados ao concreto do chão. Por ali não era raro que a velocidade do vento alcançasse a casa dos três dígitos.

Um jatinho moderno esperava próximo à cabeceira da pista. Seis janelas, faixa azul na fuselagem, a ponta das asas curvada. Coluzzi nem precisaria ter visto as cores da bandeira russa na cauda para saber que ali estava Borodin. Não havia nenhum outro jato, particular ou comercial, no aeródromo. As turbinas estavam ligadas, exalando vapores que espiralavam contra o verde dos pinheiros. Bom sinal. Isso significava que Borodin queria fazer a troca rapidamente e se mandar de volta para Moscou. Certamente tinha planos para a carta. Assim como ele, Coluzzi, tinha planos para os seus 10 milhões.

Passou com o carro-forte pela frota de bimotores na extremidade norte da pista e parou a uma distância segura do jato. Faltava pouco para que o aeródromo fechasse. O movimento era quase nenhum. Um jipe com dois mecânicos seguia para o hangar de manutenção. Um Piper Cub acabara de pousar e já taxiava para sua vaga. A torre encerraria os trabalhos às nove. Quem quisesse pousar depois disso teria de fazê-lo visualmente e por conta própria.

Coluzzi deixou o carro-forte em ponto morto e ligou para Borodin.

– Você está atrasado – disse o russo. – Algum problema?

– Problema nenhum – rebateu Coluzzi. – Vamos fazer assim. Você vem sozinho com o dinheiro até o carro-forte. Vou deixar a porta da carroceria aberta. Conto o dinheiro, depois entrego a carta.

– Perfeito.

Perfeito? Coluzzi havia esperado um mínimo de resistência. O mais natural seria que o homem pedisse para descer com um guarda-costas ou exigisse alguma prova de que a carta realmente estava lá. Mas não.

A culpa era de Ledoux, que o havia atrasado. Se ele, Coluzzi, tivesse chegado mais cedo, teria visto o jatinho pousar e saberia se o russo havia preparado alguma cilada. Não fazia sentido ele vir assim, sem proteção. Não um diretor do SVR.

– E então? – perguntou Borodin.

– Estou esperando.

Coluzzi desafivelou o cinto de segurança. Suava muito, apesar do ar-condicionado no máximo. Melhor seria um pouco de ar fresco, mas as janelas dos carros-fortes não baixavam. Havia apenas as entradas de ar no teto, que ele conhecia muito bem: ao atacar um carro-forte, uma das primeiras providências era bloqueá-las com toalhas encharcadas de éter para forçar a saída do motorista. Também era possível bloquear as entradas de ar da carroceria, mas nem sempre isso bastava para os guardas abrirem a porta traseira. Geralmente era preciso uma ação mais direta, algo como a bala certeira de uma metralhadora Barrett calibre 50 ou uma RPG bem lançada na fechadura.

A necessidade de isolar completamente a carroceria dos carros-fortes levara os fabricantes a instalar uma partição de aço para separá-la da cabine do motorista. Portanto, para abrir a carroceria, Coluzzi teria de descer do carro-forte. Naquele modelo, a porta ficava na lateral, uma porta deslizante como a dos furgões comuns, mas de aço blindado, com uma espessura de quase 5 centímetros.

Ele correu os olhos pelo aeródromo à procura de alguém de tocaia. O sol tocava a linha do horizonte e um vento leve balançava os pinheiros. Tudo tranquilo. Mais uma olhada. Nada de preocupante.

A porta dianteira do jato se abriu e a escada foi armada. Um homem de terno escuro desceu por ela, um baixote magricela, um nanico. Mas onde estava o dinheiro? Outro homem surgiu à porta e lhe entregou uma mala pequena. Borodin (ou pelo menos ele achava que era Borodin) pegou-a pela alça e veio caminhando na direção do carro-forte. A meio caminho, parou e deixou a mala no chão. Coluzzi ficou inquieto. O que teria acontecido? Por que o russo havia parado? O homem puxou a alça retrátil e continuou andando, arrastando-a atrás de si.

Coluzzi desceu do furgão para o ar quente do anoitecer. Exultante, esfregou as mãos.

Dia de pagamento.

Simon nunca pisara tanto no acelerador.

Na juventude, antes mesmo de ter idade para tirar a carteira de habilitação, ia para as montanhas fora da cidade com os carros que roubava e pisava fundo, ignorando solenemente as placas de limite de velocidade. Acelerava até onde permitiam suas habilidades. Ou mais rápido ainda, se o carro respondia. As estradas eram estreitas e as curvas tão fechadas, algumas com 180 graus, que não dava para ver se vinha alguém na outra direção. E, naquelas montanhas, não havia muretas ou defensas para impedir que o carro desgovernado desabasse mais de 100 metros barranco abaixo. Desnecessário dizer que ele preferia fazer tudo isso à noite.

Mesmo assim, ele nunca havia acelerado daquela forma, o pedal grudado no chão do carro, costurando as pistas, desafiando o trânsito da contramão, desviando por pouco dos outros carros. Volta e meia alguém mais apavorado piscava os faróis ou buzinava em sinal de protesto. Volta e meia ele recuava no último segundo.

Ao ultrapassar a crista de um morro, por muito pouco ele não atropelou o carro que estava na frente, uma perua com três crianças no banco de trás. Uma delas, um menino, aplaudiu e começou a pular assim que viu que estava sendo perseguido por uma Ferrari Dino.

Simon desviou para a esquerda para tentar ultrapassar. Dois Mercedes passaram voando no sentido oposto, tão próximos que um deles quase levou o espelho da Ferrari. Mais adiante havia uma oportunidade de ultrapassagem. Simon reduziu a marcha, passou para a outra pista e acelerou. Espantou-se ao ver que a perua acompanhou a aceleração, mas não se deu ao trabalho de olhar para o motorista. O velocímetro já marcava 160 e a perua continuava firme a seu lado. Que droga, tinha crianças dentro dela! Sem pisar na embreagem, Simon colocou no ponto morto para aumentar a rotação do motor e tocou o câmbio de leve para voltar à quarta marcha.

A Ferrari deu um pulo para a frente.

Um caminhão despontou na curva seguinte, vindo rápido ao seu encontro.

Um terço da Ferrari já estava à frente da perua, mas o motorista ainda não dava sinal de trégua. As três crianças estavam grudadas à janela, alheias ao fato de que não eram meras espectadoras naquela batalha, mas participantes. As Dinos eram deliberadamente menos possantes que os outros modelos da Ferrari. Era um modelo de entrada, mais acessível. O motor não era nenhum V-12, nem mesmo um V-8 turbinado. Simon tinha apenas um V-6, capaz de lhe dar apenas 200 cavalos, com boa vontade.

O caminhão buzinou.

Simon deu uma última olhada para o lado. Por um momento, seu pé pairou sobre o freio, mas, mordendo os lábios, reduziu para a terceira marcha, jogando as rotações do motor para o alto. Ouviu o motor berrar de dor. O carro deu outro salto para a frente. Com um golpe firme na direção, voltou para sua pista e chegou a sentir uma pressão nos ouvidos quando o caminhão zuniu por ele.

Mais adiante passou voando por uma placa verde.

AIX-EN-PROVENCE 10 KM.

Coluzzi já devia ter chegado.

Precisava ir mais rápido.

SENTADO NO BANCO DO COPILOTO, Alexei Ren acompanhava do seu helicóptero tudo que se passava em torno do carro-forte. Chegara uma hora antes, para garantir que já estivesse lá quando Borodin aparecesse. Sabendo que o diretor do SVR não demoraria muito e que procuraria ficar o mais longe possível do pátio principal, havia posicionado seus homens em pontos estratégicos. Podia vê-los escondidos entre os bimotores, distribuídos em intervalos iguais. Eram seis ao todo.

Borodin decerto havia feito a mesma coisa. Devia ter contratado uma equipe local para dar cobertura. No entanto, ninguém além dele havia desembarcado do jato até agora. O mais provável era que seus homens estivessem escondidos em algum lugar na cabeceira da pista.

O que não fazia muita diferença.

Para Alexei Ren, só o que importava era que Vassily Borodin jamais voltasse a pisar em Moscou.

– Sr. Coluzzi.

– Pode me chamar de Tino, por favor.

Vendo-o ali, trajando um uniforme da Brink's e protegido pela carroceria de um carro-forte, Borodin não pôde deixar de admirar a inteligência do seu adversário. Ao menos isso ele precisava reconhecer. Talvez seus homens não conseguissem acertá-lo ali dentro, talvez nem soubessem que aquele era o alvo.

– A carta está aí?

– Primeiro a mala.

Borodin arremessou a mala para a carroceria do carro-forte e entrou em seguida.

Com sua arma em punho, Coluzzi fechou a porta e revistou o russo da cabeça aos pés.

– Abra a mala e conte o dinheiro.

– Acha mesmo necessário? Eu não teria vindo de tão longe só para pregar uma peça de última hora. Está tudo aí.

Coluzzi insistiu. Borodin abriu a mala e foi tirando os maços individuais, entregando-os para inspeção.

– Dez mil, vinte...

Coluzzi o interrompeu de repente e puxou a mala para perto.

– Parado. E quietinho também. – E acrescentou, com um sorriso de ironia: – Por favor.

– Como quiser.

Ele enterrou as mãos na mala e foi tirando os maços de um modo aleatório, correndo os dedos pelas cédulas para ver se não havia nenhum recheio falso, pescando uma ou outra para erguer contra as lâmpadas fracas do teto.

– Satisfeito? – perguntou Borodin.

– Dez milhões de euros – disse Coluzzi, mal se contendo de felicidade. – Parece mesmo que é muito mais.

– Hein?

– Nada – falou ele, fechando a mala.

– E a carta?

Coluzzi desabotoou o bolso da camisa e tirou o envelope timbrado com a insígnia da Casa Branca. Os olhos do russo brilharam, as faces chegaram a ficar vermelhas.

Com toda a cautela, Borodin tirou a carta do envelope. Lá estava ela, afinal. O Santo Graal. Alívio, felicidade, desejo de vingança. Esses foram os sentimentos que, nessa ordem, o acometeram enquanto lia o bilhete.

– Satisfeito? – perguntou Coluzzi.

Apontando para a porta da carroceria, Borodin disse:

– Nosso negócio está concluído. Posso...?

– Claro – disse Coluzzi, abrindo-a.

Borodin mal havia descido quando alguém falou com ele pelo fone.

– Podemos pegá-lo assim que ele sair da carroceria. – Era Kurtz. – Está na nossa mira.

– Não atirem – pediu Borodin.

– Mas não podemos...

– Já conseguimos o que queríamos. Um escândalo é a última coisa de que precisamos. O estrago já vai ser grande o suficiente se conseguirem nos vincular à morte da major Asanova.

– Sim, senhor.

Borodin encheu os pulmões com o ar quente e perfumado. Experimentou uma leveza de espírito que nunca havia sentido, um otimismo que sempre fizera questão de reprimir. Um dia, quem sabe, poderia voltar àquele mesmo lugar para uma temporada de férias. Quando enfim repatriasse alguns dos bilhões roubados pelo presidente, talvez se permitisse tomar uns trocados de empréstimo para trazer a família. Nada de muito absurdo. Nenhuma fortuna. No máximo um milhãozinho ou dois. Havia ótimos hotéis na região. Tinha ouvido falar muito do Hôtel du Cap, um dos preferidos dos seus compatriotas. Um sorriso quase imperceptível brotou no seu rosto. Ah, como era doce a vingança...

– Avise ao piloto que já vamos decolar. Vamos para casa.

Foi nesse instante que sentiu uma fisgada na perna. Algo afiado e rápido, como a picada de um marimbondo na coxa. Inexplicavelmente, caiu ao chão. A visão ficou turva. A cabeça girava. Tudo levou só um instante.

Só então ele ouviu o disparo.

Parando diante da cancela do aeródromo, Simon ouviu o barulho, como fogos de artifício. Mas, claro, não se tratava de um espetáculo pirotécnico. Eram tiros. Os estalos inconfundíveis dos fuzis de alto calibre, o tamborilar frenético das armas automáticas. Um homem veio correndo e gesticulando.

– Vá embora, rápido – alertou o porteiro, parando um segundo à janela da Dino. – É uma guerra. Fuja enquanto é tempo!

Com o motor em ponto morto, Simon pôde ouvir melhor. A troca de chumbo estava cada vez mais rápida e furiosa.

Ele engatou a primeira, pisou fundo e atropelou a cancela. Assim que contornou o bloco principal do aeródromo, avistou o carro-forte da Brink's na extremidade da pista. *Coluzzi*. Não muito longe estava um jatinho com a porta aberta e a escada armada, as luzes de taxiamento piscando. *Vassily Borodin*. Ele freou bruscamente, fazendo a Ferrari derrapar.

Anoitecia. As faíscas das metralhadoras lembravam vaga-lumes contra o lusco-fusco do céu.

Era um campo de batalha. Dois homens atiravam deitados no chão, enquanto outros dois disparavam suas armas automáticas protegidos pelo trem de pouso. O contrafogo vinha de um helicóptero parado mais para a direita e dos bimotores que estavam por perto.

Quem eram? Amigos de Coluzzi? O pessoal de Neill?

Um homem – *alguém de Borodin?* – surgiu de trás do jato e, sem parar de atirar, gritou algo para um companheiro que estava escondido. Um homem caído na pista ficou de pé e mandou na direção do jato. Um segundo abandonou a proteção do trem de pouso e correu para ajudá-lo, atirando baixo enquanto o içava pelos ombros.

No meio de toda a confusão, o carro-forte da Brink's arrancou lentamente, fez um retorno na cabeceira da pista e veio acelerando, diretamente ao encontro de Simon.

COLUZZI ESTAVA ESCAPANDO.

Alexei Ren havia abandonado a segurança do helicóptero para ajudar sua turma. Se escondeu atrás de um turboélice Pilatus e viu Borodin tentar se levantar.

– Peguem Borodin! – gritou.

Três dos seus homens estavam mortos. Restavam dois, que seguiam atirando. Não sabia quantos eram os inimigos, mas podia ver que eles também haviam sofrido perdas. Para sua grande felicidade.

Uma saraivada atingiu um dos motores do Pilatus, e escorria combustível pelos buracos. Sua impressão era a de que o fogo cruzado já durava uma eternidade, quando na realidade não tinha mais que um minuto. Ele já começava a se acostumar com o tiroteio. Era fácil esquecer como o barulho de uma automática podia ser alto e assustador.

Na pista, um dos homens de Borodin correu para o lado dele. Os dois eram um alvo fácil, mas subitamente os tiros cessaram. Tudo estava em silêncio. Ren espichou o pescoço, mas não viu nenhum dos seus homens. *Estavam mortos? Todos eles?*

Um homem alto e magro surgiu à porta do jato, depois correu ao encontro de Borodin.

Ren seguiu olhando, tomado pela revolta. Não, aquilo não era justo. Borodin não podia sair vivo dali. Não podia.

Ele se lembrou dos seus dias de prisioneiro na Sibéria, das inúmeras humilhações pelas quais havia passado. O desconforto das celas, as surras constantes, a sujeira inimaginável, o frio cruel... Ah, sim, o frio. Sem falar no dinheiro que o governo havia roubado dele. Que *Borodin* havia roubado. Os preciosos anos de vida perdidos, roubados por Borodin.

Ren desceu os olhos para as adagas tatuadas no antebraço. Tinha matado três pessoas na prisão. E agora? Quem era Alexei Ren? Um empresário? Um *bon vivant*? Um marido? Aquilo o deixava enojado. Ele havia permitido que o tempo, o dinheiro e a vida fácil o amolecessem. Que o afastassem de quem ele era de verdade.

Não mais.

Ele apoiou a submetralhadora no ombro e correu na direção do jato, atirando e gritando a plenos pulmões.

– Borodin!

Um dos homens de Borodin ergueu o fuzil e atirou.

Ren esticou um braço e atirou de volta, usando apenas uma das mãos.

O homem largou a arma e caiu.

– Borodin! – gritou ele outra vez, ainda correndo, e viu o canalha olhar para trás, o rosto branco como o de um cadáver. *Você me mandou para o inferno*, pensou. *Pois eu voltei para pagar na mesma moeda.*

Ren apontou a arma para o homem que ele mais odiava na vida. Vinte metros os separavam. Feliz, exultante até, ele apertou o gatilho. Era agora ou nunca.

De repente, sentiu uma pancada no peito. Ficou sem ar e parou imediatamente. Quem poderia ter atirado? Borodin estava escapando. Subia a escadinha do jato, protegido pelos asseclas. Quem o havia atingido?

Ele desabou na pista. Não conseguia se mexer. As mãos e os pés já não o obedeciam. Os olhos nem sequer piscavam. Podia sentir a vida indo embora, como água escoando em espirais cada vez mais rápidas pelo ralo. Podia ver a expressão de triunfo no rosto pálido de Borodin. Mesmo assim não se arrependia de nada. Ou talvez se arrependesse de não ter atirado antes. Nada lhe daria mais felicidade do que cuspir no cadáver do seu inimigo.

Ren olhou para o céu e estranhou a rapidez com que o dia escurecia. Impossível. O sol acabara de se pôr. Não havia estrela nenhuma. Apenas escuridão. E o frio da morte que chegava para buscá-lo.

Ele não é homem o bastante para isso.

Simon enterrou o pé no acelerador e lá o deixou, na esperança de arrancar um pouco mais de potência da Dino. O ponteiro já roçava o limite do velocímetro. As faixas brancas da pista de pouso iam sumindo em borrões sob o capô. Tudo tremia dentro do carro, como se os parafusos estivessem bambos. Por mais linda que fosse, a Dino não havia sido projetada para rodar naquela velocidade. Precisava de uma boa reforma. Por uma fração de segundo ele pensou em deixar um cartão da oficina para o proprietário.

Ele não tirava os olhos do asfalto. À sua frente, cada vez mais perto, estava uma carcaça de aço blindado de 10 toneladas. Mas ele não via o carro-forte. Via apenas o homem que ia ao volante. Um homem fraco.

Seu plano não havia sido aquele jogo suicida. Primeiro havia cogitado usar o AK-47 que levava no banco de trás para interceptar Coluzzi. Tinha três pentes de munição para gastar. Pensou em dar uma rajada em um ponto do carro. O problema era que não funcionaria. O motor era protegido por uma chapa de aço. As janelas eram de vidro blindado. As rodas eram projetadas para operar com pneus vazios. Os carros-fortes eram construídos para resistir exatamente a esse tipo de ataque. O fuzil estava fora de questão.

Outra opção seria seguir Coluzzi desde o aeroporto até seu destino final. Cedo ou tarde o corso teria de parar e descer em algum lugar, e, quando o fizesse, Simon estaria lá. Aí o fuzil funcionaria. Ao contrário do carro-forte, Tino Coluzzi não era projetado para resistir ao fogo concentrado de uma arma automática. Essa alternativa era bem melhor que a primeira, mas também não era perfeita. Muita coisa poderia acontecer quando eles deixassem o aeródromo. Uma olhada no medidor de combustível acabou com a dúvida. Estava na reserva.

Também podia deixar Coluzzi fugir e ir atrás dele outro dia. Era a opção mais simples e mais segura. Simon já o havia encontrado uma vez, nada impedia que o encontrasse de novo. Mas nesse meio-tempo Coluzzi poderia sumir com a grana, os milhões que Borodin devia ter pagado, escondê-la em um lugar seguro. Não, isso ele não podia aceitar. Além disso, não havia como prever o que ele faria.

Essa opção, ele concluiu, era a mais estúpida de todas. Por mais que tivesse boas chances de sucesso (o que realmente era o caso), ele ficava de estômago embrulhado só de pensar em Coluzzi se dar bem. Bandidos não podiam se dar bem. Nem mesmo por um dia. Muito menos se tivessem o sobrenome Coluzzi. Ponto final.

Isso o levou para o presente, à massa cinza de aço cada vez mais perto do seu para-brisa.

Estava acontecendo. Ali e agora.

Segurou com força o volante. Notou que suas palmas da mão estavam secas como a areia do deserto. Quanto ao coração, nada mais natural que estivesse batendo a mil por hora. Mas não. Batia rápido, claro, mas com regularidade. O de Coluzzi certamente estava desgovernado.

Simon olhava fixamente para o carro-forte bem à sua frente. Vinte metros os separavam. Se fossem desviar um do outro, aquele era o momento certo. Ele firmou os braços, travou os punhos. Em algum lugar ouviu uma buzina estridente, cada vez mais alta, forte o bastante para abafar os pensamentos que vinham gritando na sua cabeça. Faróis de halogênio piscavam freneticamente.

Ele ergueu os olhos para Coluzzi e por um instante os dois se encararam. Olho no olho. Cara a cara.

Numa fração de segundo, Coluzzi deu uma guinada brusca e jogou o carro-forte para o canteiro ao lado da pista.

Sacolejando no mato alto, o carro-forte caiu em um buraco raso, saiu do outro lado dele e foi tombando perigosamente para a direita. Avançou alguns metros em duas rodas, como se estivesse numa corda bamba, até ceder às leis da física e desabar inteiramente, deslizando até parar.

Simon não acompanhou nada disso.

Tão logo se viu livre da colisão, deparou-se com outro adversário. Não um carro-forte, mas um avião. Tinha os olhos fixos na pista, onde o jatinho de Borodin avançava como uma flecha. Simon pisou no freio e girou o carro como pôde, ouvindo o cantar dos pneus contra o asfalto. Quando parou o carro, sentiu a pressão do jato sobrevoando a Dino, bloqueando o sol poente. Olhou para cima. O avião passou tão baixo que era possível ver as manchas de graxa no trem de pouso, as rodas que ainda giravam. Bastaria erguer o braço para conseguir tocar o Gulfstream.

Somente quando o jato se afastou foi que Simon olhou para o lado e viu o furgão tombado. E se deu conta de que iria morrer.

O empuxo das turbinas não demorou dois segundos para atingir a Dino, que não era um carro pesado. Não devia ter mais do que uma tonelada, mesmo com o peso do motorista, do fuzil russo e da pouca gasolina que havia no tanque. Cada uma das turbinas Rolls-Royce era capaz de produzir até 14 mil libras-força de empuxo. No momento da decolagem, quando precisavam erguer um objeto de 18 toneladas e lançá-lo nas alturas, ambas trabalhavam com oitenta por cento da capacidade, criando um empuxo total de quase 25 mil libras-força. Pois foi esse milagre da engenharia que fez a Ferrari subir para os ares e rodopiar no alto feito um brinquedinho esquecido em uma máquina de lavar.

Simon se agarrou ao volante e firmou os dois pés no chão do carro, o que pouco adiantou. Tudo se movia rápido demais, de maneira confusa demais. Ora ele via céu, ora via chão. Em algum momento, perdeu o apoio do volante. Seguiu-se uma colisão violenta, que o deixou sem ar. Bateu a cabeça em algum lugar.

E agora não via nada.

68.

BARNABY NEILL SEGUIA PELA RUAZINHA que contornava o aeródromo, uma mão ao volante do carro, a outra massageando o ombro dolorido. Fazia anos que não disparava um fuzil. Não havia firmado a arma como deveria, mas estava satisfeito com a pontaria. Conseguira neutralizar Ren com um único tiro. Makepeace não teria feito melhor, que Deus o tenha.

Ele reduziu a velocidade ao passar pela Ferrari emborcada 100 metros à sua esquerda. Parecia mais uma lata de refrigerante amassada do que uma obra-prima do design italiano. Não viu sinal de Riske, nem dentro nem fora do carro. Dificilmente teria escapado ileso. Se não havia morrido, estava gravemente ferido. Em circunstâncias normais, poderia ser considerado carta fora do baralho. Mas Simon Riske não era normal. Era como uma barata. De nada adiantava pisotear o homem, amassá-lo com a sola do sapato, porque ele continuava vivo.

Porém, tudo tinha seu limite.

Neill parou o carro. Tirou o revólver do coldre, carregou o tambor e só então desceu para a rua coberta de agulhas de pinheiro. Respirou o ar quente e perfumado e de repente se viu tomado de um novo ânimo. Era chegada a hora de neutralizar o Sr. Riske, exatamente como havia neutralizado o Sr. Ren.

Ele foi caminhando pelo canteiro, procurando algum sinal de Riske. Sabia que os motoristas podiam ser cuspidos do carro durante uma capotagem. Ainda corria os olhos pela área em torno da Ferrari quando, de relance, percebeu certa movimentação. Não era Riske, mas Coluzzi, que lutava para sair da cabine do carro-forte, o rosto todo ensanguentado, as roupas rasgadas. Mais morto do que vivo, ele se empoleirou no estribo da porta, escorregou para o chão e ali ficou, imóvel.

Neill parou um segundo para avaliar a situação. Pouco antes ele tinha ouvido ao longe os primeiros uivos de uma sirene, mas agora já podia ver nas árvores o clarão azul das lanternas dos carros da polícia. Dezenas de carros. Ele olhou para a Ferrari, depois olhou para o carro-forte tombado. Era um ou outro.

Neill voltou correndo para seu carro e dali a um minuto já estava estacionado ao lado do carro-forte, usando-o como escudo para não ser visto. Desceu, sacou o revólver e se aproximou com cautela.

– Sr. Coluzzi – disse. – Andou sumido...

– Sr. Neill, não é? Eu sabia que nos veríamos outra vez.

Mais de perto, Neill pôde ver que o corso tinha um talho grande na testa e parecia ter quebrado o nariz. Não estava nada bem.

– Imagino que tenha sido nosso amigo em comum quem lhe contou meu nome.

– E o nome dele, qual é? Ledoux? Riske? Estou confuso.

– Você está com a carta?

Coluzzi apontou para o céu.

– Correio aéreo para Moscou – respondeu, e tossiu para expelir catarro e sangue.

– Pelo menos vou sair dessa com um prêmio de consolação.

– Que tal a gente dividir? Formamos uma bela equipe, eu e você. Mas, da próxima, abra o jogo de cara, por favor.

– Você já tem os seus 600 mil euros. Ou melhor, tinha.

– Então é isso. Era o dinheiro que você queria desde o início, não a carta.

– Não é tão simples assim. Digamos que eu sabia com quem estava lidando.

– Que bom que não desapontei você.

– Só um pouquinho. Bem que podia ter matado Riske.

Coluzzi suspirou. Concordava plenamente.

– Então, como vamos acertar essa conta? – perguntou.

– Pegue o dinheiro, depois conversamos.

– Não vai dar. Ferrei o joelho.

Neill não levou fé.

– Anda, de pé – disse.

Coluzzi se apoiou no joelho bom e levantou-se, ainda cambaleando. Neill gesticulou com o revólver para que ele se apressasse. Coluzzi deu apenas um passo e desabou no chão, gemendo de dor. Neill pegou a perna dele, logo abaixo da patela, e apertou com o indicador e o polegar. Coluzzi urrou.

– É, você realmente está machucado – concluiu Neill.

Com uma careta, Coluzzi massageava o joelho. Discretamente, escorregou a mão para a canela, deixando que os dedos localizassem sozinhos o que estava escondido ali. Numa fração de segundo, o estilete já fazia seu trajeto rumo ao pescoço de Barnaby Neill.

O americano reagiu a tempo. Impediu que a lâmina atingisse o alvo, agarrando o antebraço do corso. Sem tirar os olhos dele, apertou mais forte, girando o pulso dele para trás. Coluzzi travou o maxilar, tremia da cabeça aos pés, mas não falava nada. Neill deu um tranco final no pulso dele, forte o suficiente para quebrar ossos e romper cartilagens. Coluzzi deu um berro, deixou o estilete cair no chão. Não satisfeito, Neill o acertou com uma coronhada na cabeça.

– A carroceria está destrancada? – perguntou.

Na ausência de resposta, repetiu a pergunta, ameaçando dar outro golpe.

– Veja você mesmo – disse Coluzzi.

– Vou tomar isso por um sim.

Neill foi para a traseira do carro-forte. Apoiando os pés no para-choque e as mãos no teto, escalou para a lateral do furgão tombado. Vendo que os carros da polícia já entravam no aeródromo, permaneceu deitado de bruços. Um a um, eles iam se dirigindo para a cabeceira da pista, onde Borodin e Ren haviam encenado uma espécie de bangue-bangue com fuzis. As sirenes enfim se calaram, e os policiais saltaram dos carros para inspecionar a cena. Nenhum deles olhava na direção do carro-forte.

Neill se arrastou para a porta do veículo, deslizou-a para o lado e saltou para dentro da carroceria. O espaço ali era bem mais exíguo do que ele havia imaginado. Havia um banco e um cofre-forte. O ar era abafado, bolorento, azedo. Coitado de quem tivesse de passar uma jornada de oito horas dentro de um lugar assim. Mas esse era o destino de outra pessoa, não o seu.

Ele ergueu a maleta, calculando que ela pesasse quase 20 quilos. Não tinha segredo nem estava trancada.

Dez milhões de euros.

Quanto tempo ele havia esperado por isso?

A ideia lhe viera à cabeça havia cinco anos. Ele andava cansado daquela vida. Fazia o trabalho de um general recebendo o salário de fome de um recruta. O mundo era um lugar caro, mas havia bastante grana por aí. Lá pelas tantas, pensando em todos os carros que nunca teria na garagem, nos ternos que nunca teria no armário, nas mulheres que nunca levaria para a cama – na Belgrave Square de Londres ou na Rodeo Drive de Los Angeles –, ele decidiu que também queria um pedaço do bolo. Sabia que nunca chegaria lá com seu salário de funcionário público. Então botara a cabeça para funcionar.

Começara a carreira como um especialista em assuntos russos na CIA. Ainda era um jovem quando Reagan visitou a Praça Vermelha a convite de Mikhail Gorbachev. Estava na sala quando seu superior sugeriu que ele abordasse o jovem oficial da KGB trazido de Dresden, junto com uma centena de outros, para encher a praça. A primeira Guerra do Golfo eclodiria dezoito meses depois e ele fora transferido para o setor do Oriente Médio. E lá foi ele para o Kuwait, em missão com a Divisão de Atividades Especiais. A Rússia agora era apenas uma lembrança.

Ao longo dos anos ele ouvira boatos sobre "o nosso homem em Moscou". Não sabia o que a CIA estava aprontando, mas funcionou. Entre 1990 e 2000, a Rússia deixara de ser o "principal inimigo" da nação, uma potência militar a ser temida e enfrentada, para se tornar praticamente um Estado falido. A velha União Soviética havia se esfacelado numa dezena de Estados independentes, que, não à toa, se odiavam, e o que havia sobrado da Rússia propriamente dita não passava de uma plutocracia governada pelas pessoas mais gananciosas desde que Nero saqueara Roma com sua lira em punho. Quem estava por trás de tudo isso? Vladimir Vladimirovich Putin, "nosso homem em Moscou". Primeiro como testa de ferro do prefeito da capital, depois como assistente de Boris Iéltsin – quem mais teria, contrariando todas as ordens, passado uma garrafa de vodca ao presidente russo naquela sua fatídica visita a Washington, quando ele fugiu da Casa Branca para ser encontrado às três da madrugada, zanzando de pijamas pela Pennsylvania Avenue enquanto cantarolava "A Internacional"? – e depois como presidente ele mesmo, posição que ocupava, entre idas e vindas, por duas décadas.

A certa altura, a CIA perdera as rédeas dele, o que já era mais ou menos esperado. Putin havia acumulado poder demais, dinheiro demais. Agora era dono do próprio nariz. Ninguém dera muita importância. A Rússia precisava de um pulso firme. Pior do que uma ditadura forte era uma democracia fraca. O Ocidente precisava de um anteparo sólido contra as hordas chinesas, um governo capaz de enfrentá-las com unhas e dentes afiados. Ultimamente, no entanto, o homem andava atrevido demais. Vinha precisando de um corretivo. Ninguém chegara a sugerir que ele fosse substituído. Não, isso nunca. Apenas um tapinha na mão para lembrá-lo de quem é que manda.

Vassily Borodin já vinha sendo observado havia um tempo. Sua ascensão na hierarquia do SVR havia sido rápida e ininterrupta. Era inteligente, capaz, cruel, esperto e muito, muito ambicioso. Pela primeira vez na sua história recente, a Rússia havia gerado alguém capaz não apenas de substituir Vladimir Putin, mas de devolver à Mãe Rússia um pouco das glórias do passado. E Vassily Borodin possuía outra qualidade que andava cada vez mais em falta: a honestidade.

Pois bem. A carta.

A ideia havia sido de Neill. Uma maneira engenhosa de chamar a atenção de um homem que levava a retidão na cabeça e a traição no sangue. Um usurpador por natureza. O Ocidente tinha dezenas de comparsas no Kremlin. Os Estados Unidos tinham os seus, assim como o Reino Unido, a França, a Alemanha, até a Austrália. Bastaria plantar uma ideia aqui e outra ali. O resto ficaria por conta de Borodin.

O objetivo não era depor o presidente, mas enfraquecê-lo, e ao mesmo tempo eliminar um indesejável sucessor. Pois havia um detalhe do qual Vassily Borodin não podia saber.

A carta era falsa.

Tudo havia sido planejado para fazê-lo acreditar no contrário.

Mas cedo ou tarde algum grafotécnico do Kremlin descobriria a verdade. O erro estava na assinatura de Reagan. Um arco grande demais. Ou seria um gancho pequeno demais? Neill já nem se lembrava. De qualquer modo, bastaria compará-la a outra para saber. Adeus, Borodin.

O dinheiro era a recompensa de Neill pelo trabalho bem-feito.

Neill teve uma vontade súbita de abrir a mala, de ver os maços e maços de cédulas, de se entregar a uns poucos minutos de pura volúpia. Mais tarde, talvez.

Ele passou a mala pela porta, deixou-a sobre a lateral do carro-forte e parou um instante para pensar no que fazer em seguida. O mais urgente era matar Coluzzi. O porto de Marselha ficava a uma hora do aeródromo. Ainda havia tempo para pegar a barca das onze da noite para Ajácio, capital da Córsega. Faria questão de dar um silencioso "alô" e um "muito obrigado" aos pais de Coluzzi. Não teria chegado ali sem a ajuda do filho deles. De Ajácio ele poderia tomar um avião para o Marrocos. Conhecia um banqueiro camarada em Marrakesh e de lá sumiria do mapa. Tinha um número suficiente de passaportes para se esconder nos próximos cinquenta anos.

Ele sorriu. Conseguira o que queria.

De repente se deu conta de que precisava de um apoio para sair dali. Procurando à sua volta, viu que o banco serviria perfeitamente. Subiu nele e esticou a mão para a porta, mas, ao olhar para cima, deparou-se com Simon Riske, olhando para ele.

– Vá embora – disse. – Você não tem mais nada para fazer aqui.

– Você também não.

– O que você quer?

– Você devia saber. Antes eu queria Tino Coluzzi. Agora quero outra coisa.

– O dinheiro? Tudo bem, podemos negociar. Mas antes temos que sair daqui. Vamos chegar a um acordo razoável, tenho certeza.

– Não é o dinheiro.

– Tem 10 milhões de euros dentro dessa mala.

– Uma pequena fortuna.

– O bastante para manter aquela sua oficina de pé. Você pode até comprar um daqueles carros. Ou dois, se quiser.

– Foi você que planejou essa história toda, não foi? A carta, Borodin, Coluzzi, o dinheiro...

Neill já estava perdendo a paciência.

– Tem a ver com a garota, não é?

– Ela está viva, caso você queira saber.

– Ótimo. Não gosto de danos colaterais.

– Quanta generosidade.

– O que está feito está feito. Agora me tire daqui.

– Não vai dar.

– Como assim, não vai dar?

– Ainda estou meio indeciso. E meio avariado, para dizer a verdade. Minha clavícula está fraturada, acho que o braço também. Só sei de uma coisa: não vou deixar você sair daqui com a grana.

– Então é ele que você quer, não é? O dinheiro? – quis saber Neill, cada vez mais desesperado. – Eu sabia. Você estava atrás da grana desde o início.

– Senta aí e descansa. – Simon fechou a porta a seus pés. – Daqui a pouco estou de volta.

– Você não vai...

Neill sacou seu revólver e atirou na porta fechada. A bala ricocheteou e perfurou o chão da carroceria. Carros-fortes eram projetados para resistir ao ataque de armas automáticas, de lança-granadas, até mesmo de bombas caseiras. Mas sempre vindo de fora dos veículos. Carros-fortes não eram projetados para resistir a disparos feitos de seu interior. O chão não era blindado, era feito de uma simples chapa de metal. A bala 9 milímetros atravessou a chapa de meio centímetro e penetrou o tanque de gasolina, também blindado apenas na face externa.

O calor do projétil e o atrito com o metal perfurado bastaram para gerar uma faísca. A gasolina ardeu imediatamente, a força da explosão concentrada no interior da carroceria.

Não demorou para que as chamas engolissem o carro-forte.

Simon saltou para o chão e rolou na grama para apagar o fogo das roupas. Coluzzi arrastava-se como podia, fugindo das labaredas. Simon se levantou rapidamente e correu para ajudá-lo, arrastando-o para um lugar seguro. Neill subitamente parou de gritar.

Nessa altura os carros da polícia já se aproximavam, atraídos pela explosão.

Coluzzi apontou para a mala de dinheiro, que havia caído no chão, não muito longe de onde eles estavam.

– Vai ser uma pena deixar essa grana de presente para as autoridades.

– O que você sugere? – perguntou Riske.

Coluzzi olhou para ele, caiu de costas na grama e balançou a cabeça, desconsolado.

– Em que momento você desandou?

SEXTA-FEIRA

69.

ERA PARA O CEMITÉRIO DE SAINT-PAUL E SAINT-PIERRE que eram levados os pobres, os rejeitados, os mal-amados e os anônimos de Marselha, e era ali que eles passavam a eternidade, ou pelos menos os 25 anos a que tinham direito antes de serem exumados, cremados e substituídos por mais um indigente. Algo parecido com uma vala comum, ou pior. Ficava num terreno a alguns quilômetros da cidade, espremido entre um aterro sanitário e uma usina de reciclagem.

Ele sentia no vento o cheiro da chuva que chegava. Alguns pingos começaram a manchar o casaco de Simon enquanto ele seguia entre as covas, lendo os nomes em cada lápide. Ele já ia longe quando enfim localizou o túmulo do monsenhor, marcado com uma cruz de pedra outrora pintada de branco, agora amarelada nas partes em que a tinta não tinha descascado depois de anos de negligência.

PAUL DESCHUTES
1931-2004

Nenhum epitáfio. Nada que desse uma pista da biografia do morto. Nenhum conselho para os que ainda estavam presos no plano terreno.

Simon deixou um buquê sobre o túmulo. Não era um homem religioso, pelo menos não no sentido formal da palavra. Não sabia que oração deveria dizer. Mas o padre não se importaria com isso. Aprendera com ele que a fé vinha do coração. Todos nasciam com Deus dentro de si. Não era difícil encontrá-lo. Bastava procurar.

Então ele agradeceu a Deus por ter colocado aquele homem no seu caminho, pediu bênçãos para aquela alma que lhe dera tanto.

Depois ajoelhou e com o braço bom foi arrancando o mato alto que encobria parcialmente a lápide, de modo que todos pudessem ler o nome do monsenhor.

– Conseguiu encontrar?

Nikki esperava no final da fileira, o braço apoiado numa tipoia.

Simon se levantou, limpando a terra da mão.

– Encontrei. Mais uma vez, obrigado.

– Podia ser um túmulo melhor...

– Bobagem – disse Simon, mas sem grande convicção. – Ele era um sujeito valente.

– Como você.

– Olhe só quem está falando.

Nikki riu.

– Somos uma dupla.

Ela já havia recuperado um pouco da cor no rosto. Tinha perdido muito sangue e sofrido danos relativamente graves na musculatura, já que a bala havia entrado de um lado e saído do outro, mas era só isso. Pelo visto os hospitais franceses não eram muito diferentes dos ingleses e davam alta assim que a pessoa conseguia ficar de pé.

Eles voltaram juntos para o carro, ombro a ombro. Frank Mazot abriu a porta para Nikki, que entrou devagar no banco traseiro em razão do braço imobilizado. Simon caminhou até o outro lado e entrou também. Com Mazot ao volante, eles atravessaram os portões do cemitério e dali a minutos desciam para o centro de Marselha.

Nikki tomou a mão de Simon.

– Recebi uma ligação de Marc Dumont.

– Ele ainda está falando com você?

– Estou oficialmente liberada dos serviços administrativos.

– Puxa, que notícia boa! – disse Simon. De repente se deu conta: – Por que você nunca me contou o motivo dessa sua suspensão?

– Porque você nunca perguntou.

– Então?

– Não quero falar disso agora.

Simon a cutucou com o ombro bom.

– Por causa de Super Bonder – respondeu ela afinal.

Depois contou sobre sua participação no caso Zenstrom, sobre como havia desbaratado praticamente sozinha a quadrilha de clonagem de cartões de crédito, e sobre o chefe, que havia recebido todos os louros.

– Eu já não aguentava mais a pose do cara. Sabia que ele andava sempre com um protetor labial. Então um dia, depois do expediente, entrei na sala dele e substituí o protetor por cola, de um jeito que ele nunca ia perceber. Quando ele apareceu para trabalhar no dia seguinte, na ressaca de sempre, pegou o bastão na gaveta e... Bem, foi isso. Colei aquela boca grande.

– Caramba.

Nikki segurou uma risada e deu de ombros.

– Às vezes a gente tem que fazer o que precisa ser feito – disse ela.

– É verdade.

– Ah, voltando a Marc Dumont... Ele mandou um recadinho para você. Falou que, da próxima vez que você passar por Paris, não precisa se dar ao trabalho de procurá-lo.

Simon riu.

– E o Coluzzi?

– Chegou hoje de manhã em Paris e está detido na delegacia. Também prenderam o Giacomo. O Jack, lembra?

Simon ligou os pontos.

– Como eu iria esquecer?

– Ele vai testemunhar contra Coluzzi para ver se consegue uma redução da pena. Vai contar todos os podres.

– E dar a Coluzzi um gostinho do próprio veneno. Já não era sem tempo.

– O promotor está pedindo vinte anos para o Coluzzi. Com sorte vai conseguir cinco. Hoje em dia assalto à mão armada não dá em muita coisa. Além disso, Coluzzi inventou uma história dizendo que desde o início estava trabalhando para o nosso serviço de inteligência.

Simon balançou a cabeça. Com o advogado certo, era bem provável que Coluzzi conseguisse dobrar todo mundo. Mesmo assim, cinco anos eram cinco anos. Quando a pessoa começa a cumprir, parece uma eternidade. Se pelo menos mandassem o filho da mãe para o Les Baums... Ele trocaria uma palavrinha com Dumont a esse respeito.

– Então você vai continuar na polícia? – perguntou, virando-se para Nikki.

– Claro que vou – respondeu ela com firmeza. Nunca havia pensado em abandonar a corporação. – Vou deixar o setor privado para você. Gosto da vida de policial.

– E é das melhores.

Nikki assentiu, embora não estivesse muito convencida de que era mesmo uma boa policial.

– Um dia eu chego lá – disse ela. – E você? Vai voltar para Londres?

– Tem um voo às quatro.

– *Hoje?*

– Hoje. Negócios.

– Sei – falou Nikki, baixando os olhos. – Quero dizer... é claro. Que bom. Eu entendo.

– Você vai me visitar, não vai?

– Menos de três horas de trem, certo?

– Um piscar de olhos.

De repente, Nikki abriu um sorriso.

– Nunca estive em Londres.

– Sério?

– Sério – respondeu ela, meio envergonhada. – Você faz um tour comigo?

– Com o maior prazer – disse Simon. Levou a mão ao rosto dela e depois a beijou.

– Promete?

– Prometo.

O carro chegou ao topo de um morro e o porto surgiu no horizonte, protegido pelos fortes de Saint-Jean e Saint-Nicolas. Um iate enorme entrava no porto, ofuscando os demais com a imponência do casco azul-marinho e a popa vertiginosa. Frank Mazot virou-se para trás.

– Para onde vocês querem ir?

– Estou com fome – afirmou Simon. – E vocês?

– Eu também – disse Nikki. – Mas não quero um sanduíche de presunto.

– Quem foi que falou em sanduíche? Que tal uma *bouillabaisse*? O que acha, Frank?

– Conheço o lugar certo.

EPÍLOGO

Londres
Três dias depois

– Já terminou? – perguntou Simon.

Lucy Brown estava agachada do outro lado de uma Dino, trabalhando na porta do passageiro com uma pistola de ar quente na mão. Vestia o macacão cinza de sempre, os cabelos presos dentro de um boné de beisebol.

– Se eu terminei? Fala sério.

– Sete dias. Tempo mais que suficiente.

– Quem tem que dizer isso é o meu chefe, e neste momento ele está...

Lucy parou de sorrir assim que o viu. Baixou os óculos de proteção e correu ao encontro dele.

– O que foi que aconteceu com você?

– Nadei num rio de piranhas – respondeu Simon.

– Ah, é? E elas quebraram o seu braço?

– A clavícula também. – Ele não mencionou os pontos no tronco. – Mas precisava ver como elas ficaram.

– Bem – disse Lucy, horrorizada –, se é isso que acontece quando você vai para a França, estou fora. Prefiro ir pra Brighton.

Simon foi contornando o carro para avaliar o trabalho dela, volta e meia passando o dedo na lataria para conferir a qualidade da raspagem.

– Você fez tudo isso?

– Sim.

– Sozinha? – perguntou ele, desconfiado.

Lucy plantou as mãos na cintura.

– Sim, sozinha.

Simon deu uma última conferida no carro.

– Nada mau – disse, fingindo indiferença.

– Nada mau? – Lucy largou a pistola e o raspador. – Um trabalho *impecável*!

– Quem fala difícil aqui sou eu.

– Mas e aí, gostou ou não gostou?

Simon assentiu com a cabeça, contrariado.

– Você está quase lá.

Lucy abriu um sorriso radiante, orgulhosa pela vitória conquistada. Tirou o boné, sacudiu os cabelos.

– Doeu muito? – perguntou, tocando de leve o braço engessado do chefe.

– Não.

Ela subiu a mão para o ombro dele e tocou o rosto cheio de hematomas.

– Cuidado – avisou Simon, com uma careta de dor.

– Então, trouxe ou não trouxe um presente pra mim?

– Devo ter um chaveirinho por aí.

– Você estava em Paris. Lá tem os melhores costureiros do mundo.

– Acha que eu trouxe um presente para o Harry também?

– Harry não ficaria tão bem quanto eu numa camisola de seda.

Simon refletiu um instante.

– É, tem razão.

– E eu poderia ser mais do que isso, sabia?

– Isso o quê?

Lucy sorriu e ergueu a cabeça na direção dele.

– Mais do que a sua funcionária predileta.

Simon afastou a mão dela.

– Quem disse que você é minha funcionária predileta? – perguntou com firmeza. – Agora me dê essa pistola. Você bobeou ali.

Lucy cruzou os braços, furiosa.

– Bobeei nada!

Uma confusão no salão principal da oficina interrompeu a conversa. Harry Mason berrava com uma pessoa. Haviam derrubado uma caixa de ferramentas.

– Riske! – chamou alguém. – Simon Riske!

A pessoa berrava. Simon reconheceu o sotaque imediatamente. *Não*, pensou ele. *De novo, não.*

Lucy o deteve pelo braço.

– Por favor, não – disse.

– Espere aqui.

Simon voltou para o salão e de repente se viu diante de cinco grandalhões desconhecidos, mais um gorducho conhecido.

– Você sugeriu que eu o procurasse – falou Boris Blatt. – Pois bem, aqui estou eu.

Um dos capangas imobilizava Harry Mason com uma chave de pescoço.

– E eu aqui – devolveu Simon. – Deixe o Sr. Mason em paz.

Blatt rugiu uma ordem em russo e o homem largou Harry.

– Fiquem todos calmos – disse Simon a seus mecânicos. – Sei o motivo da visita do Sr. Blatt. Podem voltar ao trabalho.

Blatt foi caminhando sem pressa entre os carros do salão, avaliando cada um.

– Muito bom. Mas nada tão especial.

– Nenhuma 275, não é? – comentou Simon, referindo-se à Ferrari que o outro havia arrematado no domingo anterior. – Falei que não valia um dólar além dos 20 milhões, não falei?

– Cinco milhões a mais ou a menos, que diferença faz? – respondeu Blatt, dando de ombros. Mas a expressão azeda deixava claro que não gostava de ser lembrado daquele seu gasto impulsivo.

– Imagino que você não tenha vindo para orçar um serviço no carro.

– Não, não foi para isso que eu vim. – Blatt ergueu o pulso esquerdo para mostrar o relógio que estava usando, um Casio G-Shock. – Fique à vontade para levar este aqui também.

Simon abriu o jogo.

– Eu só fui recuperar um objeto roubado.

Num piscar de olhos, a palidez natural do russo deu lugar ao vermelho.

– Você está insinuando que roubei aquele relógio?

– Tenho certeza de que tudo não passou de um equívoco – disse Simon. – Relógios não são como carros. É difícil manter um registro dos proprietários anteriores.

– É verdade – respondeu o russo, mais calmo. – Ninguém sabe por onde andou um relógio. Uma pessoa compra, depois dá para um amigo, que depois perde... Ao longo dos anos, tudo pode acontecer.

– Tudo – concordou Simon, assentindo de um modo submisso.

Os capangas de Blatt haviam formado um círculo em torno dele, irradiando ferocidade como uma chapa elétrica emanando calor.

– No entanto – prosseguiu Blatt, coçando os cabelos grisalhos –, isso não muda em nada o motivo da minha visita. Você continua me devendo 5 milhões.

– Eu? Cinco milhões?

– Roubou meu relógio, isso já está estabelecido. Um relógio que vale 3 milhões e uns quebrados. Faça os cálculos você mesmo.

Simon já os havia feito e não havia gostado do resultado.

– E esses 2 milhões a mais?

– Uma pequena recompensa pelo tempo que você me fez perder, pelo trabalho que deu, pela minha *paciência*.

– Então está cobrando honorários? Não sabia que era advogado.

– Cinco milhões de dólares, Sr. Riske.

Um dos capangas saiu do estúdio de pintura arrastando Lucy.

– Ah, sua adorável assistente – observou Blatt, despindo-a com os olhos. Cumprimentou-a com um aceno de cabeça, depois disse: – Acho que fomos apresentados naquela noite.

Lucy teve o bom senso de ficar calada.

Simon avaliou a situação. Sabia perfeitamente que não estava em condições de negociar nada. Supunha que Blatt manteria Lucy como refém até receber o dinheiro que havia pedido ou até chegarem a um novo acordo. Não queria nem pensar no que aqueles capangas fariam quando ficassem sozinhos com ela.

– O que sugere, Sr. Blatt?

– *Boris*, por favor – corrigiu ele. – Somos todos amigos por aqui. – Em seguida, sorrindo de um modo teatral, aproximou-se de Simon como se quisesse ter uma conversa de homem para homem. – Gostaria que você trabalhasse para mim.

– É mesmo?

– É sempre bom ter por perto alguém com os seus talentos.

Simon deu um sorriso cordial, como se não estivesse de todo avesso à proposta.

– Que tipo de trabalho?

– Aquele que eu mandar.

O sorriso foi embora.

– E o meu trabalho na oficina?

– Ah, eu já ia esquecendo – disse Blatt calmamente, cara a cara com Simon, divertindo-se com a coisa toda. – A oficina vai ser minha também.

Simon correu os olhos à sua volta. Para Harry e Lucy. Para os mecânicos da sua equipe. Para os carros em vários estágios de restauração ou conserto. Adorava aquele lugar. As pessoas. Os carros. O cheiro constante de graxa e óleo misturado ao bom e velho suor humano. No dia em que fosse obrigado a entregar aquela oficina a Boris Blatt... Bem, ele *nunca* entregaria a oficina a Boris Blatt.

– Você pode me dar licença um instante? – perguntou ele com um excesso de formalidade.

– Aonde você vai?

– Buscar seu dinheiro.

– Você tem essa grana *aqui*?

Simon apenas o encarou. Blatt sinalizou para que um dos capangas acompanhasse Simon.

Simon subiu para seu loft no segundo andar. Tinha deixado as malas na sala. Por sorte os funcionários do TGV francês haviam recolhido sua bagagem no trem e guardado no setor de achados e perdidos da estação de Marselha. Apontando para a mala de Borodin, mandou o capanga levá-la para o quarto.

– Pode deixar na cama.

Destrancou a maleta e escancarou a tampa para que o homem visse aquele dinheiro todo.

– Espere só um segundo. Preciso ir ao banheiro – disse Simon. – Mas nem pense em embolsar alguma coisa. Sei exatamente quanto tem aí. Já volto.

– Não demore.

Na verdade, Simon precisou de dois minutos para fazer o que planejava. Ao sair, não viu nem capanga nem mala. Então fabricou um olhar de fúria e saiu correndo atrás do homem, berrando feito um louco.

– Ei! Volte aqui! Esse dinheiro não é seu!

Blatt e sua turma já estavam na porta da rua. Assustada, mas livre, Lucy Brown estava junto a Harry Mason.

– Aonde vocês pensam que vão? – perguntou Simon assim que chegou no primeiro andar.

– Resolvi que não quero mais essa oficina – respondeu Blatt. – Não levo muito jeito para trabalhos manuais.

Simon recuperou o fôlego.

– O dinheiro que está na mala. É muito mais do que combinamos.

– Posso saber quanto tem aqui? Só por curiosidade.

– Conte você mesmo.

– Como quiser. – Blatt abotoou o paletó. – Precisamos nos encontrar mais vezes.

Simon avançou na direção dele e usou a mão boa para agarrá-lo pela gola.

– Isso não é seu!

Dois capangas se adiantaram na mesma hora e o derrubaram no chão. Simon ficou onde estava, vencido.

– Adeus, Sr. Riske. Nosso relacionamento termina por aqui. A menos que eu precise dos seus serviços de mecânico, claro.

Simon esperou que ele saísse e se levantou em um pulo, limpando as roupas com a mão. Depois de assegurar a todos que estava bem e que Blatt não levara tanto dinheiro assim, subiu de volta para o apartamento. Foi direto para o banheiro. Olhou-se no espelho.

– Isto não é seu! – exclamou, apontando o dedo para seu reflexo. – *Isto não é seu!* – repetiu, com mais raiva. Balançou a cabeça, rindo de si mesmo. – Muito fraco, muito fraco... Quase triste.

Em seguida esvaziou os bolsos e deixou sobre a bancada da pia um quadradinho preto, um cartão SIM. Ali estavam todos os e-mails de Boris Blatt, todas as mensagens de texto, as fotos, os sites visitados, até mesmo as senhas de banco. Ele havia surrupiado o celular do russo enquanto ele fazia sua generosa oferta de emprego e devolvera pouco depois ao agarrá-lo na porta da oficina. Quando foi ao banheiro, clonou o chip. Impressionante o que era possível fazer em apenas dois minutos hoje em dia.

Ele pegou uma cerveja na geladeira e se jogou no sofá da sala. Com o cartão entre os dedos, fez uma ligação.

– D'Art, aqui é o Simon. Lembra o que você disse na semana passada? Sobre aqueles seus amigos na Scotland Yard? Pois é. Acho que tenho uma coisa que eles vão adorar.

AGRADECIMENTOS

DEVO SINCEROS AGRADECIMENTOS a meu editor, Josh Kendall, a Emily Giglierano, a Pam Brown e, claro, a Reagan Arthur, bem como a toda a equipe da Mulholland Books.

Agradeço também a meu agente, Richard Pine, e sua assistente, Eliza Rothstein, da InkWell Management.

Conheça os livros de Christopher Reich

A traição

A vingança

A farsa

O golpe